クリスティー文庫
15

ナイルに死す

アガサ・クリスティー

加島祥造訳

早川書房

5248

DEATH ON THE NILE

by

Agatha Christie

Translated by
Shozo Kajima
Published 2016 in Japan by
HAYAKAWA PUBLISHING, INC.
This book is published in Japan by
arrangement with
AGATHA CHRISTIE LIMITED
through TIMO ASSOCIATES, INC.

私と同じように、
世界をさまよい歩くのが好きな
シビル・バーネットに捧ぐ。

著者の前書き

『ナイルに死す』は私がエジプトから帰ってすぐに書きあげたものです。いま読み返しても、自分がふたたびあの遊覧船に乗ってアスワンからワディ・ハルファまで旅をしているような気持ちになります。

船上にはたくさんの船客がおりましたが、いまではそうした船客たちよりも、この作品の中の人物たちの方がリアルな、身近な存在になってきていて、私は彼らと共に船旅をする思いです。

この作品には多くの人物を登場させ、筋も非常に念いりにつくりました。この作品の中心になるトリックは興味深いものだろうと私は考えています。それに、サイモン、リネット、ジャクリーンという三人の主要人物たちは、私には、生きた、リアルな存在に感じられます。

私の友達のフランセズ・L・サリヴァンはこの作品が大好きで、私に何度もこれを劇化してはどうかとすすめましたので、しまいに私もこの作品を舞台化いたしました。

自分では、この作品は〝外国旅行物〟の中で最もいい作品の一つと考えています。そして探偵小説が〝逃避的文学〟だとするなら、（それであって悪い理由はないでしょう！）読者はこの作品で、ひとときを、犯罪の世界に逃れるばかりでなく、南国の陽差しとナイルの青い水の国に逃れてもいただけるわけです。

Agatha Christie

訳者からのおねがい

はじめは少しゆっくり読んでください。登場人物表を参考にして、各人物の様子を頭に入れ、地図を参考にして、この舞台を想像してください。あとは——前書きの末尾でクリスティー女史の言う通りです。

『ナイルに死す』によせて

マシュー・プリチャード

『ナイルに死す』が書かれたのは一九三七年、アガサ・クリスティーが中東史専門の考古学者、マックス・マローワンと結婚して数年後のことです。自ら作品に寄せた序文で、アガサは『ナイルに死す』は海外を舞台にした自らの作品のなかでも、ベストの出来だと自賛しています。多くの読者もこれに賛同するに違いありません。探偵小説と外国旅行は逃避的志向と言う点で共通している、という持論を持つ彼女にとっては、両者の特徴をミックスさせた作品を創り出すのは自然の成り行きだったのです。

アガサがさまざまな国に抱いたひとかたならぬ愛着を、私はよく知っています。アガサの新しい土地や人々への関心、歴史や文化を学ぼうとする積極的な姿勢は、たびたび賞賛の的になりました。彼女の好奇心はまったく自然で、心からのものです。特に中東への情熱あふれる愛情は、その地域や人々に夢中だった夫のマックスに感化されたものでした。マックスは――まさしくポアロのように――ずんぐりとした小さな体にもかかわらず、エネルギッシュな人物で、一九五〇年代まで続いた彼との中東旅行は、アガサを一度たりとも退屈させませんでした。もうみんな忘れてしまったことですが、三〇年代には世界のさまざまな土地を紹介した紀行本が大流行していました。今はどこへでも気軽に旅行できる時代になり、イギリスからエジプトまでたった三、四時間のフライトで到着してしまいますが、当時はそのような旅行は、壮大な計画と、すくなからぬ肉体的苦難をともなうものだったのです。

二〇〇三年の今、どうしてもここで付け加えたいのは、もしアガサとマックスの夫妻が生きていたら、現在の中東情勢についてどれほど嘆き悲しむかということです。二人は、イラク、シリア、エジプトといった国に、古代への情熱という絆で結ばれた多くの知己がありました。アガサは熱心なクリスチャンです。けれどこの夫妻は、宗教の壁など何の意味も持たないかのように、美術関係者や政治家だけでなく、作業員たちとでさえも、親密な関係を築いていたのです。愛着深い国々が戦争に巻き込まれるのは、二人にとって耐え難いことに違いありません。善意の市民を恐怖に陥れるような政治陰謀家たちを――もちろん、現在のイギリスの政治家も含め――二人は決して許しはしないでしょう。だが、政治の話はこの辺にして、『ナイルに死す』の穏やかな水辺に戻ることにしましょうか。

ナイル河やアスワンとワディ・ハルファを往復する蒸気船の魅力溢れる背景にばかり見とれていては、この物語を真に理解できません。『ナイルに死す』はアガサ・クリスティーの作品のなかでも、もっともヒューマン・ドラマに満ち、そしてもっとも複雑怪奇な事件を扱った物語だからです。解決にあたり、探偵ポアロはその全知全能を傾けることになります。事件はリネット・リッジウェイを中心に展開するのです。美貌の資産家リネットは、彼女の生活を守り、その財産を効率的に運用する取り巻きに囲まれて暮らしています。けれど、彼女は真の友人に飢えているのです。ビジネス仲間も知り合いも、必ずしも彼女に忠実なわけではなく、隙あらばその財産を利用しようとする者ばかりなのですから。

特に欲しい物もなく、だがどんなものでも手に入れられる財産を持つリネットは、彼女と同じ立場にある人々と同じように、ひとつの罠にはまります——人の道をはずれ、金では手に入らない何かを渇望してしまったのです。

私は『ナイルに死す』をわかりやすく、（そしてプロットを明かすことなく！）要約しようと試みています。この物語はリネット、サイモン、ジャクリーン、ジム・ファンソープ、ペニントンといった古風な名前に彩られた六十年以上も前の作品にもかかわらず、そこで展開する事件はわれわれが新聞で目にするようなニュースとどれほど変わりがあるのでしょうか？　現代のゴシップ屋は裕福な著名人の私生活——彼らの恋愛、使用人や顧問、不倫、仲違い——を次々と白日のもとに晒しています。今では、セックスについてはいくらかオープンになり、記事の品性に対する制約も（ひかえめにいえば！）それほどではなく、人々は堕落を続けているとしても、アガサ・クリスティーが一九三〇年代にナイルをいく蒸気船の上に紡ぎ出したこの物語も、根底に流れているものに違いはありません。

そして、なんといってもエルキュール・ポアロです。人々の感情の深みに踏みこみ、犯行の動機を見つけだし、精神の奥底に潜む邪悪に恐怖し、だが、それでも次々に起こる悲劇を止めることはできないこのアガサ・クリスティーの探偵の魅力こそが、この作品最大の見所でありましょう。

『ナイルに死す』は、その舞台にながれるロマンスの香りに加え、現代のわれわれにも充分アピールできる登場人物のために、二十世紀の傑作探偵小説の一つに数えられているのです。

（編集部訳）

マシュー・プリチャードは、アガサ・クリスティーの娘のロザリンドの息子で、一九四三年生まれ。クリスティー財団の理事長を長く務めている。

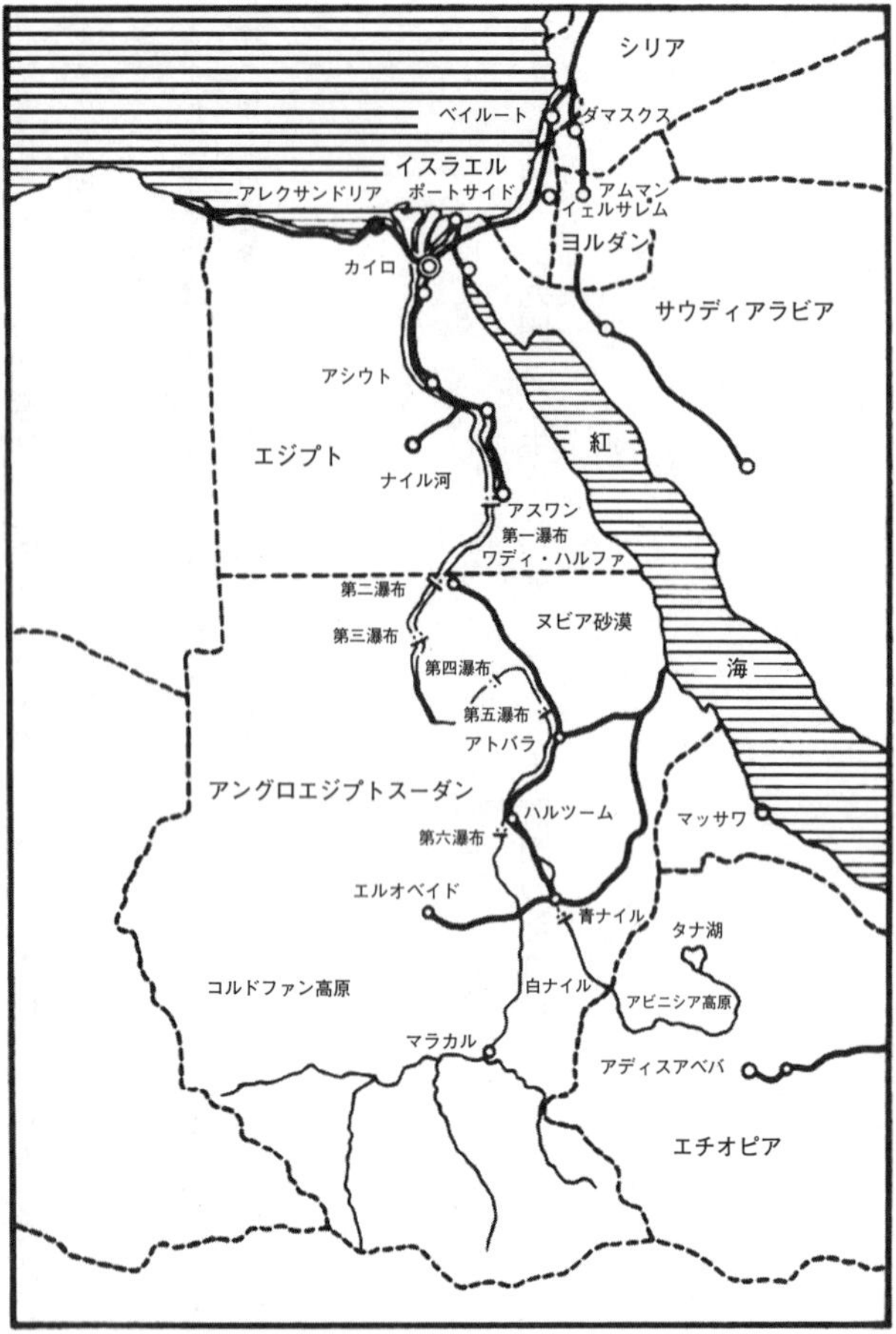
シリア
ベイルート
ダマスクス
イスラエル
アレクサンドリア
ポートサイド
アムマン
イェルサレム
ヨルダン
カイロ
サウディアラビア
アシウト
エジプト
紅
ナイル河
アスワン
第一瀑布
ワディ・ハルファ
第二瀑布
ヌビア砂漠
第三瀑布
海
第四瀑布
第五瀑布
アトバラ
アングロエジプトスーダン
ハルツーム
マッサワ
第六瀑布
エルオベイド
青ナイル
タナ湖
コルドファン高原
白ナイル
アビニシア高原
マラカル
アディスアベバ
エチオピア

ナイルに死す

登場人物

エルキュール・ポアロ……………………私立探偵
リネット・リッジウェイ…………………美貌で金持ちの若い女性
サイモン・ドイル……………………………リネットの友人
ジャクリーン・ド・ベルフォール…………リネットの親友
ルイーズ・ブールジェ………………………リネットのメイド
ジョウアナ・サウスウッド…………………社交界の貴婦人
ミセス・アラートン…………………………ジョウアナのいとこ
ティム…………………………………………アラートンの息子
ミセス・オッタボーン………………………女流作家
ロザリー………………………………………オッタボーンの娘
ヴァン・スカイラー…………………………金持ちの老婦人
コーネリア・ロブスン………………………スカイラーのいとこ
バウァーズ……………………………………スカイラーの看護婦
アンドリュー・ペニントン…………………リネットの財産管理人
スターンデイル・ロックフォード…………ペニントンの共同経営者
ジム・ファンソープ…………………………弁護士
ウィリアム・カーマイクル…………………ジムの伯父
ギド・リケティ………………………………考古学者
カール・ベスナー……………………………医者
ファーガスン…………………………………社会主義的な男
フリートウッド………………………………カルナク号の機関士
レイス大佐……………………………………英国特務機関員

第一部

1

〈1〉


「ありゃあリネット・リッジウェイだね！」

「うん、彼女だ！」

酒場〈三冠亭〉の主人バーナビーは、そばにいる友達に相槌《あいづち》を打った。

二人はいかにも田舎者《いなかもの》らしく目玉を剝《む》いて、少し口をあけたまま、問題の女性を見つめた。

いま土地の郵便局の前に、車体を真赤に塗った豪奢《ごうしゃ》なロールス・ロイスが停まったところで、そのなかから一人の若い女がはねおりたのである。彼女は帽子をかぶらず、着ている服もごくさっぱりした簡単なものである（いや、簡単なものにみえるだけだ）。髪は輝くような金髪、身体つきも素晴らしい。すらりとのびて、あたりを圧するような感じである。ひと口にいえば、このモルトン・アンダー・ウッドのような田舎町では滅《めっ》多《た》にみかけない女性である。

さっそうとした足どりで、彼女は郵便局の中へ入っていった。

「ああ、まさに、彼女だね！」バーナビーはもう一度こう呟《つぶや》くと、さらに、感に堪えないと言った小声で言葉を続けた。「何百万ポンドって財産なんだぜ。あの家だけでも何万ポンドと注ぎこんでるらしい。プールもこさえるんだとさ。庭はイタリア式だって。家の半分はぶちこわして建てなおすそうだ。舞踏室もできるんだとさ」

「この町にもかなりの金を落としてくれるだろうな？」相手の男が口を入れた。やせた貧弱な男で、彼の言葉つきには多分に羨望の気持ちと恨みがましい気持ちが混じっていた。

バーナビーはうなずいてみせて、「そうだとも。モルトン・アンダー・ウッドのような田舎町にとっちゃたいしたことさ。まったく、たいしたことだて」

彼は一人で悦にいっていた。

「これでおれたちみんな、目がさめらあね」

「ジョージ卿のころとはちょっとちがってくるなあ」

「ああ。あの人が落ち目になったのも馬のせいだ。競馬ですっちまったんだ。一度もめがでなかったんだからな」

「あのお屋敷、売っていくらになったんだい？」

「手取りで六万ポンドだって話だ」

　やせた男は口笛を吹いて目を丸くした。

　バーナビーは得意げに鼻をうごめかして話を続けた。「おまけに彼女、家の改造にもう六万は使うだろうって話だよ」

「ばかみたいだな！　どこからそんな金がでるんだろう？」

「人の噂じゃ、アメリカだってさ。彼女の母親ってのが、百万長者の一人娘なんだと。ちょっとした映画みたいな話じゃないか、ええ？」

　問題の娘は郵便局から姿を現わし、ふたたびもとの車に入っていった。

　車を運転して立ち去る娘の後ろ姿を目で追いながら、やせっぽちの男は呟《つぶや》いた。

「おれにはどうもピンとこないね。いや、あの女があんなに美人だってことがさ。金があるうえにあの器量ときちゃあ……あんまり虫がよすぎらあ。そんなに金があるんだったら、あんな器量よしに生まれなくともいいじゃないか。そうはいうものの実にすごい美人だな。何もかも揃ってやがらあ。どうも、あんまり不公平だ……」

〈2〉

デイリー・ブラーグ紙の社交欄より抜萃《ばっすい》

昨晩〈シェ・マ・タント〉で夕食中の客の中で、特に人目を惹《ひ》いた美貌の女性は、リネット・リッジウェイ嬢だった。同じテーブルには社交界でも著名な貴婦人のジョウアナ・サウスウッド嬢、ウィンドルシャム卿、トビー・ブライス氏などの顔がみられた。リッジウェイ嬢は周知のごとく、アンナ・ハーツと結婚したメリッシュ・リッジウェイ氏の一人娘で、母方の祖父、レオポルド・ハーツ氏から莫大な財産を受け継ぎ、目下社交界の注目を一身に集めているのである。噂によると、近いうちに、同嬢の婚約が発表されるとか。噂の相手、ウィンドルシャム卿は確かに夢現《ゆめうつつ》の様子であった。

〈3〉

ジョウアナ・サウスウッドが口を開いた。

「リネット。このお屋敷、きっと素晴らしいものになるわね！」

ウッド・ホールと称される大きな館《やかた》の中にあるリネット・リッジウェイの寝室である。

ジョウアナはこう言うと、寝室の窓から庭を眺め、さらに彼方の広々とした田園風景をみやった。青い森の影が、点々として美しい。

「完璧と言えるでしょ？」リネットが応えた。

彼女は窓のふちに腕をもたせかけていたが、その顔は希望と活気に溢《あふ》れていた。それにひきかえ、そばに座っているジョウアナ・サウスウッドはなんとなく映えない感じである。背は高く、年の頃は二十七、八、細長い利口そうな顔つき、眉は毛を抜いて奇妙な形に描いている。

「それにあなたもわずかな間に、ずいぶん模様替えをしたのね！　設計士だとかなんとか大変だったでしょ？　何人ぐらい雇ったの？」

「三人」

「設計士ってどんな感じ？　あたしまだ一人も会ったことないわ」

「まあ感じ悪くないわ。時にはちょっと実際的じゃないけど」

「その点ならあなたが直してやれるわね。あなたほど実際的な人はいないんだから」

ジョウアナは化粧台の上にあった真珠の首飾りを手にとった。

「これ本物でしょう?　リネット」

「もちろんよ」

「そりゃあ、あなたには〝もちろん〟でしょうね。でも普通の人じゃそうはいかないわよ。まあ養殖真珠か、大衆的な百貨店で売ってる、まがい物ぐらいがせいぜいよ。こんなに粒が揃ってて、実際、本物だとは思えないほどの品ね。ずいぶん高いんでしょうねえ?」

「少し、下品だとは思わない?」

「そんなことはないわ、ちっとも。まさに美の極致ってとこよ。いくらぐらいのものなの?」

「五万ポンドほどよ」

「まあ。すてきな金額ねえ!　盗まれる心配はないの?」

「ないわ。いつもつけてるんですもの――それに保険がかけてあるし……」

「ねえ、夕飯の時まであたしにつけさせて?　いいでしょ?　こんなものつけたら、ほんとにスリル満点だわ」

リネットは笑いだした。

「ええ、もちろんかまわないわ」

「ねえ、リネット。あたしいつも思うんだけど、あなたがとても羨ましいわ。あなたって何もかも揃ってでんですもの。二十歳《はたち》の若さで、誰にはばかることもなく勝手な真似はできるし、お金はいくらでもあるし、きれいだし、健康だし、おまけに頭もよいときている。ほんとに羨ましいわ。いつ二十一になるの？」

「今度の六月。成年祝いにはね、思い切り派手なパーティをロンドンでするつもりよ」

「それからチャールズ・ウィンドルシャムと結婚するんでしょう？　ゴシップ記者たち、みんなすごく気をもんでるわ。それに彼も、大変なご執心みたいね？」

リネットはちょっと肩をすくめた。

「どうかわからないわ、本当を言うと、まだ、誰とも結婚したくないのよ」

「その気持ちよくわかるわ！　結婚すると、どうしたって勝手なことはできないもの」

その時、電話のベルが鳴りだした。リネットは立ちあがって電話に向かった。

「はい、え？」

執事の声が電話から聞こえてきた。

「お嬢様、ミス・ド・ベルフォールからのお電話ですが、そちらにおつなぎいたしますか？」

「ベルフォール？　ええ、もちろん、すぐつないでちょうだい」

電話を切り替える音がカチッとして、それから、熱っぽい、柔らかい、少し息をはずませた声が聞こえてきた。

「もしもし、ミス・リッジウェイですか？　リネット！」

「まあ、ジャッキー、ほんとに久しぶりねえ！　ちっとも音沙汰《おとさた》なかったじゃないの？」

「ええ、ひどいでしょ？　でもリネット、あたし、今、とてもあなたに会いたいのよ」

「じゃあ、こちらに来られない？　あたしの新しい玩具《おもちゃ》ができかかってるのよ。あなたに見せたいわ」

「ええ、あたしもとても見たいわ」

「じゃ、すぐ、汽車か、車に飛び乗って、いらっしゃいよ」

「ええ、そうするわ。すごくおんぼろのスポーツ・カーがあるの。十五ポンドで買ったのよ。日によってとても気持ちよく走るんだけど、機嫌の良い時と悪い時があるの、もし、お茶の時間までに行けなかったら、車のご機嫌が悪いんだと思ってね。じゃ、あとでね」

リネットは受話器を置いて、ジョウアナの方に戻っていった。

「今の人、あたしの友達でも一番古い人なの。ジャクリーン・ド・ベルフォールって名前でね。パリで女学校が一緒だったのよ。とても運の悪い人なの、お父さんはフランスの伯爵だけど、お母さんはアメリカ人、南部の人らしかったわ。お父さんは誰か他の女とどこかに行ってしまって、お母さんはお母さんでアメリカの株の人暴落ですっかりお金をなくしてしまってね。だからジャッキーは一文無しでほうりだされたわけなの。今まで二年間どうやって暮らしてきたか想像もつかないわ」

ジョウアナは自分の真紅の爪をリネットの爪磨きで磨いていたが、やがて椅子にもたれかかると、仕上った爪の効果をためつすがめつ眺めはじめた。

「リネット、そんな話はうんざりしない？　あたしだったら、友達に不運なことが起こって一文無しになったら、その友達をさっさと捨ててしまうわ。こんなこと言うととても不人情に聞こえるけど、でも、そうすれば、あとでいろいろ面倒な目にあわなくってすむのよ。そんな人たちはきまって、お金を借りにくるか、下手な洋裁店か何か開いて、お義理でとんでもないドレスなんか買わされるのよ。さもなければ、そういう人って、スタンドの笠に絵を描いたり、スカーフに臈纈《ろうけつ》染めをしたり……」

「じゃあ、もしあたしがお金を全部なくしたら、明日にでも縁を切られてしまうのね

?」

「ええ、まあ、そういったところね。少なくともあたし、口でこう言うだけ正直なのよ。あたしが好きなのは成功した人たちだけ。でもみんなそうなんじゃなくって？　ただ、そう言わないだけよ。言ったとしても、〝あの人とはもうとてもつき合えないわ。貧乏してからあの人すごくひねくれてつき合いにくくなったんですもの。かわいそうだけど〟ってふうにごまかす程度ね」

「あなたってずいぶん薄情なのね、ジョウアナ」

「あたしはただお金が欲しいだけよ、他の人と同じようにね」

「あたしはそうじゃないわ」

「そりゃそうよ！　あなたにはそんな必要ないもの。あなたの後見人の、ほら、あのスマートな中年紳士が、一年に四回ちゃんとあまるほどのお金をくれるんだから」

「でも、ジャクリーンに関する限り、あなたの想像は間違ってるわ。彼女はあたしにたかったりなど絶対にしないのよ。あたしの方が彼女を助けてあげたいと思っても、そうさせてくれないの。おそろしく誇り高き女性なのよ」

「じゃあ、どうして急にあなたに会いたくなったのかしら？　何か欲しいにちがいないわ。まあみててごらんなさい」

「そうね。そう言えば、何だか興奮してたわ、でも、ジャッキーっていつでもすぐ、カーッとなる性質なのよ。一度なんかある人にペンナイフをぐさりとつっこんだのよ」

「まあ、すごくスリルがあること！」

「男の子が犬をいじめてたの。ジャッキーったらそれを一所懸命とめたんだけど、その男の子は言うことを聞かなかったわけ。彼女、その子を引っ張ったり、ゆすぶったりしたけど、男の子は力が強いでしょ。だからしまいにかんしゃくを起こして、ペンナイフをもってきてぐさりと刺したの。大変な騒ぎだったわ」

「そうでしょうね。聞いただけでもぞっとするわ」

その時、リネットのメイドが部屋に入ってきた。彼女は口の中でしきりと何かあやまりながら洋服簞笥《だんす》からドレスをとりだし、それを持って出ていった。

「マリイは一体どうしたの？　泣き顔をしてたじゃないの？」とジョウアナが尋ねた。

「かわいそうなのよ。あの子が、エジプトで働いてる男と結婚したがってたこと、あなたに話したでしょ？　彼女、その男のことあんまりよく知らなかったのよ。だから、素姓の確かな男かどうか、あたし、一応確かめてみたわけなの。そしたら、その相手、もう結婚していて子供が三人もいるってわかったのよ」

「まあ。あなたもずいぶん敵を作るのねえ」

「敵を？」リネットは驚いたような顔をした。

ジョウアナはうなずいた。それからテーブルの上の煙草をとって吸いはじめた。

「敵よ。あなたはおそろしく能率的すぎるわ。それに、正しいことをちゃんとやりすぎるもの」

リネットは笑った。

「あら、あたし、世の中に一人も敵なんかいないわ！」

〈4〉

ウィンドルシャム卿は杉の木の下に腰をおろしていた。卿はウッド館の優美なたたずまいにじっと目を注いでいた。その古めかしい美しさは少しも損なわれていなかった。新しい建物も改造した部分も、たくみに目の届かないところに隠されていたからである。秋の陽を浴びて実に和やかな美しい風景であった。しかしチャールズ・ウィンドルシャムがじっと見つめているうちに、風景は目の前にあるウッド館のそれではなくなっていった。その代わりに、人を威圧するようなエリザベス王朝時代の豪壮な屋敷、細長くえんえんと続いた庭園、殺伐とした背景といったものが、目の前に現われてくるように思えた。それは彼の先祖代々から住んできた家、チャールトンベリーの屋敷である。それからその家の前に一人の女の姿を思い浮かべた。明るい金色の髪、自信にみちた生き生きとした顔……チャールトンベリーの女主人としてのリネット！

彼は非常に希望に溢れた気持ちになった。彼女の拒絶はまだ決して確定的な拒絶ではない。少し時間の余裕を与えてくれというような懇願と大して変わりがない。したがって、彼だって少しぐらい待ったって構わないわけだ……。

すべてが条件にぴったり合っていた。金持ちの娘と結婚するということは、今の彼の生活状態としては大いに都合のよいことである。と言って、愛してない相手と無理に結婚してまで金を欲しがるほど切迫してはいない。ところが、彼はリネットを愛していた。たとえ彼女が、イギリス有数の金持ち娘でなく、一文の金も持たない娘であっても、彼はやはりこの結婚を望んだにちがいないのだ。ところが、運のよいことには、彼女はイギリスでも指折りの金持ち娘である……。

彼は心の中で将来の楽しい計画を立てていた。もしかすると、あのロクスデール荘の持ち主になれるかもしれない、屋敷の西側の一郭を改造しよう、スコットランドへ猟に行くのを諦《あきら》める必要もなくなるだろう……。

チャールズ・ウィンドルシャムは太陽の光を一杯に浴びて、夢を見つづけた。

〈5〉

おんぼろの小型スポーツ・カーが砂利の上をガタガタと屋敷の前に停まったのは四時ごろであった。ひとりの娘が中から現われた。小柄なスラリとした娘で、髪は黒味がかった褐色である。彼女は石段を駈けあがって、ベルを鳴らした。

二、三分後、彼女は細長い壮大な感じの応接室に通され、牧師のような執事が厳粛な声で、客の来訪を主人に告げた。

「ド・ベルフォール様がおみえでございます」

「リネット！」

「ジャッキー！」

この小柄な、火の玉のような娘が両手を拡げてリネットに抱きつくのを、ウィンドルシャムはそばで好ましげに眺めていた。

「あの、こちらはウィンドルシャム卿。こちらはミス・ド・ベルフォール、あたしの親友」

可愛い娘だ、と彼は思った。きれいだというほどの娘じゃないが、確かに、魅力的だ。黒く縮れた髪、大きなぱっちりした眼。彼はあたりさわりのない言葉を一言二言呟《つぶや》くと、遠慮がちにその場を去って、彼女らを二人きりにした。

ジャクリーンは飛びかかるような調子で話しはじめた。彼女は昔からこんなふうだった、とリネットは心の中で思い出した。

「ウィンドルシャム？　ウィンドルシャム？　あの人、新聞があなたの結婚相手だと騒ぎ立ててる人でしょ？　あなたは結婚するの？　本当にあの人と結婚するの？」

リネットは呟いた。「たぶんね」

「そう。よかったわ！　だってあの人、よさそうな人じゃない？」

「そう勝手に決めないでよ。あたし、自分でもまだ決心がついてないのよ」

「もちろんそうね。女王というものは自分の殿下を選ぶ時、いつも慎重にするもの！」

「からかわないでよ、ジャッキー」

「だって、リネット、あなたは女王よ。昔からそうだったわ。女王様、リネット女王、金髪のリネット女王、それで、あたしはその女王様の腹心よ。信頼すべき女官！」

「ジャッキー、あなたってしようのない人ね。くだらないことばかり言って。あなた今までどこにいたの？　すっかり雲隠れして、一度も手紙を書いてこないし」

「手紙を書くの大嫌いなの。あたしがどこにいたかっていうの？　また世の中の波をかぶって浮き沈みしていた、というところだわ。いろんな仕事をしてね。陰気な女たちといっしょに陰気な仕事をしてたわ」

「ジャクリーン、どうしてあたしに……」

「女王の恵みを受けないかと言うの？　そうなの、正直なところ、今日は、そのためにやってきたのよ。いいえ、別にお金を貸してくれと言うんじゃないわ。まだそれほど落ちぶれていないわ。でも、あなたにとても大切なお願いがあるの……」

「どんなこと？」

「あなたがあのウィンドルシャムさんと結婚する気だったら、きっとあたしの話、わかってくれると思うわ……」

リネットはちょっと不思議そうな顔をしたが、すぐ納得のいったという顔つきをして、

「ジャッキー、あなたは……」

「ええ、リネット、あたし婚約したの！」

「やっぱりそうだったのね。道理であなた、とても生き生きしてると思ったわ。そりゃあ、あなたっていつでも元気だけど、今日は普段よりもそうだわ」

「自分でもそう感じてるの」

「彼のことをすっかり話してちょうだい」

「ええ。名前はサイモン・ドイルというの。身体が大きくって、がっしりしてて、信じられないほど単純で、少年みたいで、とっても可愛いのよ。貧乏人でお金なんか一文もないわ。田舎の名門の出なんだけど、いわば貧しい名門というわけ――長男でもないしね。家はデヴォンシャーの方よ。田舎が好きで、およそ都会的じゃないのよ。でも、この五年間はロンドンのシティでしかつめらしく事務所で働いてたけど、会社の整理があって、いま失業中ってわけなの。リネット、あたし、彼と結婚できなければ、死んでしまうわ。ええ、ほんとに死んでしまうわ！」

「ばかなこと言うもんじゃないわ、ジャッキー」

「ほんとよ。あたし死んじゃう！　あたし彼に夢中ですもの。彼もあたしに夢中なの。お互いなしには、あたしたちとても生きていけないわ」

「すごく真剣なのねえ」

「ええ、そうなのよ。手に負えない、でしょ？　恋って代物《しろもの》は、一度とりつかれたらもう、身動きできないものよ」

彼女はここで一息ついた。その黒い瞳は大きく見開かれて、急に悲劇的な色を帯び、それからかすかに身震いした。

「時には恋って——恐ろしくなることもあるの！　サイモンとあたし、お互いのためにこの世に生まれてきたようなものよ。とても他の人を愛するなんて気になれないわ。だからあなたにぜひ助けてもらいたいの、リネット。あなたがこの家を買ったと聞いて、それでふと思いついたんだけど、あなた、土地や屋敷の管理人を一人か二人雇わなきゃあならないでしょ？　その仕事をサイモンにさせてほしいの」

「あら！」リネットは、びっくりした。

ジャクリーンはあわてて話を続けた。「そういう仕事だと、サイモン、とてもお得意なのよ。土地や建物のことはよく知ってるし、第一、子供の時からそういった仕事の中で育ったんですもの。正式の訓練もちゃんと受けてるのよ。リネット、少しでもあたしのことを思ってくれるんだったら、その仕事をサイモンにさせてちょうだい。ね、お願い。もし仕事振りが悪かったら、いつでも馘《くび》にしていいわ。でも悪いはずないわ。そうしたらあたしたち小さな家に住んで、あなたにもしじゅう会えるし、何もかもとてもよくなるのよ」

彼女は立ちあがった。

「ねえ、リネット、うんと言ってちょうだい。ね。美しいリネット。背の高い黄金の女神のリネット。あたしだけの特別の人リネット。うんと言ってちょうだい」

「ジャッキー――」

「雇ってくれるの？」

リネットは思わずふきだした。

「ジャッキーのおばかさん！　いいわ。あなたの恋人を連れてらっしゃい。そして会ってみて、それからいろいろお話しすることにするわ」

ジャッキーはいきなりリネットに駈けよって、彼女に嬉しさにあふれたキッスをした。

「リネット、大好きよ――あなたは本当のお友達だわ。初めっからわかってたわ。あたしを見捨てたりしないってね、それも永久に。あなたって、この世の中で一番すてきな人よ。じゃあさよなら」

「あら、ジャッキー、泊まっていくんじゃないの？」

「あたしが？　泊まらないわ。すぐロンドンに帰るの。そして、明日サイモンを連れてくるわ。その時はっきり決めてちょうだいね。きっと気に入るわよ。本当に可愛い人なんだから」

「でも、もう少しいてお茶でも飲んでいったらどう？」

「ううん、だめ、じっとしていられないわ。すぐ帰ってサイモンに話さなきゃあ。ええ、わかってるわ。まるでおかしくなってるみたいでしょ？　でも仕方ないわ。結婚したら治るわ、きっと。結婚って人の酔《よい》を醒まさせる効果があるらしいから」

彼女はドアの方に向いてから、一瞬立ちどまっていた。すぐにまたくるりと後ろを向いて、リネットをもう一度小鳥のように軽く抱いた。

「リネット――あなたみたいないい人はこの世に二人といないわ」

〈6〉

あまり大きくないがしゃれた高級フランス料理店〈シェ・マ・タント〉の持ち主ムッシュー・ガストン・ブロンダンは自分のお客の多くに愛想をふりまきたがる男ではなかった。金持ち、美貌の女性、有名人、家柄の良い人間などがこの主人に認められて特別サービスをしてもらおうと思っても、なかなか成功しない。このムッシュー・ブロンダンが、優美なへりくだった物腰でお客に挨拶し、そのお客を特別のテーブルに案内して、なにか適切な言葉を交わすとすれば、それはごく珍しいことなのである。

その晩のムッシュー・ブロンダンはたった三回だけこの王者の特権を行使した。一度はある大公妃のために、一度は競馬界で有名な貴族のために、三度日はいま入ってきた滑稽な風采《ふうさい》の小柄な男にである。髭だけは黒々と大げさにたくわえてはいたが、知らない人がみたら、彼の出現がこの料理店にとってなんのご利益《りやく》があるのだろうかと疑いたくなる人物であった。

しかしムッシュー・ブロンダンは心をこめて彼をもてなした。その前の三十分間というもの、どんな客がきても、テーブルがないからと断わっていたのに、この小柄な男のためにはすぐにどこからともなく魔術のようにテーブルが現われ、しかもそのテーブルは、一番よい場所に用意された。ムッシュー・ブロンダンは心をこめて彼を歓迎し、その席に自ら案内して、言った。

「ええ、もちろん、あなたのためなら何時でもテーブルは用意してありますよ、ポアロ様。たまにおいでになるんでなくて、もっとたびたび来てくださるとうれしいんですが」

エルキュール・ポアロはかつて解決してやった事件――死体一個と、給仕人と、ムッシュー・ブロンダン自身と、それから非常に美しい一人の女性とがそれぞれ一役演じたあの殺人事件――を思い浮かべながら微笑した。

「ムッシュー・ブロンダン、ほんとに親切にしてくれますな」

「で、今日はお一人でいらっしゃいますか、ポアロ様？」

「ええ、一人ですよ」

「それでは、ジュールスに話して、詩のように素晴らしい食事を作らせましょ。ええ、まさに詩そのものですよ。ご婦人が一緒ですと、どんなに魅力ある方でも、この点ではだめなんでしてね。人の心を散らして、本当の味を味わえないようにさせます。ポアロ様、きっとお食事をお楽しみになれますよ。ええ、それは私が保証いたします。ところで葡萄酒の方は……」

　そこで食事に関する専門的な言葉が、ポアロとブロンダンと給仕頭の三人の間で交わされた。

　ムッシュー・ブロンダンは席を離れる前にちょっとその場を立ち去りかねる様子をみせて、やがて声を低めると、

「いま何か重大な事件でも手がけてらっしゃるんですか？」

　ポアロは首を振った。

「いや、今のところは悠々自適というところでね。若い時、大いに節約しておいたから、今は何とかのんびりやっていけるようになった」

「羨ましい限りでございますね」

「いやいや、とんでもない。はたでみるほど楽しいもんじゃないよ」彼は溜め息をついて、「人間は考えることを避けるために、仕事を見つけだすと言われるけど、実際本当だね」

ブロンダンは両手を大きく拡げた。

「しかし、いろんな楽しみがあるじゃありませんか。たとえば旅行だとか」

「そう、旅行もいいね。なかなか悪いものじゃないよ。この冬はエジプトに行こうと思ってる。素晴らしい気候だと言うからね。ロンドンの霧、灰色の空、たえず降る雨の単調さから逃れるのも悪くないね」

「ああ、エジプト！」ブロンダンは大きく溜め息をついた。

「今ではエジプトまで汽車で旅行できるのだよ。英仏海峡をのぞいて船に乗る必要は全然ないんだ」

「なるほど、海上旅行はお嫌いとみえますね？」

エルキュール・ポアロは首を振って、ちょっと身震いした。

「私も船は嫌いなんでしてね」とムッシュー・ブロンダンは同情をよせて言った。「不思議と胃袋に作用するもんで」

「しかし、胃袋にもよりけりだね。揺れを少しも苦にしない人もいるね。むしろそれを楽しんでる人さえいるよ」

「神様は不公平なもんですなあ」

ムッシュー・ブロンダンは悲しげに首を振ると、この不信仰な考えに耽《ふけ》りながら、ポアロのそばから離れていった。

やがて軽やかな足どりと機敏な手さばきの給仕たちがテーブルを整えはじめた。トースト・メルバ、バター、アイス・ペール、そのほか上等な食事につきものの品々が用意された。

黒人バンドが人の心をとろかす不思議な不協和音を鳴らし、ロンドンの社交界は踊りはじめた。

エルキュール・ポアロは踊っている人たちを眺めながら、その人たちから受ける印象を彼の整然とした頭の中に刻みこみはじめた。

その連中のほとんどが、疲れ果てた、退屈至極な顔をしている！　ただ、小太りの健康そうな男たちだけが楽しんでいるようにみえる。反対に、彼らの踊りの相手の女たちは、いかにも辛抱強く我慢しているといった様子だ。あの紫の服を着た太っちょの女は晴れ晴れとした顔をしてるなあ……とにかく、太った人間たちの方が大いに人生を楽しんでいるといったふうだ……身体つきのほっそりした連中は何となく、精気というか、心からの喜びが欠けているようだ。

若い人たちもかなり見受けられる。うつろな顔つきをした者、あきあきした様子の者、明らかに不幸せに悩んでいる様子の者。若さを幸福だというのはたしかに間違っている。若さとはまさにもろい、傷つきやすい年頃である。

彼はある一組の男女を認めて、ふとその目を和らげた。実に似合いのカップルである。背の高い肩幅の広い男と、ほっそりしたデリケートな感じの女。二人の身体は完全な幸福のリズムに動いていた。空間と、時間と、お互いの中に、幸福感がみなぎっている。

ダンス曲は突然に終わった。拍手が鳴り、音楽はふたたび始まった。二度目のアンコールを踊った後、例の二人はポアロの座っているすぐ傍のテーブルに帰ってきた。女は顔を紅潮させて笑っていた。座ってからもなお、相手の男の顔を見上げて笑う。

ポアロは彼女の目の中に笑い以外に何物かがひそんでいるのをみてとった。彼は考え深げに首を振った。

〝この小柄な娘はあんまり夢中になりすぎる性質だ。危険だな。どうもたしかに危険な徴候だ〟

その時〝エジプト〟という言葉がふと彼の耳に入った。

二人の話し声ははっきり聞きとれた。女の声は若々しく、新鮮で、高飛車で、Rの発音に外国風の柔らかさが含まれていた。男の声は快い、調子の低い、育ちのよい英語であった。

「あたし、別に孵《かえ》らぬさきのひよこを勘定しているわけじゃないのよ、サイモン。リネットは絶対にあたしたちを失望させたりしないわ」

「だが、彼女の方でぼくに失望するかもしれないよ」

「そんなことあるもんですか。あなたにうってつけの仕事なんですもの」

「うん、正直なところ、ぼくには誂《あつら》え向きの仕事だ。自分の能力には自信を持ってるよ。きみのためにも一所懸命やってみるつもりだしね」

女はおだやかな笑い声をあげた。心からの幸福の笑い声であった。

「まあ、三カ月は辛抱しましょうね。そして、あなたが馘《くび》にならないことがはっきりしたら……そしたら」

「そうしたら、〝我はきみにこの世の生計《たつき》の品々をすべて備えん〟――ということになるね。それが肝腎なんだ」

「それから、さっき言ってたように、ハネムーンをエジプトで過ごすのよ。費用なんかどうにかなるわ。あたし、この世に生まれてから一度はエジプトに行きたいと思ってたのよ。ナイル河とか、ピラミッド、沙漠……」

彼は興奮にやや濁った声となった。

「ぼくたちは一緒に見物するんだよ、ジャッキー、一緒にね。素晴らしいだろうな！」

「でも……、あなたは、あたしが感じるほど、素晴らしいと感じているかしら？　あなたは本当に、あたしが望んでいるのと同じほど、その旅行を望んでる？　きっとそうじゃないと思うわ」

彼女の声はどこか鋭くなり、目を大きく見開いて――ほとんど恐怖にも似た不安の色をみせた。

男はすぐさま、はっきりと返事した。「そんなばかなことないさ、ジャッキー」

しかし、女はまだためらっていた。

「さあ、どうかしら……」

それから、彼女はちょっと肩をすぼめた。

「踊らない？」と問いかけた。

エルキュール・ポアロはひとり呟《つぶや》いた。

「男を愛している女《アン・キ・エム・エ》と、女に愛させている男《アン・キ・ス・レス・エメ》。さあて、どうかな？　私も心配だ」

〈7〉

ジョウアナ・サウスウッドが言った。

「それで、まんいちその人がすごいならず者だったらどうするの？」

リネットは首を振った。

「そんなこと絶対にないわ。あたし、ジャクリーンの好みを知ってるわ」

ジョウアナは呟いた。

「そりゃそうだろうけど、でも恋の道だけは別よ。まさかと思うような人に夢中になったりすることもあるものよ」

リネットは少しいらだたしそうに頭を振った。それから急に話題を変えて、

「あたし、あの計画のことで、ちょっとピアースさんに会ってこなきゃならないわ」

「あの計画って？」

「うちの地所にとても非衛生的な家が二つ三つあるの。あたし、そこの人たちに立ち退《の》いてもらって、家をこわしてしまおうと思ってるのよ」

「あなたってなかなか衛生的で、公共精神に富んだ人なのね」

「どうせ出てもらわねばならないのよ。だってその場所ったら、あたしの新しいプール

を上からのぞくような所にあるんですもの」

「だけどそこに住んでいる人たち、出て行くのを喜んでるの？」

「大部分は喜んでるわ。一人か二人、ちょっとうるさいのがいて——実のところ、少しうんざりしてるの。自分たちの生活状態がずっとよくなるのに、それを少しも認識しないんですもの」

「あなたが少し高飛車《たかびしゃ》にですぎるんじゃないの？」

「だって、ジョウアナ、得《とく》するのは向こうなのよ」

「そりゃあ、そうにはちがいないけど、いわば恵みの押し売りでしょ」

リネットは眉の間に皺《しわ》を寄せた。ジョウアナは笑いだした。

「あなたって暴君ね。そうでしょ。独裁者よ。そうだとはっきり認めなさい。お望みとあらば〝恵み深き独裁者〟だと言ってあげるわ」

「あたしちっとも独裁者なんかじゃないわ」

「でも、あなたは、なんでも自分の望むようにしたいんでしょ？」

「そうでもないわ」

「リネット・リッジウェイ。あなたは、今まで自分の望み通りにいかなかったことがある？　一度でもあると、あたしに面と向かって、断言できる？」

「ええ、何度でもあるわ」

「そう。〝何度でも〟ね。口ではそう簡単に言えるけど、じゃあ具体的な例をあげろと言ったらあげられないでしょ？　どんなに一所懸命思いだそうとしても一つだって思いだせないでしょ？　黄金の車に乗ったリネット・リッジウェイの前進――誰も邪魔はできやしないのよ」

リネットは厳しい調子で問い返した。

「あなた、あたしをわがままだと思う？」

「いいえ、ただ抵抗しがたい人だと思うだけ。富と魅力の結びついた効果だわ。あなたの前では何もかもへなへな。あなたは金で買えないものがあったら、微笑で買いとってしまう。その結果が、リネット・リッジウェイということになるのよ」

「ばかなこといわないで、ジョウアナ」

「だってそうでしょ？　何もかも持ってるでしょう？」

「まあ、そりゃあそうだけど。でもそんなふうに言うと、ちょっと嫌に響くわ！」

「もちろん、嫌なことなのよ！　そのうち、あなたも飽きてすごく退屈してしまうわよ。それまでは、まあ、黄金の車で乗りまわすことだわ。ねえ、ただ、心配なのは、あなたが街にでて、〈通行止め〉と立札のでた通りを通り抜けようと思った時、どんなことになるかってこと」

「ばかな話はいいかげんにしてよ、ジョウアナ」ウィンドルシャム卿が現われて、二人のそばに腰を下ろした。リネットは彼の方を振り向いて、「ジョウァナったら、あたしにひどいことばかり言うのよ」

「ええ、あたしは意地悪ですものね」ジョウアナは立ちあがりながらこう呟いた。

やがて、彼女はなんの言い訳もせずにさっさと部屋をでていった。ウィンドルシャムのめくばせをちらりと見てとったからである。

彼は一、二分黙って座っていたが、やがて、ずばりと用件を切りだした。

「リネット。決心がついた？」

リネットはゆっくり答えた。「あたし、あいまいな態度をとって、いけない女だとお思いになる？　自分の心が決まらない時には〝ノー〟と言うべきかしら？」

彼はすばやく口をはさんだ。

「ノーだけは言わないでほしいな。ぼくは待つんだったらいくらでも待つよ。しかし、ぼくたち、一緒になったらきっと幸福になる、これはあなたもおわかりと思うけど……」

「あのね」リネットは詫《わ》びるような調子で、子供っぽく言った。「今、あたしとても人生を楽しんでるでしょ？　とくにこの家を買ってからは」彼女は手を振ってあたりを指し、「あたし、ウッド館を理想的な田舎《カントリー・ハウス》の屋敷に作りあげたいの。今のところうまくいってると思うんだけど、どう？」

「ああ、立派なものだよ。実に見事な設計だ。まさに完璧です。あなたの頭のよさに敬服しますよ」

彼はちょっと息を入れて、さらに言った。

「あなたはチャールトンベリーも嫌いじゃないでしょう？　もちろん少し近代化させる必要があるが、それはあなたがうまくやってくれるでしょうし、第一あなたはそういう仕事が好きだし」

「ええ、もちろん、チャールトンベリーもすてきだと思うわ」

彼女は即座にそう答えてのけたが、心の中では急に寒々としたものを感じた。言いかえれば、そこに、現在の彼女の満足感を妨げる何かを感じたのだった。

彼女はその時はこの感情を分析しようとはしなかったが、あとで、ウィンドルシャムがでていってから、自分の心の底をはっきりとつきとめてみようと試みた。

チャールトンベリー——そうだ。これだわ——彼女はチャールトンベリーの話がもちだされたので、嫌な気持ちを覚えたのだ。しかしなぜだろう？　チャールトンベリーはイギリスでも有名な荘園である。エリザベス朝時代からずっとウィンドルシャム家が守ってきた屋敷だ。チャールトンベリーの女主人になることは社交界でもあまり類のない名誉である。ウィンドルシャム家は、イギリスでも最も名の高い貴族の一つだからだ。したがって、彼がウッド館をあまり重く見ないのは当然のことだ。どう考えてもチャールトンベリーとは比較にならない。

しかし、しかしウッド館は少なくとも彼女のものであった。彼女がみつけ、彼女が手に入れ、彼女が再築し、彼女が飾りつけたものである。思い切り金も注ぎこんだ。だからウッド館は彼女の所有物であり彼女の王国なのだ。

しかし、もし彼女がウィンドルシャムと結婚すれば、このウッド館もある意味ではその価値を失ってしまう。田舎の屋敷を二つも持つ必要はないし、そうなれば、手放すのはどうしてもウッド館の方ということになる。

と同時に、彼女、リネット・リッジウェイも存在を失ってしまうわけである。彼女はウィンドルシャム伯爵夫人になるとはいえ、チャールトンベリーとそこの土人に莫大な持参金をもって嫁入りしたということになる。そうなると彼女はただの妃《きさき》にすぎない。もはや女王ではなくなってしまうのだ。

「まあ、あたし、ばかなことばかり考えてる」とリネットは独り言を言った。

でも、これほどあたしがウッド館を捨てたがらないのは、なにか別の理由があるせいかもしれない……。

何か他に心の底にわだかまっているものがあるのではなかろうか？

その時、ジャッキーの声がどこからともなく聞こえてきた。「あたし彼と結婚できなければ、死んでしまうわ。ええ、ほんとに死んでしまうわ……」

あんなに決然と言い切ったあの言葉の響き。ウィンドルシャムに対してリネットは、あんな気持ちを抱いたことがあるだろうか？　絶対にない。おそらく誰に対してもそんな気持ちを抱くことはないだろう。もしそんなふうになれたら、どんなにいいかしら……。

開け放たれた窓から自動車の近づく音が聞こえてきた。

リネットはいらだたしげに首を振った。あれはきっとジャッキーとジャッキーの恋人にちがいない。入り口まで迎えにいこう。

ジャクリーンとサイモン・ドイルが車からでてきた時、リネットは、玄関に立っていた。

「リネット！」ジャクリーンが、彼女にかけよった。「こちらがサイモンよ。サイモン、こちらリネット。世界で一番すてきな人よ」

リネットが見たのは、肩幅が広くて、黒味がかった青い目の青年だった。さらっとした褐色のちぢれ髪、四角いあご、少年めいた魅力的な笑い顔……。

彼女は手をのばして握手を求めた。彼の手はがっしりして、しかも何となく温かみがあった……彼女の方を眺める彼の目つき——無邪気な、まじり気のない讃美の目つきを、リネットは実に好ましいと思った。

ジャッキーは彼に、リネットがいかに素晴らしい女性か大いに吹聴《ふいちょう》したにちがいない。そして彼もまた、自分の目で直接彼女を見て、やはり素晴らしい人だと感じたのだ。それがはっきり彼の態度に現われていた。

暖かい、甘い、恍惚《こうこつ》の気持ちが彼女の血管の中を流れた。

「ほんとに、ほんとによくいらっしゃいましたわ」リネットは言った。「さあ、サイモンさん。お入りになって。新任の管理人を大いに歓迎しますわ」

こう言って、二人を中に招じ入れながら、彼女は心の中でこう思った。〝あたし、とても、とても、幸福だわ。あたし、ジャッキーの恋人が好きになったわ。ものすごく好きだわ〟

それから急にドキリとして、「ジャッキーってなんて運がいいのかしら……」

〈8〉

ティム・アラートンは、籐椅子にもたれかかり、海を眺めて、大きくあくびをした。それから、そばに腰かけている母親を横目でチラリとみた。

ミセス・アラートンは、顔立ちの整った、髪の毛の白い、五十歳ばかりの婦人である。彼女は自分の息子を眺めるたびに、口許《くちもと》にちょっと厳しい表情を浮かべ、こうすることによって息子に対する強い愛情を隠そうとつとめるのであるが、しかし、赤の他人でもこの彼女の小細工にだまされることはなかった。第一、ティム自身すらこのお芝居をよく承知していた。

「お母さん。お母さんは本当にマジョルカ（地中海にあるスペイン領の島）が好きなの？」

「そうねえ」彼女はちょっと考えた。「少なくとも物価が安くて」

「そして寒いのさ」とティムは、ちょっと身を震わせて言った。

彼は背の高いやせた青年で、髪は黒く、胸幅は狭く、しかし、口許には非常にやさしい表情が溢れていた。目はいかにも物悲しそうで、顎の線ははっきりしない弱々しい性格を物語っている。彼はまた長いデリケートな手を持っていた。

数年前に肺結核の徴候をみてて以来、彼は本当に健康だという様子をみせたことがなかった。表向きの職業は〝ものを書く〟ということになっていたが、友達の間でも、この点はあまり有望な人間とみられていなかった。

「何を考えてるんです、ティム？」

ミセス・アラートンは心配そうな様子で尋ねた。明るい、暗褐色の目はいぶかるような表情をみせていた。

ティムはにやりと笑ってみせた。

「エジプトのことを考えてたのさ」

「エジプト？」

彼女の声音はなおもいぶかしげなひびきを帯びていた。

「いい、しんから暖かい国。のんびりした、黄金色の沙漠。ナイル河。ぼくはナイル河をさかのぼってみたいなあ。お母さんはどう？」

「そうねえ、きっと面白いでしょうねえ」しかし彼女の言葉の調子はあまり乗り気でもなさそうである。「でも、エジプトってお金のかかるところだというじゃありませんか。わたしたちみたいにペニーを勘定して生活している人間の行くところじゃありませんよ」

ティムは笑った。それから立ちあがって背伸びをした。途端に生き生きとした表情に変わって、母親の方へ乗りだすと、少しうわずった声で言った。

「費用の方はぼくが持ちますよ。株にちょっと手を出してみたら、うまく当たってね。今朝わかったんです」

「今朝？」ミセス・アラートンは即座に、「だって今朝は手紙は一通しかこなかったでしょ？　それにその手紙も――」

彼女は急に口をつぐんで、唇を噛んだ。

ティムは、母親の言葉を冗談ととろうか、嫌な顔をしようか、一瞬ためらったが、すぐに軽く受け流そうと腹をきめた。

「それにその手紙はジョウアナからだった、と言いたいんでしょう？」彼はすまして母親の言葉につけ足した。「その通りですよ、お母さん。あなたはほんとに名探偵さ。天下のエルキュール・ポアロもあなたには兜《かぶと》を脱ぐなあ、きっと」

ミセス・アラートンは少し不機嫌な顔になった。

「わたしはただ偶然に筆蹟をみただけで……」

「それですぐ株の仲買人の手紙じゃないと気づいたわけだね。そう。まさにご明察の通り。実をいうと、株のことを聞いたのは昨日。かわいそうに、ジョウアナの筆蹟は一目瞭然だ、まるで酔っ払った蜘蛛みたいに封筒一杯にはいまわってるからな」

「ジョウアナは何と言ってました？　何か新しいニュースでもあったの？」

ミセス・アラートンは、自分の声がさりげなく響くようにつとめた。というのは、自分の息子と、彼女の従妹にあたるジョウアナとの交友に、ある種のいらだたしさを覚えていたからである。別に二人の間にこれという関係があるわけではないし、彼女もそのことは全然疑っていなかったのだが、それでも彼女は二人の友情にどうしても好意をよせることができなかった。事実、ティムはジョウアナに感情的な興味を示したこともないし、ジョウアナにしても、そのような素振りは、全然なかった。彼らは共通の友達ないし知人がかなり多くいて、その人たちに関するゴシップを交換できるために、交際をつづけているらしい。彼らは二人とも人間というものに興味を持ち、その人たちについてあれこれと論じるのが好きだった。その点ジョウアナは、やや辛辣《しんらつ》だが、なかなか面白い批判をくだす女であった。

ミセス・アラートンは、ジョウアナと同席したり、彼女から手紙がきたりすると、いつでも居心地の悪い思いをしたが、しかし、これは、ティムがもしかしたらジョウアナと恋愛関係に陥りはしないかと心配しているからでは決してなかった。

ただ、そこにはっきりとは説明しがたい他の感情が介在していたのである。しいて言えば、ジョウアナとの交際でティムが感じている率直な喜びに対して、自分では認めたくないが、ある種の嫉妬を感じているのではなかろうか。ティムと母親の自分とは話友達として実に息が合っているので、彼が他の女に興味を覚えたり、気をとられたりするのをみると、いつもかすかな驚きの念を感じたのである。彼女はまた、自分が若い二人のそばにいると、その〝いる〟ということだけで、この二人の間に何かしら障壁を築いているようだとも感じた。二人が何かしきりに話しこんでいるのにぶつかることがよくあったが、そんな時、彼女の姿をみるや否や、二人の話は何となくたどたどしくなり、わざとのように、あるいは、つとめて、彼女を仲間に入れた話題に移っていくのだった。もちろん、ミセス・アラートンがジョウアナ・サウスウッドに好意を持っていないことは疑いのないところで、彼女はジョウアナを誠意のない、気取った、およそ、薄っぺらな人間だとしかみていなかった。またミセス・アラートンはその点をできるだけ押し隠そうとしたが、つい口調にそれが出てしまうのであった。

〝彼女が手紙で何と言っていたか？〟という母親の質問に応えて、ティムはポケットからその手紙をとりだし、さっと目を通しはじめた。彼女は、かなり長い手紙だな、と思った。

「別にこれということは書いてない。デヴニッシュ夫妻が離婚するんだって。それから、モンティ親父が酔っ払い運転してつかまったってこと。ウィンドルシャムはカナダに行ったとさ。彼、リネット・リッジウェイに振られて相当こたえたらしい。リネットは例の管理人の若い男と結婚することに決めたんだとさ」

「おやおや、ずいぶん変わってること。その人、きっととんでもない相手なんでしょうね？」

「いや、全然。デヴォンシャーのドイル家の人間なんだよ。もちろん、金はないけどね。それに彼はリネットの親友と婚約してたんだっていうから、リネットも、相当な熱の上げ方だね」

「そんなこと、ちっともいいことじゃないと思うわ」ミセス・アラートンは顔を赤くして言った。

ティムは母親へちらっと愛情のこもった一瞥《いちべつ》を投げて、

「わかってるさ。お母さんは、他人の夫をかっぱらったりすることには大反対なんだから」

「わたしたちの時代には、ちゃんと道徳の基準ってものがあって、それで万事がうまくいったんですよ。今の世の中じゃ、若い人たちは、自分の好きなことはなんでもしていいと考えてるらしい……」

「考えるだけでなくて、ちゃんと実行するんです。〝リネット・リッジウェイをみよ〟ですよ」

「まあ、いずれにしても、わたしはいやですね、そんなこと」

ティムは母親をいたずらっぽく見やった。

「大丈夫だよ、お母さん。ひょっとしたらぼくも同じ意見かもしれないよ。とにかく、ぼくはまだ、他人の奥さんや許嫁《いいなずけ》に手をだしたことはないものね」

「あなたがそんなことしないのは、わたしも信じてますよ」ミセス・アラートンはこう言って、それからさらに昂然《こうぜん》とつけ加えた。「わたしはその点、ちゃんとあなたを教育しておいたつもりです」

「おやおや、そうすると、ぼくの手柄でなくて、お母さんの手柄ってことになるな」

彼は笑いながら母親をからかい、手紙をたたみ直すとポケットに入れた。ミセス・アラートンは心の中でふと考えた。〝ほとんどの手紙はみせてくれるけど、ジョウアナの手紙だけはほんの飛び飛びにしか読んでくれない〟

しかし彼女は、このようなさもしい考えをすぐに払いのけ、もっと育ちのよい女らしく振る舞おうと心に決めた。

「ジョウアナは幸福に暮らしてるんでしょうね？」

「まああですよ。何だか、メイフェアあたりの一流の場所で、デリカテッセンでも開こうなんて考えてるらしい」

「あの人はいつも金がないとこぼしてるけど」ミセス・アラートンは少し意地悪な気持ちを含めて続けた。「そのくせ、あの人いろんなところに出入りはするし、着るものだけでもとてもお金かけてるわね。いつもよいドレスを着て……」

「彼女は払わないんじゃないかな？　いや、お母さんみたいなエドワード時代の人が自分では払わないという意味じゃなくてね、文字通りの意味でね。彼女は請求書がきてもただ払わないでおくわけ」

ミセス・アラートンは溜め息をついた。

「どうしてそんなことができるか、わたしには想像もつきませんね」

「まあ、一種の才能だよ、趣味がうんと贅沢《ぜいたく》で、それに金なんて鼻もひっかけないって様子でいれば、人はいくらでもつけにしてくれるんだ」

「そうかもしれないけど、でも、結局は、あのジョージ・ウッド卿みたいに裁判所で破産宣告を受けるわ」

「お母さんはあのおいぼれの馬好きじいさんに案外同情心を持っているんだね。たぶん、一八七九年ごろの舞踏会であいつがあなたを〝ばらの蕾《つぼみ》〟だとか何とか言ったからかな？」

「一八七九年にはわたしまだ生まれてませんでしたよ」ミセス・アラートンはむきになって抗議した。「ジョージ卿は立居振る舞いがとてもチャーミングだし、あの人のことを馬好きじいさんだなんて言ってほしくありませんよ」

「あの人をよく知っている人から、いろんな面白い話を聞いたなあ」

「あなたも、ジョウアナも人の噂をするのを何とも思ってないんですね。それどころか、人の悪口だったらなんでも歓迎するというのが……」

ティムは驚いたというふうに眉をあげた。

「おやおやお母さん、ずいぶんむきになるなあ。あのウッド爺さんがそんなにお母さんのお気に入りだとはちっとも知らなかった」

「ウッド館を売るのが、あの人にとってどんなに辛いことだったか、あなたにはわからないんです。あの人、あの家をとても大切にしていたんですからね」

ティムはこれに反駁《はんばく》しようとしたが、心の中でおさえつけた。いずれにしても、自分には人のことを判断する資格はなかった。彼は考えこんだふうに言った。

「そう言われてみると、お母さん。そのとおりだな。この前リネットが、ウッド館の改築の結果をみせようと彼を招待したら、ウッド氏、すごく失礼な態度で断わったそうですよ」

「そりゃあ当たり前ですわ。彼女もそのくらいのことはわかりそうなものなのに……」

「それに、彼はリネットを親の敵《かたき》みたいに思ってるらしい。彼女の姿をみるといつでも何かぶつぶつ言ってるんだって。あの虫の食った祖先伝来の家に、彼女が莫大な金を払ったのを根に持ってるのかな」

「じゃああなたにもあの人の気持ち、わからないのね？」ミセス・アラートンはすかさず訊き返した。

「正直なところ、わかりませんね。なぜ過去に生きなきゃならないの？　なぜ過ぎ去ったものに、しがみついていなきゃなんないんです？」

「じゃあ、そのかわりに、あなたなら、どんな楽しみがあるっていうの？」

彼は肩をすぼめた。

「たぶん、刺激かな。新奇なもの。毎日、毎日、何が起こるかわからないという期待の快感。役にも立たない古い土地をゆずり受ける代わりに、自分のために、自分の頭脳と業《わざ》とによって金を作る喜び」

「言いかえれば株式市場でうまく当てることね」

彼は笑いだした。「まあ、それもあるな」

「それでは同じ株でこのまえは損をしたでしょう？　あれはどうなるの？」

「お母さん、そうはっきり言わないでよ。今日そんな話を持ちだすのは罪だよ。……そりゃそうと、エジプト行きの計画はどうするんです？」

「そうねえ……」

彼は微笑しながらすぐ口をはさんだ。

「それじゃ決まった、と。ぼくたちは二人とも、前からエジプトには行きたがってたんだものね」

「それでいつ頃がいいわけなの？」

「そうだね。来月あたり。あそこは一月が一番いい時だから。それまで、このホテルの華やかな社交界を何週間か楽しむことにして」

「ティム！」ミセス・アラートンは、たしなめるようにこう言いかけて、それからややきまり悪げにつけ加えた。

「実はねえ、ミセス・リーチに約束したのよ――あなたを彼女と一緒に警察に行かせるって。あの人、スペイン語が全然わからないから」

ティムは顔をしかめた。「指輪のこと？　あの成金男の娘が持ってた赤いルビーのこと？　彼女、今でも盗まれたと思ってるの？　お母さんがそういうんなら行ってもいいけど、時間の浪費だよ。部屋付きのメイドに迷惑かけるぐらいがせきの山だな。あの日、海に入った時、ちゃんと指にはめたのを、ぼくははっきりこの目で見たんだから。海の中で、知らぬうちに指から抜けたにちがいないんだよ」

「あの人の話では、たしかに指からはずして、化粧台の上に置いたと言ってますよ」

「いや、そんなことはない。ぼくはちゃんとこの目で見たんだ。第一、あの女はばかですよ。お陽《ひ》さまが照ってるからって、海の水が温かいわけでもないのに、この十二月に水に飛びこむなんて、実際ばかだ。太り気味の女は、いずれにしても、海水浴なんかすべきじゃないな。水着姿を見ただけでもぞっとするもの」

ミセス・アラートンは呟いた。「わたしも、そろそろ海水浴などやめた方がいいことね」

ティムは大きな声で笑いだした。

「お母さんが？　お母さんはたいていの若い連中に負けないくらい、いいスタイルをしてるよ」

ミセス・アラートンは溜め息をついた。

「あなたのために、も少し若い人たちがここにいるといいわねえ」

ティム・アラートンは、きっぱりとした様子で頭を振った。

「ぼくはそう思わないな。外部からの邪魔なんかない方が、ぼくたち二人にはよっぽど楽しいもの」

「でもジョウアナがここにいればとは思うでしょ？」

「ジョウアナだっていない方がいい」彼の口調は、意外にもはっきりしていた。「その点、お母さんは考えちがいしているよ。ジョウアナは面白い女だけど、本当は、あんまり好きじゃない。まして、そばにうろうろされてたら、こっちの神経が疲れてしまう。いなくってよっぽどありがたいくらいだ。ジョウアナに二度と会えなくても、そんなにがっかりしませんよ」

彼は、そこで、うんと声を落とした。「世界でぼくが最も尊敬し、最も慕っている女性は、たった一人しかいないよ。その女性が誰であるかは、アラートンの奥様、ご存じのはずですよ」

ミセス・アラートンは顔を赤らめ、すっかりまごついてしまった。

ティムは真剣な顔つきでさらにつけ加えた。

「この世の中には、本当にいい女性ってあんまりいないけど、幸いにお母さんは、その〝いい女性〟のうちの一人だと思うな」

〈9〉

ニューヨークはセントラル・パークを見おろす高級アパートの一室で、ミセス・ロブスンは、嬉しそうな声をだしてこう言った。

「本当に、なんてまあ、すてきな話！　あなたほど運のいい娘はいませんよ、コーネリア」

娘のコーネリア・ロブスンは母親の言葉を聞いて、顔を赤らめた。

彼女は、褐色の犬のような目をした、大柄で不細工な娘である。

「ええ、きっと素晴らしいわね！」娘は息をはずませて答えた。

母子《おやこ》の喜びの声をそばで聞きながら、金持ちの老婦人ミス・ヴァン・スカイラーは、貧しい親類に対する例の鷹揚《おうよう》な態度で満足そうに首をかしげた。

「あたし、いつかヨーロッパ旅行をしたいしたいと思ってたんですの」コーネリアは溜め息をついた。「でも、実際にそんなことができるとは夢にも思ってませんでしたわ」

「もちろん、いつもの通り、ミス・バウァーズが一緒にくるはずだがね」とミス・ヴァン・スカイラーは言った。「でも社交的なつとめまでするのは、あの人にはとても無理だから、その点、コーネリアにはいろいろ手伝ってもらうことがあるんだよ」

「ええ、あたしなんでもいたしますわ、マリー伯母さま」コーネリアは熱心に言った。

「じゃ、これで、問題は片づいた、と。ところでコーネリア、ミス・バウァーズを呼んでおくれ。そろそろ卵酒《エッグノッグ》を飲む時間だから」

コーネリアは部屋をでていった。

母親はすぐに言った。

「マリー。あたし、本当にあなたに感謝するわ。コーネリアは、社交界であまりパッとしないことを、とても気に病んでいると思うの。何かしらひけ目を感じるらしいのよ。もしあたしに、あの子をあちこち連れ歩く余裕があれば別だけど。でも、あなたもご承知の通り、ネッドが死んでからというものは……」

「わたし、喜んであの子を連れていくつもりだよ。あれはとてもいい子だし、いろんな点で便利だし、気軽にお使いなどしてくれるしね。それにいまどきの若い人のようにあまりわがままなところがないから」

ミセス・ロブスンは立ちあがって、ミス・ヴァン・スカイラーの少し黄ばんだ、皺《しわ》だらけの顔にキッスした。

「あたしほんとに心から感謝するわ」彼女は、もう一度こう言って、部屋をでていった。

階段のところで、彼女は、背の高い、てきぱきした感じの女に出会った。彼女はお盆の上に黄色い、泡立った液体の入ったグラスを運んでいた。

「おや、ミス・バウァーズ。あなたもヨーロッパにいくんですって？」

「はい、そうなんです」

「すてきだわねえ」

「面白いだろうとは思いますわ」

「でも前にも、あちらにいったことあるんでしょ？」

「はい、ミセス・ロブスン。去年の秋、ミス・ヴァン・スカイラーのお供をしてパリに参りましたけど。でも、エジプトは初めてです」

ミセス・ロブスンはちょっとためらった。

「また、例の……トラブルが……起こらなきゃあいいけどねえ」彼女は声を落としてこう言った。しかし、ミス・バウァーズは少しも調子を変えないで言った。

「大丈夫ですわ、ミセス・ロブスン。わたしがちゃんと見張っておりますから。その点、ご安心なさって」

しかし、ゆっくり階段を降りて行くミセス・ロブスンの顔には、なお、かすかながら心配の影が浮かんでいた。

〈10〉

同じニューヨークのビル街にある事務所で、アンドリュー・ペニントンは、自分宛ての郵便物を一通ずつ開いていた。

そのうち、彼は手をぐっと握りしめると、勢いよく机をドンと叩いた。その顔は真赤になり、額には青筋が二本ぐっと浮かびあがった。

それから彼は机につけてあるブザーを鳴らした。まるで待ち構えていたかのようにスマートな秘書が入ってきた。

「ミスター・ロックフォードにこっちへくるように言ってくれ」

「はい、ミスター・ペニントン」

二、三分たってペニントンの共同経営者、スターンデイル・ロックフォードが入ってきた。二人とも背が高く、やせていて、髪は半白、髭はきれいにそって、とにかく同じようなタイプの人間である。

「どうしたんだい？　ペニントン」

　ペニントンは読み返していた一通の手紙から目を上げて、言った。

「リネットが結婚したんだ……」

「何だって！」

「聞こえないのかい？　リネット・リッジウェイが結婚したんだよ！」

「いつ？　誰と？　どうして知らせてこなかったんだろう？」

　ペニントンは机上のカレンダーを眺めて、「彼女がこの手紙を書いた時にはまだ結婚してなかったんだ。しかし、もう、式もすんだはずだ。四日の朝と書いてあるから。今日が四日だからね」

　ロックフォードは椅子にどかりと腰をおろした。

「こりゃあ驚いた！　予告なしにいきなりとはな！　何も言ってこなかったんだろう？　相手は誰だい？」

　ペニントンはもう一度手紙をみた。

「ドイル。サイモン・ドイル」

「どんな人間だい？　きみの知ってる男かい？」

「いや。手紙にもくわしいことは書いてないけどね……」彼は、真直ぐな字体で、はっきり書かれたリネットの手紙に、もう一度ざっと目を通して、「投資関係の内密な点で少し相談したいといってきてる……いや、こんなことはどうでもいい。要は彼女が結婚したという事実だ」

二人の男は互いに目を見合わせた。ロックフォードはうなずいた。

「一応考えてみる必要があるね」と彼は静かな口調で言った。

「どうしたらいいだろう？」

「こっちで聞きたいくらいだよ」

二人はしばらく黙って座っていた。

やがてロックフォードが尋ねた。

「何かいい計画があるかい？」

ペニントンはゆっくりと答えた。

「今日、ノルマンディ号が出帆するはずだ。きみかぼくか、どっちか出かけようと思えば間に合わないこともない」

「気でも狂ったのかい？　何をするつもりなんだい？」

ペニントンは言った。

「イギリスの弁護士たちが……」彼はふと口をつぐんだ。

「あの連中がどうだっていうんだい？　まさかきみはあの連中と取っ組み合うつもりじ

ゃないだろうね？　それこそ大変だぜ」

「ぼくは別にきみが……あるいはぼくが……イギリスへ出かけるべきだとは言ってないさ」

「じゃどうするつもりなんだい？」

ペニントンはテーブルの上に手紙を拡げて皺をのばした。

「リネットは蜜月旅行《ハネムーン》をエジプトで過ごすといってる。一ヵ月かそこらはエジプトにいるらしい」

「ほう！――エジプトにね」

ロックフォードはちょっと考えこんだ。それから顔をあげて、ペニントンと視線を合わせた。

「そうか、エジプトを考えてたんだな？」

「そうだよ。偶然にぱったり出会ったことにしてね。リネット夫婦は……蜜月旅行のお楽しみの最中だし……ひょっとしたらうまくいくかもしれない」

ロックフォードはまだ半信半疑で言った。

「だけど彼女はなかなか勘が鋭いよ。リネットはね。……とはいっても」

ペニントンはなおも静かな調子で言った。

「ぼくの考えでは、なんとか方法があると思うね。何とかうまくやれそうな……」

二人の視線はふたたびぶつかった。ロックフォードはうなずいた。

「そうだね」

ペニントンは時計を見やった。

「とにかく急がなきゃあ……。どっちが出かけるにしたって……」

「きみが行った方がいい」ロックフォードは即座に言い渡した。「きみはいつもリネットのお気に入りなんだから。〝アンドリューおじさん〟って格でやるんだね。それが切り札だ！」

ペニントンは顔をこわばらせた。「うまくぼくにできればいいがね」

「無理にでもうまくやるほかない！　事態はまったく切迫してるんだからな」

〈11〉

ドアを開けて入ってきたやせた青年に向かって、ウィリアム・カーマイクルは言った。

「ジムさんにここにくるように言ってくれ」

ジム・ファンソープは、部屋に入ってくると、なんの用かと言いたげな顔つきで伯父を眺めた。カーマイクルはうなずいてジムの顔を見上げ、うなり声を発した。

「おう、きたか？」

「ぼくを呼んだんでしょう？」

「まあ、これを見ろ」

ジムは椅子に腰を下ろし、差し出された二、三枚の紙を受け取った。カーマイクルはジムの様子をじっと眺めた。

「どうだ？」

ジムは即座に答えた。「なんだかくさいですね、伯父さん」

ジム・ファンソープと伯父のウィリアム・カーマイクルはカーマイクル・グラント・アンド・カーマイクル法律事務所の共同経営者なのである。

ウィリアム・カーマイクルはジムの言葉を聞いて、彼独特のうなり声をあげた。

ジム・ファンソープはエジプトから着いたばかりの問題の航空郵便を読み返した。

……こんな素晴らしい日にビジネス・レターを書くのはもったいないような気がしますわ。私たちはメナ・ハウスで一週間過ごし、ファユーム（北部エジプトにある考古学上の宝庫）まで遠出しました。明後日、ナイル河を船で上り、ルクソール（ナイルの東岸にある大都会）からアスワン（アスワン州の首府、ダムで有名）に向かい、できれば、ハルツーム（スーダン領、白ナイルと青ナイルの分岐点にある都会）までいってみる予定です。今朝、クック旅行案内所にいったら、誰に会ったと思います？　私のアメリカの財産管理人、アンドリュー・ペニントンさんにぱったり出会いました。二年ほど前あなたも彼に会ったはずですわ。彼がエジプトにきているとはちっとも知りませんでした。彼も私がこちらにきていると知らなかったそうです。結婚したことも知らなかったんですって。私の通知といきちがいになったらしいんです。彼も私と同じように、ナイル河をさかのぼる予定だと言ってました。世の中ってせまいものと思いました。それはそうと、このたびはお忙しいところをいろいろとありがとうございました。私は……


　ジムがさらに便箋《びんせん》をめくってさきを読もうとすると、カーマイクルは手をのばして、その手紙をとりあげた。

「そこまででいいんだ。終わりの方は別に関係ない。それできみはどう思う？」

　ジムはちょっと考えこんでいたが、やがて言った。

「そう――ぼくは彼らの出会いが偶然だとは思えない……」

カーマイクルはそうだというふうにうなずいてみせた。

「エジプト旅行をやってみるかい？」彼はいきなり大声でこう言った。

「そうした方がいいと思いますか？」

「一分の時間も惜しいほどだ」

「しかし、どうしてぼくが行かなきゃならないんです？」

「頭を使うんだね、頭を——。いいか、リネット・リッジウェイは、まだ一度もきみに会ってないし、ペニントンもきみを知らないじゃないか。飛行機で行けば充分に間に合うと思う」

「ぼくは——そんな仕事、いやだなあ」

「もちろんいやだろうとも。しかし、きみ、なんとかしてうまくやらなきゃだめなんだ」

「どうしても——その必要があるんですか？」

「わしの考えじゃ」とミスター・カーマイクルは言った。「これは絶対的だね」

ミセス・オッタボーンは、この地方特産の布地をターバン風に頭に巻きつけていたが、たれを直しながら、ぶつぶつ不平を述べるような調子でこう言った。

「いっそのことエジプトに出かけようかしら。イェルサレムにはもうあきあきしちゃった」

娘が返事もしないで黙っているのをみて、彼女は言った。

「話しかけられたら、返事くらいしてもいいでしょ？」

娘のロザリー・オッタボーンは、新聞にでている女性の写真をじっとみていた。写真の下にはこう書いてあった。


サイモン・ドイル夫人。結婚前は、リネット・リッジウェイの名で、社交界の花形として知られていた美貌の女性。ドイル夫婦は目下エジプトを休暇旅行中。


ロザリーは口を開いた。

「お母さん、エジプトに行きたいんですって？」

「今そう言ったじゃないか」ミセス・オッタボーンはぷりぷりした調子で、「ほんとに、このホテルって、横柄《おうへい》きわまるわ。実際、あたしがここにいるってことだけでも大変な宣伝になるのにね。部屋代を安くしたって当たり前ですよ。だから、あたしがちょっとそのことをほのめかしてみたら、とっても失礼な態度で……。ええ、実際失礼にもほどがあるわ。あたし、うんと言い返してやったわ」

ロザリーは溜め息をついた。彼女は言った。

「どこだって同じことですわ。できたら、今すぐにでも出発したいわ」

ミセス・オッタボーンはさらにつづけて言った。「それに今朝なんか、部屋は全部、前から予約されている、だから、二日たったらこの部屋も人がくるんだって。支配人たら、そんな失礼なことをぬけぬけ言って……」

「じゃ、あたしたちどっちみち、出なきゃならないのね」

「そんなことないさ。あたしは自分の権利のためにあくまで戦うつもりよ」

ロザリーは呟いた。「でも、どうせ出ていくんだったらエジプトに行く方がいいんじゃない？　喧嘩《けんか》したって、つまらないもの」

「そうね。べつに生きるの、死ぬのって問題じゃないんだから」とミセス・オッタボーンも折れてでた。

しかし、彼女の考えは完全に間違っていた——エジプト行き、それはまさに生きる死ぬの問題になったからである。

第二部　エジプト

1

「あの人、エルキュール・ポアロよ、私立探偵の」とミセス・アラートンが言った。

彼女と息子のティムは、アスワンにあるカタラクト・ホテルの庭で、真赤に塗られた籐椅子に腰かけていた。

二人は、向こうを歩いてゆく二人の人影を眺めていた。一人は白い絹の服を着た背の低い男、もう一人はすらりと背の高い娘である。

ティム・アラートンは母親の言葉を聞いて、急にドキリとした様子で椅子から身を起こした。

「あの変ちくりんな小男が？」と彼はいかにも信じられないといったふうに訊き返した。

「ええ、あの変ちくりんな小男がですよ！」

「一体、なんの用でこんなところにきたんだろう?」

彼の母親は笑った。

「おやおや、あなたとても興奮したみたいね。男の人って犯罪となると、どうしてこう夢中になるのかしら? わたしなんか探偵小説だってきらいで、読んだこともありませんよ。でも、ムッシュー・ポアロは、何か特別の理由でここにきてるんだとは思わないわ。あの人、かなりお金を貯めたらしいし、きっと物見遊山《ものみゆさん》の旅行でもなさってるんでしょ」

「彼、滞在客のうちで、一番きれいな子に目をつけたなあ」

ミセス・アラートンは、ムッシュー・ポアロと連れの娘の後ろ姿を眺めながら、首をちょっとかしげた。

娘はポアロより三インチほど背が高く、歩き方も非常に美しかった。堅苦しい感じはなく、そうかといってだらしない感じもない。

「そうねえ。まあかなりきれいな娘だね」とミセス・アラートンは言ってティムの方をちらりと横目でみた。案の定、投げた鉤《はり》に魚はすぐ食いついてきた。彼女は心の中でひそかに面白がった。

「かなりきれい、いい、などころじゃありませんよ、相当以上ですよ。ただ、あんなに不機嫌な仏頂面《ぶっちょうづら》をしてるのが玉にきずだけど」

「今日だけ機嫌悪いんじゃなくって？」

「いや、きっと不愉快で悪がしこい女でしょう。だけど、とにかくきれいだな」

噂の女性はイェルサレムからエジプトにきたロザリー・オッタボーンであった。彼女は、すぼめたパラソルをくるくるまわしながら、ポアロのそばをゆっくり歩いていった。彼女の顔の表情は、まさにティムの言った通り、眉と眉の間に皺を寄せ、不機嫌な、むっつりした様子で、唇の赤い線も端の方が下に曲がってみえた。

二人はホテルの門を出ると左に曲がって、公園の涼しい木蔭に入っていった。

エルキュール・ポアロは、いかにも楽しくてたまらないといった表情を浮かべて、おだやかな調子で、とりとめもないことをしゃべっていた。念入りにプレスした白の絹地の服。パナマ帽。おまけに、模造琥珀《こはく》の柄のついた非常に装飾的な蠅たたきを手に持っていた。

「実に素晴らしい。エレファンタイン（アスワン・ダムのすぐ下にある島、古跡が多い）の黒い岩。太陽の光。河の上の小さな舟。実際、生きていてよかったと思いますよ」

彼はふと言葉を区切って、それからこうつけ加えた。

「お嬢さんはどうですか？　そうお思いになりませんか？」

ロザリー・オッタボーンはそっけなく言った。

「まああってところですわ。でもアスワンって憂鬱なところですね。ホテルはがら空きだし、いる人といえば、百歳ぐらいのお年寄り――」

彼女は急に言葉を切って、唇を噛んだ。

エルキュール・ポアロの目は愉快そうに光った。

「まあ、そうですな。私なんか棺桶に片足をつっこんでいます」

「あたし――あたし、別にあなたのことを考えてたんじゃないんです。ごめんなさい。失礼なことを言って」

「いいえ、ちっとも。あなたが若いお友達を望むのは当然のことですよ。そりゃそうと、若い男の人が、少なくとも一人はいますね」

「いつもお母さんと座ってる人でしょう？　お母さんの方はとても好感が持てますけど、息子さんの方は感じ悪いわ。何だか、すごく自惚《うぬぼ》れてるみたいで――」

ポアロは微笑した。

「それでは私は？　私も自惚れてるとは思いませんか？」

「え？　いいえ。別に……」

彼女はいかにも興味なさそうに返事した――しかし、ポアロは気にもかけないで、いかにも満足しきった様子で言った。

「私の親友の言葉によりますと、私は大変な自惚屋《うぬぼれや》だそうです」

「ええ、まあ」とロザリーはあいまいに言った。「それはあなたが、少なくとも何か自慢できるものを持ってるからですわ。ただ、失礼ですけど、あたし、犯罪にはまるで興味ないんですの」

ポアロは真面目な口調で言った。

「そうでしょうな。あなたは何一つ人に隠すような秘密を持ってないでしょうからね。結構なことですよ」

ほんの一瞬、ロザリーは仏頂面の仮面を脱いで、彼の方にすばやく問いかけるような一瞥を投げた。しかし、ポアロはそれには全然気づかない様子で言葉を続けた。

「あなたのお母さんは今日、昼の食事においでにならなかったようだが、気分でも悪いんですか？」

「土地の気候に慣れないせいですわ。あたしも早くここから逃げだしたいわ」

「私たちはおなじ船で遊覧に出かけるわけですな？　ワディ・ハルファ（ナイル河の第二瀑布のあたりを指す）や、第二瀑布《セカンド・カタラクト》まで一緒に見物に行くんじゃありませんか？」

「そうですわ」

二人は公園の木蔭から、河に沿ったほこりっぽい道にでた。とたちまち、ビーズ売りが五人、絵葉書売りが二人、石膏製のかぶと虫《スカラベ》売りが三人、貸驢馬屋の少年が二人、わっと彼らのまわりに集まってきた。少し離れたところでは物欲しそうな貧民の子供がこちらを眺めている。

「だんな、ビーズ買います？　一番上等。大変安い……」

「奥さん。かぶと虫欲しい？　みるよろしい。クレオパトラ女王。運よろしい……」

「ね、だんなさん、ほんとの瑠璃《るり》よ、とてもジョウトウ、とても安いね」

「だんなさん。ロバに乗るよ。これロバおとなしい。これロバ名前ウィスキー・ソーダ……」

「御影石の石切り場いくか？　これロバ大変よろしい。あのロバ大変悪い。あのロバすぐ転ぶ」

「絵葉書買うか？　大変安い。大変上等」

「奥さん。みるよろしい。十ピアストルだけ。大変安い……これ、瑠璃《るり》。……これ象牙……」

「これ大変上等蠅たたき。これみんな琥珀《こはく》」

「船乗るか？　大変上等な船ある……だんな……」

「ホテル帰る？　ロバどうぞ。これロバ一番上等……」

ポアロはこの人間蠅の群れを払いのけるような身振りをした。ロザリーはまるで夢遊病者のように彼らの真中を、空をみつめて歩きぬけた。

「目も耳もきこえない真似をしてるのが一番いいのよ」とロザリーは呟いた。

子供の物ごいたちがそばにくっついてきて、哀れっぽい声で呟きはじめた。

「バクシーシュ（ペルシャ語でご祝儀、チップの意）は？　バクシーシュ？　ね、ほら――大変上等。大変よろしい……」

身にまとった鮮やかな色のぼろを、派手に地面に引きずっていて、まぶたには蠅が群れをなしてとまっている。この連中が一番執拗につきまとってきた。ほかの物売りは、新しい観光客を待ち構える気か、次第に離れていった。

と今度は、ポアロとロザリーは店舗の砲弾に悩まされねばならなかった。

「だんな様。どうぞこちらへ」「象牙の鰐《わに》欲しいか？」「私の店まだみないね？」「大変きれいなものたくさんあるよ」

二人は五番目の店に入っていった。ロザリーは現像フィルムを二、三本店員に渡した。これが彼らの散歩の目的だったのである。

それから店をでると、河のふちに向かって歩いていった。

ナイル河を上下する汽船の一つが、ちょうど栈橋《さんばし》に碇泊するところであった。ポアロとロザリーは好奇の眼で船客たちを眺めた。

「ずいぶんたくさんの人が乗ってるわねえ？」とロザリーは言った。

ティム・アラートンが二人のそばにやってきた。ロザリーはちょっと彼の方を振り向いた。ティムは大急ぎで歩いてきたのか、少し息を切らしていた。

三人はしばらく黙って立っていたが、やがてティムが口を切った。

「例によって、くだらない連中ばかりだろうな」と彼は上陸してくる乗客たちを指して、軽蔑したような声で言った。

「たいていまあそうね」ロザリーが同意した。

三人とも、一足さきにやってきた人間が持つ優越感を感じながら、新来者たちを観察した。

「おや！」ティムが急に興奮したような声で喉声を上げた。「あれはたしかにリネット・リッジウェイだ！」

これを聞いて、ポアロは平然としていたが、ロザリーはたしかに興味をそそられたようであった。彼女は例の仏頂面をすっかりかなぐり捨てて、身を前の方に乗りだした。

「どこに？　あの白い服を着た人？」

「そう。背の高い男と一緒にいる人。ほらいま陸に上っている――。あの男が今度結婚した相手だね、きっと。名前は忘れたけど」

「ドイルよ」ロザリーが言った。「サイモン・ドイル。新聞にでてましたわ。彼女、うなるほどお金を持ってるんでしょ?」

「女としちゃ、イギリスで一番ですよ」ティムは快活に答えた。

三人は上陸してくる船客たちをしばらく眺めていた。ポアロは、若い二人が噂している当の女性を興味深く観察した。それから彼は呟いた。

「実に美しいご婦人だ!」

「この世にはあらゆるものに恵まれてる人もちゃんといるのね」ロザリーが吐き出すように言った。

栈橋を渡ってくるリネットの姿をじっと見つめているロザリーの顔には、奇妙な、何かしら恨みがましい表情が現われていた。

リネット・ドイルは、あたかも舞台の中央にでてくる人のように完璧な身のこなしをみせていた。彼女は一流の女優が備えている自信すら持っていた。みんなに眺められ、讃美され、どこへ行っても自分が舞台の中央にいるという感覚に、すっかり慣れていたのである。

浴びせられる強い視線を彼女はよく意識していた——と同時に、それをほとんど意識していないともいえるほどなのであった。もうそれが彼女の生活の一部になっていたからである。

彼女は、自分ではそのつもりではないにせよ、とにかく一つの役割を演じながら、陸に上ってきた。金持ちで、美しい社交界の花嫁が、蜜月旅行をしているという役割である。彼女は、そばの背の高い男に振り向いて、ちょっと微笑し、何か軽口を叩いた。彼は答えた。その声を聞いて、ポアロは何かしら気にかかる様子をみせた。そして目を光らし、眉と眉の間に皺を寄せた。

ドイル夫妻は彼のすぐそばを歩いていった。サイモン・ドイルの話し声が耳に入った。

「ダーリン、それじゃあなんとかして時間を作るようにしよう。この町が気に入ったら、一週間だって、二週間だって滞在していいんだから」

リネットの方にむけた彼の顔は、妻を溺愛し、妻のためなら何でもするといった表情に満ちていた。ほんの少し、へりくだった感じもうかがわれた。

ポアロの目は、じっと彼の上に注がれていた——角ばった肩、赤銅色に焼けた顔、黒味がかった青い眼。やや子供じみた単純な微笑。

「運のいい奴だ」彼らが通り過ぎたあとで、ティムが言った。「扁桃肥大症《アデノイド》でも、扁平足でもない金持ち娘をみつけだすなんて！」

「あの人たちとっても幸福そうだわ」ロザリーは声に羨望の気持ちを響かせて言った。それから急にこうつけ加えた。「ずいぶん不公平だわ」しかし、それはほとんど聞きとれないほどの声で、ティムの耳には全然入らなかった。

ただし、ポアロは聞き逃がさなかった。眉をひそめて何か考えこんでいたポアロは、この言葉を聞くと同時に彼女の方にすばやい一瞥を投げかけた。

ティムは言った。

「さて、おふくろに頼まれた買い物をしてこなきゃあ」

ティムは帽子を持ち上げ、その場を立ち去った。ポアロとロザリーは、またもや集まってきた貸驢馬屋を払いのけながら、ゆっくりとホテルの方に足を運んだ。

「そうですか？　不公平だと思いますか？　お嬢さん」とポアロがやさしく尋ねた。

ロザリーは腹立たしそうに顔を赤らめた。

「なんのお話ですの？」

「いや、あなたがさっき小声で言ったことを繰り返しただけですよ。ええ、たしかに言いましたよ」

ロザリー・オッタボーンは肩をすぼめた。

「一人の人間があれだけの幸運を手に入れるなんて、ちょっと欲が深すぎるような気がしたの。お金と、美貌と、素敵な身体つきと――」

彼女は口をつぐんだ。ポアロがあとを続けた。

「それから愛《ラブ》と？　そうでしょう？　愛と言いたかったんでしょう？　しかし、あなたはご存じないじゃありませんか。ひょっとしたら彼は、彼女の金が目当てで結婚したかもしれませんよ」

「でもあの人が彼女をどんな目つきでみてたか、ごらんになったでしょ？」

「ええ、もちろんですよ、マドモアゼル。見るべきものはみんな見ました。実際のところ、あなたが見なかったことまでちゃんと見てますよ」

「たとえば？」

ポアロはゆっくりと言った。

「たとえば、彼女の目の下にでている黒い線、指の関節が白くなるほどしっかり日傘を握りしめた手……」

ロザリーは彼をじっと見つめた。

「それ、どういう意味？」

「つまり、〝光るもの必ずしも黄金ならず〟という意味です。言いかえれば、あのご婦人がたとえ金持ちで、美しくて、人から愛されているとしても、何かしら心配事に苦しんでいる、という意味です。それに私はまだほかにも知ってることがありますよ」

「というと？」

「私は知っているのです」ポアロは眉をしかめながら言った。「つまり、どこかで、いつか、あの声、ムッシュー・ドイルの声を聞いたことがあるという事実です。どこで聞いたのか思い出せればいいんですがね、どうもそこのところが――」

しかし、ロザリーは全然聞いていなかった。彼女はぴたりと足を止めて、日傘のさきで砂の上に何か模様を描いていたが、やがて、突然、烈《はげ》しい口調で話しはじめた。

「あたしってていやらしい人間だわ。いいえ、心底からけだもののような人間だわ。あたし、あの人の服を後ろからはぎとって、あのきれいな、高慢ちきな、自信たっぷりな顔をこの足で思い切りふみにじってやりたい。あたしって、嫉妬深い猫みたいな人間――。でも、ほんとにそうなんだから仕方ないわ。あの人、世の中の幸福を一人で背負って、しかも、落ち着き払って自信満々なんですもの」

エルキュール・ポアロは彼女のこの感情の爆発に驚きの目をみはった。彼は相手の腕をとって、やさしくゆすぶった。

「さあて《トゥネ》、思ったことを口にだしちまったから、少しはさっぱりしたでしょう！」

「あたし、あの人が憎いわ。一目みただけでこんなに人を憎んだことなんか、一度もないわ」

「そいつはすてきです！」

ロザリーは彼の顔をけげんそうに眺めた。それから、口をゆがめて、大声で笑いだした。

「大いによろしい《ビアン》」ポアロもまた笑った。

二人は、すっかり上機嫌になってホテルの方へ歩いていった。

ホテルの入り口から涼しい薄暗いホールに入ると、ロザリーは、「お母さんを探してきますわ」

と言って立ち去った。

ポアロはそのまま入り口の反対側にあるテラスにでた。ナイル河を見おろしているこのテラスには、お茶のテーブルが用意してあったが、時間はまだ早かった。彼は立ったまましばらくナイル河を眺めていたが、やがてゆっくりした歩調で庭にでた。

暑い太陽の下でテニスをしている人もいた。彼はちょっとの間、それを眺め、それからさらに坂になった小道を下りていった。河のふちにベンチがあった。若い娘が一人で座っていた。ポアロがロンドンのフランス料理店〈シェ・マ・タント〉でみかけた娘である。すぐに彼女だと気がついた。あの晩みたあの顔は、彼の記憶の中にしっかりと刻みつけられていた。しかしいまその顔に現われている表情はまったく別物である。前よりずっと青白く、やせ細り、精神的な疲労と大きな不幸を物語る深い皺さえ現われていた。

彼はちょっと後ずさりした。彼女はまだポアロに気がついていない。彼は自分がそこにいることを気づかれないように注意しながら、しばらく彼女を観察した。彼女は小さな足で地面をいらだたしげにコツコツとふみ鳴らしていた。焦《こ》げくすぶっている火といった感じの黒味がかった目は、あたかも暗い悲しい勝利に悶《もだ》え苦しんでいるかのようだ。彼女はナイル河の向こう岸近くを眺めていた。そこには白い帆をかけた船が、すべるように河を上下していた。

この顔――そしてあの声。彼は両方を一緒に思い出した。この娘の顔と、さきほど聞いたばかりのあの、あの花婿の声……。

こうして、彼が人知れず娘のことを考え続けているうちにも、人生の悲劇は遠慮会釈なく次の一幕に入っていった。

上の方から人声が聞こえてきた。ベンチの娘はすぐに立ちあがった。リネット・ドイルと夫のサイモン・ドイルが小道を歩いてきた。リネットの声は幸福と自信に満ち満ちている。疲労と緊張の様相はすっかり消えていた。リネットは本当に幸せを感じていたのである。

ベンチのそばに立っていた娘は一歩か二歩前に踏みだした。二人はぴたりとそこに足を止めた。

「あら、リネット」ジャクリーン・ド・ベルフォールは言った。「あなたここにきてたのね！　なんだかいつもぶつかるみたいね。サイモン、お元気？」

リネット・ドイルは小さな叫び声をあげ、身をすくめ岩にもたれかかった。サイモン・ドイルのハンサムな顔は突然に憤怒の色をみせて震えた。彼はまるでこのほっそりした娘をなぐり倒そうとでもするかのように一歩前に出た。

彼女はすばやく鳥のように首を動かして、すぐそばに第三者のいることを示した。サイモンは振り返って、ポアロがいるのを認めた。

彼は、ぎごちない様子でこう言った。

「やあ、ジャクリーン。きみがここにきてるとは思わなかったな」

それらの言葉には、意外だという気持ちがほとんど表われていなかった。

娘は二人に対して真白い歯をみせた。

「驚いたでしょ？」と彼女は訊き返した。

それから彼女は軽く会釈すると、彼らが下りてきた小道を上っていった。

ポアロは反対の方向にそっと歩いていった。後からリネットの声が聞こえた。

「サイモン――驚いたわ。サイモン――あたしたち、一体どうしたらいいの？」

2

夕食も終わった。

カタラクト・ホテルのテラスに柔らかい灯がともされた。ホテル滞在客の大部分はこのテラスの小さなテーブルを囲んであちこちに座っていた。

サイモンとリネットが出てきた——二人のそばに、背の高い立派な身なりの半白の中年紳士を伴っている。そのきれいに剃刀《かみそり》を当てた鋭い顔はアメリカ人だと一目でわかる。三人がドアのところでふとためらって立っていると、ティム・アラートンが近くのテーブルから立ちあがって彼らの方に進みでた。

「お忘れかもしれませんけど」彼は愛想のよい声でリネットに話しかけた。「ぼくはジョウアナ・サウスウッドのまたいいとこです」

「あら、あたし、うっかりして。そうでしたわね。ティム・アラートンさんでしょう？こちらはあたしの主人」彼女の声はかすかにふるえていた——誇り——それとも気恥ずかしさ？　「それからこちらがペニントンさん。アメリカであたしの財産管理をなさってる方」

ティムは言った。

「ぜひぼくの母にも会ってほしいですね」
二、三分後、一行は一つテーブルを囲んで座っていた。リネットは隅の席に座り、ペニントンとティムがその両側で、さかんに彼女の歓心を買っていた。ミセス・アラートンはサイモン・ドイルに話しかけている。
回転ドアがさっとまわった。二人の男にはさまれて昂然《こうぜん》と座っていたこの美しい人の身が、突然こわばった。しかしドアから現われた小柄な男をみて、彼女は全身の緊張をゆるめ、ほっとしたような様子をみせた。小柄な男はまっすぐテラスを歩いていった。

ミセス・アラートンがリネットに言った。

「今、このホテルにいる有名人ってあなただけじゃないのよ。今できたあのおかしな人、あの人が、例のエルキュール・ポアロですよ」

彼女は一座の気まずい沈黙を救う社交的な本能でこう軽く言ったのであるが、リネットはなぜだか、この言葉に強い興味を感じたようにみえた。

「エルキュール・ポアロ？　あの人が？　噂だけはよく聞いてましたわ……」

こう言って、リネットは何か深い物思いに沈みこんでしまった。彼女の両側にいる二人の男はやや途方にくれた恰好であった。

一方、ポアロはテラスを横切って、河に面したテラスのふちまでいったが、すぐにそこで婦人につかまってしまった。

「ここにおかけなさいよ、ムッシュー・ポアロ。すてきな夜じゃないこと？」

彼は言われるままに座った。

「そうですね《メー・ウイ》、マダム、ほんとにきれいな晩ですな」

彼はミセス・オッタボーンに愛想よく笑いかけた。黒の薄絹のドレスと例のターバン！　なんという悪趣味！　ミセス・オッタボーンは甲高い、泣き言を言うような調子で続けた。

「このホテルにも有名人が集まったようだわね。じきに新聞で書き立てるんじゃないかしら。社交界の美人だの有名な小説家だのが滞在中の……って」

彼女はわざとらしい謙遜の笑いを洩らして口をつぐんだ。

ポアロは、自分の反対側に座っている娘のロザリーが、身をすくめて、それでなくても仏頂面の顔をなおいっそうしかめるのを見た。いや、感じとった。

「マダム、いまなにか執筆中ですか？」と彼は尋ねた。

ミセス・オッタボーンは、またも例の得意そうな笑いを洩らした。

「あたし、怠け癖がついてだめなの。本当は、そろそろ始めなきゃあいけないんですけど……。読者が待ちきれないとてもうるさいのよ。第一、出版屋がかわいそう！　郵便がくるたびに原稿の催促なのよ。電報で言って寄越《よこ》すこともあるしねえ」

ポアロは、ロザリーがふたたび暗闇の中でもじもじするのを感じた。

「ムッシュー・ポアロ、あなただからお話しするけど、ここにきたのはこの辺の地方色を研究するためなのよ。『沙漠に降る雪』これがあたしの新しい小説の題。力強くて……暗示的。雪、沙漠に降る雪が情熱の最初の熱い息吹きに溶けるというテーマ」

ロザリーが立ちあがって、何か呟きながら、暗い庭の中に姿を消した。

ミセス・オッタボーンはターバンを強くゆすぶりながら構わずに話を続けた。

「強烈な肉体の匂い、これがあたしの書く小説の主題よ――最も大切なのはこれ。図書館は閉めだすかもしれないけど、あたしはあくまで真実を語るつもりよ。セックス。あ、ムッシュー・ポアロ。どうして世間の凡人はセックスのこととなるとおじけづいて逃げ腰になるのかしら？　世界はこれを中心にまわってるんじゃない？　それはそうとあなた、あたしの本を読んだ？」

「それが、マダム、残念ながら、あまり小説は読まない性質《たち》で……その、私の仕事が……

…」

ミセス・オッタボーンはひとりぎめの態度で、『無花果《いちじく》の木の下で』をぜひ読んでほしいわ。あなたにもきっとあたしが何を主張しているかわかると思うの。開放的な書き方だけど、すくなくとも真実を衝《つ》いたつもりよ」

「それはどうもありがとうございます。ぜひ読ませていただきます」

ミセス・オッタボーンはちょっと口をつぐんだまま首のまわりに二重《ふたえ》にしてかけたビーズの首飾りをもてあそんだ。と、すばしこい目つきでちらっとあたりを見まわして、

「じゃあ、ちょっと部屋にいって、持ってきてあげましょうか」

「いや、マダム、わざわざとりにいかれなくとも、いずれのちほど……」

「いいのよ。わけないことよ」と彼女は立ちあがり、「あなたに、ぜひおみせしたいし——」

「なあにお母さん？」

ロザリーがいつの間にかそばにきていた。

「何でもないの。ムッシュー・ポアロに本を差し上げようと思って、今とりにゆくところなの」

「『無花果《いちじく》の木』？　あたしがとってきますわ」

「どこにあるか知らないでしょう？　あたしがゆくわ」

「知ってますわ」

ロザリーはすばやくテラスを横切ってホテルに入っていった。

「あんなにお美しいお嬢さんをお持ちで、あなたもお幸せですね」ポアロはこう言って頭を下げた。

「ロザリー？　ええ、器量は悪くないけど、性質が少しきつすぎてね。病人に対してこれっぽっちの同情もないの。自分の考えが一番正しいと信じこんでいてね、あたしの健康のことだって、本人のあたしよりも自分の方がよく知ってると思ってるようよ」

ポアロは通りかかった給仕人を呼びとめた。

「マダム、何か軽いお酒はいかがです？　シャルトルーズ？　それともクレーム・ド・マントでも？」

ミセス・オッタボーンははげしく首を振った。

「いいえ、結構。あたし、禁酒主義者といってもいいほどなのよ。水か、せいぜいレモネードしか飲まないの。お酒の匂い、嗅いだだけでも頭が痛くなって」

「それじゃ、レモン・スカッシュでも注文しましょうか？　マダム」

彼はレモン・スカッシュとベネディクティンを命じた。

回転ドアがまわって、ロザリーがやってきた。手に一冊の本を持っている。

「はい持ってきました」彼女の声にはほとんど感情というものが入っていなかった。

「ムッシュー・ポアロがいまあたしのために、レモン・スカッシュを注文してくださったところなの」ミセス・オッタボーンが言った。

「それで、マドモアゼル、あなたは何を飲みますか？」

「なんにも」こう言って、ロザリーはふと、自分があまりぶっきらぼうなのに気がつき、「せっかくですけど、別に何も……」とつけ加えた。

ポアロはミセス・オッタボーンの差しだした本を受け取った。本のカバーは派手な色刷りで、虎の皮の上に座る女の裸体姿が印刷してあった。無花果《いちじく》の葉をあしらった伝統的なイヴの姿ではありながら、髪は近代的に短くスマートに切ってあり、爪は真赤に染めてあった。女の頭上には樫《かし》の葉をつけた一本の木があり、しかも大きな途方もない色の林檎の実がなっていた。

サロメ・オッタボーン著『無花果《いちじく》の木の下で』。カバーの内側に出版社の宣伝文が印刷してあって、〝現代女性の性生活追求、驚くべき勇気と現実性〟といったうたい文句があり、〝恐れをしらぬ、因習を打破した、迫真的な〟といった形容詞が使ってあった。

ポアロは頭を下げて呟いた。

「大変に、光栄です。マダム」

顔を上げた途端、彼の目はこの女流作家の娘ロザリーの目と出会った。ほとんど無意識に彼は身体をもじもじさせた。なぜならロザリーの目に内心の苦痛がまざまざと現われているのを見て、驚きと共に悲しみの念に打たれたからである。

ちょうどその時、飲み物が運ばれてきて、三人はなんとなくほっとした感じを覚えた。

ポアロは優美な手つきでグラスを持ちあげた。

「ではマダム、マドモアゼル、お二人の健康を《ア・ヴォートル・サンテ》」

ミセス・オッタボーンは、レモネードをすすりながら呟いた。

「とってもおいしいわ――ほんとにさっぱりして」

そのうち三人とも黙りこんでしまった。そしてナイル河の黒光りした岩々をじっと見つめた。月の光に照らし出されたこれらの岩は、みる者に何かしら幻想的な感じを与えた。それはあたかも有史以前の怪物が身体の半分を水の中にかくして横たわっているかのようであった。突然、そよ風がすっと流れてきた。流れてきたと思うとそのまま消えてしまった。

大気中に、何かじっと息をひそめたような感じ、何かが起こるんではないかという期待の気分が、みなぎっていた。

エルキュール・ポアロは目をテラスの方に移して、そこに座っている人たちを眺めた。そこにもやはり、何かを待ち構えているようなしーんとした空気が満ちている。それとも、ただの気のせいだろうか？　いや、確かに。それはあたかも、主演女優が舞台に現われるのを、固唾《かたず》をのんで待っている感じにも似ていた。

ちょうど、その時、回転ドアがすっとまわった。何かしら、特別の意味のこもったような、もったいぶったまわり方である。テラスにいる人がいっせいにぴたりと話をやめた。そしてさっとドアの方に目を向けた。

ワイン・カラーのイヴニング・ドレスを着て、髪の黒いほっそりした娘がテラスにでてきた。ドアのところでちょっと立ち止まったが、やがて、みんなの視線を意識しながらテラスを横切り、空いている席についた。彼女の態度動作には、別にみせびらかしもなければ、場違いの感じもない。それでいて、どこかしら、前もって細かく研究して舞台に登場したといった効果をみせていた。

「呆れたものね！」ミセス・オッタボーンがターバンを巻いた頭を振りかざしてこう言った。

「あの娘、自分がよっぽど何様《なにさま》かだと思ってるんだわ」

ポアロは返事をしなかった。ただじっと見つめていた。娘はリネットの顔がはっきりと見える場所に座った。するとリネット・ドイルは身を前にかがめ、何か一言二言言葉を交わし、立ちあがって、席を変え、入ってきた娘とは反対の方向に向いてしまった。

ポアロは何事か考えこみながら一人うなずいていた。

それからさらに五分ばかり経つと、後から入ってきた方の娘がテラスの反対側に席を変えた。彼女は煙草を吸いながら静かに微笑を浮かべていた。いかにも満足し、打ちくつろいでいる感じだ。それでいてその間もずっと、ごく何げないといった態度でリネット・ドイルにじっと目をそそいでいた。

十五分ばかり経った。リネット・ドイルはいきなり立ちあがって、ホテルの中に入っていった。夫のサイモンもすぐさま彼女のあとに従った。

ジャクリーン・ド・ベルフォールは微笑し、椅子を半ばまわして河の方に向いた。それから煙草に火をつけ、ナイルの水を見つめながら、一人静かに微笑しつづけた。

3

「ムッシュー・ポアロ」

ポアロはあわてて立ちあがった。彼はみんなが立ち去ったあともなお、一人でテラスに残っていたのである。滑らかな黒く光った岩を眺めながら深い瞑想に耽《ふけ》っていたので、自分の名前を呼ばれてはっと我に返ったのだった。

その声は、育ちのよい、自信に満ちた、魅力的な声であった。ただほんのわずかではあるが、尊大な響きを帯びていた。

エルキュール・ポアロは立ちあがりざま、リネット・ドイルの威圧的な目にぶっつかった。彼女は白いサテンのガウンの上に厚手の紫ビロードの肩掛けをまとっていて、ポアロが想像したよりもはるかに美しく、はるかに優雅な女性なのだった。

「あなたは、ムッシュー・エルキュール・ポアロでしょう？」

ほとんど質問とはいえない口調であった。

「そうです、マダム」

「たぶんあたしのこと、ご存じと思いますけど」

「ええ、マダム。あなたのお名前は存じております。ええ、充分承知しております」

リネットはうなずいた。まさに期待通りの返事である。彼女は例の魅力的な、やや高慢な態度で、さらに言葉を続けた。「ムッシュー・ポアロ、ご一緒にカード・ルームまできていただけませんか？　ちょっとお話ししたいことがありますの」

「ええ、結構ですとも、マダム」

リネットは先に立ってホテルの中に入ってゆき、彼はその後に続いた。彼女は人気のないカード・ルームに案内し、ポアロに扉を閉めるように手で合図して、それからテーブルの一つについた。ポアロはテーブルをはさんで彼女に向き合って座った。

リネットはすぐに話を切りだした。なんのためらうところもなく、言葉はよどみなく口をでた。

「ムッシュー・ポアロ、あなたのことはいろいろ噂に聞いてます。とても頭のいい方だとうかがってますわ。で、話というのは、実はあたし今、どうしても誰かの助けを借りたい立場にあるんです。そしたら、運よくあなたがいらしたんで、ぜひ助けていただきたいと思いついたんです」

ポアロはちょっと頭をかしげた。

「ご好意は非常にありがたいですが、実は私、いま休暇中で、休暇の間は事件をお引き受けしないことにしておるんです」

「そのことなら、こちらでそれ相当のことをいたすつもりですわ」

その言い方は全然押しつけがましくなく、ごく自然の調子だった。ただ、今までいつも自分の満足を充たしてきた娘特有の、落ち着いた自信がその声の中に含まれていた。

リネット・ドイルはさらに続けた。

「実は、ある人からどうにも我慢できない仕打ちを受けて困ってるんです。これをなんとかしてやめさせようと思って、警察に届けようとも思ったんですけど、主人の話では、警察ではどうにも手の出しようがないだろうって言うんです」

「もう少し筋道を立てて話していただけませんでしょうか？」ポアロは小声でいんぎんに呟いた。

「ええ、よろしいですわ。問題はいたって簡単なんです」

彼女の話し振りにはためらいも、よどみもなかった。リネット・ドイルは明快な事務的な頭脳の持ち主である。事情をできるだけ簡潔にまとめるため、ほんの一分間ばかり沈黙しただけで、こう話しだした。

「あたしが今の主人に会う前に、主人は、ミス・ド・ベルフォールという女性と婚約しておりました。彼女、わたしの友だちでもあったんです。主人はこの婚約を破棄しました——二人はどうみてもお互いに性質が合わないんです。しかし、彼女の方はこの婚約破棄を非常に深刻に考えたわけです——その点、あたしも気の毒だとは思いますけど——でもどうしようもないことなんです。ところが、そのうち彼女は、あの……脅迫めいたことを言うようになったんです。あたしは別段気にもしませんでしたし、彼女も実行に移すところまではいかなかったんです。しかし、今度は、方針を変えて、あたしたちのあとをどこまでも追いかけてくるという途方もない手段にでてきたんです」

ポアロは眉をあげた。

「なるほど、ちょっと——その——変わった復讐ですな」

「ええ、変わってますし——実にばかげてます。それにまたとても——迷惑で——」

彼女は唇を噛んだ。

ポアロはうなずいた。

「ええ、よくわかります。人の話によりますと、あなたはいま新婚旅行をなさっているんだそうですね？」

「ええ、最初に気づいたのはヴェニスなんです。彼女もダニエリ・ホテルにおりました。

その時はただの偶然だと思ってたんです。ちょっと不愉快でしたけど、まあそれですんだんです。ところが、彼女は、ブリンジジ（南イタリア、アドリア海に臨む港）で同じ船に乗っていました。パレスタインに行くんだといっておりました。ですから、あたしたちが下船した時、彼女は船に居残っているものだとばかり思ってたんです。ところが、メナ・ハウスに行きましたら、彼女――ちゃんと一足先にきてあたしたちを待ってるんです」

　ポアロはうなずいた。

「それでいまも？」

「あたしたちはナイル河を船でさかのぼりました。あたし――彼女がひょっとしたら同じ船にいるかと思ってましたが、船にはいませんでした。ですから、こんな子供じみたこと、もうする気がなくなったんだろうと安心してました。そしたら、ここで、このホテルで、またもやちゃんと待っていたんです」

　ポアロは、ちょっとの間、彼女を鋭く観察した。彼女はあくまで驕慢《きょうまん》な態度を崩さなかったが、両手はテーブルをきつく握り、両手の関節は白く浮きあがっていた。

　ポアロは言った。

「で、あなたは、このような状態がずっと続くんじゃないか、と心配しておられるんですね？」

「ええ」彼女は少し口をつぐんでから、「もちろん、事件全体がばかげてますわ。ジャクリーンはまったく自分の恥さらしをしているわけですものね。あの人はもっと誇りや自尊心を持ってると思ってましたわ」

ポアロはちょっと身振りをした。

「マダム、人は時には誇りや自尊心を……そのう、海に落っことしちまって……もっと強い感情に支配される場合もあるんです」

「そりゃそうかもしれませんけど」リネットはいらだった言い方になった。「しかし、こんなことしてあの人になんの得《とく》があるのかしら？」

「必ずしも損得で片づけられない問題もありますよ、マダム」

彼の口ぶりの中には何かしらリネットを不愉快にするものがあった。彼女は顔を赤らめ、急いで言った。

「あなたのおっしゃる通りですわ。動機を議論してもなんにもならない。要はジャクリーンの行動をやめさせることにあるんです」

「で、そうするためには、どういう処置をとったらいいとおっしゃるんですか、マダム？」とポアロは尋ねた。

「それは――もちろん――こんな迷惑なことをいつまでも続けてもらいたくない――あ

たしたち——主人もあたしも、困るばかりですし——こういうことに対して、何か法律的な処置があると思うんです」

リネットはいらだたしそうにこう言った。ポアロは彼女を考え深げに見まもり、それから聞いた。

「その女性はあなたを公然と脅迫したんですか？　何か侮辱的な言葉でも使いましたか？　身体に危害を加えるような行動にでましたか？」

「いいえ」

「それでは、マダム、正直なところ何も手を打つ手段はありませんね。若いお嬢さんが自分の楽しみのためにあちこち旅行し、その行くさきの場所があなたやご主人の行く場所と偶然同じであったとしても、これはどうにもならないことです。空気は誰がどこで吸っても無料ですからね！　彼女があなたの個人的生活を邪魔してるわけではありません。彼女とのめぐり会いはいつも公けの場所で起こるわけでしょう？」

「じゃあ、あたしにはなんの手も出せないとおっしゃるんですか？」

リネットはとても信じられないというような口ぶりであった。

ポアロはおだやかな調子で答えた。「私のみたところ、なんにもできませんね。マドモアゼル・ド・ベルフォールは自分の持っている権利の範囲内で行動していますから」

「でも——でも狂気の沙汰ですわ！　これからさきもこんな状態を続けるなんて、とても我慢できないわ！」

ポアロは多少冷ややかな態度で言った。

「本当にお気の毒です。——とくにあなたの場合、あまり物事に我慢しなくてもいい境遇においでなんですから」

リネットは眉をしかめた。

「何とかしてやめさせる方法があるにちがいないわ」

ポアロは肩をすくめた。

「あなたの方でどこかにいったらいいでしょう——どこか他のところに」

「そしたら、また尾《つ》けてくるわ！」

「まあ——、そういったところでしょうね」

「ばかばかしいわ！」

「いかにもさようです」

「それに、あたしの——あたしたちの——方で、逃げあるく理由はないわ！　まるで、まるで、あたしが——」

彼女は口をつぐんだ。

「そのとおりです、マダム。まさにそうです。まるで、あなたが――！　問題の焦点はそこにあるんじゃありませんか？」

　リネットは顔を上げて、彼を見つめた。

「それ、どういう意味ですの？」

　ポアロは言葉の調子を変えた。身を前に乗りだし、内証話でもするような声でやさしく、しかも訴えるかのようにこう言った。「マダム、あなたはこれをどうしてそんなに気にかけるのですか？」

「どうして？　だって、狂気の沙汰だわ！　神経がいらいらして、とても我慢できないわ！　そのわけ、あなたにお話ししたじゃありませんか！」

　ポアロは首を振った。

「いいえ、全部をお話しになったとは思いませんね」

「とおっしゃると？」リネットはふたたび訊き返した。

　ポアロは、椅子にもたれかかり、腕を組み、無表情な、さり気ないものの言い方で話しはじめた。

「マダム、まあ、私の話をお聞きください。一、二カ月前のある日、私はロンドンのレストランで食事をしていました、すると私の隣りのテーブルに若い男女が座っていました。二人ともとても幸福な様子で、お互いを強く愛し合っていると一目瞭然でした。二人はひそひそと将来のことなど語り合っていました。私は別に人の話を盗み聞く気持ちなどなかったのですが、二人とも、誰かの耳に入るとは夢にも思わないで、声高に話しておりました。男の方は私に背を向けていましたが、娘の方の顔ははっきり観察することができました。非常に張りつめた顔でした。身も心も魂もすべて彼に打ちこんでるという様子でした。彼女は、男を気軽に愛して、気軽にとり替えるといったタイプではないのです。彼女にとっては明らかに生死の問題なのです。で、この二人は婚約中で、近いうちに結婚するような話でしたが、ハネムーンをどこにしようかというような計画も立てていました。彼らはエジプトに行きたいとか言ってました」

彼はちょっと口をつぐんだ。リネットが鋭い口調で促した。

「それで？」

ポアロは続けた。「このことのあったのは一ヵ月か二ヵ月前のことです。しかし、娘の顔は——私には忘れられませんね。もう一度みたら必ず思い出すにちがいないというような表情でした。それから男の方の声もよく覚えています。そこで、その次に彼女の顔をみ、彼の声を聞いたのはどこだと思いますか？　あなたにも想像がつくと思いますが、ここ、エジプトだったのです。男は、予定通りの新婚旅行でした……しかし、相手の女性は変わっていました」

リネットはすばやく口をはさんだ。

「それがどうだと言うんですの？　その事実はもうちゃんとあなたに話したじゃありませんか？」

「事実は――ええ、聞きました」

「じゃあ、何が残っているわけ？」

ポアロはゆっくりと、「そのレストランで、娘は、友達のことを話していました。その友達は決して人を失望させるような人じゃない、と、彼女は言っていました。その友達というのは、マダム、あなたのことだと思いますが……」

リネットは顔を赤くした。

「ええ、あたしたちが友達だったこと、あなたに言ったでしょ」

「それで彼女はあなたを信頼していたんですね？」

「ええ、もちろん」

彼女はくやしそうに唇を噛んで、一瞬、ためらった。それから、ポアロが話を続けそうにもないのをみて、口を開いた。

「もちろん、ジャクリーンには気の毒でしたわ。でも、ムッシュー・ポアロ、こんなことって世間にもよくあることですわ」

「ああ！　もちろん、よくあることです」とポアロは言い、少し口をつぐんでから言った。「ところであなたは、イギリス聖公会に所属してますんでしょう？」

「ええ」リネットはちょっとけげんそうな顔をした。

「それでは教会で、牧師さんの聖書朗読をお聞きになったでしょうね。ダビデ王のことか、牛や馬をたくさん持っている金持ちの男と、雌の仔羊を一匹だけ持っている貧しい男の話、そしてこの金持ちの男が貧乏人のたった一匹の仔羊をどんなふうにしてとりあげたかという話もご存じでしょう。あなたたちの事件はこれなんです」

リネットは座り直した。彼女の目は腹立たしげに光った。

「あなたが何を言うつもりなのか、よくわかりますわ。下品な言い方をすると、つまりあたしが友達の恋人を盗んだとおっしゃるんですね。そりゃあ、あなた方みたいに古風でセンチメンタルな見方をすれば、たぶんそう言えるでしょうけど、しかし本当のきびしい真実はそんなものじゃないんです。もちろん、ジャッキーがサイモンを心から愛していたのは、あたしも否定しはしません。けれど、彼の方で同じくらい献身的な気持ちでいたかどうか、あなたは全然考えに入れていないわ。サイモンは彼女に強い好意を抱いてました。しかし、あたしに会う前でさえ、もう彼は自分が間違ってたって気づきはじめていたんです。この点をはっきり知ってほしいわ、ムッシュー・ポアロ。サイモンは、自分の愛してるのが、ジャッキーでなくて、このあたしだってことに気づいたのです。そんな場合、彼にどうしろっておっしゃるんです？　崇高な犠牲心を発揮して、自分の好きでもない女と結婚しろとおっしゃるの？　そうしたら、結局は三人の生活を破壊してしまうんです。なぜって彼がそんな状態で結婚して、果たしてジャッキーを幸福にできるかしら？　おそらくできないと思いますわ。彼があたしに会った時にもう結婚していたというのなら、義務としてでも彼女から離れるべきでないかもしれませんわ。もちろん、それでもあたしは必ずしもそうすべきだと思いません。だってもし片方が不幸だったら、もう一人の方も苦しむことになりますもの。しかし婚約は結婚のように拘束的なものじゃないはずです。間違いだと気づいたら、手遅れにならないうちに始末した方が、ずっと賢明ですわ。もちろん、ジャッキーにとっては辛かったと思いますし、あたしもその点とても気の毒に思ってます——でも、それが現実のことです。不可抗力ですわ」

「さあ、そうでしょうか？」

彼女はポアロを見つめた。

「それ、どういう意味です？」

「あなたのおっしゃること、みんな、非常に筋が通って、もっともです。しかし、あるひとつの事柄に対しては説明が不充分です」

「その事柄とは？」

「あなた自身の態度です、マダム。あなたが彼女に追いかけられて、どういう気持ちになるかと言いますと、まあ、二通りあるでしょう。つまりそれによって非常に迷惑を感じるか、あるいは、彼女に対して憐憫《れんびん》の情を感じる――彼女が誇りも恥ずかしさも捨てて非常識な行動をとるほど大きな打撃を受けた、と感じてですね。ところが、あなたの示した反応はそんなものではないのです。あなたにはこんな相手の出方が我慢できないのです。それは一体なぜでしょう？　理由はたった一つしかありません。つまり、あなたは良心の呵責《かしゃく》に苦しめられているからなのです」

リネットは席を蹴って立ちあがった。

「ずいぶん失礼ですね！　ムッシュー・ポアロ。あんまり言いすぎじゃありません？」

「もちろん、失礼なことはよく承知しております、マダム。しかし、私は正直なところを申したつもりなのです。あなたは自分自身に対して事実をうまく言い抜けようとなさった、しかし実際には、お友達から故意に恋人を奪いとったのです、そうでしょう？

あなたが彼に強く心を惹かれたことは確かでしょう。しかし、あなたはこの恋にためらう瞬間だってあったはずです——つまり、自分の方で身を退《ひ》くべきか、そのまま押し進めるべきか、どちらを選ぶかと考えた時に、です。その選択権はあなたにあって、ムッシュー・ドイルの方にはなかったはずです。マダム、あなたはお美しい。金はある。頭も良い。それにあなたは人を魅《ひ》きつける力がある。その力を利用することもできるし、抑えることもできたのです。あなたはあらゆるものを持っておられた。この人生で人の羨むすべてのものを持っておられた。ところが、あなたのお友達は人生の希望のすべてを一人の人間にかけていたんです。あなたはそれを知っておられたし、一時はためらいもされたが、しかし、手を引っこめようとはなさらなかった。そして、聖書の中の金持ちの男のように、手をさしのばして、貧しい者のたった一匹の仔羊を奪ったのです」

しばらく沈黙が続いた。リネットはなんとか自分を抑えつけ、冷ややかな声でこう言った。

「そんなことはみんな要点からはずれた話ですわ！」

「いいえ。要点からはずれてはおりません。私の説明は、マドモアゼル・ド・ベルフォールの不意の出現で、なぜあなたがそんなにいらだったかを明らかにしています。つまりそれは、彼女の行動がいかにたしなみを欠いた下品なものであっても、あなたは心の奥底で、彼女にそういう行動をとるだけの権利があると認めているからなのです」

「そんなこと嘘です」

ポアロは肩をすぼめた。

「あなたは自分自身に対しても正直になれないのですね」

「そんなことはありません」

ポアロはやさしく言った。

「もちろん、あなたは今まで幸福な生活をしてきたし、他の人に対しても寛大な親切な態度をとってきたにちがいないと思います」

「ええ、努力はしたつもりです」

リネットの顔から腹立たしげな表情が消えていた。彼女の返答は率直で——淋しげな調子さえ含んでいた。

「だからこそ、あなたは、人を故意に傷つけたという気持ちに悩まされるんです。だからこそ、あなたは事実を正直に認めることがいやなんです。ぶしつけなことばかり申してごめんください。しかし、この事件で一番大切なことは、人の心理なのですよ」

リネットはゆっくりと言った——。

「まあ、かりにあなたの言うことが正しいとしても——もちろん、あたしはそうだとは認めませんが——いまさらどうすることができます？　過去を変えることは不可能です。

今の事態をなんとかするよりほか、道はないじゃありませんか」

ポアロはうなずいた。

「あなたは明晰な頭脳の持ち主です。おっしゃる通り、過去に戻ることはできません。現状をそのまま受け容れねばならないのです。時には、マダム、それより他に方法がないことすらあります。つまり過去の行ないの結果を受け容れることです」

「というと、あたしには今のところどうすることもできないというわけですの――なんにも？」とリネットは信じかねるように尋ねた。

「勇気を持たなければなりません、マダム。私に言えることはそれだけらしいです」

「あなたからジャッキーに――ミス・ド・ベルフォールに――話していただけません？よくわけを話して……」

「ええ。できないこともありません。お望みなら、やってみましょう。しかし、あまりよい結果を期待しないでください。マドモアゼル・ド・ベルフォールは一途に思いこんでいるようですから、彼女の気持ちをひるがえさせることは、ちょっとやそっとではできないでしょうからね」

「でも、何か――あたしたちを守る方法って必ずあるはずですわ」

「もちろん、あなたたちがイギリスに帰られて、自分の家に落ち着いてしまうことも一つの道ですね」

「そうしたにしても、ジャクリーンはあたしの住んでいる村に居座るかもしれないわ。そうなれば、あたし屋敷をでるたびに、あの人と顔を合わせるはめになります」

「それはそうです」

「それに」とリネットはゆっくり言った。「サイモンは、そんな逃げ方をするのを承知しないだろうと思うんです」

「この事件に対するご主人の態度はどんなですか？」

「とても腹を立てておりますわ――すっかり腹を立てていますの」

ポアロは考え深げにうなずいた。

リネットは懇願するように言った。

「彼女に――話していただけます？」

「ええ、やってみましょう。しかしおそらくお望み通りにはいかないだろうというのが私の意見です」

リネットは激しい口調で言った。「ジャッキーって途方もない人なの！　あの人、何をしはじめるかわかりゃしないんです！」

「さっきあなたは、彼女が何か脅迫めいたことを言ったとおっしゃったが、それはどんなことですか？」

リネット・ドイルは肩をすぼめた。

「あの人、そのう――あたしたち二人を殺してしまうというんです。ジャッキーはときどき、カッと自分を忘れることがあるんです」

「なるほど」ポアロの口調は重々しい響きを帯びていた。

リネットは彼に懇願するような顔を向けた。

「で、あなたはあたしのために働いてくださいます？」

「いいえ、マダム。それはできません」彼はきっぱりと言った。「私はあなたから職業的な依頼は受けません。私は人間愛のためにできるだけのことはやってみます。それなら構いません。事態は、いろんな困難と危険を孕《はら》んでいます。これをとり除くためにはできるだけの努力はしましょう――しかし、これが成功するかどうかについては、私もあまり楽観できません」

リネット・ドイルはゆっくりした口調で言った――

「でも、あたしの依頼で働いてくださらないんですね？」

「ええ、残念ながら、それはできません」とエルキュール・ポアロは言った。

4

エルキュール・ポアロは、ナイル河の岸辺の岩に腰かけているジャクリーン・ド・ベルフォールをみつけだした。彼女がこんな夜には、そう早くベッドにつくことはないだろう、きっとホテルの庭にでもいるだろうと彼は見当をつけていたのである。

彼女は顎を両手の上におき、彼が近づいてくる足音を聞いても振りむこうとしなかった。

「マドモアゼル・ド・ベルフォールですね？」とポアロは尋ねた。「ちょっとお話ししたいのですが、よろしいでしょうか？」

ジャクリーンはわずかに頭をむけた。唇のあたりにほのかな微笑が浮かんだ。

「ええ、どうぞ」と彼女は言った。「あなたはムッシュー・ポアロでしょう？　なんの話か当ててみましょうか？　あなたはミセス・ドイルに頼まれて、ミセス・ドイルはあなたがこの仕事に成功したらうんとお礼をだすと約束したんでしょ」

ポアロは、彼女のそばのベンチに腰を下ろした。

「あなたの推測は部分的には当たっています」彼は微笑しながら言った。「私は今、ミセス・ドイルと話してきたところです。しかし、彼女からは一文のお礼も受け取るつもりはなく、実際のところ、彼女の代理人でもないんです」

「あら、そうでしたの？」

ジャクリーンは彼をよく観察しはじめた。

「じゃあ、なぜあたしのところにきたんですの？」彼女はいきなり尋ねた。

エルキュール・ポアロはこれに答える代わりに、こう質問した。

「あなたは前に私に会った覚えはありませんか？」

彼女は首を振った。

「いいえ、お会いしたことないわ」

「しかし、私の方ではあなたを見かけたのです。〈シェ・マ・タント〉で、私はあなたの隣りの席に座っておりました。あなたは、ムッシュー・サイモン・ドイルと一緒でした」

奇妙なマスクのような表情が彼女の顔に現われた。「ええ、あの晩のことは覚えてます……」

「あれからいろいろなことが起こりましたね」とポアロは言った。

「本当に、いろんなことが起こったわ」

彼女の声は少しすてばちな、きびしい調子を帯びていた。

「マドモアゼル、友人としてお話しします。死んだものは埋めておしまいなさい」

彼女はぎくっとしたようであった。

「それはどういう意味？」

「過去は忘れることです。未来の方にお向きなさい！　起きたことは仕方ないじゃありませんか。恨んでみてもなんにもなりません」

「ええ、そうすれば、リネットはとっても喜ぶことでしょうね」

ポアロはちょっと身振りをした。

「私はいま、リネットのためを考えてはいません。私の考えているのはあなたのことなんです。あなたはとても苦しみました。しかし、いまあなたのとっている行動は、その苦しみを長びかせるだけです」

彼女は首を振った。

「いいえ、そんなことないわ。時にはあたし、大いに楽しんでいるほどですわ」

「それが、マドモアゼル、一番いけないことです」

彼女はさっと目を上げた。

「あなたはばかな方じゃないのね」こう言ってから彼女はゆっくりとつけ加えた。「あなたは親切な気持ちで言っているのね」

「マドモアゼル、国にお帰りなさい。あなたは若いのです。頭も良い。あなたにはまだ洋々たる将来があるのです」

ジャクリーンはゆっくりと首を振った。

「あなたにはわかってないんです――サイモンなしでは、あたしの将来なんかありゃしないわ」

「恋がこの世のすべてではありません、マドモアゼル。恋がすべてだと考えるのは若いうちだけですよ」とポアロはやさしく言った。

しかし娘はなおも頭を振った。

「いいえ、あなたにはわからないのよ」彼女はポアロの方をちらりとみて、「もちろん、あなたはすっかりご存じなんでしょう？　リネットと話したんですね？　それに、あの晩、あのレストランにいらっしゃった――サイモンとあたしはお互いに強く愛し合っていたんです」

「あなたが彼を愛していたことは、私もよく知っています」

彼女はポアロの言葉の抑揚で彼の言う意味をすぐ察知した。彼女は自分の言わんとするところをもう一度強調した。

「あたしたちはお互いに愛し合っていいたんです。それにあたしはリネットも愛してた――彼女を信頼してました。あたしの親友だったんです。リネットはいままで、自分の欲しいものはなんでも買える身分だったし、しかも欲しいものがあったら必ず手に入れていたんです。サイモンをみた瞬間、彼女はサイモンを欲しくなった――そしてさっそく手に入れてしまったんです」

「それで彼も進んで、そのう――手に入れられたってわけですね？」

彼女は静かに黒髪の頭を振った。

「いいえ、問題はそれほど簡単じゃないのよ。もし、そうだったら、あたしもこんなところにいないわ……つまりあなたは、サイモンなんて結局、たいして値打ちのある人間じゃないって言いたいんでしょう？　もし、彼が金のためにリネットと結婚したんだったら、あなたのおっしゃる通りです。でも彼の結婚はお金目当てではなかったのよ。だから問題はもっと複雑なんです。ムッシュー・ポアロ、〝輝くような女〟という言葉がありますね。そんな女性になるにはお金がとても役に立つんです。リネットはある雰囲気を持った女性です。彼女は自分の王国に君臨する女王か、若い王女《プリンセス》……爪の先までぜいたくの色に染まったプリンセスです。まるで舞台装置とおなじだわ。彼女は世界を自分の足の下に見おろしています。イギリスでも有数の富裕な貴族の一人が彼女と結婚したがっていたほどです。そんな彼女が、名もないサイモン・ドイルに身をかがめたのです……。彼の頭が、どうかなったとしても、無理ないでしょう?」彼女はこう言ってふと手を動かした。「あそこにでている月をごらんになって。非常にはっきりみえるわ、そうでしょ? とても見事な月だわ。ところが、ひとたび太陽がでてくると、あの月は見えなくなってしまうんです。あたしたちの問題がこれと同じです。あたしは月でした……太陽が出た途端に、サイモンの目にはあたしが見えなくなってしまったのです……彼は目がくらんだんです。太陽であるリネットの他には何も見えなくなったんです」

彼女はちょっと口をつぐんだが、またつづけた。

「ですから、おわかりになるでしょ――問題は〝輝き〟だったのです。彼女のもつ輝きが、彼の目をくらませたんです。それに、彼女には、完全な自信というものがあるわ。いわば、人に命令する癖です。彼女は充分な自信を持っているばかりか、他人にも彼女を信じこませる力があるんです。サイモンは意志の弱い人です。でも非常に単純な人間だから、リネットが出現して、金《きん》の馬車で彼をさらっていかなかったら、いつまでもあたしだけを愛しつづけたにちがいないんです。彼女の方でしかけさえしなければ、サイモンの方から、彼女を愛したりなんか絶対にしなかったんです。ええ、あたしにはよくわかってるわ」

「と、まああなたは信じるわけですね——なるほど」

「いいえ、それはわかりきった事実なのよ。彼はあたしを愛したわ——そしていつまでも愛するにちがいないんです」

　ポアロは言った。「今でも？」

　彼女はすぐに返事しようとしたが、その返事を押し殺した。彼女はポアロを眺めた。顔は燃えるような赤味がさしていた。彼女は目をそらし、首をうなだれた。それから低い押しつぶしたような声で言った。

「ええ、知ってますわ。あの人、いまあたしを憎んでる。ええ、とても憎んでいます……

……彼、気をつけた方がいいわ」

　彼女は、さっと手をのばして、ベンチの上の小さな絹製のバッグをとると、中に手をつっこんで何かを探しはじめた。やがて、その手をポアロの方につきだした。手の上には小さな、柄を真珠貝で装飾したピストルがのっていた。まるで精巧な玩具《おもちゃ》のような代物である。

「ちょっと可愛らしいでしょう？　なんだか嘘みたいでしょ、でも本物よ！　これからでる弾丸一つで、男でも、女でも、殺せるんだわ。それにあたし、確かな腕を持ってるつもり」彼女は、何かを想い起こすような、遠い目つきをして微笑した。「子供の時、お母さんと一緒にアメリカの、サウス・カロライナ州の家に帰ったことがあるわ。その時、お祖父さんに射撃を教わったんです。お祖父さんは旧式な頭の持ち主で、射撃は大切だ――特に名誉を賭けた場合は大切だと信じてたわ。父も若い時は何度か決闘をしたんです。父の方は剣がお得意で、女のことで、人を一人殺したこともあるんですって。ですから、ムッシュー・ポアロ――」彼女はポアロの目を真正面から見つめた。「あたしの身体には熱い血が流れてるのよ！　あの事件が起こった時、あたしすぐにこのピストルを買ったわ。二人のどっちかを殺すつもりだった――でも、どっちを殺したらいいか迷ったんです。二人とも殺したんじゃつまんない気がしたし。もしリネットが臆病な人なら、彼女を殺す甲斐《かい》もあったんです――でも彼女はとても勇気があるのよ。少しのことでは驚かないんです。それからあたし、そうだ、待ってやろう、と思いついたんです！　その考えが気に入ったんです。殺すことはいつだってやれる、それよりしばらく待ってみた方がずっと面白いわ。そこで今度のプランを思いつきました。つまり二人のあとをつけること――どこであろうと、遠いところに出かけた二人が幸福に酔っている時、きっとあたしが現われるというわけ。これはうまくいったわ！　リネットはすっかり神経にきたわ──これ以上の方法なんてほかにないほどね！　彼女の胸にこたえた、というわけ……。それを知ってから、あたしこれが楽しみになったわ……しかも彼女には何一つ手が出せないんです。あたしの方ではいつも、ちゃんと礼儀正しく、愛想よくしてるんですものね！　向こうではあたしになにも言いがかりをつけられないんです！あの人たち、何もかも駄目にされちゃうわけ……何もかも」

彼女は澄んだ鈴のような笑い声をあげた。

ポアロは彼女の腕をつかんだ。「静かに。静かになさい」

ジャクリーンは彼の方をみた。

「なによ？」

彼女の笑い顔は明らかに挑戦的であった。

「マドモアゼル。お願いだから、いまあなたがしていること、やめなさい」

「可愛いリネットから手を引け、ということ？」

「いいえ、それよりもっと重大なことです。あなたの心を悪魔のために開かないでという意味です」

彼女は唇をちょっと開き、戸惑いの色がその眼に現われた。

ポアロは重々しい調子で続けた。「なぜかと申しますと──もし、あなたが心を開けば――悪魔が入ってくるからです……ええ、たしかに入ってきます。入ってきて、あなたの心の中で巣をつくります。しばらくしたら、絶対に追いだせなくなってしまうのです」

ジャクリーンはポアロをじっと見つめた。その視線は何か心の動揺を示すようにおののいてみえた。

「あたしには――わからないわ――」

それから彼女はきっぱりした調子で叫んだ。

「あなたにはあたしを止められやしないわ！」

「ええ」とエルキュール・ポアロは言った。「私にはあなたを止められません」

彼の声は哀しげだった。

「たとえ、あたしが――リネットを殺す決心をしたとしても、あなたにはとめだてできないわ」

「ええ、できません。もしあなたがそれだけの償《つぐな》いをする決心ならね」

ジャクリーン・ド・ベルフォールは笑った。

「あたし、死ぬことなんかちっともこわくないわ！　第一、なんのために生きる必要があるの？　自分を傷つけた相手を殺すことがそんなに悪いことかしら？　あの人たちは、この世であたしの持っているすべてのものを奪い取ったのよ」

ポアロはしっかりした口調で答えた。「ええ、マドモアゼル、殺すということ――これだけは許しがたい罪だと思います」

ジャクリーンはもう一度笑った。

「それなら、現在あたしがしている復讐の方法には賛成なさるわけね？　なぜって、こ、こ、い、い、い、いかの方法が効果的である限り、あたし、ピストルを使わないんですから。でも、あたし――ええ、ときどき我慢できなくなる――リネットをやっつけたくなるのよ――ナイフをぐさっと刺すか、あたしの小さな可愛いピストルを彼女の頭にあてて、指で引き金を――ああ！」

彼女の叫び声にポアロはぎくりとした。

「どうしたんです、マドモアゼル？」

彼女は振り向いて暗闇の中を見つめていた。

「誰か――あそこに立って――もういっちゃったわ」

エルキュール・ポアロはすばやく周囲を見まわした。

指差された場所には誰もいないらしかった。

「私たちの他には誰もいないようですがね」

彼は立ちあがった。

「あなたに言いたかったことはすっかり言ってしまいましたし、これで失礼しましょう。ではお休みなさい」

ジャクリーンも立ちあがった。彼女はほとんど訴えるような口調で言った。

「おわかりになったでしょう――あたし、あなたのおっしゃるようにはどうしてもできないってことが……」

ポアロは首を振った。

「いいえ、わかりません。なぜって、あなたにはそれができるからです！　いつでも、時機というものがあります！　あなたのお友達のリネット――彼女にだって、手を引こうと思えば引く時機があった……しかし彼女はその時機をのがしてしまいました。一度のがしたら、それで身を縛られ、第二の時機は決してこないんです」

「第二の時機はない……」ジャクリーンは呟いた。

彼女はしばし考えこんでいたが、やがて昂然と顔を上げた。

「お休みなさい、ムッシュー・ポアロ」

彼は哀しげに頭を振って、彼女のあとを、ホテルの方へ上っていった。

5

翌朝、エルキュール・ポアロは町へ行こうとホテルをでたところで、サイモン・ドイルと出会った。

「おはようございます、ムッシュー・ポアロ」

「おはよう、ムッシュー・ドイル」

「あなたは町へおでかけですか？　そこらまでご一緒してもいいですか？」

「どうぞ、喜んで」

二人は肩を並べて門をでると、公園の涼しい木蔭へ入っていった。やがて、サイモンは口にくわえたパイプをとってこう言った。

「ムッシュー・ポアロ、ぼくの妻が昨晩、あなたとお話ししたそうですね？」

「ええ、いろいろお話をうかがいました」

サイモン・ドイルはちょっと眉に皺をよせていた。彼は行動的な男の癖で、自分の考えを言葉で表わしたり、自分の意志を明瞭に相手に伝えたりするのは、いたって不得手《ふえて》な様子であった。

「それで一つあなたに感謝していることがあるんです。そのう、あなたが、今度の事件に関して、ぼくたちはまったく無力だってことをリネットに認識させてくれたことです」

「たしかに合法的な手段は一つもありませんね」と、ポアロはうなずいた。

「まさにその通りです。リネットにはそれが全然わからなかったらしい」彼はかすかに笑いを洩《も》らした。「リネットは不愉快なことが起こったら、警察に頼みさえすれば解決できると信じて育ったんです」

「この問題もそうだったら、本当にいいんですがね」

二人はしばらく口をつぐんだ。やがてサイモンは急に顔を赤くして、いきなりこう言いだした。

「実際――彼女をこんなことで苦しめるなんて、ひどいですよ！　彼女は何もしてないんですからね。ぼくを卑劣な男だという人があれば、甘んじてその言葉を受けますよ。しかし、リネットがこのことで苦しむのはぼくには我慢ならない。彼女には全然関係ないんですからね」

ポアロは真面目な面持《おもも》ちで、黙って頭を下げた。

「ムッシュー・ポアロ、あなたは――そのう――ジャッキーに――ミス・ベルフォールに会ってお話しになりましたか？」

「ええ、話しましたよ」

「それで彼女、納得しましたか？」

「いや、残念ながらだめでした」

サイモンはいらだたしげに声を高めた。「彼女は自分がどんなに恥さらしをしているか、わからないのかなあ？　ちゃんとした女だったら、あんな振る舞いができるはずはないですよ。誇りや、自尊心を持たないんですかね？」

ポアロは肩をすぼめた。

「彼女には今のところ、なんといいますか――心を傷つけられたという気持ちしかありませんな」

「そうでしょう。しかし、常識のある女のやることじゃないですよ！　もちろん、ぼくに責任があるのは認めます。ぼくは彼女をひどい目にあわせた。彼女がぼくに愛想をつかして、ぼくの顔を二度とみたくないと言うのならわかるけど、しかし、こうやってぼくのあとをつけまわすなんて――そのう――非常識だ。ほんとに恥さらしだ！　こんなことして、彼女、いったいなんの得があるんだろう？」

「たぶん——復讐！」

「ばかげてる！　彼女がもっとメロドラマ的な行為——たとえばぼくをピストルでやるといった振る舞いにでるんだったら、わからないこともないけど——」

「そのほうが、あの人のやりそうなことだと思いますか？」

「正直に言って、そうなんです。彼女は熱しやすい性質《たち》だし、自分の気持ちをコントロールできない気質を持ってるんです。彼女がカーッとなったらどんなことするかわからない。しかし、こんなスパイ的な行動は——」サイモンは頭を振った。

「やり方がずっと巧みですね——たしかに頭のいいやり方です！」

ドイルは彼を見つめた。

「あなたにはわかんないんですよ。あのやり方でリネットの神経はめちゃめちゃですよ」

「で、あなたの神経は？」

サイモンはちょっと驚いたように彼をみやった。

「ぼく？　ぼくは、あいつの首をねじきってやりたいくらいですよ」

「じゃ、昔の気持ちは全然残ってないんですね？」

「それはですね、ムッシュー・ポアロ。どういったらいいかな？　ちょうど、太陽が出た時の月みたいなもんでね。彼女の存在がうすくなったんです。リネットに会った瞬間から、ジャッキーは存在しなくなっちまった」

「おや《ティアン》、これは奇妙だ《セ・ドロール・サ》」とポアロは呟いた。

「何ですか？」

「いや、あなたの譬《たと》えが面白いと思っただけですよ」

ふたたび顔を上気させて、サイモンは言った。「ジャッキーは、ぼくが金のためにリネットと結婚したんだとあなたに言ってたでしょう？　そんなこと大嘘ですよ。ぼくは金のために結婚するような男じゃないんだ！　ジャッキーにはわからないところなんだけど――彼女みたいに男を愛すると、男って息苦しくなってしまうんですよ」

「え？」

ポアロはいきなり彼の顔を見直した。

サイモンはたどたどしい言葉で続けた。

「そのう――なんて言うか――ちょっと図々しい言い方だけど、ジャッキーはぼくにあんまり惚れすぎてたんです」

「男を愛している女《アン・キ・エム・エ》と、女に愛させている男《アン・キ・ス・レス・エメ》」とポアロは呟いた。

「え？　なんておっしゃいました？　ご承知でしょうが、男って、自分が愛している以上に女から愛されることなんか、あまり望まないんですよ」話を続けるうちに彼の声はだんだん熱を帯びてきた。「男は所有されてるって感じるのが嫌なんだ、肉体的にも精神的にもね。男を所有するという態度！　この人は私のものだ、この人のすべては私のものだ、という考え。これにはぼくは我慢できないんです。誰だって我慢できないでしょうね。なんとかして逃げだしたい、自由になりたいと思いはじめますよ。男って女を所有したいんだ、女に所有されたくはないんです」

彼はこう言って言葉を切り、煙草に火をつけた。その手はかすかに震えていた。

ポアロは言った。「それで、マドモアゼル・ジャクリーンに対してあなたはそんなふうに感じたんですね？」

「え？」サイモンは目をみはったが、すぐにポアロの言葉を承認した。

「ええ、そ――そう、まあそうだったんです。ただ彼女の方では、もちろん、そうと気づいていなかった。といってこんなこと、彼女に言える筋合いなものじゃなし……そこでぼく自身は、なんとなく落ち着かない気持ちだった。そんな時にリネットに会って、たちまち、ぼくは彼女に夢中になったんです！　あんな素晴らしい女性、見たこともなかった。いま考えても夢みたいだ。誰もかれもが彼女に平伏しているのに、彼女はぼくみたいな一介の貧乏人を選んだんですからね」

彼の口ぶりは少年らしい讃嘆の気持ちに溢れていた。

「なるほど」ポアロは何か考えながら相槌を打った。「そうですか――なるほど」

「ジャッキーはなぜ男らしくさっぱりと諦めてくれないんだろう？」リイモンは憤然とこう言った。

ポアロは上唇をかすかに曲げて微笑した。

「それは、ムッシュー・ドイル、第一にあの人が男じゃないからですよ」

「いや、ぼくの言う意味は、そのう――もっと素直に認めたらいいのに、っていうことです。病気にかかったと知ったら、苦い薬を飲む気になればいいんだ。罪はぼくにある、それは認めます。しかし、それが現実なんです！　ぼくに愛情がない以上、結婚するなんてまさに狂気の沙汰です。今、ジャッキーが本当にどんな人間か、また将来どこまで突っ走るか考えてみると、ぼくはむしろ危ういところをうまく切り抜けた、と思うほどなんです」

「彼女がどこまで突っ走るか」とポアロは相手の言葉を繰りかえした。「ドイルさん、あなたは彼女がどこまで突っ走るのか、見当がついているんですか？」

サイモンはちょっと驚いた顔をしてポアロを見つめた。

「いいや――あなたの言う意味、よくわからないですね」

「その――彼女がピストルを持って歩いていること、ご存じだったんですか？」

サイモンは眉をひそめ、それから首を振った。

「彼女がピストルを使うとは思わないな。以前ならともかく、今じゃもうその段階を通り越したと思うな。現在の彼女はできるだけ、意地悪して、ぼくたち二人を困らせようとしてるんだ」

ポアロは肩をすくめた。

「そうかもしれませんな」と彼は半信半疑の様子で言った。

「ぼくの心配してるのはリネットのことなんです」サイモンは、どこかわざとらしい口ぶりでこう言った。

「それは私にもよくわかります」

「ジャッキーが、メロドラマ式にピストルを振りまわしたって、別に恐いとは思わないですよ。しかし、スパイしたり、あとをつけたりされて、リネットは実に参ってるんです。そこでぼくはある計画を立てたんですが、どこか直す箇所でもあったら教えてください。まずですね、ぼくたちはこの町に十日ほどいる予定だとみんなに話しておきました。しかし明日――カルナク号がシェルラル（第一瀑布の上流でワディ・ハルファへゆく遊覧船の発着地）からワディ・ハルファに向かって出帆します。ぼくは偽名をつかってこの汽船の船室を予約しておくんです。明日、まずぼくたちはフィラエ（ナイル河上の島で有名な寺院がある）見物にゆく。荷物はリネットのメイドに船へ運ばせておく。ぼくたちはそのままシェルラルにいってカルナク号に乗船するわけです。われわれがフィラエ見物から帰らないのにジャッキーが気がついても、もう後の祭り。ぼくたちはもうナイルをさかのぼってるわけですからね。彼女はさっと、ぼくたちがカイロへ逃げ帰ったと思うでしょう。その点、ポーターに少しつかませて、そう言わせておいてもいい。それに、ぼくたちは偽名を使うんだから、たとえジャクリーンが旅行案内所に問い合わせても、わからないでしょうね。どう思いますか、この計画は？」

「なかなか用意周到な案ですな。しかし彼女が、あなたたちの帰るまでここで待っていたとしたら、どうします？」

「ぼくたちは帰ってこないかもしれない。ハルツームまで行って、そこから飛行機でケニヤへ行ってもいいんですからね。いくら彼女だって世界じゅう追いかけまわすことはできませんよ」

「それはできない。いつかは財政が許さなくなるでしょうからね。彼女はあまり金を持ってないんでしょう？」

サイモンはさも感心したような顔をしてポアロを見やった。

「実によく頭が働きますね。ぼくはその点を一度も考えなかった。たしかにジャッキーはまったくの貧乏人です」

「それで、よくもここまで尾《つ》けてこられたものですね？」

サイモンはやや自信なげに言った。

「もちろん、彼女にも多少の財産はありますよ。年に二百ポンド足らずの収入ですけどね。彼女、きっとその元金に手をつけて今度の旅行をしてるんですよ」

「それでは、彼女はその元金を使い果たして、一文無しになる時がくるわけですね？」

「そう……」

サイモンは不安そうに身を動かした。その考えは彼を落ち着かなくさせるかのように思われた。ポアロは彼を注意深く観察した。

「どうも、これは気持ちのいい想像ではありませんな」とポアロは指摘した。

サイモンは少し腹立たしげに言った。

「といってぼくにはどうしようもないじゃありませんか！」それから彼はつけ加えた。

「ところでぼくの計画どう思いますか？」

「うまくいくかもしれません。しかし、もちろん、それはあなた方の退却を意味するわけですね」

サイモンは顔を赤くして、「ぼくたちが逃げだすんだという意味ですか？　ええ、それはそうです……しかし、リネットが——」

ポアロは彼をじっと見つめていたが、やがてうなずいてみせた。

「おっしゃる通り、それが一番いい方法でしょう、しかし、マドモアゼル・ド・ベルフォールはばかな人ではないですよ——これはお忘れないように」

サイモンは憂鬱そうに言った。

「どうも、いつかはぼくたちも踏みとどまって、はっきり対決するほかないようですね。なにしろ相手の態度はまったく理性的じゃあないんだから」

「理性的ですとも、まったく！」とポアロは叫んだ。

「女だからって理性的に振る舞って悪い理由なんかないんだ」サイモンはかたくなに言い張った。

ポアロは冷ややかに言った。

「女の人が理性的に振る舞うことはよくあります。その方がもっと面くらいますね！」彼はこうつけ加えた。「ところでカルナク号には私も乗船することになっています。私の旅程の一部なのです」

「え？」サイモンは口ごもった。それから、やや当惑した様子で、言葉をあれこれと選びながら、「それは——なんですか——ぼくたちのためじゃないんでしょうね？　ぼくとしては——そのう——」

ポアロはすぐに彼の疑惑を解いてやった。

「いや、そのためじゃないのです。ロンドンを発《た》つ前から手配してあった旅程なのです。私は旅行にでる時、いつも前もって計画を立てておくのが習慣でしてね」

「じゃあ、気の向くままに好きなところをまわるといった旅行はしないんですか？　その方が旅行としては面白いと思いますがね」

「そうかもしれません。しかし、この世で何かに成功するためには、あらゆる細かな点まで前もって計画しておく必要があると思うんです」

サイモンは笑いだしながら言った。

「頭のいい殺人犯人のやり方がそうですね」

「ええ、そうです——しかし、私の経験では、非常に計画的な殺人よりも、その場でぱっと思い立った殺人の方が、犯人をみつける点ではずっと難しいですね」

サイモンは少年めいた口ぶりで、「カルナク号に乗ったら、ぜひあなたの経験談を聞かせてほしいなあ」

「いや、いや、そんなことは、いわゆる——そのう、自分の商売の話になりますからな」

「そうかもしれないけれど、しかし、あなたの商売の話はスリルに富んでますからね。ミセス・アラートンもそう言ってました。彼女はなんとかあなたから話を聞きだしたいって、機会を狙ってますよ」

「ミセス・アラートン？　あの親孝行の息子さんと一緒の、半白の感じのよいご婦人でしょう？」

「そう。彼女もカルナク号に乗るはずです」

「あなたたちが乗ること、彼女も知ってますか？」

「とんでもない」彼は強く否定した。「誰も知っている人はいません。ぼくの信条として、こういう点では、ぼくは、誰も信用しないことにしてるんです」

「なかなかよい傾向ですね。私の信条と同じです。それはそうと、あなたたちはもう一人の男性と一緒に旅行しているようですが、あの人はどなたですか？　背の高い、白髪《しらが》まじりの……」

「ペニントン？」

「そう。その人です。ずっと一緒ですか？」

サイモンは苦々しげに言った。

「蜜月旅行《ハネムーン》にしては妙な連れだ、とお考えでしょうね？　ペニントンはリネットのアメリカの財産管理人《アー・ヴレマン》でね、カイロで偶然に会ったんです」

「ほう、そうですか？　ところで、こんなことお尋ねしてなんですが、奥さんはもう、成年になったんでしょうか？」

　サイモンは愉快そうな表情になった。

「まだ満二十一歳にはならない——しかしぼくとの結婚については、誰の許可も必要じゃなかった。だから、ペニントンの驚き方ったらなかったな。ぼくたちの結婚通知の手紙が向こうに着く二日前に、カーマニク号でニューヨークをでたんだそうです。だから彼、われわれの結婚のことはなんにも知らなかった」

「カーマニク号」とポアロは呟いた。

「カイロのシェファード・ホテルでぱったり会った時、彼はまったくびっくりしてた」

「それはまた、じつに偶然ですね！」

「ええ。そしたら、彼もこのナイル旅行をする予定だと言うんで、それじゃあご一緒にとなったわけです。むげに離れてしまうわけにもいきませんからね。それに——ある意味では、彼で助かってるんです」彼はちょっと気恥ずかしそうな顔をして、「というのは、ジャッキーがいつ、どこに現われるかわからないといった状態で、リネットがすごく神経質になってて、ぼくたち二人だけでいると、自然、話はジャッキーのことばかり。だから、アンドリュー・ペニントンは、その点、大いに役立ったわけです——いやでも他のことを話題にしなきゃなりませんからね」

「奥さんはペニントンさんに事情を打ち明けたりなどなさらなかったでしょうな？」

「とんでもない！」サイモンは顎のあたりに挑発的な表情をみせて、「これは第三者と全然関係のない問題です。それに、ナイル旅行を始めたころは、もう事件も終わったとぼくたちは考えてたし」

ポアロは首を振った。

「まだ終わりは見えていませんね。いや、いつ終結するか見当もつかない。それだけは私もはっきり言えると思います」

「ムッシュー・ポアロ。少しは激励するようなことも言ってくださいよ」

ポアロはかすかながらいらだたしげに彼を見やった。彼は心の中でこう考えた。〝この男は、まさに典型的な英国の男なのだなあ。なんでも遊びごとだと考えて、少しも真剣にならない！　実際いつまでも子供みたいだ〟

リネット・ドイル、ジャクリーン・ド・ベルフォール、どちらもことを真剣に考えている。しかし、サイモンの態度の中には、男性特有の気短かさと当惑の他には、何もみられない。

ポアロは言った。

「おせっかいなことをきくようですが、今度のエジプト旅行ですね、これはあなたの提案なんですか?」

サイモンは顔を赤くした。

「とんでもない。実際のところ、ぼくとしてはどこか他のところへ行きたかったんです。しかしリネットがどうしてもエジプトに行くってきかないもんで——それで——それで——」

彼はしどろもどろに口をつぐんだ。

「なるほど」ポアロは真面目な顔つきでうなずいた。

リネット・ドイルがこうだと思いこんだら、どうしてもそうするよりほか、仕方ない、という事実を、ポアロは改めて思い起こした。

彼はひそかにこう考えた。

〝さて、この事件について三つの報告を別々にききとったことになる。リネット・ドイルの見解、ジャクリーン・ド・ベルフォールの見解、サイモン・ドイルの見解。ところでこのうちどれが一番真実に近いものかな?〟

6

サイモン・ドイルとリネット・ドイルは、翌朝の十一時ごろフィフェ見物にでかけた。ジャクリーン・ド・ベルフォールは、ホテルのバルコニーに座って、二人が絵画から抜け出たような帆船に乗ってでかけてゆくのを眺めていた。だから、ホテルの表玄関から、おつに澄ましたメイドが荷物を一杯積んだ車に乗ってでかけたのには気がつかなかった。この車は正門をでると右に曲がって、シェルラルの方向に去っていった。

エルキュール・ポアロは、昼食前の二時間を、ホテルの対岸近くにあるエレファンタインの島で過ごすことにした。

船着き場に降りてゆくと、ちょうど、ホテル専用のボートに二人の男が乗りこむところであった。二人はお互いに見知らぬ間柄らしい。ポアロもおなじ船に乗った。二人のうち若い方の男は、前日、汽車で到着したのである。彼は背が高く、髪は黒いし、細い顔に、いかにも喧嘩好きらしいあごを持っていた。ひどく汚れたフランノのスボンをはき、土地の気候にはおよそ不似合いなハイ・ネックのポロ・ジャンパーを着ている。もう一人はずんぐりした中年の男で、船が動きだすとすぐ、慣用句の多い、ただし少しブロークンな英語で、ポアロに話しかけた。若い方の男は会話に加わるどころか、しかめ面をして二人の方を眺め、それからわざわざ二人に背を向けて、ヌビア人（黒人種。最も美しい人種とされている）の船頭が手で帆を操り足の指先で舵《かじ》をとる器用な動作を、さも感心したような顔つきで眺めはじめた。

水上はいたっておだやかであった。大きな滑らかな黒い岩々が流れるように船のそばを通りすぎ、柔らかいそよ風が船上の人々の頬を撫でた。まもなく島に着いた。上陸すると、ポアロと例のおしゃべりな中年男はまっすぐ博物館に向かった。途中で彼はポアロに一礼して名刺を手渡した。その名刺には〈シニョール・ギド・リケティ、考古学者《アルキオロジオ》〉と記してあった。

ポアロの方でも、これに劣らず、やはり頭を下げて、自分の名刺を渡した。こんな形式的な儀礼がすむと、二人は一緒に博物館に入っていった。それから相手のイタリア人は考古学に関して己れの博識を絶え間なくしゃべりつづけた。名刺交換以来、二人の言葉は英語からフランス語に変わっていた。

フラノのズボンをはいた若い男のほうは博物館の中を無関心な態度で歩きまわり、ときどきあくびをし、それから外へ逃がれていった。

ポアロとシニョール・リケティは長いこと博物館の陳列品をみてまわったあと、やっと外にでた。イタリア人は熱心に廃墟を調べ始めた。しかしポアロは河のふちの岩の上に緑色の裏張りをした見覚えのある日傘をみつけて、一人そちらへ向かって歩いていった。

大きな岩の上に座っていたのは予期した通りミセス・アラートンであった。かたわらにはスケッチ・ブック、膝の上には本が一冊おかれてあった。ポアロはいんぎんに帽子をとって挨拶した。ミセス・アラートンはすぐさま話しかけた。

「おはようございます。わたしほんとに困ってますの。このうるさい子供たちを追い払うのには、どうしたらいいのかしらねえ？」

黒い皮膚をした一団の子供たちが、そばで、にやにや笑いながら、身振りをし、物欲しそうな手をのばして、「ご祝儀《バクシーシュ》、ご祝儀《バクシーシュ》」と呼びかけていた。

「あの子たちいいかげんで飽きると思ってたのに」と夫人はたまらないといった顔つきで言った。

「もう二時間ぐらいこうしてわたしを眺めてるのよ。それも、少しずつわたしの方に近寄ってくる。わたしが〝あ《イ》っち行《ム》って《シ》！〟と言って日傘を振って追い払いますとね、一分か二分はちりぢりに逃げてゆくけど、すぐにまた帰ってきて、じろじろみるのよ。あの子たちの目ときたら、ほんとにぞっとするわ。それに鼻もそう——わたし、あんまり子供好きじゃないのよ、ただしもう少し身体でも洗って、お行儀がよければ、我慢はできるけど」

彼女は情けなさそうに笑ってみせた。

ポアロは勇敢に彼女のために子供の群れを追い払おうとしたが、無駄だった。子供たちはちりぢりに逃げていったが、すぐ帰ってきて、二人をとり囲んでしまった。

「このエジプトがもう少し静かだと、もっと気に入ると思うんですけど」とミセス・アラートン。

「どこにいっても一人っきりにしてくれないから困るわ。誰かがうるさくつきまとって、お金をせびったり、ロバに乗れ、ビーズを買え、村の見物を案内しよう、鴨射ちはどうだって、もう本当に……」

「いや、実際困ったものですね」とポアロは相槌を打った。

彼は岩の上にハンカチを拡げて、その上にそっと腰をおろした。

「ご子息は、今朝は、ご一緒じゃないんですか?」

「ええ、ティムは出発するまえに手紙を書くんだとか言っておりました。わたしたちは

「第二瀑布(セカンド・カタラクト)までゆくんですの」

「私も参りますよ」

「あら、それはよかった。わたし、あなたに会えて、とても喜んでますの。マジョルカにいた時、ミセス・リーチって方が、あなたのことをそれは褒めていましたわ。その方、海で泳いでいて、ルビーの指輪を失くして、もしあなたがいたらすぐみつけてくれるのにって、残念がってましたわ」

「さようですなあ、しかし、私は水もぐりのうまいあざらしじゃないから！」

二人は一緒に笑いだした。

ミセス・アラートンはさらに続けて、「今朝、わたし、窓から眺めていたら、あなたはサイモン・ドイルとご一緒に玄関から門の方に歩いてましたわねえ。あなたはあの人をどんなふうに考えます？　わたしたちあの人のことを、それは気にしてるんですよ」

「え？　そうですか？」

「ええ、だって、あの人とリネット・リッジウェイの結婚には、わたしたちみんな仰天しましたもの。彼女、ウィンドルシャム卿と結婚するって噂があったのに、いきなり、わたしたちが今まで聞いたこともないあの人と結婚してしまったんですもの！」

「マダムは彼女をよくご存じなんですか？」

「いいえ、ですけどわたしの従妹で、ジョウアナ・サウスウッドというのが、リネットと仲の良いお友達で」

「ああ、そうですか。新聞でそのお名前はよく拝見しております」彼はしばらく黙っていたが、やがてまた、「マドモアゼル・ジョウアナ・サウスウッドは社交界でよく噂にのぼる若い方でしたね」

「ええ、彼女なかなか自己宣伝がうまいから」

ミセス・アラートンは吐きだすように答えた。

「マダムは、その方をあまりお好きでない？」

「あら！　わたしとしたことが、ずいぶん意地悪なものの言い方をしたわ」ミセス・アラートンは気まり悪そうに、「わたし、旧式なものでジョウアナのような人、どうも好きになれません。でも、ティムと彼女はとても仲がいいんですよ」

「なるほど」と、ポアロがいった。

ミセス・アラートンはちらりと彼の方を眺め、それから話題を変えた。

「ここのホテルの滞在客には若い人たちが少ないんですのね！　ターバンを巻いた変な恰好のお母さんときている栗色の髪のきれいな娘さん、若い人ったらあの人くらいのもんじゃありません？　あなたは、あの娘さんといろいろ話してたようですけど。わたし、ちょっと興味を覚えますわ、あの娘さんに」

「それはまた、どういうわけで？　マダム？」

「気の毒な気がするのよ。若くて感受性が強いと、苦しみも大きいわ。あの人、何かに苦しんでいるんじゃないかしら」

「ええ、あの人は不幸ですね。かわいそうに」

「ティムもわたしも、あの子のことを〝仏頂面の娘〟と呼んでますよ。わたし一度か二度、あの子に話しかけてみましたけど、そのたびにしらんぷりしてちっとも打ちとけない。でも、今度のナイル河旅行には、あの人もでかけるそうだし、そうなればお互いに多少とも仲良くなるでしょうね」

「そうですね。その可能性はあるでしょうね」

「わたし、本当はとても人づきあいのいい方でね――人間というものにとても興味を抱いてますから。人っていろんなタイプがありますものね」彼女はちょっと言葉を切って、それから言った。「ティムの話だと、あの髪の黒い娘――ド・ベルフォールとかいう名前の娘――は、サイモン・ドイルと婚約していたんですってね？　お互いに具合が悪いでしょうねえ――こんなところで出会うなんて」

「そうですな。たしかに具合が悪いでしょう」とポアロは相槌を打った。

ミセス・アラートンは、ポアロの方にすばやい一瞥を投げた。

「こんなこと言うと、ばかなこととお笑いでしょうけど、あの娘をみると、わたし、とても気がかりですの。彼女、なんだかとても緊張しているようね」

ポアロはゆっくりうなずいた。

「マダムの直感は、間違いじゃございませんね。強烈な感情の力というものは、なんとなく気味の悪いものです」

「あなたも人間に興味をおもちなんですね、ポアロさん？　それともあなたは犯罪性のある人にだけ興味をおもちですの？」

「マダム、犯罪性のない人間は、ほとんどいません」

ミセス・アラートンはちょっと驚いたような顔になった。

「あなた、本気でそう言うんですか？」

「つまり、ある種の動機や刺激を与えられれば——という意味です」とポアロはつけ加えた。

「それによって人間が変わるとおっしゃるの？」

「まさにその通りです」

ミセス・アラートンはちょっとためらい——唇にかすかな笑いを浮かべて、

「わたしでもかしら?」

「マダム、母親というものは子供が危ないとみると、どんな無鉄砲なことでもやりかねないですよ」

彼女は真面目な口調で言った。「そうですね——おっしゃる通りですよ」

それから一、二分ほど沈黙していたが、やがて彼女は微笑しながら、「ホテルにいる人たちが犯罪を犯すとすると、どういう動機があるのだろうかと、今、ちょっと想像してみたの。面白いと思うわ。たとえば、サイモン・ドイルはどうかしら?」

ポアロはやはり微笑《わらい》ながら、「非常に単純な犯罪——目的に向かって一直線に近道を選ぶたちですね。微妙な複雑な手口など全然ない」

「そして、すぐに発覚してしまうってわけ?」

「さようです。巧妙な犯人にはとてもなれませんね」

「それではリネットは?」

「『不思議の国のアリス』にでてくる女王みたいなものでしょうね。〝さっさと首を切っておしまい〟って具合に」

「そうですとも。王者の特権を振りかざすってところね! ほんの少し、〝ナボテの葡萄園〟の味も加わるわ（旧約聖書にある、財産をねたまれて殺される金持ちの話）。ところで、あの危険千万な娘——ジャクリーン・ド・ベルフォール――あの娘《こ》に殺人ができるかしら？」

ポアロは一、二分ためらったが、やがて疑い半分の口ぶりで言った。

「そうですね。できるでしょう。たぶん」

「でも、はっきり断言はできない？」

「ええ、あの娘は私には謎ですね」

「ミスター・ペニントンはとても人殺しなどする人じゃないと思うけど、どうかしら？あの人、ひからびて消化不良みたいで――赤い血なんかもってなさそうですわ」

「しかし、自己擁護という強い観念はもっておりますな」

「そう言われれば、そうね。それで、あのターバンを巻いた、あのミセス・オッタボーンは？」

「虚栄心というものがあります」

「それが殺人の動機になるんですか？」ミセス・アラートンはけげんそうな顔つきをして訊き返した。

「殺人の動機なんてものは、時にはまったく些細なものなんですよ、マダム」

「一番普通な動機ってどんなもの、ポアロさん？」

「一番よくあるのが、金。つまり、いろんな形で自分が得をする場合ですね。次が復讐

——次が恋愛、次が恐怖、それから純粋な憎しみ——それから慈善——」

「まさか、ポアロさん！」

「もちろんですよ、マダム。つまり、Cという人間を助けるために、Bという人間がAという人間を殺すというわけなんです。こんな例はたくさんありますよ。政治的な殺人はよくこの形に属するんです。ある人間が文明の敵、社会の敵にみなされ、それがために暗殺される。この行為をする暗殺者は、生かす殺すということが、神のお仕事であることを忘れている人です」

彼は真面目にこう言った。

ミセス・アラートンは物静かに言った。「本当にその通りだと思いますわ。ただ、そうは言っても、神様はご自分なりの手段を使って、それをなさるのよ」

「マダム、そんなふうな考え方をなさるのは危険ですな」

彼女は軽い調子に変わって言った。

「お話を聞いてると、この世に生き残る人間なんか誰もいなくなるって気がしますね！」

彼女は立ちあがった。

「そろそろ帰らなければ……。お昼ご飯がすんだらすぐ出発ですから」

二人が船着き場までゆくと、ポロ・ジャンパーを着た若い男はちょうど船の中で座席に座るところであった。イタリア人はすでに待っていた。ヌビア人の船頭が帆をといて、船が動き始めると、ポアロは若い男に愛想よく話しかけた。

「エジプトには見るべき素晴らしい史跡がたくさんありますな、そうでしょう?」

若い男はなんとなく不快な匂いのするパイプをふかしていたが、そのパイプを口からはずすと、意外にも育ちのよさを思わせるアクセントで、簡単に、しかも、強い口調でこう答えた。「胸がむかつきますね」

ミセス・アラートンは鼻眼鏡をかけて、興味深そうに彼を観察しはじめた。

「そうですかな、どうしてでしょう?」ポアロが尋ねた。

「たとえば、ピラミッド。あれなんか、傲慢な専制君主のエゴイズムを満足させるために建てられた、巨大な石の堆積にすぎないですよ。これを建てるために、血と汗を流した大衆のことを考えてみたことがありますか。実際、ピラミッドに表われた一般民衆の苦しみを考えると、気分が悪くなりますね」

ミセス・アラートンは快活に言った。「それじゃ、あなたは、つまり、ピラミッドも、パルテノンも、美しい墓も、寺院も要らないとおっしゃるのね? ただ、人間が一日三食、ちゃんと食べて、ベッドの上で死んでいったということを聞けば、それで満足なわけね？」

若い男は、彼女の方にそのしかめ面を向けた。「ぼくの考えでは、石よりも人間の方が大切だと思いますね」

「しかし、人間の方はどうせ長続きしないですよ」とポアロが口をはさんだ。

「ぼくは世のいわゆる芸術品なんかより、充分に三度の食事を食べてる労働者をでもながめたいですね。大切なのは将来ですよ——過去ではない」

これはシニョール・リケティにとっては我慢できなかった。彼は激烈な、ところどころ聞きとれない早口でしゃべりはじめた。

若い男は、自分が資本主義的組織についてどんな意見を持っているか、てきぱきと話して、リケティに応戦した。彼の口調には激しい毒が含まれていた。

この演説が終わった頃、船はホテルの船着き場に着いた。

ミセス・アラートンが気軽に、「やれやれ」と呟いて陸に上った。若い男は彼女の後ろ姿を憎々しげに眺めた。

ホテルの入口で、ポアロはジャクリーン・ド・ベルフォールに出会った。彼女は乗馬服を着ていた。ポアロをみると皮肉な態度でちょっと頭を下げ、「あたし、ロバで一まわりしようかと思って。現地人の村をみて歩くのはどうかしら、いい案だと思いません？」

「今日は田舎まわりですか？　よろしいですね。なかなか景色の良い村がありますよ。でも村で売ってる骨董品なんかにあまりお金を使わないようになさい」

「ええ、どうせヨーロッパあたりから輸入された品物なんでしょ？　あたし、そう簡単にはだまされないことよ」

彼がうなずいてみせると、彼女はギラギラと輝く陽光の中へ消えていった。

ポアロは荷作りを終わった。彼の荷物はいつもすべて整然としているので、簡単に終わった。それから食堂にでかけ、早目の昼飯をすました。

食事のあと、第二瀑布《セカンド・カタラクト》へゆく人たちはホテルのバスで駅まで運ばれた。その駅からカイロ発の急行に乗ってシェルラルに赴くことになっていた。シェルラルまでほんの十分しかかからない。一行はアラートン親子と、ポアロ、汚いフラノのズボンをはいた若い男、イタリア人のリケティ、これだけであった。ミセス・オッタボーンと娘のロザリーはダム見物にでかけていて、やがてそこからフィラエにでてシェルラルで乗船するはずであった。

カイロ発の急行は二十分おくれて入ってきた。しかし、やっと入ってきたと思うと、例のごとくごった返しの混雑であった。汽車から荷物を運びだす赤帽《ポーター》と、反対に汽車に積みこむ赤帽《ポーター》がぶつかりあって大変な騒ぎだ。

やっとのことで、ポアロは息を少し切らしながら列車の一室に納まった。身のまわりには自分の荷物とアラートンの荷物がいくつか、それからぜんぜん誰のかわからない荷物などがうずたかく積まれていた。ティムと彼の母親はどこか他の車室に、残りの荷物と一緒に納まったらしい。

ポアロが乗りこんだ車室には老年の婦人が一人いた。顔は皺だらけ、白いカチカチの革の立ち襟《ストック》、数多くのダイヤモンド、顔には人類の大部分を陰険に見くだす軽蔑の表情が浮かんでいた。

彼女はポアロに対しても、たかぶった一瞥をジロリと与えて、すぐさまアメリカの雑誌のかげに顔を隠してしまった。彼女の向かいの席にはまだ三十にならない大柄な、不細工な娘が座っていた。茶色の目は、やや犬の目に似ていて、乱れた髪の下の顔つきには、どんなことでも喜んで熱心にやるといった気構えが表われていた。ときおり、老婦人は雑誌の上から顔をのぞかせて、ぞんざいな調子で若い女に命令を与えた。

「コーネリア、膝掛けをとっておくれ」「向こうに着いたら、あたしの化粧ケースに気をつけて。どんなことがあっても他人に運ばせたりなどしちゃだめだよ」「紙切りナイフを忘れないで」といったふうだ。

汽車はほんの十分間走っただけであった。桟橋に着くと、すでにカルナク号が一行を待っていた。オッタボーン母娘も乗りこんでいた。

第一瀑布《ファースト・カタラクト》航路に就航しているパピルス号やロータス号は大きすぎてアスワン・ダムの水門を通過できないので、第二瀑布《セカンド・カタラクト》行きのカルナク号はこの二隻の船より少し小型に作ってあった。船客たちは船に乗りこむと、すぐ各船室に案内された。満員ではなかったので、たいていの船客が遊歩デッキに船室をとることができた。このデッキの前方は、全部ガラス張りの展望室《サロン》になっていて、河の景色が一望に眺められた。その下のデッキに喫煙室と小さな応接室、さらにその下が食堂であった。

荷物が無事に船室に運ばれるのを見届けたポアロは、ふたたびデッキにでて、出発の様子を眺めることにした。ロザリー・オッタボーンが手摺りによりかかっていた。彼はそばに近寄った。

「いよいよヌビア（上部ナイルの一地帯）に入りますね。嬉しいでしょう？　マドモアゼル」

娘は深く息を吸い込んだ。

「ええ。やっとすべてのことから離れられるって気がするわ」

彼女は漠然とあたりを指差した。二人の眼前に拡がった水面はなんとなしに野性的な様相をみせていたし、草一本生えてない畳々《じょうじょう》たる岩は河辺まで傾斜し、あちこちには洪水に荒らされ、抛棄《ほうき》された家の跡が点々と散在し、景色全体が陰鬱で不吉な魅力をたたえていた。

「人間世界からすっかり離れてしまえますのね」とロザリー・オッタボーノは呟いた。

「船にいる人間たちからは逃れられません、そうでしょう？」

彼女はちょっと肩をすぼめて言った。「この国って何かしらあたしに邪悪なものを感じさせるわ。人の心の中で煮えているものを表面に浮かびあがらせる作用をするんです。すべてが、不公平で、正しい道から外れていて……」

「さあ、どうですかな？　事物の外見だけでは判断できませんよ」

ロザリーは呟いた。

「そうかしら？　よそのお母さんをみて——それからあたしのお母さんと比べてみて。〝セ、ッ、ク、ス、こ、そ、全、能、な、り〟。そしてあたしのお母さんはその予言者なのよ」彼女はふと口をつぐんで、「あら、こんなこと、言っちゃあいけなかったわ」

ポアロは両手でゼスチュアをした。「言ったって構いませんよ——私にならね。私という人間はいろんな人の話を聞くのが商売ですし、あなたの心の中で何かが沸き立っているんでしたら——ジャムのようにね——滓《かす》を表面に浮かびあがらせるんです。そしたらスプーンでひょいとすくいとりのぞくことができるわけでしょう？」

彼はこう言って何かをナイル河の中に投げこむような身振りをした。

「これで気持ちよくなるわけです」

「あなたって、ずいぶん変わった人ですわね！」彼女の陰鬱な唇のあたりがふと明るい微笑に変わった。それから突然身をこわばらせて、叫んだ。「あら、ミセス・ドイルとご主人だわ。あの人たちがこの旅行にくるなんて、全然知らなかった！」

リネットは船室からでて、デッキの途中をこちらに歩いてくるところだった。サイモン・ドイルがそのすぐ背後に続いている。ポアロは彼女の顔をみて、まったく驚いた。今までとは打って変わって、輝くばかりの明るさと、自信満々たる様子であった。幸福に包まれて昂然としていた。サイモン・ドイルもまた人間が変わったように、幸福そうで、まるで嬉しくてたまらない小学生のように顔じゅうに笑いをたたえていた。

「実にすてきだ！」彼もまた手摺りにもたれながら言った。「この旅は愉快になりそうだね、リネット。なんだかいままでみたいな感じじゃないな——まさにエジプトの心臓部に入ってゆくんだって感じだ」

リネットはすぐにこれに答えた。

「本当ね、前よりずっと——凄味《すごみ》があるわね」

彼女は彼の腕に手をさしこんだ。彼はその手を肘でぐっとしめつけた。

汽船は突堤から少しずつ離れた。第二瀑布《セカンド・カタラクト》に向かって、往復七日の旅が始まったのだ。

「さあ、出発だよ！」彼は囁いた。

背後で軽快な銀鈴を振るような笑い声が聞こえた。リネットがくるっと振り返った。

ジャクリーン・ド・ベルフォールがさも愉快そうに立っていた。

「ハロー、リネット！　あなたがこの船に乗っているとは知らなかったわ。まだアスワンに十日ぐらい滞在すると言ってたじゃないの。本当に意外だわね」

「あなたは——あなたはま、まさか——」リネットの舌は思わずもつれた。それから無理に青ざめた作り笑いを浮かべて、「あたしも、ま、まさか、あなたがこの船に乗っているとは思わなかったわ」

「そう？」

ジャクリーンはこう言ってゆっくり反対側のデッキへ歩いていった。リネットは夫の腕をぐっと握り締めた。

「サイモン——サイモン——」

サイモンの人のよさそうな笑顔はすっかり消え、憤怒の情に変わっていた。懸命に自制しようとするにもかかわらず、両手は固い拳固になっていた。

二人はちょっとそこから離れた。ポアロは別に振りむこうともしなかったが、二人の話す言葉のきれはしが、聞くともなしに小耳に入ってきた。

「……引き返す……そんなことできない……あたしたちにできるのは……」それから、やや大きな声で、ドイルが、絶望的に、厳しい調子で言うのが聞こえた。

「いつまでも逃げてばかりはいられないんだ、リン。今度という今度ははっきり対決しなきゃあ……」
二、三時間して、陽の光が次第に薄れかかった頃である。ポアロはガラス張りの展望室《サロン》に立って船の行く手を眺めていた。カルナク号は、狭い峡谷をさかのぼっていた。岩々は、何かしら残虐な様相をたたえて、両側から河にせまり、この合い間を河は深く激しく流れていた。船はいまヌビアに入ったのである。
ポアロは人の気配を感じた、みるとリネット・ドイルがかたわらに立っていた。彼女は指を曲げたり、のばしたり、ねじったりしていた。その顔には今までにない表情が現われていた。いわば迷子になった子供のような頼りなさであった。彼女は言った。

「ムッシュー・ポアロ。あたし、なんだか怖くて――何もかも怖いの。こんな気持ち、いままで感じたことないわ。原始的な荒れ果てた岩やこんな陰気な景色ばかりで。あたしたち一体どこへゆくのかしら？　いまから何が起こるのかしら？　あたしとても怖くて。みんながあたしを憎んでるのよ。ええ、こんな気持ちはじめて。あたし、みんなによくしてあげたつもり――いろんなことしてあげたわ――でもみんなあたしを憎むのよ――あたしを憎んでいる人たちばかり。サイモンのほかには、あたしのまわりには敵ばかり……みんなから憎まれてると感じるのは――いやなことねえ……」

「マダム、一体どうしたんです？」

彼女は首を振った。

「たぶん、気のせいだと思いますわ。……ただ――あたしのまわりのあらゆるものが安全でないという感じ……」

彼女は自分の肩越しにちらっとあたりを見まわした。それから、いきなり言った。

「一体どんなことになるのかしら？　あたしたち、まったく袋のねずみ。出口も何もない。いやでも先に進むだけ。あたし――あたし、どうしたらいいのかわからない」

彼女はそっとベンチに腰を下ろした。ポアロは真面目な顔で彼女を見おろした。彼の目つきには、濃い同情の色がきざしていた。

「あの人、あたしたちがこの船に乗ることをどうして知ったのかしら？　知るはずないのに」

ポアロは首を振って答えた。「彼女は利口な人ですよ。あなたもご承知の通り」

「あたし、あの人から絶対に逃れられないような気がするわ」

ポアロは言った。

「あなたが実行しようと思えばできた計画がありますね。実際のところ、あなたがどうしてそうしなかったか、不思議です。あなたにはお金なんて問題じゃないんでしょう？　それなのに、どうして、専用のダハビエ（ナイル河を上下する帆船）を雇わなかったんですか？」

リネットは弱々しく首を振った。

「こんなことが起こるとわかってたら――でもあたしたち、こうなるとはまるで予期していなかったわ。それにむずかしいのよ……」彼女は不意にいらだたしさを顔にみせた。「ああ、あなたはあたしの立場の苦しいこと、半分もおわかりじゃないのよ。あたし、サイモンのことで、いろいろ気を使ってるのよ。あの人――あの人、お金のことでとても神経質なの――あたしがあまりたくさんお金を持っていることでね！　あの人、初めスペインに行こうなんていって――スペインのどこか小さな村にね。なぜって――彼ったら新婚旅行の費用は全部自分で払うつもりだったからですって！　まるでそれがよっぽど重大なことみたいなのよ。男ってばかねえ！　気持ちよく暮らすことにもっと慣れればいいのに！　ですから、ダハビエを借り切ろうなんて思いつきだけでも、彼、すっかり気分を損ねてしまうわ。余計な出費だと言ってね。あたしあの人を教育していかなくちゃあ――少しずつでも」

彼女は顔を上げ、神経質に唇を噛んだ。ちょうど、うっかり図に乗って自分の苦境を話してしまったと後悔しているような様子であった。

彼女は立ちあがった。

「ごめんなさい、ムッシュー・ポアロ。そろそろ着替えをする時間ですの。なんだかあたし、いろいろばかげたことを話してしまったみたい」

7

ミセス・アラートンはすっきりした黒レースのイヴニング・ドレスという、落ち着きはあるが人目をひく姿で、デッキを二つ降りて食堂に入っていった。入口のところで、息子のティムが彼女に追いついた。

「ごめん、お母さん。おくれるかと思っちゃった」

「わたしたちのテーブル、どこでしょう?」

サロンには小さなテーブルが点々と置いてあり、給仕《スチュアード》がお客たちをそれぞれのテーブルに案内していた。ミセス・アラートンは自分の順番のまわってくるのを待った。

「それはそうと、ティム。わたし、エルキュール・ポアロさんに、わたしたちのテーブルに座るようにと言っておきましたけど」

「お母さん、嫌だなあ!」ティムはドキリとした様子で、さも迷惑そうな顔をした。

母親は驚いて彼の顔を見つめた。ティムは普段そんなことはちっとも気にしない性質《たち》だったからである。

「あら、ティム、悪かったかしら？」

「そう、あんまりよくないなあ。あの人間は実際根っからの無作法者ですからね」

「とんでもない、ティム。あの人、そんな人じゃありませんわ」

「いずれにしても、どうして他人とつきあう必要があるんです？　こんなふうに小さな船の中に閉じこめられてるのに、そんなことしたら、きっとうんざりすることになる。彼、朝も昼も晩も、われわれのそばにくっついて、決して離れなくなるよ」

「ごめんなさい、ティム」ミセス・アラートンはがっかりした顔をして、「わたし、あの人と一緒のテーブルだったら、きっとあなたも喜ぶだろうと思って。あの人、いろいろと豊富な経験の持ち主だし。それにあなたは探偵小説がとても好きでしょう？」

　ティムはうなった。

「お母さんが、もう少し気の利かないお母さんだったら、と思う時もありますね。しかし、今さら断わるわけにもいかないかな？」

「そうねえ。今さらねえ……」

「まあいいさ。我慢するよりほか、仕方ないな」

　ちょうどその時、給仕がやってきて、二人をテーブルに案内した。ミセス・アラートンは給仕のあとについてゆきながら、なんとなく解《げ》せない顔つきをしていた。ティムは普通、あまり物事にこだわらないし、自分の感情を露骨に表わすことなど絶対にしなかった。それで今日のように、無理なことばかり言うのは、およそティムらしくない振舞いなのである。外国人を嫌がったり、信用しなかったりする癖はイギリス人によくあるが、しかしティムはいたって国際人的《コスモポリタン》だから、そんな理由でポアロを嫌うはずないし。まあ、いいわ！　彼女は溜め息をついた。男って不可解なものだ。こんな身近な者でさえ、理解できない理由だの感情だのを持っている！

二人が席につくとまもなく、ポアロが足早に、静かに、食堂に入ってきた。彼はテーブルのそばにきて、立ちどまると、空いた椅子の背に手をおいた。

「マダム、それでは、ご好意に甘えてよろしゅうございますか？」

「さあ、どうぞ、おかけになって」

「ご親切にどうも」

彼は座りざまにちらりとティムの方を眺めた。ティムはポアロを前にして、自分のしかめ面をうまく隠しおおせなかった。ミセス・アラートンはこの二人の様子をみて、なんとなく居心地の悪い思いをした。

彼女はこの気まずい空気をなんとか転換させようと思った。そこで、スープを飲みながら、皿のそばに置いてあった船客名簿をとりあげた。

「どの人が誰だか当ててみましょうか？」彼女は快活に提案した。「きっと面白いことよ」

そして彼女はA・B・C順に書かれた名前を一つ一つ読みあげた。「ミセス・アラートン、ミスター・T・アラートン、これは言わずもがなね。次が、ミス・ド・ベルフォール。あら、オッタボーンの母娘と同じテーブルになってるわ。ロザリーとうまくいくかしら？　次はと。ドクター・ベスナー。ドクター・ベスナーって、どんな人だか当てられます？」

彼女は、男ばかり四人座っているテーブルをちらりと眺めて、

「髪を坊主刈りみたいにして、髭を生やしている太った人、あの人がドクター・ベスナーじゃないかしら？　きっとドイツ人ですわね？　スープをずいぶんおいしそうに飲んでること！」なるほどスープをすする音が大きく聞こえてくる。

ミセス・アラートンはさらに続けた。

「ミス・バウァーズは？　どの人だかわかります？　知らない女の人が三人か四人いるようですから、ミス・バウァーズは、ちょっと今は当てられませんわね。次がドイル夫妻。まさに一座の花形ね。リネット・ドイルは美しいこと！　それにあのドレスの完璧

さ！」

ティムは腰かけたまま首をまわした。リネットの夫のサイモンはアンドリュー・ペニントンと一緒に隅のテーブルについていた。リネットは白いドレスに真珠の首飾りをつけている。

「そうかなあ？　ぼくの目には簡単至極なドレスにしかみえないな。ただの長い切れ地と、真中あたりに紐がついてるだけだ――」

「八十ギニーもするドレスも男の人の口にかかっては台無しねえ」

「ぼくには女の人が、どうして着るものに、そんなに金をかけるんだか、どうもわからないな。およそばかげてるもの」

ミセス・アラートンはこれに答えもせず、船客たちの吟味を続けた。

「ミスター・ファンソープ。あの四人組の殿方の一人よ。とっても静かでめったに口をきかないあの若い人。ちょっとよい顔ね、控え目だけど利口な感じで……」

ポアロはうなずいた。

「あの人はたしかに利口なって感じですね。自分は黙ってるが、人の話には注意深く耳を傾けていますよ。それからあの目もなかなか油断ならない。実によく物事を観察している。どうもこの地方を遊覧旅行するタイプとはちがってますね。いったいなんのためにきてるんでしょう？」

「ミスター・ファーガスン」とミセス・アラートンはさらに名簿を読み続けた。「ファーガスンって、例の反資本主義者にちがいないわね。ミセス・オッタボーン、ミス・オッタボーン、この人たちのことはよく知ってるでしょ。次がミスター・ペニントン、別名、〝アンドリューおじさん〟。あの人ちょっとした男前ね、でも――」

「ねえ、お母さん」ティムがたしなめた。

「男前だけど、うるおいのない事務的な感じね。顎のあたりの線がいかにも冷酷じゃありませんか。ほら、新聞なんかによくでる実業家のタイプの人。ウォール・ストリートを動かしてるような人ね――それともウォール・ストリートのなかで動いている、というところかしら？　とにかくきっと大変なお金持ちよ、次が――ムッシュー・エルキュール・ポアロ――この人の才能は目下宝の持ちぐされ中。ティム、あなた、ムッシュー・ポアロのために少し犯罪でも犯してみたら？」

このなんの悪気もなく言った彼女のからかい半分の言葉は、ティムをまたもや不機嫌にしたようであった。彼のしかめた顔をみて、母親はあわてて話を先に進めた。「ミスター・リケティ。この人は例の考古学者。それから最後にミス・ロブスンとミス・ヴァン・スカイラー。このミス・ヴァン・スカイラーは、当てるのわけありませんよ。あのものすごく器量の悪いアメリカ人のお婆さん。自分じゃこの船の女王様になったつもりらしいわね。特別製の人間だから自分と同じ階級の人間でなきゃあ口もきかないって様子。ある意味では、すてきなんじゃないかしら？　一種の骨董品的存在ですものね。あの人と一緒にいる女の人二人、あの人たちがきっと、ミス・バウァーズとミス・ロブスンよ。やせて鼻眼鏡をかけた方が秘書か何か、もう一人の方が貧乏な親類の娘ってところね。あの娘さん、まるで奴隷みたいにこきつかわれてる癖に、とても嬉しそうな顔してるじゃありません？　哀れな感じだわ。わたしの考えじゃ、秘書の方の女がロブスンで、娘の方がバウァーズ――」

「お母さん、はずれたよ！」ティムがにやにや笑いながら言った。急に機嫌がよくなったようである。

「あら、どうして知ってるの？」

「食事前に展望室《サロン》にいたら、あの婆さんがね、娘に向かって、〝ミス・バウァーズはどこにいるんだい？　すぐ呼んできておくれ。コーネリア〟って言ったら、コーネリアはまるで忠実な犬みたいに走っていきましたよ」

「わたし、なんとかして、ミス・ヴァン・スカイラーと話してみよう」ミセス・アラートンは独り言のように呟いた。

「あの婆さん、鼻もひっかけないでしょうよ、お母さん」

「そんなへまはしませんよ。わたし、まずあの人のそばに座って、低い、でも、よく通る声でね、ごく上品な抑揚をつけて、思い出せる限り肩書つきの親類や友達のことを話すわけ。たとえば、あなたのまたいとこにあたるグラスゴー公爵のことでもさりげなく口にだせば、すぐに餌に食いついてくるわ」

「お母さんも、案外いたずら好きだなあ！」

食事後に展開された場面は、人間の性質に多少でも興味を抱いている人が観察したら、なかなか捨てがたいものであった。

社会主義的な若い男（予測通りファーガスンという名であったが）は、一番上の展望室《サロン》に集まってゆく船客たちに軽蔑の眼を向けて、さっさと喫煙室に引っこんでしまった。

ミス・ヴァン・スカイラーは、ミセス・オッタボーンの座っていたテーブルにまっすぐ突進して、「あの失礼ですけど、たしかここにわたし、編み物を置いておいたと思いますが……」とこう宣言した。

彼女の催眠術師的な凝視を受けて、ターバン巻きの夫人はいやおうなく立ちあがった。この場所は、隙間風などの入らない一番いい場所だったのである。ミス・ヴァン・スカイラーはターバン夫人が立ちあがると、さっさと付き添いの者と一緒にそこを占領してしまった。

ミセス・オッタボーンは近くの椅子に移り、あれこれと話しかけてみたが、ミス・ヴァン・スカイラーがいんぎんにして冷ややかに、鼻であしらったので、彼女も会話を諦めてしまった。

ドイル夫妻はアラートン母子《おやこ》と一緒に座った。ドクター・ベスナーはおとなしいファンソープを話相手に選んだ。ジャクリーン・ド・ベルフォールは一人で本を読んでいた。ロザリー・オッタボーンはなんとなしにいらいらしていた。ミセス・アラートンが、一度か二度彼女に話しかけて、自分らのグループにひき入れようとしたが、ロザリーはそれに対し、ぶっきらぼうな返事ばかりしてとりつくしまもなかった。

エルキュール・ポアロは一晩じゅう、ミセス・オッタボーンから作家としての使命について聞かされた。

夜も更《ふ》けて、ひとり自分の船室へ帰っていく途中で、ポアロはジャクリーン・ド・ベルフォールに出会った。彼女は船の手摺りにもたれかかっていたが、ふと振りかえった彼女の顔は、実に惨《みじ》めで苦しそうな表情だったのでポアロは、はっと驚いた。そこにはいつもの無頓着さも、意地悪い反抗精神も、暗い燃えるような勝利の感情もみえなかった。

「あたしがこの船に乗っていたんで、驚いたでしょう？」

「お休みなさい、ムッシュー・ポアロ」彼女はこう言ってちょっとためらった後、「あたしがこの船に乗っていたんで、驚いたでしょう？」

「驚いたというよりは、むしろ、とてもお気の毒だと思いましたよ」

彼の声の調子はかなり深刻味を帯びていた。

「気の毒？　誰に？　あたしに？」

「ええ、そうです。あなたは非常に危険なコースをおとりになった……私たち、今、いよいよナイル河をさかのぼる旅に出たわけですが、これと同時に、あなたも、ついにあなた個人の旅路に出発されたわけです。水足の早い河の上の旅行、危険な岩山と岩山の間にはさまれて、行く手にどんな悲惨事が待ち構えているかわからないこの旅行に……」

「どうしてそんなことおっしゃるの？」

「ただ、真実を述べているだけです。あなたを安全につないでいた絆《きずな》を、あなたは自分で切ってしまわれた。たとえ、いま、後戻りができたとしても、あなたはおそらく戻らないでしょう……」

彼女は非常にゆっくりと言った。

「まあそうでしょうね」

それから彼女は頭をぐっと後ろにそらせた。

「自分の星に従ってゆくよりほか仕方ないわ。どこに連れてゆかれるにしたって」

「しかし、お嬢さん、気をつけてください。自分の星を間違えないように……」

彼女は笑った。それから貸驢馬屋の口上を真似しはじめた。

「あれ、悪い星ある。旦那様。あれ星、すぐ落ちる……」

ポアロは、船室に帰って床についた。もう少しで眠りに落ちようという時、船室の外からぼそぼそという人声が聞こえてきて、はっと目をさました。それは確かにサイモン・ドイルの声で、その言葉も、船がシェルラルを離れる直前に言った言葉と同じであった。「ぼくたち、今度こそは、はっきり対決しなきゃあ……」

〝そうだ〟エルキュール・ポアロはひとり思った。〝今度こそは対決しなきゃあいけない……〟こう思いながらも彼の心はなんとなく晴々しなかった。

8

船は翌朝早くエズ・セブアに到着した。

コーネリア・ロブスンは大きなつば広の帽子をかぶり、目を輝かして、誰よりもさきにいそいそと上陸した。彼女は人に無愛想な態度をとることなぞできない性分で、どんな人にでも無条件に好意を寄せるのであった。

したがって、エルキュール・ポアロが白い服にピンクのシャツをきこみ、蝶ネクタイをしめて、靴の上部に白いカバーをつけた様子は、貴族趣味のミス・ヴァン・スカイラーなら必ず顔をしかめたであろうが、コーネリアはてんで意にも介さなかった。二人はスフィンクスの並んだ道を一緒に上っていった。ポアロは例のごとく、「あなたのお連れのご婦人たちは寺院見物をなさらないんですね?」と話のきっかけを作った。コーネリアは待ち構えていたように話に応じてきた。

「ええ、あのう……マリー伯母さまは――ミス・ヴァン・スカイラーのことなんですけど——マリー伯母さまは、けっして早起きなさらないので——。とても健康に注意しなければならないんですの。それにミス・バウァーズにはいろいろ面倒をみてもらうわけですし——ええ、ミス・バウァーズは看護婦さんなんです。それに伯母さまの話では、ここの寺院はあまりたいしたものじゃないとかで——でもとても親切な方で、あたしが上陸するぶんには少しも差し支えないとおっしゃるんですの」

「なかなか思いやりのあるお方ですな」とポアロは皮肉な意味をこめてこう言った。

無邪気なコーネリアはポアロの言葉に疑念一つさしはさまなかった。

「ええ、伯母さまったら、とっても親切で。あたしも今度の旅行に連れてきていただいて、本当に感謝してますわ。あたし、とても運のいい娘だと思いますわ。伯母さまがあたしを旅行に連れていきたいと、あたしのお母さまにおっしゃった時には、ほんとに夢かと思いました」

「それで、旅行はずっと楽しいですか？」

「ええ、それはもうとてもすてき！　イタリアにも参りましたし——ええ——ヴェニスとか、パデュアとか、ピサだとか（ともに北イタリアの古都）——それからカイロにも参りましたし。でも、カイロでは伯母さまのご気分が悪くて、あたしもあまり見物できなかったんです。そしたら今度はこのナイル旅行でしょう？　ワディ・ハルファまで上って下るんですもの。ほんとに素晴らしい旅行ですわ！」

ポアロは微笑して、言った。

「マドモアゼル。あなたは幸福な生まれつきですね」

彼は視線を、数歩先をゆくロザリーに移した。彼女は無言で眉を寄せたまま、歩いていた。

「あの方、とてもおきれいですわね」とコーネリアはポアロの視線を追ってこう言った。「ただ、なんとなく人をあざけるような表情ですわ。いかにもイギリス人らしいのね。おきれいだけど、ミセス・ドイルには較べられませんね。ミセス・ドイルほど美しい方には、あたし、逢ったことがございませんわ。ご主人もあの方にはすっかり夢中で。それはそうと、あのグレイの髪をしたご婦人、とてもすてきな感じ。公爵の従妹に当たるんですってね？　昨日の晩、あたしたちのそばで、その公爵のこと話してらっしゃいましたわ。でもあの人自身には爵位はないんでしょう？」

彼女はこうして、とりとめもないことを長々としゃべり続けた。そのうらガイドが一行を停止させて、寺院の説明を始めた。

「この寺院はエジプトの神アムン（羊頭人身の全能神）と太陽神レ・ハラクテのために建立され、ハラクテのシンボルは鷹の頭でございます……」

説明は長々と単調な抑揚で続けられた。ドクター・ベスナーは、ベーデカー案内書を手に持って、ドイツ語で何か呟いた。彼は人の話より書いた物の方が信用おけると思ってるらしい。

ティム・アラートンは一行に加わっていなかった。彼の母のミセス・アラートンは内気なファンソープ氏をなんとかしてうちとけさせようと懸命である。アンドリュー・ペニントンはリネットと腕を組んで、熱心にガイドの言葉を聞いていたが、なかでもガイドの述べる数字に興味を覚えているようだった。

「高さが六十五フィートだって？　ぼくにはそんなに高くみえないが。偉大な人物だったんだね、このラムセス（紀元前千四百年頃の王）という奴は。まったくたいしたエジプト人だ」

「大実業家だったのよ、アンドリューおじさん」

アンドリュー・ペニントンは嬉しそうにリネットを見やった。

「リネット、今日はなかなか元気そうだね。この頃のきみの様子をみてて、ちょっと心配していたんだ。少しやつれた感じだったからな」

一行は、とりとめもないおしゃべりを続けながら船に帰っていった。カルナク号はふたたび上流に向かって航行を続けた。景色は前よりずっと和らいで、ところどころに、椰子の木もあり、耕作地さえみえてきた。

船客たちの上にかぶさっていた重苦しさも、景色が変わるとともに、次第に払い除けられてゆくように思われた。ティム・アラートンの不機嫌さも消えた。ロザリーの仏頂面も前ほどではなくなった。リネットも少しは陽気さをとりもどしたかに思われた。

ペニントンがリネットに言った。「新婚旅行の花嫁に仕事の話をするなんておよそ無粋《すい》なことだけど、ちょっと……」

「あらおじさん、そんな遠慮は要らないことよ」リネットはすぐさま事務的な態度に変わった。

「あたしの結婚で事情が変わったんでしょう？」

「そう、実のところそうなんだ。いつか都合のよい時に二、三の書類に署名をしてほしいんだ」

「今すぐにだっていいわ」

アンドリュー・ペニントンはあたりを見まわした。展望室《サロン》の一隅、つまり彼らのいる一隅にはほとんど誰もいなかった。船客の大部分は展望室《サロン》と船室の間のデッキにでていた。展望室《サロン》に残っていたのは、ファーガスンと、ポアロとミス・ヴァン・スカイラーの三人だけだった。ファーガスンは展望室《サロン》の真中の小さなテーブルのそばで、汚れたフラノのズボンをはいて両脚を前に投げだし、ビールを飲んではその合い間合い間に一人で口笛を吹いていた。エルキュール・ポアロは正面のガラス窓の近くに座り、眼前に展開する景色を熱心に眺めている。ミス・ヴァン・スカイラーは別の一隅に座って、エジプトに関する本を読み耽《ふけ》っていた。

「そうしてくれるとありがたいね」アンドリュー・ペニントンはこう言って、展望室《サロン》をでていった。

リネットとサイモンは顔を見合わせて微笑《わら》った。蕾《つぼみ》がだんだん開いていくような静かな微笑だった。

「大丈夫かい？　リネット」サイモンが口を開いた。

「ええ、もう大丈夫……不思議ねえ、あたし、もういらいらしなくなったわ」

サイモンは改めて感に入ったという口調で言った。

「きみは実に素晴らしいよ」

ペニントンが帰ってきた。細かい字のぎっしりつまった書類を一抱え持ってきた。

「おやまあ！」リネットは叫んだ。「これ全部にサインするの？」

アンドリュー・ペニントンは弁解口調だった。

「大変な仕事ですまないんだが——しかし、することだけはちゃんとしておくのがよいと思ってね。まず、五番街の建物の貸借証……それからウェスタン土地会社の……」彼は書類をバサバサいわせて、あれこれと選び出しながら、話を続けた。サイモンがあくびをした。

デッキに続くドアがさっと開いて、ファンソープが入ってきた。彼はなんとはなしにあたりを見まわし、ゆっくり歩いて、ポアロのそばに立ちどまった。前方には薄青い河の水と、それを囲んで黄色い沙漠が涯《はて》もなく拡がっている……。

「——は、ここにだけ署名すれば結構」ペニントンはリネットの前に書類を拡げ、署名する場所を指でさした。

リネットは書類をとり上げて、さっと目を通した。それから一頁目に戻ってもう一度目を落とし、ペニントンが彼女のそばに置いた万年筆を手にとって〝リネット・ドイル〟と署名した。

ペニントンはその書類をとり、別な書類を彼女の前に拡げた。

ファンソープが、彼らの方に向かって歩いていった。それから、何をみつけたのか、ガラス越しに河岸をじっと見つめた。

「これも単なる名義変更の書類でね。別に読む必要はないと思うが……」とペニントンは言った。

しかし、リネットはやはりざっと目を通した。ペニントンは三通目の書類をだした。

リネットはふたたび根気よく調べ始めた。

「みんな簡単な書類だよ。これという特別な意味は全然ないしね。法律的なややこしい言葉を並べただけで」

サイモンはふたたびあくびをした。

「リネット、きみはまさかそれを全部読むつもりじゃないんだろうね？　そんなことをしたら昼までかかるよ。いや昼までにはすまないかもしれない」

「あたし、いつでも全部読むことにしてるわ。お父さんの教えた通りにしてるのよ。ひょっとしたらタイプの打ち間違いなんかあるかもしれないからって」

ペニントンはやや耳障りな調子で笑った。

「あんたは実に大した実業家だ」

「彼女はぼくよりずっと慎重なんだな」ドイルは笑いながら言った。「ぼくなんか、生まれてから契約書の文章なんか一度も読んだことはないな。サインしろと言われた場所にサインするだけだ」

「それじゃあんまりだらしがないわ」リネットは異議を唱えた。

サイモンは朗らかな態度で言った。「ぼくにはビジネスの頭が全然ないんだ。昔からそうなんだ。他の人がサインしろと言えば、すぐサインする。一番簡単だね」

アンドリュー・ペニントンは思案深げに彼の顔を見つめていたが、やがて上唇をそっと撫でて、冷静に言った。

「それは時によると危ないこともあるよ、ドイル」

「そんなことないさ」とドイルは言った。「この世の中には、会う人間をすべて詐欺師《さぎし》だと思ってる人がいるけど、〝人は信ずべし〟、これがぼくのモットーなんだ。信じさえすれば必ず酬《むく》われるもんだ。だから今まで人に裏切られたって経験はほとんどないね」

突然、あの遠慮がちで静かなファンソープが、くるりと後ろを向いて、リネットに話しかけた。人々は呆気《あっけ》にとられた。

「ぶしつけに、こんなことを申して、実に失礼だと思いますが、私はあなたの実業家らしい態度に心から敬服しました。私の職業からみると――私は弁護士なんですが――残念ながらご婦人方は普通まったく非事務的で――。一応目を通さなければ絶対に署名しないというのは、非常に――立派なお考えだと思いますね」

彼はこう言って、軽く会釈し、それから、顔を赤らめ、くるりと後ろを向くと、ふたたびナイルの河岸を眺め始めた。

リネットは少しまごついて、「あの――ありがとう……」と言ったものの、こみあげてくる笑いを抑えつけかねて、じっと唇を嚙みしめた。その若いファンソープの顔が余りにもくそまじめだったからである。

アンドリュー・ペニントンはひどく困った顔つきになっていた。

一方、サイモン・ドイルは、迷惑がるべきか面白がるべきか見当がつかぬといった様子であった。

立っているファンソープの耳たぶの後ろは真赤に染まっていた。

「じゃ、お次の書類を」リネットは微笑しながらペニントンを促した。

しかしペニントンはすっかりあわてた様子だった。

「他の日にした方がいいんじゃないかな」と彼はぎごちない態度で言った。「そのう――ドイルが言う通り、あなたが全部に眼を通すとなると、お昼までかかってしまうからね。そうすると、せっかくの景色を見落とすのも残念だから――。いずれにしても急を要するのは今の二通の書類だけで、あとはいつでもいいんだよ」

「ここ、とても暑いわ。外にでてみないこと?」

三人はドアを開けて外にでていった。エルキュール・ポアロは振り返って、ファンソープの背中をじっと見つめて、首をかしげた。彼はその視線をさらにファーガスンの方へ移した。ファーガスンは頭をぐっと後ろにそらし、依然として軽く口笛を吹いていた。

最後に、ポアロは部屋の隅に端然と腰かけているミス・ヴァン・ヘカイラーの姿に目を移した。彼女はファーガスンの方を睨《にら》みつけている。

もう一つのドアが開いて、コーネリアが急ぎ足で入ってきた。

「ずいぶん時間がかかったじゃないか、どこにいってたんだえ？」老婦人は切り口上で言った。

「ごめんなさい、マリー伯母さま。毛糸、伯母さまのおっしゃるところにございませんでしたわ。全然別の箱に入ってたんですの」

「しようのない子。あなたにものを探させてすぐ見つかったためしがない！　ええ、あなたが一所懸命やってることはよくわかりますよ。しかしどうせやるなら、もう少し頭を働かせて、てきぱきやったらどう？　あなたってもともと散漫なたちだからね」

「ごめんなさい、伯母さま。あたしばかだもんで……」

「その気があれば、もう少しお利口になれるもんですよ。わざわざこの旅行に連れてきたんだから、それ相当に気をつけてもらわねば困りますよ」

コーネリアは真赤になった。

「すみません、伯母さま」

「それに、ミス・バウァーズはどこにいるんだえ？　お薬をのむ時間がもう十分も過ぎたというのに。すぐに呼んできてちょうだい。お医者さんは時間かっきりにのめって言ってたんだから、一分でもおくれると……」

しかし、ちょうどその時、ミス・バウァーズが小さな薬用のコップを持って入ってきた。

「お薬です、ミス・ヴァン・スカイラー」

「十一時に服用することになってるんですよ。時間を守らないことほど不愉快なことはありません」老婦人はこうきめつけた。

「そうですね」ミス・バウァーズはこう言って自分の時計を眺めた。「今かっきり十一時三十秒です」

「あたしの時計は十分過ぎですよ」

「私の時計に間違いはないつもりです。正確な時計で、一分の狂いもありません」ミス・バウァーズは、悪びれもせずこう言った。

ミス・ヴァン・スカイラーはごくりと薬をのみこんだ。

「たしかにいつもより気分が悪いよ！」

「あら、いけませんわねえ、ミス・ヴァン・スカイラー」

しかし、彼女の口ぶりには同情の気持ちなどこれっぽちも含まれていなかった。実際、興味も関心もない。ただ機械的に当たり障りのない返事をしているという様子であった。

「ここは暑くてたまらないわ。ミス・バウァーズ、デッキに椅子の用意をしてちょうだい、コーネリア、わたしの編み物を持ってきておくれ。あなたは無器用だから落とさないように気をつけて。それから、毛糸を少し捲《ま》いてもらいたいね」

こうして、三人は仰々しく外にでていった。

ファーガスンが溜め息をつき、投げだした脚を動かして、全世界に宣言するかのごとくこう言い放った。「畜生め！　あの婆さんの細っ首をねじ切ってやりたいな」

ポアロは興味ありげに尋ねた。「あなたのお嫌いなタイプなんですな？」

「嫌いなタイプ？　もちろんですよ。あの婆さん、今まで、なんの役に立ったことがあるか？　誰かのためになったことがあるか？　生まれてから一度だって働いたことがないし、指一本動かしたこともない人間だ。他人を食いものにして自分を肥らせてる寄生虫だ。寄生虫の中でも、およそ不愉快な寄生虫だ！　この船にはあの婆さんのほかにも、死んだ方がましな人間がうようよしてる」

「そうですか？」

「ああ、今そこにいた娘、株の名義変えか何かの署名をして威張りくさってた娘、あれなんかまずその筆頭だな。何千何万という人間が、わずかな手当てをもらって奴隷のように働いた結果がどうだ？　あの娘に絹の靴下をはかせ、無用の贅沢をさせるだけのためじゃないか。イギリスでも有数の金持ち娘という話だが、自分じゃ右のものを左にやったことさえない」

「あの人がイギリスでも有数の金持ち娘だってこと、誰から聞きましたか？」

ファーガスンは挑戦的な目を彼に向けた。

「きみたちが鼻もひっかけないある男から聞いたんだ！　自分の腕一つで働いて、それを誇りにしている男だ！　しゃれのめした服を着て、きどっているきみたちの仲間じゃないさ」

彼の目はポアロの蝶ネクタイとピンクのシャツを不快そうに眺めた。

「私のことならご心配なく。私は自分の脳髄を働かせて仕事をし、それを誇りにしてますから」ポアロはファーガスンの視線に応じてこう答えた。

ファーガスンはただ軽く鼻であしらった。

「そんな脳髄なんか射ち抜いてしまえばいい！　役にも立たない脳髄なんか全部！」

「どうもあなたは」とポアロは言った。「まさに暴力精神の塊りみたいですな！」

「暴力なしで解決できるものがあるかい？　新しいものを建設する前には、まずこれをぶちこわす必要があるんだよ」

「それは確かに簡単で、騒々しくて、めざましいやり方ですな」

「あんたは、何をやって生活してる？　どうせ何もしてないんだろう。たぶん、自分じゃ中層階の人間《ミドル・マン》だぐらいに考えてるんだろうな」

「私は中位の人間《ミドル・マン》じゃない。一級の人間《トップ・マン》ですよ」ポアロはやや尊大に構えた。

「なんの仕事の？」

「探偵です」エルキュール・ポアロは、〝わしは王様だ〟とへり下った態度でいう人と同じような口ぶりでこう言った。

「そうなのか」ファーガスンは本気で驚いたようであった。「あの娘は、実際に、のろまの探偵を雇って、自分の身を護ってるのかい？　それほどまで自分が可愛いのかね？」

「私はドイル夫妻とは何の関係もありませんよ」とポアロはきびしく言った。「私は休暇旅行中です」

「物見遊山ってわけか？」

「それで、あなたは？　あなたも休暇旅行じゃないんですか？」

「休暇だって？」ファーガスンは吐きだすように言い返した。それから、まるで秘密でも洩らすかのように、「ぼくは世情を調査してるんだ」

「なるほど、大変に面白いですな」ポアロはこう呟くと、おだやかにデッキへでていった。

ミス・ヴァン・スカイラーはデッキの上でも一番よい場所を占領していた。コーネリアは彼女の前にひざまずいて両腕をのばし、手にねずみ色の毛糸の束をかけていた。ミス・バウァーズはそばに腰かけ、キチンと背を伸ばした姿勢でサタデイ・イヴニング・ポストを読んでいた。

ポアロはゆっくりと右舷のデッキを歩いていった。船尾まできてひょいと曲がった途端、危うく誰かにぶつかりそうになった。若い女だった、色の浅黒い、ラテン系のキビキビした女で、黒いドレスをきちんと身につけ、制服を着た大きな頑丈な男と立ち話をしていた。男はみたところ機関士の一人といった様子である。二人は、顔に、なんとなく後ろめたい心配そうな奇妙な表情を浮かべていた。ポアロは、彼らが何を話してたんだろうといぶかった。

彼は船尾をまわって、今度は左舷のデッキを歩いていった。その時、船室の一つのドアが開いて、ミセス・オッタボーンが現われ、よろよろとポアロの方に倒れかかった。真赤なサテンの部屋着を着ている。

「あらごめんなさい」と彼女はあやまった。「おや、ポアロさん。すみませんねえ――

この船の揺れ——揺れですよ。あたし海に弱くて——本当に、船がじっとしてればいいんだけど——」彼女はポアロの腕にしがみついた。「船の縦揺《たてゆ》れってとても我慢できない——。海にでて、楽しいって経験、まったくないんですの——おまけに、何時間も何時間も一人ぽっちにされて——うちの娘ったら、この年寄りの母親に、同情も、理解もないんですからねえ——あの娘《こ》のためにあたしどんなに働いたか……」ミセス・オッタボーンは涙を流し始めた。「あの娘《こ》のために奴隷のように——身も骨もけずって——ええ、骨までけずって——あたしだって、社交界で艶《あで》やかな存在になれたはず——好き勝手なこともできたはず——それだのにあたし、何もかも犠牲にして——ええ、何もかも——それなのに今じゃ誰も構ってくれない——あたし、みんなに話してやります！　今すぐみんなに話してやる。——あの子があたしをまるっきり構ってくれないって——あの子がどんなに無情だか——無理やりに今度の旅行に引っ張りだして——死ぬほど退屈な思いをさせるし——ええ、今すぐあちらにいってみんなにぶちまけてやる——」

彼女は駈け出そうとした。ポアロは彼女をやさしくおさえつけた。

「今、ロザリーを呼んできてあげますから——マダム。船室にお帰りなさい。そうなさるのが一番いい——」

「いやです。みんなにぶちまけてきます——船に乗ってる人全部に」

「マダム、危ないですよ。相当荒れてますから。足をさらわれて落ちる心配がありま
す」

ミセス・オッタボーンは彼の方を疑わしそうに眺めた。

「ほんとに危ない？　ほんとにそんなに危ないの？」

「ええ、そう思いますね」

ポアロのおどしは功を奏した。ミセス・オッタボーンはためらい、よろめき、ついに
船室に帰っていった。

ポアロは一人うなずくと、デッキを歩いていって、ミセス・アラートンとティムの間
に座っているロザリーのそばに近寄った。

「お母さんがお呼びですよ、マドモアゼル」

彼女はアラートン母子と一緒に楽しそうに笑っていたが、自分の母親が呼んでいると
聞くと急に顔を曇らせた。そしてポアロの方をけげんそうに眺め、急ぎ足でデッキの方
にでていった。

「わたしにはどうもあの娘の気持ちがわからないわ」とミセス・アラートンは言った。
「すぐ気が変わってね。前の日にいかにもうちとけた様子をみせても、あくる日には失
礼なほどぶっきらぼうな口をきくし……」

「徹底的にわがままな、ご機嫌屋なんですよ」とティムが答えた。

ミセス・アラートンは首を振った。

「いいえ。そんな人じゃないと思うわ。何か心配事があるんですよ、きっと」

ティムは肩をすくめた。

「まあ、人間はそれぞれ個人的な心配事を持ってるでしょうからね」

彼の声は冷ややかで無愛想なひびきを持っていた。

ゴーン、ゴーンという音が聞こえてきた。

「昼食ですよ」ミセス・アラートンが嬉しそうに叫んだ。「わたし、死にそうなほどおなかが空いたわ！」


その晩、ポアロは、ミセス・アラートンが、ミス・ヴァン・スカイラーの傍に座って、いろいろ世間話をしているのに気がついた。彼が二人のそばを通りすぎると、ミセス・アラートンは彼の方に向かって、片方の目をちょいとつむってみせた。それから落ち着いた声で老婦人との話を続けた。「ええ、もちろん、カルフリーズのお城で――ええ、公爵は――」

コーネリアはミス・ヴァン・スカイラーから解放されて、デッキにでていた。彼女は一心にドクター・ベスナーの話に耳を傾けている。ドクターは、ベーデカーの案内書から抜萃《ばっすい》したエジプト考古学について、長々と講義をして聞かせていた。コーネリアは目を輝かして熱心に謹聴している。

ティム・アラートンは手摺りによりかかったまま、こんなことを言っていた。「いずれにしても、いやな世の中だ……」

ロザリー・オッタボーンが返事した。

「実際不公平だわ。持ってる人は何もかも持ってるし……」

ポアロは溜め息をついた。そして、自分が、すでに若い時代を通りすぎてしまったことをなんとなく嬉しく思った。

9

　月曜日の朝、カルナク号のデッキの上では様々な喜びの声、感嘆の声が聞かれた。船は河岸に繫留《けいりゅう》されていて、そこからほんの二、三百ヤード離れたところには、岩肌に彫りこまれた大寺院が朝の陽光をさんさんと浴びていた。崖の自然石を彫って作られた四つの巨大な人像は、こうして何千年となくナイル河を見おろし、何千年となく、昇る朝日を見つめてきたのである。

　コーネリア・ロブスンが感嘆して言葉もとどのわぬ口調で言いはじめた。「ムッシュー・ポアロ。ほんとに素晴らしい眺めね？　あんなに大きくて、とても和やかで──みていると、自分たちがほんとに小さく感じて──虫かなにかみたいに──いろんなことでこせこせするの、ばからしい気がしてきて……」

　そばに立っていたファンソープも呟いた。

「実に──実に──印象的だ」

「偉大なもんだね」サイモン・ドイルが近寄ってきて相槌《あいづち》を打った。それからポアロに小声で言った。「ぼくは寺院だとか名所見物だとか、あまり好きじゃないんですがね。しかしこんな光景をみると、なんとなく心を打たれますね。ぼくのいう意味わかるでしょ？　あのエジプト王たち、きっとすごい連中だったにちがいない」

他の人たちは一人二人とその場を立ち去った。サイモンはさらに声を低めた。

「ぼくは今度の船旅をとてもよかった、と思ってる……そのう……いろんなことがはっきり解決したんでね。不思議ですがね、とにかく、リネットの神経も元通りになったし――彼女は、現実に正面からぶつかったからだと言ってますがね」

「そうですか。そういうこともありましょうな」とポアロは言った。

「リネットは、はじめジャッキーと船の中で会った時、ひどい気分になった、って言うんです。それから――とつぜん――どうでも構わないという気になった――しかしぼくたちは、ジャッキーから逃げ隠れしないことに腹を決めてるんです。彼女がいつ現われても、平然と彼女に会うし、彼女がどんな細工をしようと、こちらは平気だとはっきりみせてやろう――というわけです。彼女はわれわれを大いに困らせようと思ってるかもしれないが、こちらじゃもうちっとも困らない。そうみせてやろうってわけです。そうしたら彼女もきっと目がさめるでしょう」

「そうですな」ポアロは思慮深く言った。

「これで万事解決ってわけですよ。そうでしょう？」

「え？　ああ、そうです。そうです」

リネットがデッキにでてきた。柔らかい杏《あんず》色の麻のドレスを着ていた。晴れやかに微笑している。彼女はポアロに挨拶したが、親しみのこもった挨拶ではなく、ただ冷ややかにうなずいてみせた程度で、そのあとすぐにサイモンを連れてその場を立ち去ってしまった。

どうも、彼女は、わたしがあまり批判的な態度をしたんで、それであんなに冷淡なんだな、とポアロは考えて、しばし心の中で面白がった。リネットは、今まで、彼女がどんなことをしようと、無条件に讃美されることに慣れてきた人間であり、ポアロのしたような言動は明らかに彼女の主義信条に反したわけである。

ミセス・アラートンが彼のそばにきて、呟いた。

「彼女もずいぶん変わったわね！　アスワンにいた時は、何かとっても心配していた顔つきでしたけど、今日は極端なくらい楽しそう――ひょっとしたら〝フェイ〟じゃなかったかと余計な心配をしたくなるほどですわ」

ポアロは返事をしようとしたが、ちょうどその時、招集があり、ガイドがみんなを連れてアブ・シンベル（ラムセス二世像のある岩寺でワディ・ハルファの北東三十三マイルにある）見物に上陸することになった。

ポアロは何時《いつ》とはなしにアンドリュー・ペニントンと肩を並べて歩いた。

「あなたはエジプトは初めて——そうですか？」とポアロは訊ねた。

「いや、一九二三年に、一度きたことがありますよ。きたといってもカイロまでで、ナイル河をこうして旅行するのは初めてですね」

「あなたは大西洋をカーマニク号に乗ってきたそうですね？　マダム・ドイルがそう言ってましたが……」

ペニントンは彼のほうに鋭い一瞥を投げた。

「ええ、そう、そうなんです」

「わたしの友達で同じ船できた人がいるんですが、ひょっとしてお会いになりませんでしたかな？　ラシントン・スミスという名の夫婦なんですが——」

「さあ、そういう名の人はちょっと思いだしませんね。船は満員でしてね。おまけに天候が悪かったもんで、船室から全然でてこなかった人もかなりありましたよ。いずれにしても、航海期間が短いもんですから、どんな人が船に乗ってるのか、わかりませんでしたねえ」

「そりゃそうでしょう。それでドイルさんご夫婦にお会いになった時は、さぞかしびっくりなさったでしょうな？　お二人が結婚してたことを、あなたは全然ご存じなかったんでしょう？」

「そう。知りませんでした。ミセス・ドイルから通知の手紙がきたんですかね、入れ違いになっちまって、私がその手紙を受け取ったのは、カイロで二人に会ってしばらくたってからなんです」

「ドイルの奥さんとはずっと昔からお知り合いですか？」

「昔っていえば昔でしょうね、ムッシュー・ポアロ。リネット・リッジウェイがまだこのぐらいの可愛い少女だった頃からですから」こう言って彼は手で背の高さを示してみせた。「彼女の父親と私は長い間友人づきあいをしてた間柄で――メリッシュ・リッジウェイという名でしてね。立派な男でしたよ。成功しましたね」

「それで娘さんに大変な遺産を残したというわけですね……いや、これは失礼――こんな個人的なことを聞いてはいけませんな」

アンドリュー・ペニントンはちょっとおかしそうな顔になった。

「いや、そのことなら、もうたいていの人が知ってますよ。実際、リネットは大した財産家ですよ」

「しかし、最近の不景気ではどんな株でも一応は影響をうけたんじゃないですか？　どんな堅実な株でも……」

ペニントンはちょっと返事をためらった。しかしやがて言った。

「それは、ある程度はそうですね。実際この頃の経済界はきびしい状況ですからね」

ポアロは呟いた。「しかし、マダム・ドイルは事業にかけては鋭敏な頭の持ち主らしいですな」

「そのとおり。ええ。確かにそうですな。リネットは利口な、実際的な娘ですね」

ここで二人は話を打ち切った。ガイドが、ラムセスによって建てられたこの寺院について、説明を始めたからである。寺院の入口には対をなして四つの巨像が立っていた。ラムセス自身を形どり、自然の岩石そのものを刻んで作られたそれらの巨像は、観光客たちの小さな姿を悠然と見おろしていた。

シニョール・リケティは、ガイドの説明など全然無視して、入り口の両側にある巨像の土台に浮き彫りにされた黒人及びシリア人の捕虜の姿を熱心に調べていた。

一行は寺院の中に入っていた。薄暗さと静けさが、一行を包んだ。ガイドは、今なお鮮明な色を保っている壁の浮き彫りについて説明をはじめたが、一行はなんとなく三々五々に分かれていった。

ドクター・ベスナーはベーデカー案内書を声にだして読み、ときどき、彼のそばにおとなしく歩いているコーネリアに翻訳して聞かせた。しかし、それも長続きはしなかった。ミス・ヴァン・スカイラーが、命令口調で、「コーネリア、こちらにおいで」と言い、講義はいやでも中止されねばならなかった。ドクター・ベスナーは、眼鏡の厚いレンズごしに、コーネリアの後ろ姿を見送った。

「実にいい娘ですな」ドクターは傍らのポアロに話しかけた。「この頃の若い娘は、餓え死するようにやせこけた身体をしとるが、あの娘は福々しくて良い身体つきですな。見事な曲線美だ。それに人の話を聞く時にも、決してぼんやりと聞いてなどおらん。彼女にいろんなことを教えるのは楽しみになった」

ポアロは心の中で、コーネリアの運命は、どなり散らされるか、教えを受けるかどちらかだ、と思った。いずれにしても彼女は聴き手にまわる運命で、決して自分の方から話を聞かせる側にはまわれないのだろう。

ミス・バウァーズはコーネリアが呼ばれたため、しばらく主人から解放され、寺院の中央に立ったまま、自分の周囲を、平然と無関心な態度で眺めまわしていた。過ぎ去った時代の神秘に対する彼女の反応は実に簡単至極なものであった。

「あそこにある神様、男神か女神かしらないけど、ムットっていう名前ですって。なんて変な名なのかしら!」

奥の方にはさらに祭壇があって、四つの像が薄暗い寂寞《せきばく》の中に不思議な威厳をみせて、あたりを圧するかのように立ちはだかっていた。

その像の前に、リネットとサイモンが立っている。彼女は腕をサイモンの腕にのせて、顔を上げていた——。典型的な新しい文明の顔、理知的で、好奇心に満ちて、しかも過去とはなんのかかわりもない顔——。

突然、サイモンが口を開いた。「ねえ、外にでよう。あの四人の顔をみてると、気持ちが悪くなる。とくにあの高い帽子をかぶった奴」

「あれ、アモンの神だわ。それからこっちがラムセス。あなたどうしてあの像が嫌いなのかしら？　印象的だと思うのに」

「あんまり印象的すぎるよ。なんとなくうす気味悪くなる。さあ、陽の当たるところにでよう」

リネットは笑った、しかし彼の言うがままになった。

二人は寺院をでて、日光の中を歩くと、足の下の砂は黄色くて暖かかった。リネットは急に声を上げて笑いだした。すぐ足許の砂の上に、ヌビア人の子供の首が五つ六つ一列に並んで転がっていた。まるで胴体から切り落とされたような陰惨な感じを与えた。しかしそれも一瞬で、やがて頭はいずれもくるくると目玉を動かし、首を左右にリズミカルに振り、いっせいに歌うように唇を開いた。

「ヒップ・ヒップ・フレー！　ヒップ・ヒップ・フレー！　大変よろしい。大変上等。どうも、どうも、ありがとう」

「まあばからしい！　どんなふうにしてるのかしら？　本当に身体をすっかり埋めてるのかしら？」

　サイモンはポケットから小銭をだした。

「大変よろしい。大変上等。大変高い」と彼は口真似して金を投げ与えた。

この見世物の世話役らしい二人の小さな男の子が器用に金を受けとめた。

　リネットとサイモンは先に進んでいった。二人は船に帰りたくなかったし、名所見物にも飽きていた。二人は崖に背をもたせて座りこむと、暖かい太陽の光を真向いから浴びた。

「気持ちのいい日光」とリネットは思った。「とても暖かくて、安らかな気持ちだわ。幸福ってすてきだわ……あたし、生まれてきてよかったわ――あたし、リネットとして生まれて……」

　彼女は目を閉じた。なかば眠り、なかば目覚め、風にさまよう沙漠の砂のように、ただなんとなし想いに耽っていた。

サイモンは目を見開いていた。その目もやはり満ち足りた色をしていた。あの最初の晩にはあんなに心配したりして、なんてばかだったんだろう。万事うまくいってるじゃないか——おどおどする必要なんか全然ないんだ——。なにはともあれ、ジャッキーを信用しさえすればいいんだ……。

叫び声が聞こえた——両手を振りながら彼の方にかけよってくる人々。また叫び声——。

サイモンは、一瞬、ただ呆然と目をみはっていた、が、次の瞬間、がばとはね起きると、リネットを自分の方へ引きよせた。

ほんの一瞬のちがいだった。大きな岩がすさまじい音を立てて崖を転がり落ちてきた。もしリネットがあのままもとの場所にいたら、おそらく粉々に打ち砕かれていたにちがいない。

真青な顔をして二人はひしと抱き合った。エルキュール・ポアロとティム・アラートンがかけつけてきた。

「ああ、マダム、危ないところでしたね！」

四人は本能的に崖の上を見上げた。何もみえなかった。しかし頂上には崖に沿って小道がある。ポアロは初め上陸した時に、この小道を現地人たちが歩いていたのをはっきり覚えている。

彼はサイモンとリネットを眺めた。リネットはまだぼんやりと、わけのわからないような顔をしていた。しかしサイモンの方は憤怒にものも言えないような状態だった。

「畜生！　あの女め！」彼ははきだすように叫んだ。

しかし、ティム・アラートンの方をちらっと眺めて、はっと気をとり直した。

ティムは言った。

「まったく、危機一髪ってところだったね！　どこかの阿呆があの石をほうり投げたんだろうか！　それともひとりでに転がり落ちたのかな？」

リネットはまだ真青な顔をしていたが、やっとのことで口をきいた。

「誰か——ばかか気ちがいがわざと落としたんだと思うわ」

「玉子の殻みたいにおしつぶされるところでしたね。リネット、あなたに恨みを持ってる人がいるんじゃない？」

リネットは二回ほど生唾をのみこみ、このティムの軽口にどう返事してよいか戸惑った。

「マダム、船にお帰りになってはいかがでしょう。少しお休みになるといいです」ポアロがすかさず口をはさんだ。

四人はすぐに歩きだした。サイモンはなおも怒りを抑えるのに苦労していたし、ティムは、陽気に話しかけては、リネットの気をまぎらわそうとつとめた。ポアロは深刻な顔をして歩いていた。

船のタラップまで辿り着くと、サイモンがいきなりぴたりと足をとめた。驚きの表情が彼の顔にさっと拡がった。

ジャクリーン・ド・ベルフォールがちょうど船から上陸するところだった。青いギンガムのドレスをまとった彼女は、ひどく子供じみてみえた。

「おやあ!」とサイモンは息を殺して呟いた。「すると、あれはやっぱりただの災難だったのか」

彼の顔からは怒りの表情が消え失せ、安堵の表情が一杯に拡がった。あまりにもはっきりした表情だったので、ジャクリーンも、何かあったな、と気づくほどであった。

「おはよう」と彼女は声をかけ、「と言っても、あたし今日は、少しおくれちゃったけど……」

彼女はみんなにうなずいてみせて、陸《おか》に上ると寺院の方に歩いていった。

サイモンはポアロの腕をつかんだ。残りの二人はさきに進んでいった。

「ああ、ほっとした。ぼくは、ぼくは……」

ポアロはうなずいた。

「ええ、ええ、あなたが何を考えていたか、よく知っております」

しかし、彼自身はなおも深刻な顔をして、何かしきりに考えこんでいた。

彼は後ろを振り向いて、船から出ていった連中がどうしているか、注意深く観察した。

ミス・ヴァン・スカイラーはミス・バウァーズの腕によりかかってゆっくり帰ってくる途中だった。

少し離れたところで、ミセス・アラートンが一列に並んだヌビア人の子供たちの首を眺めて笑っていた。ミセス・オッタボーンが彼女と一緒だった。

他の人はどこにいるのか全然みえなかった。

ポアロは首を振りながら、ゆっくりサイモンのあとに続いて船に入っていった。

10

「マダム、どうか〝フェイ〟という言葉の意味を教えていただけませんか？」

ミセス・アラートンはちょっと驚いたような顔をした。ポアロとミセス・アラートンは第二瀑布《セカンド・カタラクト》を見おろす岩に向かってゆっくり登っていた。他の人たちは駱駝《らくだ》で上っていったが、ポアロは駱駝《らくだ》の動きが船の揺れにやや似ているので、歩いて登ることにした。ミセス・アラートンはあんな動物に乗ると威厳をそこなうという理由で歩くことにしたのである。

船はその前夜、ワディ・ハルファに着いた。今朝、二隻のランチで船客は全部第二《セカンド・》瀑布《カタラクト》まで運ばれた。ただシニョール・リケティだけはセムナ（ワディ・ハルファの四十マイル南にある村で古い城の跡がある）と呼ばれるきわめて辺鄙《へんぴ》な土地に出かけると言い張って、一行に加わらなかった。彼の説によると、このセムナという土地は、アメネムヘト三世（第七王朝の六代目、治水事業で知られる）の時代にヌビア地方への出口になっていたところで、ここにある石碑には、この土地を通過する際、エジプトの黒人は関税を払わなければならなかったという史実が記録されていて非常に興味の深い土地だというのである。このような個人的な行動をなんとかして思いとどまらせようと、様々な試みがなされたが、すべて無駄に終わった。シニョール・リケティの決意は非常に固くて、あらゆる反対論を片っ端から斥《しりぞ》けてしまった。主な反対論というのは、つまり、(1)そのような遠出は意味がないこと、(2)車の通行が不可能ゆえ、この旅行も不可能であること、(3)それに、車を手に入れること自体が不可能であること、(4)車があっても目の玉の飛び出るほど高いだろうということ、などであった。しかしシニョール・リケティは、第一の問題をただあざけり笑って斥《しりぞ》け、第二の問題では絶対にそんなことはないと言い張り、第三の問題では自分で自動車をみつけると言明し、第四の問題では、アラビア語を流暢《りゅうちょう》に話すからうんと値切ってみせると言い、しかも、実際に言った通りやり通して、ついに一人で出発してしまった。しかし、彼の出発は秘密にこっそりと行なわれた。というのは他の連中もこれを聞いて、観光団体の行動から離れることを思いつくおそれがあったからである。

「〝フェイ〟ですって?」とミセス・アラートンは小首をかしげて返事を考えた。「そうですねえ、これは、もともとは、スコットランドの言葉で、つまり、惨事の前に起こる有頂天な幸福をさしていうものですよ。俗にいう〝嘘ではないか〟と我とわが身を疑うような喜びが、このフェイなんです」

彼女はこれをさらに敷衍《ふえん》して説明した。ポアロは熱心に耳を傾けた。

「ありがとうございました、マダム、よくわかりました。それでほんの昨日、奥さんがその言葉を使ったのは不思議といえば不思議なめぐり合わせですな。あのすぐあとで、マダム・ドイルは危うく死をまぬがれたんですからね」

ミセス・アラートンはちょっと身震いした。

「ほんとに危ないところだったんですってね。あの色の黒い子供たちが面白半分にやったんじゃないかしら？　どこの国でも子供っていたずらで――ほんとに誰かを傷つけるというような気持ちではなくて……」

ポアロは肩をすくめた。

「そうかもしれませんな、マダム」

彼はそのあと話題を変えて、マジョルカの話を始め、自分がまんいち訪ねてみたいと思った場合の用意に、いろいろと実際的な質問をしたりなどした。

ミセス・アラートンはこの小男に非常な親しみを覚えるようになっていた――というのも一部分は反撥《はんぱつ》的な理由からだといえないこともない。ティムは彼女がポアロと親しくなるのを常に妨げようとつとめていて、ポアロのことを〝一番悪質な無作法者〟ときめつけていたが、彼女自身はそう考えていなかった。息子がこのような偏見を抱くようになったのは、たぶんポアロの異国風な服装のせいだろうとも思った。彼女としては、ポアロを物わかりのいい、しかも面白い話相手だと考えていた。彼はまた、非常に思いやりの深い人間でもある。実際彼女はいつの間にか彼に、ジョウアナに対する自分の不満を打ち明け、心の重荷をおろしているのに気がついて、おやと思いさえした。しかし、これでいいんだわ。彼はジョウアナの知り合いでも何でもない……彼がジョウアナに会うことなんかおそらくないだろうから、などと考え直した。こういう無難な方法で、長い間自分の心に巣食っている嫉妬の重荷をおろすのは、悪いとは言えない……。

ちょうど、同じ頃、ティムとロザリー・オッタボーンは彼女、すなわちティムの母親のことを話題にしていた。まずティムは自分の運の悪さをなかば自嘲的にこぼした。病気がちな身体、それは本腰を入れて治すほどの重い病気でもないし、といって自分の好きな生活を送るだけの健康体でもない。おまけに金は充分にない。気に入った仕事もない。

「まったくぬるい、ぬるま湯のような生活、単調な存在さ」と彼はいかにも不満そうにこう結んだ。

ロザリーはだしぬけに言った。

「でもあなたはまだ、たいていの人が羨むものを一つ持ってるわ」

「なんです？」

「あなたのお母さん」

ティムは驚くとともに嬉しくなった。

「お母さん？　ああ、彼女はまあ珍しい存在だ。あなたにそういわれると嬉しいですよ」

「すてきな方だと思うわ。美しいし――落ち着いて、威厳があるし、それでいて――いつでも明るくて、冗談も言えるし――」

ロザリーはすっかり熱して、少しどもりがちにしゃべった。

ティムは彼女に対してなんとなく暖かい気持ちを覚えた。自分の方からも彼女に同じようなお世辞を言いたいと思った。しかし、残念ながら、ミセス・オッタボーンは、彼の考えでは、世界最大の脅威的存在としか思えなかった。どうにもお世辞を返すことができなくて、彼はすっかり面くらった。

ミス・ヴァン・スカイラーは船で昼食をとった。彼女は駱駝だろうと徒歩だろうと、とうていあんな高いところまで登る勇気はなかった。彼女は切り口上でミス・バウァーズにこう言った。

「あんたに残ってもらって本当に悪いね、ミス・バウァーズ。本当のところ、コーネリアに残ってもらってあんたには暇をあげるつもりだったんだけど、この頃の若い娘ってまったく利己的だよ、わたしに一言も言わずさっさといっちまった。それにあの子ったら、あの不愉快な育ちの悪いファーガスンと話してるんだよ。わたし、ちゃんとこの目でみましたよ。コーネリアにはわたしもすっかり失望しちまった。社交的な常識は一つも持ち合わせていないんだから」

ミス・バウァーズはいつものようにごく事務的な口調で答えた。

「結構ですわ、ミス・ヴァン・スカイラー。あんなところまで歩いてゆくの、とても暑そうだし。それにあの駱駝の鞍、みただけで、なんだかノミでもいそうで」

彼女は眼鏡をかけなおし、目を細くして山から下りてくる一行を眺めた。「ミス・ロブスンはあの若い人と一緒じゃありませんよ。ドクター・ベスナーとご一緒ですわ」

ミス・ヴァン・スカイラーは言葉にならぬ声を出した。

ドクター・ベスナーがチェコスロバキアに大きな診療所を持ち、ヨーロッパでも評判のよい医者である、とそう聞き知って以来、ミス・ヴァン・スカイラーは彼にだいぶ寛大な態度をとるようになっていた。それに、ひょっとしたら旅行中、彼の世話になるかもしれないという気持ちもあったわけである。

一行がカルナク号に着いた時、リネットが突然、驚いたような声を上げた。

「あら、あたしに電報だわ」

彼女は掲示板にはさんであった電報を抜きとると、すぐに封を切った。

「あら、わけがわからないわ——ジャガイモ、ダイコン——これどういう意味かしら、サイモン？」

サイモンがよってきて肩越しに電報を眺めようとした時、そばで腹立たしげな声が聞こえた。

「失礼だが、その電報はぼく宛てのものだ！」

声の主はシニョール・リケティであった。彼は乱暴に電報をリネットからひったくって、彼女をぐっと睨みつけた。

リネットは驚きのあまり、一瞬呆然としていたが、すぐ気をとりなおし、封筒の表をみた。

「あら、サイモン。あたしってばかね！　リケティだわ。リッジウェイじゃないわ——第一あたしの名前、もうリッジウェイじゃないのにねえ。あたし、謝ってくるわ」

彼女は船尾の方へ、考古学者を追っかけた。

「シニョール・リケティ、さきほどはほんとに失礼しました。実をいうとあたし、結婚する前はリッジウェイという名でしたし、結婚してまだ間がないものですから――」

彼女は顔一杯に微笑を浮かべ、リケティがこの若い花嫁の過ちを笑って許してくれるものと予期した表情だった。

しかし、リケティは〝嬉しくならなかった〟。たとえヴィクトリア女王がどんな不機嫌になっても、これほどではあるまいと思える仏頂面だった。

「名前はよく気をつけて読むべきだ。あんな不注意は、失礼しました、くらいですむものじゃない！」

リネットは唇を噛み、顔に血がのぼった。彼女はいままで、自分の方で詫びているのにこんな扱いを受けたことは一度もなかったのである。彼女はきびすを返して、サイモンのところに戻ると、憤然として、「イタリア人って本当に我慢できないわ！」と言った。

「まあ、気にかけない方がいいさ。ほら、きみが気に入ったといってた象牙細工の鰐《わに》を見にゆこうじゃないか？」

二人は一緒に陸へ上った。

船着き場を歩いて行く二人の姿を見守っていたポアロは、そばで誰かがハッと息を吸う気配を感じた。ジャクリーン・ド・ベルフォールであった。彼女は船の手摺りをぐっと握りしめている。彼の方に向けた彼女の顔の表情をみた瞬間、ポアロは意外な感じに打たれた。それはいつもの陽気な意地悪そうな表情ではなかった。何か心を焼きつくす火に悶《もだ》え苦しんでいるような表情である。

「あの人たち、もうあたしのことなんか気にしてないわ」彼女は低い声で口早に話した。「もうあたしの手の届かないところにいっちゃったわ。あたしがいようといまいと関係なしといった素振り……。あたしもう、あの人たちの心を傷つけられなくなった――」

手摺りに置いた手が震えた。

「マドモアゼル……」

彼女はポアロの言葉をさえぎって、「もう遅いわ――。今から何か忠告なさっても無駄。あなたのおっしゃった通りだわ。あたし来なきゃよかった。今度の旅行には……。あなたなんとおっしゃって？　運命の旅ね？　もう後に戻れないわ！　前に進むほかないわ！　ええ。あたし、どこまでもつき進んでやる。絶対にあの人たちを幸福にしないわ。絶対に！　おそかれ早かれサイモンを殺して……」

彼女はふいにきびすを返してこの場を立ち去った。ポアロは彼女の後ろ姿をじっと見つめていると、ふと誰かの手を肩に感じた。

「あなたのガール・フレンド、少しご機嫌斜めのようですね、ムッシュー・ポアロ？」

　ポアロは振り向いた。そこに立っていたのは古い顔馴染みの大佐であった。ポアロは驚きの目をみはった。

「やあ！　レイス大佐」

　背の高い赤銅色の大佐は微笑《わら》いながら、

「ちょっとびっくりした——そうでしょう？」

　エルキュール・ポアロはちょうど一年ばかり前ロンドンで奇態なパーティに招かれたことがある。この奇妙なディナー・パーティは、そのパーティの主人公の死という変わった結末に終わってしまった。このパーティでポアロはレイスと知り合ったのである。

　ポアロはレイスがひそかに各地に出没する人間であることを知っていた。彼は普通、英連邦でも辺鄙な場所、いろいろ紛争の多い場所に姿を現わす人物だった。

「では、あなたはこのワディ・ハルファにいるんですか」とポアロが言った。

「この船に乗っているんです」

「というと？」

「つまり、あなたたちと一緒にシェルラルへ戻るところです」

　エルキュール・ポアロは眉を上げげた。

「ほう、それは大変に楽しいことですね。では、ご一緒に一杯といきましょうか」

二人は展望室《サロン》に入っていった。部屋には誰もいなかった。ポアロは大佐のためにウィスキーを注文し、自分は砂糖をたくさん入れたオレンジエードをとった。

「そうですか。私たちと一緒に下るんですね」ポアロは飲物をすすりながら言った。

「政府の船に乗ると、もっと早くゆけるはずですがね。昼も夜も走るから」

大佐は感心したように顔をほころばせた。

「いや、相変わらずの彗眼《けいがん》ですな、ムッシュー・ポアロ」と彼は楽しげに言った。

「すると、あなたの目指すのは船客たちなんですね？」

「船客のうちの一人」

「さてどの一人かな？」ポアロは装飾天井に向かって訊ねた。

「それが残念ながら、私にもわからないんだ」レイスは悲しそうな声をだした。

ポアロは興味を惹かれた表情になった。

レイスは言った。

「あなただから別に隠す必要はないと思うが、最近、この地方でいろいろなごたごたがありましてね。ただ、われわれが探してるのは、実際に暴動を指揮してる人間でなくて、非常に巧妙にこの暴動という火薬に火をつけている人間なんです。三人ほどいましたがね。そのうち、一人は死に、一人は収容されてます。私が探しているのはもう一人の男、つまり第三の男なんです。この男は、今までに五度か六度、殺人を犯した冷血漢です。金のために煽動者《アジテーター》として活躍してるんですが、実に頭のいいやつで……。その男がこの船に乗ってるらしいんです。われわれの手に入った一通の手紙の内容から、それがわかったんですよ、その手紙の暗号を解いたところ〈X《エックス》は二月七日から十三日までカルナク号で旅行をしている〉といってるんだが、そのX《エックス》がどんな名前で乗ってるかはわからんのです」

「人相書きやなんかはないのですか？」

「それがないんです。アメリカ人とアイルランド人とフランス人の血を受けているんだそうだ。ちょっとした雑種じゃありませんか。しかし、これだけじゃ大した手がかりにもならない。あなたには見当つきませんか？」

「ええ——一つだけ見当をつける道は握ってますが——しかし……」ポアロは考えこむように言った。

レイスはエルキュール・ポアロが自分ではっきり確信できるまで話さないことを知っていたので、それ以上追求しようとしなかった。

ポアロは鼻のさきを撫でながら、困惑したような声で話した。「この船では現在ちょっと不愉快なことが起こっていて、私も心配でならないのです」

レイスがいぶかしげにポアロを見やった。

「まあ、ご参考までに申し上げますとね、Aという人間がBという人間にひどいことをした。これに対してBは復讐しようと思っている。BはAに脅迫めいた言動をしている」

「AもBもこの船にいるんですね？」

「まさにその通り」ポアロはうなずいた。

「それで、Bは女――というわけですな？」

「その通り」

レイスは煙草の火をつけた。

「それじゃ心配いりませんよ。ああする、こうする、と口でいう人間は、普通何もできやしませんから……」

「とくにその人間が女性《ファム》だった場合はそうだ、とおっしゃりたいんでしょ？　確かにあなたのおっしゃる通りです」

しかし、それでも彼は憂鬱そうな顔をしていた。

「他に何か？」レイスは訊ねた。

「ええ、そうなんです。昨日このAが危うく殺されるところでした。しかも、この犯罪は成功すれば偶発的な事故として片づけられるような方法でしたよ」

「Bが企んだ仕業？」

「いや、そうじゃないから困るのです。Bはこれとは全然無関係なんです」

「じゃあ、やっぱり偶発事故だったんでしょう」

「そうかもしれません――しかし、どうもこういう事故は気に入らんですよ」

「Bがそれに関係ないということは確かですか？」

「絶対に確かです」

「それじゃしようがない。偶然の一致だって、この世にないとは限りませんからね。それはそうとAとは何者ですか？　およそ感じの悪い人間なんでしょう？」

「ところが、そのAが、魅力的で、金持ちで、実に美しい若い婦人なんです」

レイスはにやりと笑った。

「ちょっとした大衆小説ですな」

「まあね。しかし、私はどうも憂鬱ですよ。もし私の考えが正しかったら――どうせ私の考えはいつも正しいことになってますが――」

レイスはいかにもポアロらしいこの言葉を聞いて、髭の中でにやりと笑った。

「で、もし正しかったとすれば、ですね、非常に困ったことが起こると思うんです。ところが、そこへまた、あなたは別のややこしい問題を持ちこんできた。この船の中に人殺しの常習犯がいるとおっしゃる――」

「この男は美女殺しの常習犯じゃありませんよ」

ポアロはなんとなく不満な様子で首を振った。

「私は心配なのです。今日私はこの婦人、マダム・ドイルにですね、ご主人と一緒にハルツームへ帰りなさい、この船に戻らずにと勧めたのですが、しかし、二人とも聞こうとしないのです。こうなると、シェルラルに着くまで不祥事が起こらないようにと、神に祈るほか仕方ありません」

「あなたは少し悲観的にものを見すぎてるんじゃないですか?」

ポアロは首を振った。

「私は心配です。ええ、このエルキュール・ポアロが心配してるのですから……」

11

コーネリア・ロブスンはアブ・シンベルの寺院の中に立っていた。それは次の日の、暑い静かな夜のことである。カルナク号はもう一度、アブ・シンベルに碇泊し、船客に二度目の寺院見物をさせたのだった。ただし今度は人工灯のもとでみせるのである。これは非常にちがった効果をもたらした。コーネリアは、そばに立っていたファーガスンにこのちがいを驚いて語っていた。

「前よりずっとよくみえますわね！　王様に首を切られている敵兵たちなんか——ずっと浮きあがってみえて。あの可愛いお城も、前にきた時にはちっとも気がつかなかったわ。ドクター・ベスナーがいたら、なんのお城か、すぐ教えていただけるのに」

「あんたは、あの老いぼれのばかによく我慢ができますね」とファーガスンは陰気な声で言った。

「あら、あたし、あんな親切な方に、今まで会ったこともないほどですわ」

「横柄で退屈な爺いさ！」

「そんなものの言い方、なさるもんじゃありませんわ」

二人は寺院から、明るい月の光の中にでた。突然、ファーガスンは彼女の腕をつかんだ。

「あんたはなぜ、あんな爺いのそばにくっついてばかりいるんだ？　なぜ、あんな意地の悪い鬼婆にどなられて平気な顔をしてるんだ？」

「まあ、ファーガスンさん！」

「あんたには気概がないのかな？　自分も、あの婆さんも、同じ人間だってことわからないのかい？」

「だって、同じじゃありませんもの！」コーネリアは心からそう信じている語調で答えた。

「つまり、あんたは、あいつほど金持ちじゃないという意味なんだろう？」

「いいえ。そんなことじゃありませんわ。マリー伯母さまはとても教養があるし……」

「教養だって？」彼はさっき腕をつかんだ時と同様に、突然それを放して、「そんな言葉、聞いただけでも胸がむかむかする！」

コーネリアは少しおじけて彼を見つめた。

「あの婆さん、ぼくがあんたと話をするのをすごく嫌がってるんだろう？」

コーネリアは顔を赤くして、当惑した表情になった。

「なぜだと思う？　つまりぼくと彼女は社会的に階級がちがうと思ってるからなんだ。ほら、あんたも顔を赤くしてるじゃないか？」

コーネリアは口ごもりながら言った。

「物事にいちいちそう憤慨なさるものじゃありませんわ」

「人間は生まれた時から自由で平等だってこと、あんたにはわからないのかなあ？　しかもアメリカ人のくせに……」

「自由で平等ですって？　そんなことありませんわ」コーネリアは平然と確信をもって答えた。

「呆れた！　あんたの国の憲法にもちゃんとそう書いてあるじゃないか？」

「マリー伯母さまは政治家を紳士じゃないとおっしゃってましたわ。それに、人間は決して平等じゃありませんわ。そんな理屈に合わないことってありませんもの！　あたしなんか、こんな不器量な人間に生まれて、時には悲しいと思ったこともありますわ。でも、もう慣れっこになっちゃって。そりゃ、ミセス・ドイルみたいに美しくてしとやかに生まれていたら、どんなによかろうと思いますけど、でもそう生まれてこなかったら、仕方ないじゃありませんか。気にするだけ損ですわ」

「ミセス・ドイル！」ファーガスンは強い侮蔑の気持ちをこめて叫んだ。「あんな女は射ち殺して、他人のみせしめにすべきなんだ！」

コーネリアは心配そうに彼を眺めた。

「あなた、きっと消化不良なんですわ。マリー伯母さまが前に飲んでいた特製の消化剤を持ってますけど、お飲みになってみませんこと？」

「あんたはどこまでお人好しにできてるんだろうな！」

彼はこう言って、くるりと後ろを向くと、さっさと彼女のそばから離れていった。コーネリアはそのまま船の方へ歩いていった。彼女が船の入り口にさしかかった時、彼はふたたび追いついて、「あんたは船にいる人間のうちで一番良い人だ。ぼくがそう言ってたってことを覚えておいてくれないか」と言った。

コーネリアは、なんとなし彼のこの言葉に嬉しくなって顔を赤らめると、返事もせずに展望室《サロン》の中へ入っていった。

ミス・ヴァン・スカイラーはドクター・ベスナーと話をしていた。ドクターは、自分の治療したヨーロッパの王室の人にまつわる話で、ミス・ヴァン・スカイラーを楽しませていた。

コーネリアは気まり悪そうに詫びた。「おそくなりましたかしら？　マリー伯母さま」

ミス・ヴァン・スカイラーはちらっと時計を眺めて、無愛想に言った。

「特別に急いできたともいえないわね。それはそうと、コーネリア。あたしのビロードの肩掛けは？」

コーネリアはあたりを見まわした。

「船室にあるかどうか、みてまいりましょうか？」

「もちろん、船室になんかありゃしませんよ。夕食のすぐあとここにあったんですから。あれから全然ここを動かないし、その椅子の上にちゃんとあったんだよ」

コーネリアはあちらこちらと探してみた。

「どこにもございませんわ、伯母さま」

「そんなばかな！」とミス・ヴァン・スカイラー。「もっとよく探してごらん！」まるで犬かなにかに命令するような調子だった。コーネリアもまた忠実な犬のようにおとなしく命令に従った。近くのテーブルに座っていたファンソープが立ちあがって、彼女を手伝った。しかし、肩掛けはどこにも見当たらなかった。

その日は常になく蒸し暑かったので、船客の大部分は寺院を見物したあと、早目に自分の船室に退《さが》ってしまっていた。展望室《サロン》の隅のテーブルで、ドイル夫妻が、ペニントンとレイスを相手にブリッジをしていた。ほかにはエルキュール・ポアロだけしかいなかった。彼はドアの近くの小さなテーブルで、さっきからしきりにあくびをしていた。

ミス・ヴァン・スカイラーが、コーネリアとミス・バウァーズを従えて、大名行列よろしく船室に向かって展望室《サロン》をでていったが、出がけに、彼女はポアロの椅子のそばでふと足をとめた。彼は巨大なあくびをぐっと噛み殺して、うやうやしく立ちあがった。

ミス・ヴァン・スカイラーが口を開いた。

「あなたがどんな方か、今やっと気がつきましたよ、ムッシュー・ポアロ。わたしの古い友達ルイス・ヴァン・オーディンから、あなたの噂は聞いております。いつかぜひあなたの経験談をお聞かせくださいよ」

ポアロは、眠そうな目をしばたたいて、大げさに頭を下げた。彼女はやさしく、しかし、恩にきせたような態度でうなずくと、そのまま部屋をでていった。

ポアロはもう一度あくびした。睡気《ねむけ》のため、頭が重く、ぼんやりしていて、とても眼を開けておれなかった。彼は勝負に熱中しているブリッジの連中を眺め、それから本を読み耽っている若いファンソープを眺めた。展望室《サロン》には、この連中の他には誰もいなかった。

彼はドアを開けてデッキにでた。するとデッキの向こうから急ぎ足にやってきたジャクリーン・ド・ベルフォールと危うくぶっつかりそうになった。

「これは失礼しました、マドモアゼル」

「眠そうですね、ムッシュー・ポアロ」

彼は正直に認めた。

「そうなのです《メー・ウィ》。眠くてへとへとです。とても目を開けておれません。第、今日は蒸し暑くて息苦しくって……」

「ええ」彼女はその点に思い耽るような様子だった。「なんだか、今までやっと我慢してきたものが――ひと息に――ぷつんと切れそうな晩だわ。もうこれ以上は我慢できない、って気持ちにさせるような晩……」

彼女は低い、しかも熱のこもった声でこう言った。その目は彼の方をみずに、はるかな河岸の砂地を見つめている。そして、両手をぐっと強く握りしめて……。

突然、緊張がゆるんだ。「お休みなさい、ムッシュー・ポアロ」

「お休みなさい、マドモアゼル」

ほんの一瞬、目と目がぶっつかった。その翌日、ポアロはその時のことを思いだして、あの視線の中には何かしら訴えるような気持ちがひそんでいたと判断した。彼は後日、このまなざしを想い返すことになるのである。

やがて、彼はジャクリーンに別れて、船室の方に向かい、ジャクリーンは展望室《サロン》に向かっていった。

コーネリアはミス・ヴァン・スカイラーの細々した用事をすませ、刺繍の道具を持って、また展望室《サロン》にでてきた。少しも眠くなかった。いや眠いどころか、目は冴えて、何かしら興奮さえ覚えていた。

ブリッジの四人はまだ勝負をしていたし、別な椅子ではファンソープが静かに本を読んでいる。コーネリアは椅子に座って刺繍を始めた。

突然、ドアが開いて、ジャクリーン・ド・ベルフォールが入ってきた。彼女は昂然と頭を上げて、入口で立ち止まった。それからベルを押し、ぶらりとコーネリアのそばにやってきて腰を下ろした。

「陸《おか》に上ってたの？」

「ええ。月の光がとても素晴らしいと思ったものでね」

ジャクリーンはうなずいた。

「ほんとね。すてきな晩……まさに新婚夫婦にあつらえむきの晩だわ」

彼女の視線はブリッジ・テーブルの方にむかい——一瞬の間、リネット・ドイルの姿に釘づけになった。

さきほどのベルを聞いて、ボーイが入ってきた。ジャクリーンはダブル・ジンを注文した。サイモン・ドイルがチラッと彼女の方を見やった。眉の間によせた皺に、気づかいの影がみうけられた。

リネットが言った。「サイモン、あなたのコールする番よ」

ジャクリーンは何か鼻歌をうたった。飲み物がくると、グラスを持ち上げ、「犯罪を祝して乾杯」と言って、ぐっと一気に飲みほし、さらにもう一杯注文した。

サイモンはまたジャクリーンをみやった。彼は気にかかるのか、コールをするのも忘れがちであった。パートナーになっていたペニントンが彼を促した。

ジャクリーンはふたたび鼻歌をうたいだした。初めは聞こえないほどの小声だったが、そのうち声が大きくなった。

あの男《ひと》、あの娘《こ》の、いい人だった。
それでも、あの男《ひと》、あの娘《こ》を捨てた……（米国の民謡、《フランキーとジョニイ》の一節）

「やあ失礼」サイモンがペニントンに言った。「あなたの切り札に合わせないなんて、ぼくもどうかしてるな！　これでとうとう三回勝負に負けちゃった」

リネットが立ちあがった。

「眠くなったわ。あたしもう寝ますわ」

「そろそろ引き揚げる時間ですな」とレイス大佐は言った。

「そうだね」とペニントンは同意した。

「サイモン、いらっしゃる？」

ドイルはゆっくりと言った。

「もうちょっといるよ。寝る前に一杯飲んでゆくことにするから」

リネットはうなずいて、出ていった。レイスが彼女のあとにつづいた。ペニントンは自分の飲み物を飲みほしてから、二人の例にならった。

コーネリアは刺繡の道具を片づけはじめた。

「あら、まだ寝ないでよ、ミス・ロブスン」ジャクリーンが声をかけた。「お願い、ね？　あたし今夜はゆっくり飲みたいの。あたしを一人ぽっちにしないでよ」

コーネリアはふたたび腰を下ろした。

「あたしたち若い娘は、娘同士で仲良くすべきよ」とジャクリーンは言った。

彼女は頭を後ろにそらして笑った。陽気さのみじんもない、甲高い声であった。

二杯目の飲み物がきた。

「何かお飲みなさいよ」とジャクリーンは言った。

「あら、結構ですわ」

ジャクリーンは椅子を後ろに傾けて、声高にうたいだした……

あの男《ひと》、あの娘《こ》の、いい人だった。
それでも、あの男《ひと》、あの娘《こ》を捨てた……

ファンソープは『ヨーロッパの内幕』という本の頁をめくった。

サイモン・ドイルは雑誌をとりあげた。

「ほんとに。あたし、もう寝みますわ」とコーネリアは言った。「もう、ずいぶんおそいんですもの」

「まだ寝ちゃだめよ」とジャクリーンは言い渡した。「あたしが禁じるわ。さあ、今からあなたの身の上話をすっかり聞かせてちょうだい」

「でも――困りますわ。――第一、人に聞かせるだけのこともないんですもの」コーネリアは口ごもった。「あたし、ずっと家にいて暮らしたし、あまり外にでたこともないし。ヨーロッパにきたのも今度が初めて。ですから、毎日、毎日、あらゆる時間がとても楽しくって」

ジャクリーンは笑った。

「あなたって幸福な人だわね。ああ、あたし、あなたみたいな人になりたいわ」

「あら、そう？　でも、あたし――」

コーネリアは不安な気分になった。明らかにミス・ド・ベルフォールは飲みすぎていた。それはコーネリアにとって別に目新しいことでもない。アメリカで禁酒法時代に、何度も酔いどれを見ていたからである。では、なぜコーネリアは不安になったのか？……ジャクリーンはコーネリアを見つめ――コーネリアに話しかけながらも、実は誰か他の人に話しかけている――と、こういうふうに感じたからである。

しかし部屋には、ジャクリーンとコーネリアのほかには男が二人いるだけである。ミスター・ファンソープとミスター・ドイルの二人だけ。ミスター・ファンソープは読書にすっかり没頭している様子だった。ミスター・ドイルは――彼の様子は少し変だ。雑誌をみながらも、その表情は何か他のことに気をとられているといったふうだ……。

ジャクリーンはもう一度、コーネリアに向かって言った。

「さあ、あなたのことをもっと話して」

どんな時でも従順なコーネリアは、ジャクリーンの言葉に従って、自分がアメリカで送った毎日の生活について、不必要に細かいところまで、たどたどしく話し続けた。彼女はいつも聞き手の役ばかりしていて、話し手にまわることはほとんどなかったので、締まりのない話し方だったが、それでもミス・ド・ベルフォールは彼女の話に耳を傾けている様子で、コーネリアが話につまずいて黙りこんでしまうと、すぐささを促すのだった。

「それで？　もっと話してちょうだいよ」

そう言われると、コーネリアはさらにあとを続けた。「もちろん、お母さんの身体、とてもデリケートなんですから――時にはコーン・フレークみたいな軽いもの以外はなんにも食べないこともあるんですの――」話しながらも、その話が少しも面白くないことをよく承知しているので、彼女はどうにもやるせなかった。それでも、相手が、みたところ面白そうに聞いているので、自分もなんとなく嬉しいような気がした。しかし、相手は本当に面白がっているのだろうか？　何か他のことに耳を澄ましているのではなかろうか？　目的は他のところにありながら、ただ機械的にコーネリアの話に耳を傾けているのではなかろうか？　彼女はコーネリアを見つめている。しかし、本当は、この部屋に座っている誰かほかの人を見ているのではないだろうか？

「ええ、もちろん、とても立派な美術のクラスはありますけど――実のところ、私も去年の冬ある講義《コース》を……」

〝もう何時ぐらいになるんだろう？　ずいぶんおそいわ。あたしさっきから一人で話してるけど、いっそのこと、何か起こればよいのに〟

ちょうどその時、まるで彼女の願いに応ずるかのように、その何かが起こった。ただ、その時はごく当り前のことだと思われたが。

ジャクリーンが首をまわして、サイモン・ドイルに話しかけた。

「サイモン、ベルを鳴らしてちょうだい。もう一杯欲しいわ」

サイモン・ドイルは雑誌から顔を上げて、静かに言った。

「給仕《スチユアード》たちはもう寝たんだよ。もう真夜中をすぎたからね」

「あたし、もっと飲みたいって言ってるのよ」

サイモンは言った。

「もう飲みすぎるほど飲んだじゃないか、ジャッキー」

彼女はくるりと彼に向き直った。

「それはあなたが心配することじゃないでしょ」

彼は肩をすぼめた。

「その通りさ」

ジャクリーンは一分か二分じっと彼を見守っていたが、やがて、「どうしたのさ？サイモン。あんた、恐いの？」

サイモンは返事をしなかった。なんとなくわざとらしい手つきでふたたび雑誌をとり上げた。

コーネリアが呟いた。「あら、まあ、こんなにおそくなって、あたし――」

彼女は身動きしはじめ、指貫《ゆびぬき》を落とし……。

ジャクリーンが言った。

「いっちゃだめよ。あたし、女の人にいてほしいのよ――あたしの味方になってくれる女の人にね」それからふたたび声をだして笑いはじめた。「あそこにいるサイモンが何を恐がってるか、あなた知ってて？　あたしがね、あたしの身の上話をあなたにやりはじめやしないかって心配してるのよ」

「あら、ほんとう？」

コーネリアは二つの相反する気持ちに板挟みになった。つまり心から当惑を感じると同時に、なんとなく楽しいスリルをも感じたのである。まあ――サイモン・ドイルはずごく怒った顔つきをしているわ！

「ええ、とてもとても悲しい話なのよ」とジャクリーンは柔らかい低い声で、自分をあざけるように言った。「彼、あたしをひどい目にあわせたのよ。そうでしょう？　サイモン」

サイモン・ドイルは荒々しく言った。「もう寝ろよ、ジャッキー。きみは酔っ払ってるんだ」

「あら、サイモンさん、恥ずかしいんだったら、あんたの方でこの部屋をでてったらいかが？」

サイモン・ドイルはじっと彼女を見つめた。雑誌を握った手がかすかに震えた。しかし彼はむしろぶっきらぼうな調子で言った。

「ぼくはここにいるよ」

コーネリアは三度目の呟きを発した。「あたし、ほんとに――こんなにおそくなっちゃって――」

「いっちゃいけないわ」ジャクリーンはいきなり手をのばして、座っているコーネリアの腕を押さえた。「あなたはここにいて、あたしの話を聞くのよ！」

「ジャッキー！」サイモンが鋭い声で言った。「きみは自分を恥さらしにするばかりだぞ！　いいかげんに寝ろよ」

ジャクリーンはさっと椅子に座り直した。彼女の口から、言葉がまるで蒸気のようにほとばしりでた。

「あんたは、あたしに人前で騒ぎ立ててほしくないんでしょ、そうでしょ？　典型的なイギリス紳士で、控え目なお人柄だからね。それであたしにも〝お上品〟に振る舞ってもらいたいんでしょう？　でもあたしはそんなこと構ってなんかいないわよ。だからあんたはさっさと出ていったらどう？　あたし、今から大いにしゃべりまくるつもりなんだから――」

ジム・ファンソープが静かに本を閉じた。それからあくびして、時計をちらと眺め、起きあがり、黙って出ていった。いかにもイギリス人らしいが、実にぎごちない振る舞い方であった。

ジャクリーンは椅子にかけたまま振り向いて、サイモンを睨みつけた。

「あんたも相当なおばかさんね」彼女は無気味な調子で言った。「今でもあたしを、前と同じようにあしらえると思ってるの」

サイモン・ドイルは何か言おうと唇を開いたが、すぐにまた閉じた。彼女をこれ以上刺激しさえしなければ、彼女の興奮も、自然におさまってしまうだろうといった様子で、彼はじっと椅子に座っていた。

ジャクリーンの声はしわがれて、濁った調子に変わった。コーネリアは、こういうむきだしの感情のぶつかり合いに出会った経験など全然ないので、このジャクリーンの声にすっかり心をかきたてられた。

「あたし、前にも言ったことあるわね」とジャクリーンは言った。「あんたが他の女のところへ行ったら、すぐ殺してやるって……でもあんたは本気だと思わないんでしょ？　そうだったら、大間違いよ。あたしね、ただ――待ってただけ！　あんたはあたしの男よ！　聞こえた？　あんたはあたしのものよ……」

それでもサイモンは黙っていた。ジャクリーンは膝の上で手をまさぐった。彼女は急に身体を乗りだした。

「あたし、あんたを殺してやると言ったわね、あれ本気で言ったのよ……」突然彼女は手をのばした。その手には何かキラキラするものが握られていた。「あたし、犬を射ち殺すみたいに、あんたを射ってやる。あんたは汚らしい犬みたいな……」

途端にサイモンがパッと立ちあがった、しかし立ちあがった瞬間、彼女は引き金を引いた……。

サイモンは身体を半分ねじった――椅子の上に倒れた――コーネリアが悲鳴を上げて、

ドアに突進した。ジム・ファンソープがデッキの手摺りによりかかっていた。コーネリアは彼に叫んだ。

「ミスター・ファンソープ――ミスター・ファンソープ――」

彼が駈けよってくると、コーネリアは夢中で彼にしがみついた。

「彼女があの人を、ピストルで射った！　ああ！　あの人を射ったのよ……」

サイモン・ドイルは半身を椅子の上によじって倒れていた。ジャクリーンは、全身麻痺にかかったように立ちすくんでいる。激しく身を震わせ、目を大きく、おびえたように見開き、サイモンのズボンに少しずつ滲《にじ》みだしてくる真赤な血を、じっと見つめていた。サイモンは、膝のすぐ下の傷口をハンカチでしっかりと押さえていた……。

彼女はどもるように言った。

「あたし、射つつもりじゃなかった……あたし、どうしよう……こんなことするつもりじゃ……」

彼女の震える指の間からピストルが音を立てて床に落ちた。彼女はそれを足で蹴った。ピストルは長椅子の下にすべっていった。

サイモンは、かすれた声で言った。

「ファンソープ、頼む。誰かがこっちへくるようだ――なんでもないって言ってくれ。

たいしたことじゃない――とかなんとか――みんなに知られて噂されたくないんだ――」

ファンソープはすぐにわかったとうなずいた。身をまわしてドアの方へ走ると、そこにヌビア人の驚いたような顔が現われた。ファンソープは言った。

「大丈夫――大丈夫！　ちょっとふざけてたんだ！」

ヌビア人の黒い顔は疑い深そうに彼を見つめたが、すぐに納得のいった様子で白い歯をむきだし、にたりと笑ってうなずくと、その場を立ち去った。

ファンソープは部屋に戻ってきた。

「もう大丈夫だ。ほかには聞いた者はいないだろう。シャンペンのコルクを抜いたていどの音だったから。さて、今度はきみの――」

彼はぎくりとした。ジャクリーンがだしぬけにヒステリー女のように泣きだしたからである。

「ああ、あたし死んじゃいたい……ええ、自殺するわ。死んだ方がずっとまし……あたしとんでもないことした――とんでもないことを……」

コーネリアが彼女のそばに、駈けよった。

「静かに！　ね、静かに！」

サイモンは、額は汗に濡れ、顔は痛みにゆがんで、それでもせき立てるように言った。

「彼女を連れだしてくれ。お願いだから彼女を外に連れ出してくれ！　ファンソープ、彼女を船室に連れていってくれ。ミス・ロブスン、あなたのところの看護婦を呼んでください」彼は二人を交互に懇願するように見やった。

「お願いだ、彼女を一人にしないでくれ、看護婦に頼んで彼女の世話をさせてくれ。絶対にそばを離れないで。それからベスナーをここに連れてきてくれ。頼むから、この事件を妻の耳に入らないようにしてくれないか」

ジム・ファンソープはうなずいた。この物静かな青年は、緊急の場合にも冷静に、機敏に立ちまわった。

コーネリアとファンソープの二人は、泣きじゃくり、身悶《みもだ》えしているジャクリーンを展望室《サロン》から連れだし、デッキ伝いに彼女の船室に向かった。船室での彼女はまたも暴れ出した。彼女は二人から自分の身を振り離そうともがき、前よりも激しくすすり泣いた。

「あたし、河に飛びこむわ……溺れ死んじまいたい……あたし生きている資格なんかない……ああ、サイモン――サイモン！」

ファンソープはコーネリアに言った。

「ミス・バウァーズを呼んでくれませんか？　それまでぼくはここにいますから……」

コーネリアはうなずいて、急ぎ足にでていった。

彼女がでてゆくや、ジャクリーンはファンソープにしがみついた。

「あの人の足――血がでてたわ――骨が折れたかしら……出血で死ぬかもしれない。あたしあの人のところへ行くわ……ああ、サイモン――サイモン――あたしどうしてあんなこと……」

彼女の声は高くなった。ファンソープはあわてて言った。

「静かに――静かに……彼は大丈夫ですよ」

彼女はふたたび身悶えしはじめた。

「離して！　あたしを死なせて……甲板から跳びこませて！」

ファンソープは、彼女の肩を押さえつけ、無理にベッドの上に座らせた。

「あなたはここにいるんです。あんまり騒ぎ立てないで。もっと気をしっかり持ってください。心配することはない。大丈夫なんだから」

彼女は少しおとなしくなった。それでややほっとした彼は、ミス・バウァーズがコーネリアと一緒にカーテンを開けて入ってきた時には、本当にありがたい思いがした。彼女は悪趣味な派手な化粧着《キモノ》を着こんでいた。

「一体どうしたっていうんです？」彼女はぶっきらぼうにこう訊ねると、別に驚いた顔も心配そうな顔もせずに、ジャクリーンの世話を引き受けた。

ファンソープは神経の高ぶったジャクリーンをミス・バウァーズの手に委ねてほっと一息つくと、すぐその足で、ドクター・ベスナーの船室に急いだ。ドアをノックし、返事も待たずに中に入って行った。

「ドクター・ベスナー？」

ものすごいいびきがぴたりとやむと、驚いたような声が言った。

「な、なんだね？」

ファンソープはその間に明かりをつけた。ドクターはまるで大きなふくろうのように目をパチクリさせて、彼を見つめた。

「ドイルなんですがね、ドクター。ドイルが射たれたんです。ミス・ド・ベルフォールに射たれたんです。今、展望室《サロン》にいます。きてくれませんか？」

ずんぐり太ったドクターはそれでも機敏に用意を始めた。言葉少なに二、三の質問をし、寝室用のスリッパをはき、部屋着をひっかけ、必要な医療具の入った小さなケースを手にとると、ファンソープを伴って展望室《サロン》に向かった。

サイモンはそばの窓を開けて、頭をもたせかけ、外気を吸い込んでいた。顔には血の気がまったくなかった。

ドクター・ベスナーは彼のそばに近寄った。

「ふうむ？　どこをやられた？」

血でびしょ濡れのハンカチが絨毯《じゅうたん》の上に置き捨てられており、絨毯《じゅうたん》それ自体にもどす黒くしみがついていた。

ドクターはゲルマン民族的うなり声や感嘆詞を上げながらドイルの傷口を検《しら》べ始めた。

「ううむ。こりゃひどい……骨が砕けとる。出血も多い。ファンソープさん、二人で私の船室まで運んでいかねばならん。そう——こんなふうにな。とても歩けんから、こういうふうに抱えて……」

二人がやっとサイモンを持ち上げた時、コーネリアが入り口に現われた。彼女の姿を認めて、ドクターは満足のうなり声を上げた。

「ああ、あなたですか？　都合よろしい。いっしょにきてください。手伝ってくれる人が欲しい。こちらの若い人よりあなたの方がよいでしょう。こちらの人、もう青い顔をしてられる」

ファンソープはいかにも気分の悪そうな微笑を洩らした。

「ミス・バウァーズを呼んできましょうか？」彼は訊ねた。

ドクター・ベスナーはコーネリアを眺めてちょっと考えた。

「あなたなら、大丈夫、やれますね？　気絶したり、取り乱したりせんでしょう？」

「あなたのおっしゃるとおりにできると思いますわ」コーネリアは熱心に答えた。

ベスナーは満足そうにうなずいた。

三人はデッキ伝いにサイモンをドクターの船室に連れこんだ。

次の十分間はまったくの外科手術であり、ジム・ファンソープはみるだけで気分が悪くなった。彼はコーネリアのしっかりした手伝いぶりを目前にみて、ひそかに恥ずかしくなった。

「これでよしと。今のところこの程度しかできない」ドクター・ベスナーはこう言って、さらに、「あなたも気丈によく辛抱しましたな」と、サイモンの肩を頼もしげに叩いた。

それから、医者は彼のシャツの袖をまくり上げ、注射器をとりだした。

「それじゃ、静かに眠れるように一本打ってあげることにしよう。ところで奥さんの方はどうしようか？」

サイモンは弱々しい声で言った。

「明日の朝まで彼女には何もしらせないでください――ぼくは――ジャッキーを責めないでください……みんなぼくのせいなんです。彼女をひどい目にあわせたのはぼくなんですから……かわいそうに――あれは、無我夢中で、自分でも何をやったかわからなかったんです」

ドクター・ベスナーはわかったというふうにうなずいた。

「ああ、ああ――よくわかる……」

「ぼくの罪です――」サイモンはなおもこう言い張り、コーネリアのほうに目を移した。

「誰か――誰かがジャッキーのそばにいてくれないと――さもないと――ひょっとしたら、ばかなことをするかも――」

ドクター・ベスナーは針を突き刺した。

コーネリアが物静かに落ち着きはらって言った。「ミスター・ドイル、心配なさらないで大丈夫ですわ。ミス・バウァーズが一晩じゅうあの人のところにいるはずですから」

サイモンの顔に感謝の表情が走った。

彼の身体はぐったりとゆるんだ。彼は目を閉じた。しかし次の瞬間またぱっと見開いた。

「ファンソープ」

「なんだい、ドイル？」

「ピストル……あそこに置きっ放しじゃ……ボーイたちが朝になって見つけだすと…

……」

ファンソープはうなずいた。「そうだ。今すぐ行ってとってこよう」

彼は船室からデッキにでた。ジャクリーンの船室のところまで行くと、ちょうど、ミス・バウァーズが扉のところに姿をみせた。

「もう大丈夫ですわ。モルヒネの注射をしておきましたから」

「しかし、あなたは一緒にいてくれるんでしょうね？」

「ええ、もちろんですわ。モルヒネでかえって興奮する人もありますから。一晩じゅうここにいますわ」

ファンソープは展望室《サロン》へ向かった。

三分ばかり後、ファンソープはまたベスナーの船室のドアをノックした。

「ドクター・ベスナー？」

「なんですか？」ドクターが姿を現わした。

ファンソープはドクターをデッキまで呼びだした。

「あの――ピストルが見つからないんです……」

「何？」

「ピストルですよ。あの娘の手から転げ落ちて、彼女がそれを蹴とばして、長椅子の下に入っちゃったんですけどね。しかし、その長椅子の下にないんです」

　二人は互いに顔を見合わせた。

「しかし、誰も持ってゆけるはずがないが……」

　ファンソープはただ肩をすぼめた。

　ベスナーは言った。

「不思議だな。といって私たちにはどうすることもできんし」

　二人は戸惑い、漠然と不安な気持ちにかられながら、そのまま別れた。

12

エルキュール・ポアロは髭をそり、クリームの泡を拭《ぬぐ》いとっていた。するとあわただしいノックの音が聞こえると同時に、レイス大佐がいきなり入ってきた。大佐は入ると、背後のドアを閉めた。

彼は言った。

「あなたの予感が当たった。とうとう起こったよ」

ポアロは背を伸ばして、鋭く問い返した。

「何が起こったんです？」

「リネット・ドイルが死んだ——昨晩、頭を射たれて」

ポアロはしばらく物も言わずにつっ立っていた。彼の眼前に二つの記憶が鮮やかに浮かびあがった——ひとつは、アスワンのホテルの庭で、はげしい口調で息もつかずに言った娘の言葉、〝あたしの小さな可愛いピストルを彼女の頭にあてて、指でちょっと引き金をひいてみたいわ！〃——もうひとつはほんの昨夜、同じ娘の声で、〃もうこれ以上は我慢できないって気持ち——何かがぷつんと切れるような感じの晩〃——それから、ちらと閃《ひらめ》いた謎のような哀願の目つき。あの哀願に答えようともしなかった自分は、一体どうしたというんだ！　眠さのあまり、目がくらんで、耳も聞こえなくなり、ばかになっていたのだ……。

レイスは言葉を続けた。

「私はいわば政府の権限があるから、それで私に知らせてきたんだがね。船は三十分で出帆の予定だが、私がいいと言うまで延期できることになってるんだ。もちろん、殺人犯人が陸から入りこんだという可能性もあるから……」

ポアロは頭を振った。

レイスはあえて反対はしないという身振りをした。

「そうだな。外から入ってきたという説は考えなくていいだろうな。それじゃ、事件はあんたに任せるよ。あんたの乗りかかった船だ」

ポアロは頭のなかでてきぱきと自分の推論を下しつづけてきた。レイスにこう言われると、即座に言った。

「あなたのお望みのように働きますよ」

二人はデッキに出た。

レイスは言った。

「ベスナーが現場にいるはずだ。給仕を呼びにやった」

この船には、バス・ルーム付きの特別船室が四つあった。左舷にある二つのうち、一つにはドクター・ベスナー、もう一つにはアンドリュー・ペニントンが入っていた。右舷の二つのうち、一つはミス・ヴァン・スカイラー、その隣りがリネット・ドイル。彼女の夫のサイモンの着替え室はまたすぐその隣りにあった。

リネット・ドイルの船室の前には青白い顔をした給仕が立っていて、二人がくるとすぐにドアを開けた。ドクター・ベスナーがベッドの上に身をかがめていた。二人が入ってゆくと、彼は顔を上げて、うなった。

「ドクター。この犯罪について、何かわかりましたか？」とレイスは尋ねた。

ベスナーは髭をそらない顎を思案げに撫でた。

「ああ。すぐそばで射たれたのですな。ちょっとみてごらん。耳のすぐ上——ここから弾丸が入ったんだ。ごく小さな弾丸だな。二二口径ぐらいかな。ピストルはじかに頭にさわるほどのところで発射されとる。黒いところがあるだろう？　皮膚が焦げたんだ」

またもや例の不愉快な記憶がポアロの頭によみがえってきた。アスワンで聞いたあの

カルナク号船客室

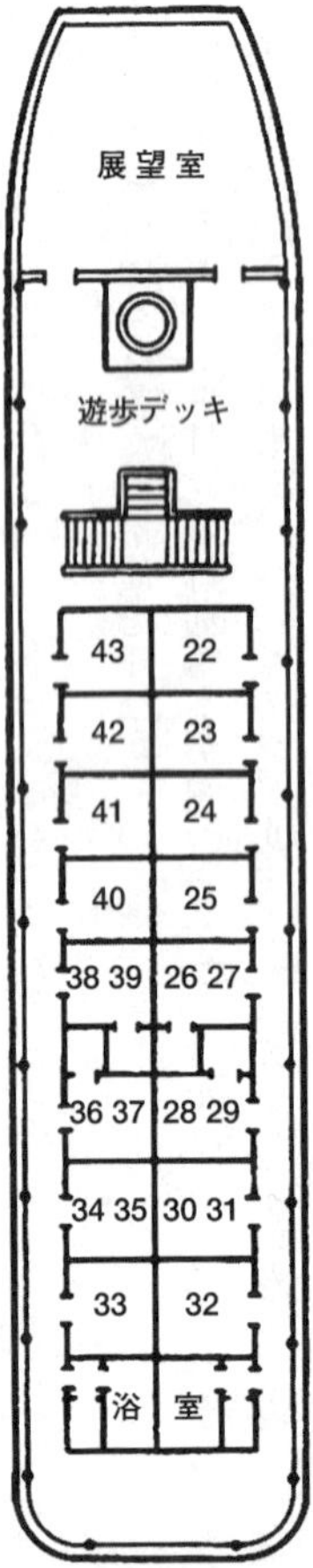

43 空　室	22 ジム・ファンソープ
42 空　室	23 ティム・アラートン
41 コーネリア・ロブスン	24 ミセス・アラートン
40 ジャクリーン・ド・ベルフォール	25 サイモン・ドイル
38　39 アンドリュー・ペニントン	26　27 リネット・ドイル
36　37 ドクター・ベスナー	28　29 ミス・ヴァン・スカイラー
34　35 オッタボーン母娘	30　31 エルキュール・ポアロ
33 ミス・バウァーズ	32 レイス大佐

娘の言葉！

ベスナーは続けた。

「彼女は眠っておった――だから格闘のあった形跡は全然ない。犯人は暗闇の中をそっと忍びこんで、寝てるところをパンとやった」

「え！　まさか！」ポアロは叫んだ。彼の心理分析からいって、そんな事かあろうはずがない！　ジャクリーン・ド・ベルフォールがピストルを手に真暗な船室に忍びこんで――いや、それでは彼の思い描いた絵に〝合致〟しない。

ベスナーは厚い眼鏡越しにじっとポアロを見つめた。

「しかし、事実がそうなんだから……」

「もちろん、もちろんです。あなたのおっしゃることを否定してるわけではないのです」

ベスナーは満足そうにうなった。

ポアロはベスナーのそばに近寄った。リネット・ドイルは横向きに寝ていた。ごく自然な、おだやかな様子である。ただ耳の上には小さな孔がぽかりと空いて、その周囲に乾いた血がこびりついていた。

ポアロは痛ましげに首を振った。

その時、彼はふと、自分の正面の白い壁に目をやって、はっと息をのんだ。一点の汚れもない真白な壁には、何か赤茶色の液体で、大きく、震えたような字体でJという字が書いてあったのである。

ポアロはこの字をじっと見つめていたが、やがて、死体の上にかがむようにして、静かに右手を持ち上げた。案の定、指の一本が赤茶色に汚れている。

「こりゃあどうだ《ノム・ダン・ノム・ダン・ノム》！」とエルキュール・ポアロは叫んだ。

「え？　なんだ？」

ドクター・ベスナーが顔を上げた。

「おや！　あれは！」

レイスが口を開いた。

「こいつあ！　一体どういう意味なんだろう？　ポアロ」

ポアロは爪先だっていて、かすかに身体が揺れ動いた。

「あなたは私にどういう意味だと訊ねられる。ええ、よろしい《エ・ビアン》、いたって簡単です。そうでしょう？　マダム・ドイルは死に瀕していた。死に瀕しながら犯人の正体を人に知らせようと思う。そこで指を自分の血にひたして、犯人の名前の頭文字を壁に書く。どうです、驚くほど簡単でしょう？」

「あはっ、しかし——」

ドクター・ベスナーが口をはさもうとしたが、レイスは手を振って彼を黙らせてしまった。

「あんたはそんなふうに考えるんですかね？」レイスはゆっくり尋ねた。

ポアロは顔を彼の方に向けて、うなずいた。

「そう。そうです。実に簡単そのものです！　第一、よくある手じゃありませんか？　犯罪小説の一頁によくでてくるシーンです！　現在ではちょっと古い手ですよ。これからわれわれの求める犯人を推理すると、犯人は——かなり旧式な人間ですな！　本当に子供だましです《セ・ランファンティヤージュ》」ポアロは相槌を打った。

「しかし、何か目的があってやったことにちがいないが」とレイス大佐は指摘した。

「それは——もちろんです」ポアロは真面目な顔で答えた。

「Jはなんの頭文字かね？」とレイスが尋ねた。

ポアロは即座に答えた。

「Jはジャクリーン・ド・ベルフォールの頭文字です。この若い女性はほんの四、五日前に、〝あたしの小さな可愛いピストルを彼女の頭にあてて、指で引き金を引いてみたいわ〟と私にはっきり宣言した人です」

「こりゃ驚いた《ゴット・イン・ヒルメル》！」とドクター・ベスナーが叫んだ。

一瞬、沈黙が続いた。やがて、レイスが大きく息をして、

「そしてその通りのことが起こったんだね？」

ベスナーもうなずいた。

「さよう。ピストルは口径の小さいもので、さっきも言った通り、確かに二二口径くらいだと思う。もちろん、弾丸を摘出しなければ正確なことは言えんが」

レイスは即座に彼の言葉に同意した。それから彼は言った。

「ところで死亡の時間はどうなんです？」

ベスナーは顎をなでた。彼の指は髭に当たって小さな音をたてた。

「いまはっきりしたことは言えんけども。現在八時ですな。すると昨晩の温度を勘定に入れて、おそくとも六時間前には死んでいたと言える。しかし、八時間以上とは言えん」

「そうすると真夜中から午前二時までの間というわけですな」

「まあ、そうです」

レイスはあたりを見まわした。

「彼女の夫はどうしたんだ？　隣りの船室に寝てるというわけかな？」

「いまのところ」とベスナーは言った。「彼は私の船室で眠っておるよ」

レイスもポアロも非常に驚いた顔をした。

ベスナーは何度もうなずいてみせた。

「ははあ、すると誰もあなたたちに話さなかったとみえるね？　ミスター・ドイルは昨日の晩、展望室《サロン》で射たれてね」

「射たれた？　誰に？」

「若い娘さん、ジャクリーン・ド・ベルフォールに」

レイスが鋭く訊ねた。

「それで傷は？　重いのかね？」

「ああ、骨が砕けておる。現在できるだけの手当てはしておいたが、しかし、骨の様子をX線で調べた上で、ここの船ではできない治療をする必要がある」

ポアロは呟いた。

「ジャクリーン・ド・ベルフォール」

彼の視線はふたたび壁のJという字に注がれた。

レイスがだしぬけに言った。

「もしこの部屋にもう仕事がなければ、下へ降りてみようじゃないか？　喫煙室をわれわれに使わせてくれることになっている。昨日の晩に起こった事件をくわしくみんなから聞かなきゃならんからね」

三人は船室をでた。レイスはドアに鍵をかけて、その鍵をポケットに入れた。

「あとでまた用があったら帰ってくることにして」と彼は言った。「まず何よりも事実のすべてをはっきり知る必要がある」

三人は下のデッキに降りて行った。かわいそうに支配人《マネージャー》はこの事件ですっかり取り乱していて、喫煙室の入り口の廊下には、カルナク号の支配人《マネージャー》が心配そうな顔で待っていた。かわいそうに支配人はこの事件ですっかり取り乱していて、すべてをレイス大佐の手に渡したがっていた。

「あなたの権限ですから、今度の事件はすべて、あなたにお任せするのがいいんじゃないかと思います。それからあの――もう一つの――別のほうの問題も、あなたのご希望通りするようにと命令を受けておりますし……。それで、あなたがすべてをお引き受けくだされば、私の方もできるだけ便宜をお計らいいたします」

「結構」とレイスは言った。「で、まず頼みたいのは、取り調べ中、この部屋を私とムッシュー・ポアロだけの専用にして、他の者は近づかせないこと」

「よろしゅうございます」

「今のところ、それだけだ。きみはきみの仕事をしてたらいいだろう。用があったら、きみのいるところはわかってるから」

ややほっとした表情になって、支配人は部屋をでていった。

レイスはドクターに向かって言った。

「おかけなさい、ベスナー。それじゃ昨晩起こったことをすっかり話してくれませんか？」

二人はドクターの太いだみ声に耳を傾けた。

話が終わると、レイス大佐は言った。「話ははっきりしているようだね。つまりあの娘が一杯か二杯の酒の助けを借りて、二二口径のピストルで、男を射って、それからリネット・ドイルの船室にいって、彼女を射ったというわけだな」

しかし、ドクター・ベスナーは首を振った。

「いやいや、私はそうは思いません。そんなこと可能だとは思えんもの。第一、彼女が自分の頭文字を壁に書きつけたりするだろうか？　ばかげとる、そうでしょう《ニヒト・ヴァール》？」

「しないとも限らない」レイス大佐は言った。「彼女は話の様子だと、狂ったように腹を立てとるし、それに嫉妬もして、そのう——自分の犯罪に署名したといえるんじゃないか？」

ポアロは首を振った。

「いやいや、彼女が、それほど――なんというか――粗雑な頭の女性とは思えないね」

「それじゃ、あのJを書いた理由はただ一つしかないわけだ。つまり、別な人間が嫌疑を彼女に向けるために、わざと書いたということになる」

ベスナーはうなずいた。

「そうだ。しかしその点、犯人にとっては運が悪かったと言えるな。というのは、あの娘《フロイライン》さんが殺人を犯したとは考えられないというだけでなく、不可能だからです」

「どうして？」

ベスナーはジャクリーンのヒステリー状態と、そのためミス・バウァーズの手に彼女を任せねばならなくなった事情を説明した。

「それですから、ミス・バウァーズが一晩じゅう彼女と一緒にいたことはほとんど間違いないと思うのです」

「だとすると問題はずっと簡単になってくるな」とレイス大佐は言った。

「誰が死体を発見したんですか？」とポアロが尋ねた。

「ミセス・ドイルのメイドでルイーズ・ブールジェという女だ。いつもの通り、朝、自分の女主人の船室に行ったところが、彼女が死んでたので、船室から飛びだして、通りかかった給仕の腕の中に倒れこんで気絶しちまったってわけさ。給仕は支配人に報告し、支配人は私のところにきた。そこで、私はベスナーに連絡し、あんたのところにいったんだ」

ポアロはうなずいた。

レイスはベスナーに向かって言った。

「ドイルに知らせなきゃなんないが、まだ眠ってるんだって？」

ベスナーが言った。

「ああ、私の船室でまだ眠ってる。昨日の晩、強力な鎮静剤を注射しといたから」

レイスはポアロの方を振り返った。

「じゃあ、これでドクターには帰ってもらっていいだろうな？　ドクター、いろいろありがとう」

ベスナーは立ちあがった。

「それでは、私は朝食を食べることにしよう。それから船室に帰って、ミスター・ドイルが目をさましてるかどうかみてみよう」

「どうもありがとう」

ベスナーは出ていった。レイスとポアロは顔を見合わせた。

「さて、次はどうしよう？　ポアロ。事件の担当者はあんただ。私はあんたの命令を受ける方だからね。どうしたらいいか言いつけてくれたまえ」

　ポアロは頭を下げた。

「よろしい《エ・ビアン》。まず査問会を開かなければなりませんな、その第一歩として、昨晩の事件について、その真実性を確かめる必要があります。そこで、まずファンソープとミス・ロブスンの話を聞くことにしましょう。この二人が昨日の事件の目撃者ですからね。ピストルが姿を消したことは、なかなか意味深長ですよ」

　レイスはベルを鳴らして、給仕に二人を呼んでくるように命じた。

　ポアロは、溜め息をつき、首を振った。

「困ったものだ」と彼は呟いた。「どうも困ったものです」

「何か考えついたかね？」レイスが好奇心にかられて尋ねた。

「私の考えたことは矛盾だらけです。まだちゃんと整頓ができていない。秩序も何もない。とにかく、あの娘が、リネット・ドイルを憎み、彼女を殺したがっていたという大きな事実があるんですからね」

「彼女、人を殺すことができると思うかね？」

「思いますね——ええ」しかし、ポアロの口ぶりはあいまいだった。

「しかし、こんなやりかたはしないというわけだね？　そこをあんたは気にしているんだね？　あの娘が船室の暗がりに忍びこんで、寝ているところを射つわけはない、殺人の方法があまりに冷酷で、どうにもぴったりこない、ってわけなんだね？」

「ある意味においてはそうです」

「つまり、あんたは、その娘、ジャクリーン・ド・ベルフォールにこんな冷静な殺人はできない、と考えてるんだね？」

　ポアロはおもむろに答えた。

「それがね、私にははっきりわからないのです。もちろん、彼女にはそういう計画を立てる頭はあります。それは確かです。しかし、それを実際に行動することができるかとなると、その点、疑問なのです」

　レイスはうなずいた。

「なるほど……いずれにしても、ベスナーの話によると、実際的に不可能だというじゃないか？」

「もし、ドクターの話が本当なら、問題はだいぶ簡単になるわけです。まあ、そうあってほしいものです」ポアロは、こう言ってさらに、簡単に、次のようにつけ加えた。

「もしそうだったら私も嬉しいですよ。あの娘には非常に同情してるんですから」

　ドアが開いて、ファンソープとコーネリアが入ってきた。ベスナーも続いて入ってきた。

コーネリアが息をはずませてしゃべりだした。

「恐ろしいですわね。かわいそうなミセス・ドイル。あんなにお美しかったのに。あんなきれいな人を殺《あや》めるなんて、よっぽど悪い人にちがいありませんわ。それにミスター・ドイルもおかわいそうに。あの人、奥さんのことを聞いたらほんとに半狂乱になると思います。だって昨晩だって、あの人、怪我のことを奥さんに知られないようにと、とても気をつかってましたもの」

「実は、そのことで、ちょっとお話をお聞きしたかったのです」とレイスが言った。「昨夜起こったことを正確に話してくれませんか」

コーネリアは何から話してよいやらわからず、どぎまぎしていた。それでポアロが一つ、二つ質問してどうにか話はほぐれたのだった。

「ああ、なるほど。よくわかります。ブリッジがすんでから、ミセス・ドイルは船室へ帰られたんですね。しかし本当にまっすぐ船室へ帰られたかどうかな？」

「まっすぐ帰った。それは私が証言できる」とレイスが口をはさんだ。「事実、私は彼女を送って、ドアの外でお休みなさいと言ったんだから」

「それで時間は？」

「あら、あたし覚えておりませんわ」

「十一時二十分だった」とレイスが代わりに答えた。

「なるほど。十一時二十分には、ミセス・ドイルは元気だった。そのころ展望室《サロン》には——誰と誰がいたんですか？」

ファンソープが答えた。「ドイルと、それから、ミス・ド・ベルフォール。ぼくとミス・ロブスン」

「そうです」コーネリアは、相槌を打って、「ペニントンさんはブリッジのあと一杯飲んですぐお部屋にお帰りになったし」

「それはどのくらいあとです？」

「そうですね。三分か四分ぐらい」

「それじゃ十一時半前ですね」

「ええ、そうです」

「するとそのあと、展望室《サロン》に残ってたのは、ロブスンさん、あなたと、ミス・ド・ベルフォールとミスター・ドイル、それとミスター・ファンソープの四人だったんですね。みんな何をしておりました？」

「ミスター・ファンソープは、本を読んでらしたし、あたしは刺繍の道具を持っていましたし、ミス・ド・ベルフォールは……あのう……あのう……」

ファンソープが助太刀した。「さかんに酒を飲んでた」

「ええ、そうなんです」コーネリアはうなずいて、「その間ずっとあたしに話しかけて、本国でどんなふうに暮らしてたとか、いろんなこと聞いたんですの。それから自分のこともいろいろお話しになりましたけど、それはなんですか、ミスター・ドイルに聞かせるためじゃなかったかと思いますわ。ミスター・ドイルも、なんですか少し怒ってるようでしたが、なんにも言わずにじっと我慢してらっしゃいました。返事をしなければ、ミス・ド・ベルフォールも張り合いがなくて、おとなしくなるんじゃないか、っていうおつもりだったと思います」

「しかし、おとなしくならなかったんでしょう?」

コーネリアはうなずいた。

「ええ、そうなんです。あたしも一度か二度、引き揚げようと思って立ちあがりましたけど、無理に押し止められて――。あたし、とても居辛かったですわ。そしたら、ミスター・ファンソープが立ちあがって、出ていってしまって――」

「ちょっときまりが悪くてね。ぼくはできるだけ目だたないように席をはずそうと思ったんです。ミス・ド・ベルフォールは確かにひと騒ぎ起こそうともくろんでた様子でしたからね」

「そしたら、あの女《ひと》ピストルをとりだしました」とコーネリアはさらに続けた。「ミスター・ドイルはすぐ飛びあがって、そのピストルをとろうとなさったんですけど、ちょうどその時ピストルが発射して、弾丸はミスター・ドイルの脚に当たりました。それからミス・ド・ベルフォールは泣いたりわめいたりなさって……あたしとても恐くなって外に飛び出したら、ちょうどファンソープさんがいらしたので、一緒に展望室《サロン》に戻りました。ミスター・ドイルはあまり騒ぎ立てないようにとおっしゃって……ちょうどその時ヌビア人のボーイがピストルの音を聞いて入り口まで参りましたが、ミスター・ファンソープがなんでもないからと言って帰しました。それから、あたしたち二人でジャクリーンを彼女の船室まで連れていき、あたしはミス・バウァーズを呼びにいきましたが、その間、ミスター・ファンソープはジャクリーンのそばについていらっしゃいました」

コーネリアはここで息を切らして、一休みした。

「その時の時間は？」とレイスが尋ねた。

コーネリアはまたもや、「あら、あたし覚えておりませんわ」と答えたが、ファンソープがすぐ横から答えた。

「十二時二十分すぎあたりにちがいないですね。ぼくが自分の船室に帰ったのが十二時半すぎでしたから」

「ところで、一、二カ所、はっきりさせておきたい点があるんですが」とポアロは言った。「ミセス・ドイルが展望室《サロン》から出たあと、あなたたち四人のうち外にでた人はいますか？」

「いいえ」

「ミス・ド・ベルフォールも展望室《サロン》からでなかったと断言できますか？」

ファンソープはすぐに返事した。「はっきり断言できます。ドイルも、ミス・ド・ベルフォールも、ミス・ロブスンも、ぼくも、全然展望室《サロン》を離れなかった」

「結構です。それで、ミス・ド・ベルフォールが十二時二十分まではミセス・ドイルを射ち殺さないでいた――そんなことは不可能だったという事実を、証明できたわけです。ところでミス・ロブスン。あなたはミス・バウァーズを呼びに行きましたが、その間ミス・ド・ベルフォールは船室に一人でしたか？」

「いいえ。ミスター・ファンソープが一緒におられましたわ」

「よろしい。そこまでは、ミス・ド・ベルフォールは完全なアリバイを持っているわけです。次にミス・バウァーズのお話を聞くことにしましょう。その前に一つ二つの点に関して、お二人の意見を聞かせていただけませんか？　ミスター・ドイルは、ミス・ド

・ベルフォールを一人きりにしておかないように頼んでいた、ということでしたが、それは、彼女が何かまた軽はずみなことをしやしないか、と心配してたからなんですね？」

「ええ、ぼくはそう思います」とファンソープは言った。

「彼は彼女が今度はミセス・ドイルに危害を加えるかもしれない、と心配してたわけですね？」

「いや、そうじゃない」ファンソープは首を振った。「ぼくの考えじゃ、彼はそんなことを心配してたんじゃないですね。それよりも、彼女が、そのう──自分自身に対して軽はずみなことを──」

「つまり自殺？」

「そう。彼女はすっかり酔いもさめて、自分のした行為に非常に心を痛めてる様子でした。さかんに自分を責め立てて、自分は死んだ方がいいんだと言い続けてましたから」

コーネリアがおずおずと言った。

「ミスター・ドイルはジャクリーンのことをとても心配してらしたようでしたわ。彼女を庇《かば》うようなものの言い方で。みんな自分の罪だとおっしゃって──自分が彼女をひどい目にあわせたんだとか──その点、とても──とても紳士的だと思いましたわ」

エルキュール・ポアロは考え深げにうなずいた。

「さて、今度はピストルのことなのですがね。あれはどんなふうになったんです？」

「ジャクリーンが落としました」とコーネリアは言った。

「それから、そのあと？」

ファンソープはその後で探しにいったが、見つからなかったことを説明した。

「おやおや、それじゃ説明になりませんな」とポアロは言った。「もう一度初めから正確に話していただけませんか？　ちゃんと順を追って」

「ミス・ド・ベルフォールはピストルを手から落としましてね。それからそれを足で蹴とばしたんです」

「あの人は、そのピストルがとても憎らしかったみたいでしたわ」とコーネリアが説明した。

「あたし、ジャクリーンがどんなふうに感じたのか、よくわかりますわ」

「それでピストルは長椅子の下に入ったと言うんですね？　じゃ、ここでよく考えて返事してください。ミス・ド・ベルフォールが展望室《サロン》をでる前にピストルを拾って持って帰ったという事実はありませんか？」

ファンソープもコーネリアもそんなことは絶対にないと答えた。

「正確《プレシゼマン》さ。おわかりでしょうが、私はすべてを正確に調べあげたいんです。いまあなた方の話したことで、こういう結論がでます。つまり、ミス・ド・ベルフォールが展望室《サロン》をでていった時には、ピストルは長椅子の下にあった。ミス・ド・ベルフォールはそのあと一人っきりでいたことは全然なかった――すなわちミスター・ファンソープか、ミス・ロブスンか、ミス・バウァーズがいつもそばについていた。そうすると彼女は展望室《サロン》をでてから後、ピストルを取りにいくチャンスは全然なかったということになるわけです。ミスター・ファンソープ、あなたがピストルを探しにいかれたのは、何時ごろでしたか？」

「十二時半ちょっと前」

「あなたとドクターがミスター・ドイルを展望室《サロン》から運びだしてから、あなたはピストルを探しに戻ったわけですが、それはどのくらいの時間が過ぎてからですか？」

「たぶん五分ぐらい――いやもう少し長かったかな」

「そうするとその五分間の間に、誰かが長椅子の下に隠れていたピストルを持っていったわけです。その誰かはミス・ド・ベルフォールではない。そうするとそれは誰だろう？　結局ピストルを持っていった人間が、ミセス・ドイルの殺人犯人だ、という可能性がとても強くなるわけです。と同時に、この犯人はそれまでに起こっていたことを、どこかで聞くなり、見るなりしていた人間だと推定してもいいわけです」

「どうしてそんなことが言えますか？」とファンソープが反対した。

「なぜかといいますと」とエルキュール・ポアロは言った。「ピストルは長椅子の下に隠れてしまったとあなた自身おっしゃったでしょう？　ですから、そのピストルをその人物が偶然に見つけるということは、まず信じられない。長椅子の下にあるという事実を知ってる人間でなければ、五分の間にそのピストルを持ち去れないでしょう？　従ってこの人間は、展望室《サロン》のいざこざをみていた人物ということになるんです」

ファンソープは首を振った。

「ピストルが発射される直前にぼくはデッキに出たんですが、誰もいませんでしたよ」

「しかし、あなたの出られたのは右舷の方のドアでしょう？」

「そうです、ぼくの船室と同じ側の」

「すると左舷の方のドアのガラス越しに誰かが覗いていたとしても、あなたにはわからなかったでしょう？」

「そうですね」

「ヌビア人の給仕以外に銃声を聞いた人はいませんでしたか？」

「ぼくの知ってる限りでは、いませんでしたね」

ファンソープはさらに続けた。「あの部屋の窓は全部閉まっていた。ミス・ヴァン・スカイラーが、その前に隙間風が入るって閉めさせたんです。ドアも閉まっていた。だから、ピストルの音がはっきり外に洩れたかどうか疑問ですね。たぶん、酒瓶のコルクの栓をぬいたくらいの音しかしなかったと思いますから」

レイスが言った。

「それにどうも、もう一つの銃声も誰ひとり聞いたものはいないようだな——つまり、ミセス・ドイルを射った方の銃声だが」

「その方はあとで調べてみることにしましょう」とポアロは言った。「現在のところ、われわれはミス・ド・ベルフォールのことだけ考えるとして、それで、ミス・バウァーズに会わなきゃなりませんが、お二人がいく前に」——こう言って彼はファンソープとコーネリアに両手で身振りをしてみせ——「あなた方自身についておうかがいしたいと思います。そうすれば、後でまたきていただく必要もないでしょうから。まずミスター、あなたから。あなたの姓名は？」

「ジェイムズ・レッチデイル・ファンソープ」

「住所は？」

「イギリス、ノーザムプトン州、マーケット・ドニントン、グラスムア・ハウス」

「職業は？」

「弁護士です」

「今度の旅行の目的は？」

すぐには返事がなかった。いつも冷静なファンソープ氏はここでややハッとした様子をみせた。やがて——彼はほとんど呟くような声で言った。

「そのう——観光旅行です」

「ああ！　休暇で旅行されている、そうですね？」ポアロは言った。

「ええ——そ、そうです」

「結構です、ファンソープさん。ところでさっき話した事件のあと、あなたがどうなさったか、簡単にお話し願えませんか？」

「まっすぐベッドに入って寝ました」

「それは何時ごろ？」

「十二時半ちょっとすぎ」

「あなたの船室は右舷の二十二号。展望室《サロン》に一番近い部屋ですね？」

「そうです」

「もう一つだけ聞きたいことがあります。船室に帰られてから、何か——どんなものにしろ、物音を聞きませんでしたか？」

ファンソープは少し考えた。

「すぐにベッドに入りましたからね。しかし、うとうとしかけた頃、何かが水の中にざぶんと落ちたような音を聞きましたね」

「水の中に落ちたような音？　すぐ近くでですか？」

ファンソープは首を振った。

「さあ、わかりませんね。半分眠りかけてましたから」

「それで、それは何時ごろだったでしょう？」

「一時ごろじゃないでしょうか？　しかしはっきり言えませんね」

「どうもありがとう、ミスター・ファンソープ。それで結構です」

ポアロは次にコーネリアの方を向いた。

「さて、ミス・ロブスン、あなたの姓名は？」

「コーネリア・ルス。そしてあたしの住所はコネティカット州、ベルフィールド、レッド・ハウス」

「エジプトにこられた理由は？」

「従姉妹《いとこ》のマリー――ミス・ヴァン・スカイラーのことですが――彼女が連れてきてく

れたんです」

「この旅行にくる以前にミセス・ドイルに会ったことがありますか？」

「いいえ、一度も」

「昨晩は、あとでどうなさいました？」

「ドクター・ベスナーがミスター・ドイルの脚の手当てをなさるのを手伝って、それからすぐに寝みました」

「あなたの船室は？」

「左舷の四十一号室。ミス・ド・ベルフォールの隣りの部屋です」

「それであなたも何か物音を聞きましたか？」

コーネリアは首を振った。

「いいえ、なんにも」

「水音も？」

「いいえ——でも、あたしの船室は岸壁の側ですから、聞こえるはずがありませんわ」

ポアロはうなずいた。

「ありがとう、ミス・ロブスン。それじゃ、すみませんがミス・バウァーズにご足労を願えませんか？」

ファンソープとコーネリアはでていった。

「これでまあ、はっきりしてきたようだ」とレイス大佐は言った。「あの二人の証人が嘘を言っていない限り、ジャクリーン・ド・ベルフォールはピストルをとりかえせなかったわけだ。誰か別の人間がそのピストルを持ち去ったことは確かだ。しかもその人間は、展望室《サロン》内の騒ぎを目撃した人間だ。そのあげく、愚かにも、壁にJなんて字を書いたわけだ」

ドアをノックする音が聞こえて、ミス・バウァーズが入ってきた。ミス・バウァーズはいつものように落ち着き払った態度で椅子に腰かけた。ポアロの質問に答えて、名前、住所、資格などを告げ、最後につけ加えた。

「ミス・ヴァン・スカイラーのお世話をもう二年以上やっております」

「ヴァン・スカイラーのお身体は非常に悪いんですか？」

「悪いってほどじゃありませんわ。ただ、もう年が年ですから、神経質になっておられるし、身近なところに看護婦を置いておくと気が安まるんじゃないんですか？　別に、とり立てて言うほどの病気はないんです。みんなから、ああだこうだと心配してもらうのが好きなんでしょうね。もちろんそうしてもらえるだけのお金を払える方ですからね」

ポアロはいかにもとうなずいてみせた。それから彼は言った。

「昨晩、ミス・ロブスンがあなたを呼びにいきましたね」

「ええ、そうです」

「その時の事情を正確に話していただけませんか？」

「ミス・ロブスンがあの出来事を簡単に話してくれて、それから一緒にミス・ド・ベルフォールの船室に参りました。ミス・ド・ベルフォールは非常に興奮して、ヒステリー状態でした」

「ドイル夫人に対して、何か敵意を示すような言葉は言いませんでしたか？」

「そんな言葉は全然ありません。ただ、自分を責めたてる気持ちだけのようでした。私、これはアルコールの過剰摂取のためだ、ひとりで放ってはおけないと判断しまして、モルヒネを注射して差し上げて、それからずっと付きそっておりました」

「ところで、ミス・バウァーズ、もう一つ聞きたいことがあるんですが、ミス・ド・ベルフォォールは船室から外に出たりしませんでしたか？」

「いいえ、全然そんなことありません」

「それで、あなた自身は？」

「夜明けまで、彼女の船室におりました」

「それは確かなのですね」

「絶対に確かです」

「どうもありがとう、ミス・バウァーズ」

彼女は展望室《サロン》をでていった。レイスとポアロは顔を見合わせた。

ジャクリーン・ド・ベルフォールにはこれで決定的な証《あかし》が立ったわけである。そうするといったい誰がリネット・ドイルを殺したのであろうか？

13

レイスが言った。

「誰かがピストルを持ち去った。ただしそれはジャクリーン・ド・ベルフォールじゃない。その人物は、犯行の嫌疑がジャクリーンに向けられるだろうとは知っていたが、ミス・バウァーズがモルヒネの注射をして、一晩じゅう彼女のそばにいるだろうとは知らなかった。それから、もう一つの事件もあるね。誰かが、崖の上から石を落としてリネット・ドイルを殺そうとした。これもジャクリーン・ド・ベルフォールじゃない。とすると、いったい誰がやったんだろう？」

ポアロが言った。

「やった人間を探すよりも、やらなかった人間を数えた方が簡単かもしれませんね。とにかく、ミスター・ドイル、ミセス・アラートン、ミスター・ティム・アラートン、ミス・ヴァン・スカイラー、ミス・バウァーズ、この人たちはあの事件と関係がない。あの落石事件が起こった時、みんな私の目の届くところにおりましたからね」

「ふむ」とレイスは言った。「しかしそれでも残りの人間が相当いるわけだ。それはそうと動機はなんだと思う?」

「その点はミスター・ドイルが何か手がかりをくれると思いますね。今までにも何かと出来事があって――」

その時、ドアが開いてジャクリーン・ド・ベルフォールが入ってきた。

ひどく蒼ざめた顔をして、歩くときちょっとよろめきがちであった。

「あたしがやったんじゃないわ」彼女は言った。それはおびえた子供のような声であった。「あたしがやったんじゃないわ。ねえ。お願いですから信じて。みんなはあたしがやったと思ってるんだわ。でもあたしやらなかったわ――やらなかった――ほんとよ。ひどすぎるわ。あんなこと! あたし、サイモンは殺してたかもしれないわ。あたし、カッとしていたから。でも、もう一つの方はあたしじゃ……」彼女は腰をおろすと、わっと泣きだした。

ポアロは彼女の肩をやさしく叩いた。

「さ、心配しないで。ミセス・ドイルを殺したのがあなたでないことは、私たちがちゃんと知っていますよ。もう証明ずみですよ。ああ、確かにあなたじゃありません」

ジャクリーンは涙に濡れたハンカチを握りしめたまま、だしぬけに座り直した。

「それなら、誰がやったんです？」

「それが」とポアロは言った。「いまわれわれの問題になっているところです。あなたに何か心当たりはありませんか？」

ジャクリーンは首を振った。

「わからないわ……想像もつかないわ……ええ、全然、見当もつかない……」彼女は額に深い皺をよせて考えこんでいたが、やがて、「あの人の死を望む人、そんな人、思いつかないわ——あたし以外には」

レイスが言った。

「失礼。ちょっと考えついたことがあるんで——」

彼は急いで部屋をでていった。

ジャクリーン・ド・ベルフォールは頭を垂れ、指をねじ曲げながらじっと座っていた。

突然、彼女はほとばしるような口調で言った。

「死ぬって恐ろしいわ！——ほんとに恐ろしい——あたし——考えただけでもぞっとする」

ポアロは言った。

「そうです。現在こうしている間も、誰かが自分の計画の成功を喜んでいるんだと考えると、あまりいい気持ちはしませんね」

「そんな——そんな言い方しないで！」ジャクリーンは叫んだ。「そんな言い方、なんだかとても恐ろしく聞こえるわ」

ポアロは肩をすぼめた。

「聞こえるんじゃなくて、実際の話ですよ」

ジャクリーンは低い声で言った。

「あたしは、あたしは、ずっとリネットの死を望んでた——そしたら彼女は死んでしまって……しかも、あたしの言った通りの死に方をして……」

「そうです、マドモアゼル。頭を射ち抜かれて死んだんです」

彼女は叫び声を上げた。

「じゃあ、やはり、あたしの考えた通り——本当にあの晩、カタラクト・ホテルでは、誰か立ち聞きしてた人がいたのね！」

「ああ」ポアロはうなずいた。「あなたがあれを覚えているかどうか、私もちょうど心の中で考えていました。ミセス・ドイルがあなたの言った通りの死に方をするなんて——偶然としてはあまりに偶然すぎますからね」

ジャクリーンは身体を震わせた。

「あの晩のあの男――一体誰なんでしょう？」

ポアロは、一、二分黙ってたが、やがて、声の調子を全然変えて言った。

「その人間が男だってこと、確かですか？」

ジャッキーは驚いた表情でポアロを見つめた。

「ええ、確かよ。でも、……」

「でも！　なんですか？」

彼女は顔をしかめ、目をなかば閉じて懸命に思い出そうとつとめた。それから彼女はゆっくりと言った。

「あたし、男だとばかり思ってたけど……」

「しかし、今では確信が持てなくなった、というわけですか？」

ジャッキーはゆっくりと言った。

「ええ、なんだか、はっきりしなくなったわ。あたし初めから男だと決めてかかってたけど――でも本当はただの人間の姿――人の影だけですもの」

彼女は口をつぐんだ。しかし、ポアロが返事しないので、彼女の方から訊ねた。

「あなたは女だと思ってるんですか？　でもこの船に乗ってる女の人で、リネットを殺したいと望んでる人なんて誰もいないでしょ？」

ポアロはただ頭を左右に振っていた。

ドアが開いて、ベスナーが現われた。

「ムッシュー・ポアロ、ミスター・ドイルに会って話をしてくれんか？　ぜひあなたに会いたいって言ってる」

ジャクリーンは飛びあがって、ベスナーの腕をつかんだ。

「サイモンの具合はどう？　大丈夫？」

「もちろん大丈夫じゃありませんよ」ドクター・ベスナーはとがめるように答えた。

「骨が砕けてるんですよ。おわかりですか？」

「でも、死にやしないでしょう？」とジャクリーンは叫んだ。

「ああ！　誰が死ぬなんて言いました？　一日も早くこの未開の土地から運びだして、レントゲンを撮って、ちゃんとした治療をするんです」

「ああ！」彼女は両手を発作的に合わせて握りしめると、くずれるように椅子に座った。

ポアロはドクターと一緒にデッキにでた。折よく帰ってきたレイス大佐ともども、三人は遊歩デッキに上り、ベスナーの船室に赴いた。

サイモン・ドイルは即製のかごの下に足を入れ、クッションや枕に支えられて、横たわっていた。彼の顔色はまったく生気がなく、苦痛と強い衝撃のあとが生々しく現われていた。しかしその顔に何よりも強く現われているのは、驚愕の表情、子供っぽくて弱々しい驚愕の表情だった。

彼は呟いた。

「さあ、どうぞ中へ。ぼくはドクターから――リネットのこと聞きました――とても信じられない……本当だとはとても信じられない」

「そうでしょう。大きな打撃だからね」とレイスが言った。

サイモンはどもりがちに言った。

「ジャッキーはね――やりゃしない。それだけは確かですよ！　彼女にはとても不利な状況だけど、絶対なんだ、彼女はやらなかった！　もちろん、昨晩は酔っ払ってたし、すっかり興奮してた。だからぼくにつっかかってきたわけです。しかし、彼女は人を殺すような女じゃない……少なくともあんな冷酷な殺人を犯す女じゃない……」

ポアロはやさしくこう言った。

「あまり心配しない方がいいですよ、ミスター・ドイル。誰があなたの奥さんを射ったにせよ、ミス・ド・ベルフォールがしたのでないことだけは確かです」

サイモンはけげんな顔つきでポアロを見つめた。

「それは本気で言ってるんですか？」

「本気です。しかしミス・ド・ベルフォールじゃないとわかったとして」とポアロはつづけた。

「それなら誰かと言われると、どうにも見当がつきません。この点について何か気づいたことはありませんか？」

サイモンは首を振った。戸惑いの表情がことさら強まった。

「まるで狂気の沙汰だ――考えられませんよ。ジャッキーをのぞいては、誰一人リネットを殺したがってる人間なんていやしない」

「よく考えてください、ミスター・ドイル。奥さんに敵はいませんでしたか？　彼女を恨んでいた人間はありませんか？」

サイモンはふたたび、同じような絶望的なゼスチュアをして首を振った。

「そんなことは想像もできないですよ。恨んでいるといえば、もちろんウィンドルシャムがいます。リネットは、ぼくと結婚したために、結果的には彼を捨てた形になりましたからね。しかしウィンドルシャムみたいなお行儀のいいのろまが、人殺しするなんて思いもよらないし、第一、彼は今、何千マイルも離れたところにいるんですからね。それからジョージ・ウッド卿についても同じことがいえる。あの家のことで彼は、リネットに文句の一つや二つ言いたいでしょう。彼女が邸を改造した仕方にはくやし涙を流してましたからね。しかし、彼もここからはるかに離れたロンドンにいるし、また、彼がこんなことで殺人を犯すなんて、とても考えられない」

「いいですか、ミスター・ドイル」とポアロが熱心な顔で訊ねた。「このカルナク号に乗船した最初の日、私はあなたの奥さんとちょっとお話ししたんですが、その時、奥さんは非常に困っているご様子でした。なんだか非常に心配していて、こう言ったんです。よく聞いてください。奥さんは、あらゆる人間が彼女を憎んでる、だから心配でしょうがない、自分の周囲にいる人はみんな敵だという感じがして不安だ、とこう言ったんです」

「ジャッキーが同じ船にいるのを知ってリネットは気持ちが乱れていた。ぼく自身も同じ気持ちだった」とドイルは言った。

「それはそうでしたでしょうが、しかしそれだけでは奥さんの言葉の意味が充分説明されていないのです。奥さんが、敵に囲まれてるようだと言った時には、まあ多少誇張だなとは感じましたが、しかしそれでも、敵が一人ではないという意味だけは確かなんです」

「そう言われれば思い当たることがあります」と、サイモンは認めた。「彼女が急に心配しはじめたのは、船客名簿にあった名前をみたためじゃないかと思うんです」

「船客名簿の中の名前？　どの名前です？」

「どの名前だか、はっきり言ってくれなかった。実のところ、ぼくもあまり注意して聞いていなかったんです。ジャクリーンのことで頭が一杯で。ぼくの憶えている限りでは、リネットは事業のことで人に迷惑をかけたとか言ってました。それで、彼女の一家に恨みを抱いている人間に逢うのが辛いとか。ぼくは彼女の家庭のこと、よく知らないけれど、なんでも彼女の母親が百万長者の娘で、父親の方はまあ普通の金持ちだったんだそうです。しかし、この父親も結婚すると株相場を操作して、その結果ひどい目にあった人があちこちにでたんですね。昨日まで贅沢三昧だったのが今日は一文無しってわけです。ところが、この船の船客の中に、自分の父親がリネットの父親にひどい目にあって、それをすごく根に持っている人間がいるらしいんですね。リネットがこんなこと言ってたのを憶えてますよ。〝相手をよく知りもしないくせに、その人を憎むってのは空恐ろしいことだと思うわ〟とね」

「そうですか」とポアロは考え深げに言った。「それで彼女が私に言った言葉の意味がよくわかりました。彼女は今まで遺産相続の特典ばかりを感じていたが、今度はじめてそれがどれほど重荷であるかを感じてたわけですな。奥さんがその人間の名前を言われたかどうか、あなたには記憶がないですか?」

サイモンは残念そうに首を振った。

「実際のところ、ぼくはろくに彼女の言葉を気にしないで、こう言って終わりにしましたよ——〝心配することはないさ。この頃の世の中じゃあ、父親の恨みをはらすなんて時代遅れだよ。みんなが忙しくって、そんな暇あるもんか〟とね」

ベスナーが冷ややかに口をはさんだ。

「うん! その人間が誰だか私には想像できるな。この船の上には、誰かに恨みを持ってる若い男が確かに一人いる」

「ファーガスンのことを言っておいでですか?」とポアロは言った。

「そう。ミセス・ドイルの悪口を一度か二度言ってたことがある。私はこの耳で聞いたんだから確かだ」

「犯人を見つけるには、どうするんです?」とサイモンが尋ねた。

ポアロは答えた。

「レイス大佐と私は船客全部に会わねばなりませんな。みんなの話をすっかり聞かないうちは、推論を立てても無駄ですよ。それからメイドの話も——そうだ、まずメイドと話してみましょう。たぶんこの部屋で会った方がよいかも知れませんね。ミスター・ドイルがいるのは便利でしょうからね」

「ああ、それはよい考えだ」とサイモンは言った。

「彼女はミセス・ドイルの下に長くおるのですか？」

「ほんの二カ月ぐらいですよ」

「たった二カ月！」とポアロは叫んだ。

「どうしたんです？　あなたは、まさか――？」

「奥さんは高価な宝石をお持ちですか？」

「真珠の首飾り」とサイモンは言った。「一度リネットがぼくに言ってたけど、四万か五万ポンドするそうです」

サイモンはちょっと身震いした。

「まさか、あの真珠のせいで――」

「盗みが殺人の動機となることもあります」とポアロは言った。「それにしても、今度の場合、それは信じられないですが……。まあ、そのうちにわかるでしょう。ではメイドを呼んでください」

メイドのルイーズ・ブールジェは、ポアロがかつて船尾のデッキで出会った、例の潑剌《はつらつ》としたラテン系の栗色髪の女性であった。

しかし、現在のルイーズ・ブールジェには溌剌《はつらつ》としたところなど微塵《みじん》もなかった。泣きはらした顔は何かに怯えておどおどしていた。それでいて、どこか狡猾な抜け目なさもうかがわれて、レイスとポアロはなんとなく彼女に好感が持てなかった。

「ルイーズ・ブールジェだね？」とポアロは言った。

「ええ、ムッシュー」

「生前のマダム・ドイルに最後に会ったのはいつだったかね？」

「昨晩です、ムッシュー。船室でお召し物を脱ぐ手伝いをしました」

「何時ごろ？」

「十一時すぎでしたけど、はっきりとは憶えておりません。お脱ぎになるのを手伝って、ベッドにお寝かせして、それから出ていったんです」

「時間にしてどれくらいだったかね？」

「十分ぐらいです、ムッシュー。奥様はお疲れの様子でした。出がけに明かりを消してくれとおっしゃいました」

「あんたは出てから、どうしたね？」

「自分の船室に参りました。一つ下のデッキです」

「何か聞いたとか見たとか、われわれの手がかりになるようなことはなかったかい？」

「あたしが見たり聞いたりすること、どうしてできましょう、ムッシュー？」

「それはあんたが自分に尋ねることで、私たちにきいても困るよ」とポアロは言い返した。

ルイーズはポアロからふと目をそらした。

「でも、ムッシュー。あたしは奥様の近くにいたわけじゃありません……聞くも見るもできるわけありませんでしょ。あたしは下のデッキにいたんです。それにあたしの船室は反対側にありますでしょ。何か聞くなんて不可能なことですわ。もちろん、あたしが眠れなくって階段の上にでも上ってきたんだったら、その殺人犯人が奥様の船室に入るところを見たかもしれませんけど、そうじゃないんですもの――」

彼女は両手を伸ばしてサイモンの方に哀願するような視線を投げた。

「ご主人様、お願いですわ――あたしの立場、おわかりでしょう？　どう答えたらよろしいんでしょう？」

サイモンは少し荒々しく答えた。「ルイーズ、ばかなこと言っちゃいかんよ。誰もきみが何かを見たとか聞いたとか言ってやしない。心配する必要はないさ。きみのことはぼくがちゃんと心配してあげるさ。べつに誰もきみを責め立てているわけじゃないんだ」

ルイーズは呟いた。

「ご主人様はほんとうに親切ですわ」そしておとなしそうに目を伏せた。

「それじゃきみは何も見聞きしなかったんだね？」とレイスが少しいらだたしそうに尋ねた。

「はい、さようでございます」

「ところで、きみはマダムに恨みを持っているような人間を誰か知っているかね？」

意外にも、ルイーズは首を上下にはげしく動かしてうなずいた。

「ええ、知ってます。その質問なら、はっきりイエスと答えられます」

ポアロは言った。

「きみが言うのは、マドモアゼル・ド・ベルフォールのことかね？」

「もちろん、あの方もそうですわ。でもあたしの申し上げるのはあの方ではないんです。この船には、ほかにも奥様をとても憎んでいる人が一人おります。奥様のために非常に痛い目にあったと言って腹を立てている人ですの」

「まさか？　そんなことが？」とサイモンが叫んだ。

ルイーズは、なおも首をはげしくうなずかせながら続けた。

「ええ、ええ、本当ですよ！　奥様の前のメイドさん、つまりあたしの前に働いていた人に関係したことです。この船の機関士の一人で、このメイドさん――マリイという名前でしたけど――この人と結婚したがっていた人がいるんです。マリイもこの人と結婚したかったんです。ところが奥様がこの機関士の身許《みもと》を調べなさって、彼――フリートウッドという名です――彼に現地人の妻がいるってわかったんです。この現地人の女って、今ではもう自分の村に帰っちまってて、彼はひとり暮らしでしたけど、名義上はまだフリートウッドの妻でした。奥様はこのことをすっかりマリイに話して、マリイはとてもこれを気に病んで、それからはフリートウッドに逢おうともしなかったんです。フリートウッドはとても怒ってマダム・ドイルがマドモアゼル・リッジウェイと同じ人だと聞くと、なんとかして彼女を殺してやる、とこうあたしに言ってました。彼女が干渉したために自分の一生が台無しになったっていうんです」

ルイーズは勝ち誇ったような顔をしてこう結んだ。

「なるほど、これは興味のある話だな」とレイスが言った。

ポアロはサイモンに向かって言った。

「あなたは今の話をご存じでしたか？」

「全然。聞いたこともありません」サイモンは、はっきり答えた。「そんな男がこの船に乗っていたなんて、リネット自身も知らなかったと思いますね。そんなことがあったのすら忘れてたんじゃないですか？」

彼はすぐにルイーズの方に向き直った。

「きみはマダムにそのことを話したのかい？」

「とんでもない。そんなこと……」

ポアロは言った。「あんたは奥さんの真珠の首飾りのことを知ってたかね？」

「首飾り？」ルイーズは大きく目を見開いた。「首飾りは昨晩つけてらっしゃいましたわ」

「奥さんがベッドに入られる時に、その首飾りはあったかい？」

「ええ、ムッシュー」

「首飾りの置かれてあった場所は？」

「いつものようにベッドわきのテーブルの上です」

「昨晩あんたがみたのもその同じ場所かね？」

「ええ、ムッシュー」

「今朝も同じ場所にあったかね？」

ルイーズははっとしたような顔をした。

「あら！　あたしみようともしませんでした。ドアを開けて、ベッドのそばまで行って、それから奥様の姿をみると、すぐ大声を上げてドアの方にかけだし、出た途端に気絶しちまったんですもの」

エルキュール・ポアロはうなずいた。

「では、あそこをみなかったんだね。しかし、私の目は何事も洩らさずみる癖がついていてね。今朝、あのベッドのそばのテーブルには真珠の首飾りなどなかったよ」

14

エルキュール・ポアロの言葉に間違いはなかった。真珠の首飾りは、リネット・ドイルのベッドわきのテーブルにはのっていなかった。

ルイーズ・ブールジェはリネットの部屋をよく調べるようにと命ぜられた。

その結果、他のものは全部きちんとしていたが真珠の首飾りだけは紛失している、とルイーズは報告してきた。

一同が船室からでてくると、給仕が外で待っていて、朝食が喫煙室に用意してあると告げた。デッキを歩きながら、大佐はふと立ち止まって、手摺り越しに河の中をのぞきこんだ。

「ははあ。何か思いついたね？」とポアロは言った。

「そうなんだ。昨日の晩、ファンソープが水音を聞いたとかいった時、頭に浮かんだんだ。犯人が殺人犯行後、ピストルを河の中に投げこんだという事実もありそうに思うね」

　ポアロはおもむろに言った。

「あなたは、ほんとにそうだと思うんですか？」

　レイスは肩をすくめた。

「それも一つの推理として成り立つよ。とにかくピストルは船室のどこにも見当たらないんだからね。私は真先にピストルを探したんだけどね」

「たとえ船室になくっても、河の中に投げこまれたとは考えられませんね」

「それじゃどこにある？」とレイスは言った。

　ポアロは考え深げに答えた。

「ミセス・ドイルの船室にないとすると、理屈から言って、ピストルのあるところはただ一つではありませんか」

「じゃあ、どこだね？」

「マドモアゼル・ド・ベルフォールの船室ですよ」

「うーん。なるほどね――」

　彼はだしぬけに立ち止まった。

「彼女はいま船室にいないから、行って探してみようか？」

ポアロは頭を振った。

「いや、それは軽率でしょう。あれはまだ置かれてないかもしれませんよ」

「それじゃ船のなか全部をすぐに捜査したら？」

「そうしたら、こっちの手の内を犯人にみせてしまうことになる。この事件はできる限り慎重な態度で臨むべきです。現在のところ、われわれの立場は非常にデリケートですよ。とにかく、食事しながらゆっくり話し合うことにしましょう」

レイスはポアロの説に同意し、一緒に喫煙室に入っていった。

食事後、レイスはコーヒーをすすりながら、「さて」と言った。「今のところ、われわれのたぐるべき糸口が二つある。一つは真珠の首飾りの紛失。もう一つはフリートウッドという男だ。真珠の方は、誰かがただ盗んだということも考えられる――ただし、あんたはこれに同意しないだろうけど――」

ポアロは即座に言った

「盗むにしては悪い時機だ、という意味でですか？」

「その通り。こんな時機に真珠を盗むってことは、必然的に船中の徹底的捜査という結果になるし、泥棒自身、盗んだ品の始末に困ってしまうだろう」

「ひょっとしたら、もう陸に上って始末してしまったかもしれませんよ」

「船会社の方で、岸壁に監視人を配置してある」

「それでは、そちらは大丈夫ですね。すると、犯人は真珠の窃盗から注意をそらすために殺人を犯したのだろうか？　いや、これも理屈に合わない。しかし、盗みの最中にミセス・ドイルが目をさまして、現場をおさえたとしたらどうでしょう？」

「それで、泥棒が彼女を射ったというわけかね？　しかし、彼女は眠ったまま射たれたんだよ」

「そうでしたね。これも理屈に合わない……あの真珠のことでは、私にもちょっと考えがあるんです――それでも――いや、だめだ。つまり、もし私の考えが正しいものとすると、真珠は消え失せるはずがないのです。それはそうと、あのメイドをどう思いましたか？」

「彼女はまだ何かを隠してると思うんだが――」とレイスが答えた。

「ほう。あなたもそういう印象を受けましたか？」

「たしかに一筋縄でいく女じゃないね」とレイスは言った。

　エルキュール・ポアロはうなずいた。

「あんまり信用のおける女じゃありませんね」

「彼女がこの殺人と何か関係があると思うかね？」

「いや、そこまではいかないでしょう」

「そうすると真珠盗難事件の方と？」

「その可能性は高いですね。彼女はミセス・ドイルのところで働くようになってまだ日も浅いんでしょう？　ひょっとしたら宝石専門の泥棒の片割れかもしれません。そういった場合、メイドに雇われるのに、実に立派な推薦状や保証人を持ってることがよくあるんです。残念ながら、今はこの点を調査する時間がない。それにしても彼女の説明、どうも不満ですよ――ほんとだ、やはり私のあの小さな推理が正しいはずなんです。でも、それにしても、まさか――」彼は急に口をつぐんだ。

「フリートウッドという男の方はどうだろう？」

「彼に尋問してみるべきですね。案外そんなところに解決の鍵がひそんでるかもしれない。ルイーズ・ブールジェの話が本当だったら、彼には確かに復讐という動機があるわけです。ジャクリーンとミスター・ドイルとの間の口論を立ち聞きして、みんなが立ち去ったあとで、さっと飛びこんでピストルを持ち去るというのも、不可能じゃありませんよ。ええ、ありそうなことです。それから壁に血でJという字を書いたことも ね。これが単純な、多少、粗野な殺人とすれば、彼が犯人にぴったりですね」

「いいかえれば、彼こそわれわれが探し求めている本人かもしれない？」

「そうですね——ただ——」

ポアロは鼻のさきを撫でて、少し顔をしかめた。

「私は自分の短所をよく承知しています。どうも私は事件をわざとむずかしく考えたがる癖がありますがね。今あなたの言った解決法は、どうもあまりにも簡単明瞭で、私には、あの犯罪事件がそんなに簡単なものとはとても考えられないんです。しかし、これも私の持っている偏見にすぎないかもしれない」

「まあ、とにかく、あの男をここに呼んでみようじゃないか」

レイスはベルを鳴らして給仕に命令を与えた。それからレイスはポアロに向かって訊ねた。

「他に——まだ別の可能性があるのかね？」

「たくさんね。例えば、リネットのアメリカの財産を管理しているという男」

「ペニントン？」

「そう、ペニントン。この前、この船でちょっと奇妙な場面《シーン》がありましてね」

彼はレイスにその時のことを話して聞かせた。

「これは——なにかわけのありそうな話じゃありませんか？　ミセス・ドイルが、署名する前に書類を全部読もうとすると、彼は無理に口実を作って、他の日に延ばしてしまったんです。そうすると夫のサイモン・ドイルが意味深長な言葉を放った」

「なんと言った？」

「こう言うんです。〝ぼくは決して書類なんか読まないね。ただ言われたところにサインするだけだ〟と。あなたにこの言葉の意味がわかりますか？　ペニントンにはわかった。それが彼の目にすぐ現われましたよ。彼は、今までとはまったくちがった新しいアイデアが頭に浮かんだという目つきで、サイモンを見つめた。まあ想像してごらんなさい。かりに、あなたが非常に裕福な娘の財産管理人に指名されたとします。そこで、管理人のあなたは、その娘の金を自分のための投機か何かに使いこむ。こんなことはよく探偵小説にでてきますが、新聞にもよく現われることです。あり得ないことじゃありません。よく起こることですよ」

「私は別に反駁《はんばく》しないよ」とレイスは言った。

「使いこんだ金を償《つぐな》うには、少し大胆な投資をすれば間に合わないこともない。その娘はまだ成年に達していないんですからね。ところが、その娘が急に結婚した！　財産の管理権が、一日の猶予もなく娘の手に移ってしまう。こうなったらあなたは破滅だ！　だがまだチャンスはある。娘は新婚旅行だ。娘は新婚旅行中なら、あんまり事業のことに気を使わないかもしれない。簡単な書類を一枚、他の書類の間にはさんで、ろくに読んでしまう……。ところがですね、リネット・ドイルはそんな女性じゃなかったわけです。新婚旅行中だろうが、そうでなかろうが、彼女はどこまでも、ビジネス・ウーマンだったんです。そこで彼ががっかりしていた時、彼女の夫が例のような言葉を吐く。破滅への道からもがきでようとしている絶望的な男は、この言葉を聞いてはっと新しいアイデアを考えつく。もし、リネット・ドイルが死ねば、彼女の財産はすべて夫のサイモンの手に渡るだろう。彼なら御し易い。アンドリュー・ペニントンのような抜け目のない男の手にかかったら、ドイルは子供同然だ。ねえ、大佐、こういった考えが彼、ペニントンの頭の中に浮かんだ——それを私はこの日で見たのです。〝おれの相手が、サイモン・ドイルだったら……〟と彼は考えたんじゃないかと思うんです」

「ありそうなことだ。しかしあんたにはその証拠がないね」レイスは言った。

「残念ながら、そうなんです」

「それからあのファーガスンという若い男もいる」とレイスは言った。「彼は実に辛辣《しんらつ》な言葉を吐く男だ。私は人の言葉だけで物事の判断を下す男じゃないつもりだが。それでもひょっとしたら、あいつの父親はリッジウェイの父親の手で破滅させられたのかもしれないね？　この想像は少し飛躍しすぎるようだが、不可能なことではないよ。人間はよく昔のことをいつまでも根に持つもんだからね」

　彼はこう言うとちょっと言葉を切って、さらに言った。

「それから私の探している例の男もいる」

「そう。〝あなたの例の男〟もいますね」

「彼は職業的な殺人者なんだ」とレイスは言った。「それはわれわれもよく知っている。しかし、それにしても、彼がリネット・ドイルに敵意を抱くようになるなんて、私には考えられないね。この両者の生活軌道はまったく別個なものだからね」

　ポアロはゆっくりと答えた。

「ただしですね、偶然に、彼女が彼の素姓を暴露するような証拠を握ったとすれば別ですよ」

「それもあり得る。しかし、可能性は非常に少ないね」ちょうどその時ノックする音が聞こえた。

「ああ、例の重婚主義者がきたな」

　フリートウッドは獰猛《どうもう》な顔つきをした大男であった。彼は部屋に入りながら、一人ずつじろりと疑り深そうな眼で眺めた。ポアロは彼が、いつかルイーズ・ブールジェと立ち話をしていた男であるとすぐ気がついた。

フリートウッドは疑わしげに言った。「おれに会いたいって？」

「そうだ」とレイスは言った。「昨晩この船で殺人事件があったのはきみもたぶん知ってるだろう？」

フリートウッドはうなずいた。

「それで、きみが殺された女性に対して反感を持っていたと聞いたが、事実だろうね？」

驚きの色が彼の目に現われた。

「誰がそんなこと言った？」

「きみは、ミセス・ドイルが、きみと一女性との関係を邪魔した、と考えたわけだね」

「誰がそんな告げ口をしたか、ちゃんと知ってる——あのフランス人のあばずれ女だ。あいつは嘘つきだ。根っからの嘘つき女だ！」

「しかしこの話だけは本当だね」

「嘘の塊りだ！」

「まだこちらの話を聞かないさきから、嘘の塊りだなんてよく言えたもんだな」

これは彼の痛いところを押さえた言葉だった。彼は顔を赤らめて、ぐっと息をのみこんだ。

「きみはマリイという娘と結婚するはずだった。ところが、きみはすでに妻帯者であることをさぐられて、結婚がだめになったというのは、事実だろう？」

「それは彼女とはなんの関係もないことなんだ」

「彼女とはミセス・ドイルのことだろうね？　しかし、いずれにしても二重結婚は犯罪だからな」

「そんな大変なもんじゃないんだ。土地の女と結婚したんだが、うまくいかねえから、女は家に帰ったんだ。あれからもう五、六年会わねえんだから」

「それでも、まだ離婚したわけじゃないんだろう？」

フリートウッドは黙っていた。レイスはさらに続けた。

「ミセス・ドイルが——当時のミス・リッジウェイだが、彼女がその事情をすっかり調べあげたわけだね」

「そうだ、おせっかいな女だ！　頼みもしねえに、こそこそあら探しをしやがった。おれだって、マリイをちゃんと扱ったんだ。なんでもしてやるつもりだったんだ。あの女がよけいなおせっかいさえしなきゃ、マリイはなんにも知らなくってすんだんだ。ああ、はっきり言うさ。おれは、あいつに恨みを持ってた。あの女はこの船で、着飾って、真珠やダイヤモンドをぎらぎらさせて、我がもの顔に歩きまわって、男一人の一生を台無しにしたことなんか、けろりと忘れて澄ましてた！　それをみた時にゃ、実際、腹のなかが煮えくりかえる思いさ。しかしな、だからって、おれがけちな人殺しをしたと早合点されちゃ迷惑だ。あの女をこのおれがピストルで射ったと思ってんだったら大間違いさ！　指一本ふれてやしねえ。神にかけて誓わあな！」

彼は口を閉じた。顔には汗がたらたらと流れている。

「昨晩、きみは十二時から二時の間、どこにいたかね？」

「おれの寝床で寝てたよ――同じ部屋の仲間に聞いたらわかる」

「いずれ聞いてみることにするよ。もういい」レイス大佐は、軽くうなずいて彼を追いだした。

「どう思います？」《エ・ビアン》とポアロはフリートウッドの背後でドアが閉まるとすぐにレイスに訊ねた。

レイスは肩をすぼめた。「節の通った話し方だった。もちろん落ち着かぬ様子ではあったがね、しかし不自然ってほどじゃない。とにかく、彼のアリバイを調べてみよう――調べてもそれで彼の無罪は証明できないけどね。なぜなら同室の人間だって眠ってたかもしれないし、その間に彼はそっと抜けだすこともできるからね。他に、誰か、彼をみかけたものがいるかどうかで大体決まる」

「そう。その点を調べてみる必要があるね」

「次にはと、犯罪の行なわれた時間を決める上で手がかりになるような音を、誰か聞いた者はいないか調べることだね。ベスナーは十二時から二時までの間だといってるが、船客たちの中に、銃声を聞いたものがいるかもしれない。その時はなんの音だかわからなかったにしても、あとで思い当たるふしがあると言う者がいるかもしれない。私自身は何も聞こえなかったが、あんたはどうだった?」

ポアロは首を振った。

「わたし? わたしは丸たん棒みたいに眠ってました。実際何一つ聞こえなかったね。ひょっとしたら眠り薬でも盛られていたかもしれない。大変な熟睡でしたから」

「残念だな。まあいいさ。右舷の船室にいる連中に聞いたら、何か聞きだせるかもしれない。ファンソープには会ったから、次はアラートン親子だ。給仕に呼ばせよう」

ミセス・アラートンはきびきびした足取りで入ってきた。柔らかい灰色の縞模様の絹のドレスを着て、顔つきは哀しげだつた。

「とんでもないことでしたわね」こう言いながら彼女はポアロのすすめる椅子に腰をおろした。

「とても信じられないことですわ。あんなきれいな娘さんが、何一つ苦労なんぞ知らない娘が――死んでしまうなんて――。とても信じられなくって」

「マダム、お気持ちはよくわかります」ポアロは心から同情の意を表わした。

「あなたが船に乗ってらして、ほんとによかった」とミセス・アラートンは率直に言った。

「あなただったら犯人を探しだせるにちがいありません。それにね、あのかわいそうな娘でなくて本当によかったわね」

「あなたのおっしゃるのはマドモアゼル・ド・ベルフォールのことですか？　彼女が犯人でないということ、誰からお聞きになりましたか？」

「コーネリア・ロブスンからです」ミセス・アラートンはかすかに笑って、答えた。

「彼女、なんですかこの事件ですっかり興奮して――。彼女にしてみると、今までこんな刺激の強い出来事に出会ったのは初めてでしょうし、今からさきも二度とないでしょうからね。でも彼女、人がいいから、自分がこの事件を、ある意味で楽しんでいることを、とても恥ずかしく思って、われながら空恐ろしい女だと感じているようね」

ミセス・アラートンはポアロをちょっと眺めて、それからこうつけ加えた。

「ごめんなさい。勝手なおしゃべりばかりして。何かお聞きになりたいことがあるんでしょう？」

「ええ、よろしければ。マダム、何時にお寝みになりましたか？」

「十時半ちょっとすぎ」

「すぐ眠れましたか？」

「ええ、とても眠かったもんですから」

「で、何か物音を——どんな音にしろ——なにか聞きませんでしたか？　朝までに……」

ミセス・アラートンは眉に皺を寄せた。

「ええ、聞きました、バシャンという水音と、誰かが走ってる音——それとも水音の方が後だったかしら？　なんですか、夢現《ゆめうつつ》のうちでしたから。なんとなく誰かが水に落ちたんじゃないかって気がしましたわ。きっと夢ですわ。それで目がさめて耳を澄ましたけど、あとはなんにも聞こえませんでした」

「それが何時ごろだったか覚えてますか？」

「いいえ、残念ですけど覚えておりません。でも寝てからそれほど時間はたってなかったと思います。せいぜい一時間かそこら」

「どうも、マダム、それでは、あんまりはっきりしませんね」

「ええ、はっきりしてません。でも、自分で憶えてもいないことを、無理に思い出そうとしても無駄じゃありません？」

「その他に何か参考になるようなことは？」

「まあ、ございませんわ」

「以前、あなたはミセス・ドイルに会ったことがありますか？」

「いいえ。ティムは会ったことがあるんですが、わたしははじめて。でも話はよく聞いておりました――従妹のジョウアナ・サウスウッドを通じて。でもアスワンで会うまで、一度も実際にはお話ししたことがありません」

「失礼ながら、もう一つお聞きしたいことがあります」

ミセス・アラートンは、微笑を洩らして呟いた。「ぶしつけな質問を受けることなら大好きですわ」

「私の聞きたいのはこうなんです。あなたなり、あなたの家族の人なりが、ミセス・ドイルの父親、つまりメリッシュ・リッジウェイのために財政的な損失を受けたというようなことはありませんか？」

ミセス・アラートンはまったく意外なという顔つきをした。

「いいえ、そんなこと全然！　わたしの一家の財政はただ、じわじわと減ってゆくだけ……ご承知の通り、利息よりも出費が大きいんですから。わが家の苦しさは、何かメロドラマ的な事件のせいじゃないんです。夫は死ぬ時ほとんどお金を残していきませんでしたが、残してくれただけは、今でもちゃんと持っております。もちろん、昔ほど配当はございませんけど」

「結構です、マダム。それではお帰りになりましたら、息子さんをよこしていただけませんか？」

母親が帰ってきた時、ティムは気軽な調子でこう尋ねた。

「拷問《ごうもん》は終わった？　今度はぼくの番だね。どんなこと聞かれた？」

「昨日の晩、何か聞こえなかったかという質問だけよ」とミセス・アラートンは言った。「ところが残念にもわたしなんにも聞こえなかった。でも、なぜ聞こえなかったのか不思議ねえ。だって、リネットの部屋と、わたしの部屋とは、間に一部屋あるっきりでしょう？　銃声ぐらい聞こえたはずよ。さあ、ティム。行ってらっしゃい。あなたの行くのを待ってるわよ」

ティム・アラートンに対してもポアロは同じ質問を繰り返した。

ティムは答えた。「かなり早く床に入って――十時半かそこらに。それからちょっと読書して、十一時少しすぎに電灯を消して……」

「そのあと何か聞こえませんでしたか？」

「そんなに遠くないところで、お休みなさいという男の声が聞こえた」

「私がミセス・ドイルに言った声だ」とレイス大佐は言った。

「そう。それから、眠ってしまった。そのあと誰かがばたばた走ってゆく音に目がさめた。ファンソープを呼んでましたっけ」

「展望室《サロン》から走りでてきたミス・ロブスンの声だったんでしょう」

「そうかもしれない。それから他の人たちの声も聞こえてきた。そして、誰かがデッキを走っていく足音、次にボシャンという水音、そのあとドクター・ベスナーが怒鳴ってましたっけ。〝気をつけて〟とか〝あんまり早く歩かないで〟とか」

「水音を聞いたんですか?」

「まあそんな感じの音をね」

「それは銃声じゃなかったでしょうね?」

「ひょっとしたらそうかもしれません――そう言えばコルクを抜くようなポンと言う音が聞こえたけど、そっちの方が銃声だったかな。そして水音の方はコルク栓を抜いて酒をグラスに注ぐ音と思ったのかな。ぼくは頭がぼんやりしてたから、ただ漠然と、パーティでもやってんじゃないかと思ってたんです。それで、早くパーティなんかやめて寝てくれれば、静かになっていいのにと思ったんです」

「それからその後では？」

ティムは肩をすくめた。

「そのあとは――忘却の彼方へ」

「何も聞こえなかったんですね？」

「なんにも」

「ありがとう、ミスター・アラートン」

ティムは立ちあがって船室をでていった。

15

レイス大佐はカルナク号の遊歩デッキの図面を熱心にのぞきこんでいた。

「ファンソープ、ティム・アラートン、ミセス・アラートン。それからサイモン・ドイルのいた空の船室、その次がミセス・ドイルの船室、さて、その次は誰の部屋だったたっけ？　ああ、あのアメリカの婆さんだ。何か聞こえたとしたらあの婆さんが一番近いんだから……。起きてたら、ちょっとこちらにきてもらうとしようかな？」

やがてミス・ヴァン・スカイラーが入ってきた。この日のミス・ヴァン・スカイラーはいつもよりずっと黄色く、老けてみえた。小さな黒い目は意地悪く不愉快そうに光っていた。

レイスは立ちあがって、頭を下げた。

「ご迷惑かけてすみません、ミス・ヴァン・スカイラー。わざわざきていただいて。さ、どうぞ。おかけになりませんか？」

ミス・ヴァン・スカイラーは無愛想に言った。

「わたしはこんな事件に捲《ま》きこまれるのはいやですよ。ええ、ほんとごめんこうむりますよ。こんな不愉快な事件には絶対かかわりあいを持ちたくございません」

「いや――その通りです。いまもムッシュー・ポアロに話していたのですが、あなたからできるだけ早く陳述書をいただけば、それだけことは簡単にすむし、あとでご迷惑をかけることもなくなるわけです」

ミス・ヴァン・スカイラーはポアロの方を多少の好意をもって眺めた。

「お二人ともわたしの気持ちを理解してくれてありがたいわ。わたしはこんな目にあったこと、はじめてですよ」

ポアロは相手をなだめるように言った。

「仰せの通りです、マドモアゼル。ですからこそ、できるだけ早くこの不快な事件から解放してさしあげたいと存じまして。ところで、昨晩お寝みになったのは――何時ごろでしょうか？」

「十時がわたしの就寝時間ですよ。でも昨晩は、コーネリア・ロブスンが待たせたもんだから、少しおそくなって。あの子はひとのことをちっとも考えない」

「結構です、マドモアゼル《トレ・ビアン》。お寝みになったあとで何か物音が聞こえませんでしたか？」

ミス・ヴァン・スカイラーは言った。

「わたしはあまり、ぐっすり寝ないたちですよ」

「すばらしい！　それは、私たちにとってかえって幸運です」

「一番初めに、ミセス・ドイルのメイドの声に目をさまされましたよ。あの派手なメイドは不必要に大きな声で、〃お休《ボン》み《・》な《ヌ》さ《イ》い《・》ま《マ》せ《ダ》、《ム》奥様〃と言うもんだから、すぐ目がさめてしまった」

「で、そのあとでは？」

「わたしはまたとろとろとして。そしたら誰かがわたしの船室にいるような気がしてまた目がさめた。しかし、人の気配がしたのはわたしの船室でなくて、隣りの船室でした」

「ミセス・ドイルの船室ですか？」

「そう。それから、外のデッキに人のいる気配がして、しばらくするとザブンと水の音」

「それが何時ごろだったか、見当つきませんか？」

「正確な時間をしらせてあげましょうか？　一時十分すぎです」

「確かなのですか？」

「もちろん、ちゃんと枕元の時計をみたんですからね」

「あなたは銃声を聞きませんでしたか？」

「そんな音は全然」

「しかし、あなたの目をさましたのが銃声だったかもしれませんよ、どうですか？」

ミス・ヴァン・スカイラーは、ひき蛙のような頭を一方にかしげて、しばらく考えていた——。

「そうかもしれないわね」と彼女はややくやしそうに肯定した。

「で、その水音ですね。なぜそんな水音がしたか、あなたには見当がつきませんですか？」

「見当をつける必要はないよ。わたしには、ちゃんとわかっているんですから」

「わかってるんですって？」レイス大佐が座り直した。

「もちろんですよ。わたしはね、人に船室のそとをうろうろされるのは嫌ですからね。起きあがって船室のドアを開けたのです。するとミス・オッタボーンが船の手摺りによりかかっていた。彼女は何かを水の中に落とした様子でしたよ」

「ミス・オッタボーン？」レイスは心から驚いたような声をあげた。

「そうです」

「ミス・オッタボーンだってことは確かですか？」

「顔をはっきりみましたからね」

「先方はあなたに気づいた様子でしたか？」

「気づかなかったでしょう」

ポアロが乗りだした。

「それで、彼女はどんな顔をしてましたか？　マドモアゼル」

「非常に感情のたかぶった状態でしたよ」

レイスとポアロはちらりと目を見かわした。

「それから？」とレイスが促した。

「ミス・オッタボーンが船尾をまわっていってしまったんで、わたしはまたベッドに戻った」

その時、ノックの音がして、支配人が入ってきた。彼は手に何かぽとぽとしずくのたれている包みを持っていた。

「見つけましたよ、大佐」

レイスは包みを受け取った。それはびしょ濡れのビロードの布にくるまった包みで、レイスはその布を開いていった。中からは少しピンクに染まった安物のハンカチが現われ、その中には真珠貝の柄のついた小型のピストルがあった。

レイスはポアロの方を、多少勝ち誇ったような目つきで眺めた。

「どうだい？　私の考えは間違ってなかったらしいね？　やはり水中に投げこまれていたんだ」

彼はそのピストルを掌にのせてさしだした。

「さてと、ムッシュー・ポアロ。あんたがカタラクト・ホテルでみたというピストルはこれかね？」

ポアロは注意深く調べ、それから物静かに言った。

「そう。確かにこれです。装飾つきのピストルで、J・Bのイニシアルまである。贅沢《ぜいたく》品ですね。非常に女性的なものだが、結構命取りの代物ですよ」

「二二口径」とレイスは呟いた。それからクリップをはずし、「弾丸は二発発射されてる。まさに疑いの余地なしってところだね」

ミス・ヴァン・スカイラーがもったいぶって咳払いした。

「それで、わたしの肩掛けはどうしてくれるんです？」

「あなたの肩掛けですって？」

「そう。そこにあるのはわたしのビロードの肩掛けですよ」

レイスはびしょびしょの布をつまみあげた。

「これがあなたの肩掛け？」

「もちろん、わたしのですよ！」彼女は切り口上で答えた。「昨日の晩なくしたんです。みんなに聞いてみたんだけど、どうしても見つからなかったんですよ」

ポアロがレイスに一瞥を投げかけると、レイスは承知したというふうに軽くうなずいた。

「最後にこの肩掛けをごらんになったのはどこでしたか？　ミス・ヴァン・スカイラー」

「昨日の晩、展望室《サロン》に持っていって、それから寝る時間になって帰ろうと思ったら、見あたらなかったんです」

レイスは静かに言った。

「これがなんに使われたかおわかりでしょう？」彼は布を拡げて、指で幾つかの小さな穴を指し示した。穴の周囲は黒く焦げていた。「犯人はこれをピストルの周りに巻きつけて防音用にしたんです」

「まあ、よくもわたしのものを！」ミス・ヴァン・スカイラーは腹立たしげに言った。

彼女のしなびた両頬に赤味がさした。

レイスは言った。

「ミス・ヴァン・スカイラー。あなたとミセス・ドイルとの間に、以前なんらかの関係があったかどうかお話ししていただければたすかりますが」

「なんの関係もありませんね」

「しかし、彼女のことはご存じだったでしょう？」

「それは、彼女が何者であるかぐらいは知っています」

「しかし、家族同士の交際はなかったんですね？」

「レイス大佐、わたしの一家は、特別の家柄として誇りを持っています。わたしの母は、ハーツ一家のような人を訪問することなど夢にも思わなかったでしょう。ハーツ家なんか財産はともかく、どこの馬の骨だかわからない人たちです」

「あなたのおっしゃりたいことはそれだけですか、ミス・ヴァン・スカイラー？」

「今まで話したこと以外には何もつけ加えることはありません。リネット・リッジウェイはイギリスで育った人ですし、この船に乗るまでは一度も会ったことなどありません」

彼女は立ちあがった。ポアロがドアを開けると彼女は憤然とでていった。

ポアロとレイスの視線がぶつかった。

「彼女の話を聞いたかい？」とレイスは言った。「ああなると、彼女は絶対に話を変えないよ。もちろん、彼女は本当のことを言ってるかもしれないが、私にゃよくわからないな。しかし、ロザリー・オッタボーンとはね？　まさに意外だったな」

ポアロは途方に暮れたような様子で首を振った。それからいきなりテーブルをドンと叩いた。

「しかし、どうにも理屈が合わない！　何たることだ《ノム・ダン・ノム・ダン・ノム》！　まったく辻褄《つじつま》が合わん」

レイスは彼の方をみやった。

「というと、正確に言ってどういう意味だね？」

「つまり、これはある点までは、いたって簡単明瞭な事件です。誰かがリネット・ドイルを殺したいと願っていた。その人間は昨晩、展望室《サロン》で起こったいざこざを立ち聞きした。そして、あとで忍びこんで、ピストル――ジャクリーン・ド・ベルフォールが捨てたピストルを持ち去った。その犯人はそのピストルでリネット・ドイルを射ち殺し、壁にJという文字を書いた……すべてが明々白々です。すべての情況がジャクリーン・ド・ベルフォールに罪を着せるにはもってこいという条件です。そうすると犯人は次にどうするだろう？　もちろんピストルを、つまりジャクリーン・ド・ベルフォールのピストルを、すぐにみつかるような場所に残してゆくはずだ。ところが犯人は、反対に、一番大切な証拠になるピストルを、河の中に捨ててしまった。なぜだろう？　いったいなぜだろう？」

　レイスは首を振った。

「そういわれれば、少し変だね」

「変どころか――あり得べからざることです」

「事実はそうなってるんだから、あり得べからざることだとは言えないさ」

「私の言う意味はそうじゃないのです。事実と事実のつながり具合が、あり得べからざるものだと言うんです。どこかに間違いがあると思いますね」

16

レイス大佐は不思議そうにポアロを眺めた。彼はポアロの頭脳に尊敬の念を持っていた――また持つだけの理由もあったのである。にもかかわらず、今度だけは、ポアロがどういうふうにその頭脳を働かせているか理解に苦しんだ。しかし別に質問をしようとはしなかった。こんな場合、彼は滅多《めった》に質問なんかする男ではなかったのである。そこで彼は現在やらなければならない問題だけをまっすぐに追求した。

「ところで、次に何をしよう？　オッタボーンの娘を調べるか？」

「そうだね。そうすれば、われわれも一歩前進ということになるでしょう」

ロザリー・オッタボーンは無愛想な態度で部屋に入ってきた。別に神経質になっている様子もみえないし、何かを恐れている様子もない……ただ、気が進まない、いやなことだと言うふうにしかめ面をしていた。

「来ましたわ。なんのご用？」と彼女は尋ねた。

レイスが尋問の役を引き受けた。

「私たちはミセス・ドイルの殺害事件について調べているんですがね」

ロザリーはうなずいた。

「昨晩、あなたが何をしていたか、話してもらえませんか？」

ロザリーはちょっと考えていた。

「母もあたしもいつもより早目にベッドに入ったわ。十一時前でした。別にこれという物音を聞かなかったけど、ただ、ドクター・ベスナーの船室の外で騒ぐ声がしたわ――ドクターのドイツ風の声がひびいてた。もちろん、その時は、何が起こったのか全然知らなかったけど」

「銃声は聞きませんでしたか？」

「聞きません」

「あなた自身は、昨晩じゅう、一度も船室から外に出ませんでしたか？」

「ええ、一度も」

「本当ですか？」

ロザリーは彼を見つめた。

「それはどういう意味？　もちろん、本当ですわ」

「それでは、あなたは、たとえば、船の右舷の方にまわって水中に何かを投げこんだりなどしませんでしたか？」

彼女の顔には血がのぼった。

「水の中に物を投げて悪いという規則でもあるんですか？」

「もちろんそんな規則はありません。すると、あなたはそうしたんですね？」

「いいえ。船室からは一歩も出ません。そう言ったじゃありませんか？」

「じゃ、もし、誰かがあなたをみたと言ったら――」

彼女はレイスの言葉をさえぎった。

「誰がそんなこと言ったの？」

「ミス・ヴァン・スカイラー」

「ミス・ヴァン・スカイラー？」彼女は心から驚いた様子であった。

「そうです。ミス・ヴァン・スカイラーは、船室から外をみて、あなたが河に何かを投げこむところをみた、と言ってますよ」

ロザリーははっきりと言った。

「そんなことは嘘八百よ」

それから彼女は何かはっと思い出した様子で、こう尋ねた――「それ、何時ごろだと言ってました?」

今度はポアロが返事した。

「一時十分すぎだそうですよ、マドモアゼル」

彼女は思案する様子でうなずいた。

「彼女はほかに何か見たと言ってました?」

ポアロはけげんそうに彼女を眺め、自分の顎を撫でた。

「見た——いいや、しかし彼女は何かを聞きましたよ」

「何を聞いたんです?」

「誰かがマダム・ドイルの船室で動きまわっている音を」

「そう」ロザリーは呟いた。

いま彼女の顔色は真青であった——まったく血の気がなかった。

「それで、あなたはまだ河の中に何も捨ててないと言い張られるんですか?」

「一体、あたしが真夜中に何を河の中に捨てたりするわけ?」

「何かの理由でしたかもしれませんよ——犯罪と関係のない理由でね」

「犯罪と関係のない?」ロザリーは鋭く訊き返した。

「ええ、そうです。マドモアゼル、実は、昨晩、水の中に投げこまれたものがあるんです。――しかもそのもの自体は犯罪と関係のある代物《しろもの》なのです」

レイスは黙って、汚れたビロードの包みを取りだし、中身を開けてみせた。

ロザリー・オッタボーンは身をすくめた。

「そ、そのピストルで――あの人は――殺されたの」

「そうです、マドモアゼル」

「それで、あたしがやった――と考えたのね？　そんなばかなこと！　一体なんのために、あたしがリネットを殺すんです？　あたし、あの人と知り合いでもないのに」

彼女は声をだして笑った。それから相手をさげすむような態度で立ちあがった。

「まったくばかげた話だわ！」

「忘れちゃいけませんよ、ミス・オッタボーン」レイスが口を開いた。「ミス・ヴァン・スカイラーは、月の光であなたの顔をはっきりみた、誓ってもいいと、言ってるんですよ」

ロザリーはふたたび笑った。

「あのよぼよぼの猫が？　どうせあの婆さん、ほとんど目がみえないんですもの。彼女がみたのはあたしじゃないわよ」

彼女は言葉を切った。

「もういってもよくって?」

レイスがうなずくと、ロザリー・オッタボーンは部屋をでていった。

二人はふたたび目を合わし、レイスは煙草に火をつけた。

「やれやれだ。話が完全に食いちがった。どっちを信用したらいいだろうね?」

ポアロは頭を振った。

「どちらもあまり正直に話していない、というのが私の印象ですね」

「この商売で一番辛いところだな」レイスは意気消沈のていでこう言った。「多くの連中が、さして重要な理由もないのに、事実を隠したがるんだ。さて次の手は? 船客の尋問を続けるかね?」

「まあ、そうでしょうね。いつでもきちんと順序を追って事を進めるに越したことはないです」

レイスはうなずいた。

ミス・オッタボーンのあとに入ってきたのは臈纈《ろうけつ》染めのふわりとした生地をまとったミセス・オッタボーンであった。彼女はロザリーの陳述どおり十一時前にベッドに入ったと述べた。彼女自身は昨晩なにも変わった物音を聞かなかったし、ロザリーが船室をでていったかどうかも、はっきり断言できないと言った。話題が犯罪となると彼女は大いに乗りだしてきた。

「情熱からの犯罪よ！」と彼女は叫んだ。「人を殺す――これは原始的な本能で、性的本能と密接な関連があるんですよ。あのジャクリーンという娘、ラテンの血を半分受けて熱しやすい性格、自己の内部に潜《ひそ》んでいる深い本能に盲従し、手にピストルを握って忍び足に――」

「しかし、マダム・ドイルを殺害したのはジャクリーンじゃないのです。それは確かなのです。ちゃんとした証拠があります」とポアロは説明した。

「それじゃ、リネット・ドイルの夫ですよ」ミセス・オッタボーンは一本やられてがっかりしたが、すぐ気をとりなおした。「血に飢えた欲望と性本能――性的犯罪。有名な例がたくさんあるわ」

「ミスター・ドイルは脚を射ち抜かれて、動くこともできなかったんです――骨が砕けて」今度はレイス大佐が説明した。「彼はドクター・ベスナーのところに晩じゅういました」

ミセス・オッタボーンは前以上にがっかりし、頭の中で懸命に次の容疑者を探し始めた。

「もちろん、そうだわ。あたしって、なんてばかなんでしょう？　犯人はミス・バウァ、ーズよ」

「ミス・バウァーズですって？」

「もちろんですとも。心理的にみて明々白々じゃないこと？　抑圧！　抑圧された処女！　若い夫と妻が情熱的に愛し合っているのをみてカッとなって——もちろん彼女ですよ。まさにそのタイプだわ——性的な魅力は全然ないし、生まれつき冷たい感じで。あたしの書いた小説『不毛の葡萄蔓』にも——」

レイス大佐が巧みに話をさえぎった。

「あなたのお話は非常に参考になりました、ミセス・オッタボーン。私たちには次の仕事が待っておりますから、失礼させていただいて。いや、いろいろありがとうございました」

彼はドアまで彼女を送り、額の汗をふきながら元の席に戻った。

「なんとも嫌らしい女だ！　ふう！　誰かがあの女を殺してくれるといいんだがね」

「案外そうなるかもしれませんよ」とポアロは慰め顔に言った。

「そうなりゃ人助けだ。ところで残った人間は？　ペニントンは——これは最後の楽しみにしておいて——残るのはリケティとファーガスンだな」

シニョール・リケティはなんだか非常に興奮していて、一人でしゃべりまくった。

「しかし、実際ひどいことをしたものだ——まさに破廉恥《はれんち》な行為——あんなに若くて美しい婦人を——実際、非人間的な犯罪！」

彼は両手を大仰《おおぎょう》にふりまわした。

レイス大佐の質問に対し、彼はてきぱきと返事をした。早くベッドに入った。事実晩飯がすんですぐあとだった。しばらくの間寝床で読書した——最近発行された非常に興味深いパンフレット——『小亜細亜有史前の研究《プレヒストリッシュ・フォルシュング・イン・クラインアジアン》』という題で、アナトリア小丘地方の色塗り陶器をまったく新しい立場から考察したもの……。

彼が電灯を消したのは十一時少し前。銃声は聞かなかった。コルク栓の抜けるような音も聞かなかった。聞こえた音はただ一つ——ずっとあとで——真夜中すぎ。バシャンという水の音——丸窓のすぐそばで、非常に大きな水の音。

「あなたの船室は下のデッキですね？　右舷の方の」

「そう、そうです。とても大きな水の音を聞いた」彼はこう言って、もう一度その水音の大きさを説明するために両腕を振りまわした。

「それは何時ごろだったかわかりませんか？」

リケティはちょっと考えた。

「眠ってから一時間、二時間、三時間後、いや二時間ぐらい後でしょう」

「たとえば、一時十分ごろですか？」

「ええ、たぶんそのくらいでしょう。それにしても、恐るべき犯罪だ——非人間的な……あんなにチャーミングな婦人が……」

シニョール・リケティは出ていきながらも、なお仰々しい身振りをしていた。

レイスはポアロの方をみやった。ポアロは大きく眉をあげて、肩をすくめた。それから二人はミスター・ファーガスンに移った。

ファーガスンは実に扱いにくい男だった。彼は不遜な態度で、椅子に寝そべらんばかりだった。

「くだらない事件のためにたいした騒ぎだね」彼は鼻先でせせら笑った。「こんなこと、どうだっていいじゃないか？　この世界には役にも立たない女がうじゃうじゃいるんだ」

レイスは冷ややかに言った。

「昨晩のあなたの行動について聞かせてくれませんか？」

「そんなこと聞いてどうするのか知らんけど、聞きたけりゃ聞かせてあげるよ。ミス・ロブスンと一緒に上陸して、あちこち歩きまわったね。彼女が船に帰ってから、また一人でしばらくぶらぶら歩いてさ。帰ってきて、十二時ごろ船室に入った」

「あなたの船室は下のデッキですね？――右舷の」

「ああ。気取った連中と一緒じゃないのさ」

「銃声は聞きませんでしたか？　どうせコルク栓を抜いたほどの音しか聞こえなかったと思うが……」

ファーガスンは少し考えた。

「うん、コルク栓のような音は聞いたようだな。何時ごろだったか覚えてないが、寝るちょっと前じゃなかったかな。だがそのころは、まだいろんな人間がうろついていたから――上のデッキでがやがや騒いだり走りまわったり――」

「その音はきっとミス・ド・ベルフォールが射った音でしょうな。その他に聞きませんでしたか？」

ファーガスンは首を振った。

「水の音も？」

「水の音？　ああ、聞いたような気もする。しかし、みんながやがや騒いでたから、本当に聞いたかどうか確信はできないね」

「夜の間、あなたは船室から外にでましたか？」

ファーガスンはにやりと笑った。「いや、でなかったね。だからあの慈善行為に協力できなかった。残念ながら」

「ミスター・ファーガスン、さあ、子供じみた振る舞いはやめてくださいよ」

ファーガスンはかっとなって食ってかかった。

「自分の思った通り言うのがなぜ悪いんだ？　ぼくは暴力行為が好きなんだ」

「しかし、あなたは口で言うことを、実際ではやらないようですねえ？」ポアロが呟いた。「どうしてですかな」

それからポアロは身体を乗りだした。

「リネット・ドイルが、イギリスでも有数の金持ち娘だということをあなたに話したのは、フリートウッドという男でしょう？」

「フリートウッドがこれとなんの関係があるんだ？」

「フリートウッドはリネット・ドイルを殺す充分な動機を持っていた。彼は彼女に特別な恨みがあったんです」

ファーガスンはびっくり箱の人形のようにパッと立ちあがった。

「そう、それがきみたちのあくどいやり方なんだな」彼は猛然と主張した。「フリートウッドのような、自分を弁護することもできない、弁護士を雇うだけの金もない哀れな人間に罪を着せるんだ、きみたちはいつもな。しかし、はっきり言っとくがね。フリートウッドにこの事件の罪をかぶせるようなことをしたら、このぼくが承知しないぞ」

「そのあなたは本名をなんとおっしゃるんですか？」ポアロが澄まして尋ねた。

ファーガスンはさらに顔を赤くした。

「いずれにしてもぼくはしっかり仲間と手を組む人間なんだ」と彼はぶっきらぼうに答えた。

「まあまあ、ミスター・ファーガスン。今のところ、このくらいにしておきましょう」

レイスが言葉をはさんだ。

ファーガスンがでていって、ドアが閉まると、レイス大佐は意外にも、こう批評した。

「あいつ、案外、可愛らしいやんちゃ小僧じゃないか」

「彼があなたの探している男だとは思いませんか？」とポアロは尋ねた。

「ちがうね。あれじゃない。しかし確かにこの船にいる。それははっきりした情報なんだからね。まあ、まあ、一つ一つ順に片づけていくさ。さていよいよペニントンといこうかね」

17

アンドリュー・ペニントンは今度の不幸な出来事に対して、きわめてありきたりの表現で、自分の悲しみや衝撃を二人に伝えた。彼はいつものように一分の隙もない服装をしていたが、ネクタイだけは黒に変えていた。髭そりあとも青々とした長い顔には、なんとなく、狼狽《ろうばい》気味な表情がみえた。

「みなさん」と彼は悲しげに言った。「今度の事件では、私もまったく叩きのめされたような気がしていますよ！　あのリネットが——実際、私は、彼女が可愛らしいお下げ髪の頃から知ってます。メリッシュ・リッジウェイ氏はまったくあの娘がご自慢でしたよ！　もちろんいまさらこんなことを言っても仕方ないですな。とにかく、何かお尋ねになりたいことがあったら遠慮なくどうぞ。喜んでお答えしますよ」

レイスは言った。

「まず、ミスター・ペニントン、昨晩、何か聞こえませんでしたか？」

「いえ、別に、これという音は聞かなかったですな。私の船室はドクター・ベスナーの三六‐三七号室の隣り――三八‐三九号室ですが、真夜中ごろ、部屋の近くで、ちょっとした騒ぎ声を聞いただけで、もちろんその時はなんの騒ぎかわかりませんでしたよ」

「他に何も聞きませんでしたか？　例えば、銃声とか何か？」

アンドリュー・ペニントンは頭を振った。

「そんな音は全然」

「お寝みになったのは何時です？」

「十一時を少しすぎたころでしょうね」

彼は身をやや乗りだした。

「あなたたちには新しいニュースじゃないでしょうが、この船の中ではさかんに噂が飛んでましてね。ほら例の半分フランス人の血の混じった娘――ジャクリーン・ド・ベルフォール、あの娘に関連して変な話があるらしいです。リネットは私に何も言いませんでしたが、私だって耳も目もないわけではありませんからね。なんですか彼女とサイモンの間に以前関係があったらしいんですね。女を探せ《シェル・シェ・ラ・ファム》と言いますな――なかなかうがった言葉ですよ、今度の場合も、それほど遠方を探さずともいいんじゃないですか？」

ポアロは言った。

「あなたのおっしゃるのは、ジャクリーン・ド・ベルフォールがマダム・ドイルを射殺したんじゃないか、という意味ですか？」

「まあ、私にはそんなふうにみえますね。もちろん、私は具体的には何も知りませんがね……」

「不幸にして、私たちの方では、あることを知っています！」

「え？」ペニントンは驚いたような顔をした。

「私たちは、ミス・ド・ベルフォールがマダム・ドイルを射殺することはできなかった、と知っておるのです」

こう言って、ポアロはその時の事情を細かく説明した。しかしペニントンはどうもポアロの話を信じたくない様子であった。

「まあ表面的にはそれでアリバイも成立するでしょう——しかし、その看護婦——彼女は一晩じゅう目をさましてはいなかったと思いますね。うたた寝ぐらいしただろうし、その間に、娘がそっと脱け出して、また帰ってくるということもあり得る」

「おそらくあり得ないと思いますね、ムッシュー・ペニントン。彼女は強力な麻酔薬を注射されていましたし、いずれにしても看護婦というものは、患者が目をさましたらすぐ自分も目をさます習慣がついてますから」

「しかし、話全体が私にはどうもあいまいに聞こえますね」ペニントンはあくまで頑張った。

レイス大佐が、やや厳然とした態度で言い渡した。

「そのことなら私の言葉を信用してもらうよりほか仕方ありません。私の力でもあらゆる可能性を充分に吟味しています。その結果、われわれの得た結論が、ミセス・ドイルを射ったのはジャクリーン・ド・ベルフォールじゃないと決定したんです。そこで、われわれは犯人を他に求めることになったわけで、この点で、あなたは、何か手がかりになるような事実を知っているんじゃないかと思うんです」

「私が？」

ペニントンは神経質にびくっとした。

「そうです。あなたは殺された女性と親しく交際していた。あなたは彼女の生活環境その他を、彼女のご主人以上に知っている。ところがミスター・ドイルはほんの二、三カ月前に彼女と知り合っただけですからね。例えば、どんな人間が彼女に恨みを抱いていたか、あなたなら知ってるかもしれない。彼女の死を望むだけの動機を持ってる人がいたかどうか——あなたなら知っておられるでしょう」

アンドリュー・ペニントンは、乾いた唇をなめた。

「いや、実際のところ、私には全然見当がつかない……。ご承知でしょうが、リネットはイギリスで育てられたもんですから、彼女の環境も交友関係もほとんど知らないんです」

「それでも」とポアロが考えを述べた。「ミセス・ドイルを亡き者にしようと望んだ人間がこの船中にいるのです。前にも、同じこの土地で、彼女は危うく、大石の下敷きになるところでした——覚えておいででしょう？　いや、あなたは現場にいませんでしたかな」

「ええ、あの時、私は寺院の中にいましたよ。もちろんあとで、話は聞きましたがね。実に危ないところだったそうですな。しかしあれはただの災難だったかもしれん、そう思いませんか？」

ポアロは肩をすくめた。

「あの時は誰もがそう思いましたが、今になってみると、果たして……」

「そう——そうですね」とペニントンは極上の絹ハンカチで顔を拭いた。

レイス大佐が尋問をつづけた。

「ミスター・ドイルは、彼女個人にではなくて、彼女の一家に恨みを持つ人間がこの船にいると言ってたそうですが、あなたには心当たりありませんか？」

ペニントンは心から驚いた様子だった。

「いや、全然」

「彼女はあなたにそんな話をしませんでしたか？」

「しなかったですな」

「あなたは彼女の父親と親しかったようですが、彼の事業運営のために、競争相手が破滅の状態に陥ったというような例はありませんか？」

ペニントンは頭を振った。

「これといった例はありませんね。もちろん、事業をしてゆく以上、そのようなことはよく起こりますが、それを種に脅迫じみた言動を弄した人間はいませんでしたよ」

「簡単に言って、あなたは手がかりになるようなことを知らないというわけですね」

「まあ、そうですね。お役に立たなくて誠に残念です」

レイスはポアロと視線を交わし、それから言った。

「私の方も残念に思います。われわれとしては、あなたに望みをかけてたんですが」

ペニントンはこれで取り調べが終わったとみて立ちあがった。それから言った。

「ドイルが怪我で動けないので、一切の世話を私にみてほしいと言うんじゃないかと思います。で、失礼ですが、今からさきの手筈《てはず》はどうなってるか、お教えくださらんですか？」

「ここを出帆したら、シェルラルまで直航、明日の朝に到着の予定です」

「それで遺骸は？」

「冷蔵庫の一つに移されることになっています」

アンドリュー・ペニントンは頭を下げて、部屋をでていった。

ポアロとレイスはふたたび目を交わした。

レイスは煙草の火をつけながら、「ミスター・ペニントンはまったく落ち着きがなかったね」

ポアロもうなずいた。

「それにミスター・ペニントンはよっぽどあわてていたとみえて、ばかな嘘を一つつきましたよ。彼はあの石が落ちてきた時、寺院の中にいたと言うが、いやしませんでした。私自身その寺院からでてきたばかりだったんですからね」

「なるほど、ばかげた嘘だ！　かえって尻尾をみせたわけだ」

ポアロはふたたびうなずいた。

「しかし、現在のところは、彼を慎重に、お手やわらかに扱った方がいいんじゃありませんか？」

「私もそう思っていた」とレイスは同意した。

「レイス大佐。あなたと私はお互いを完璧なまでに理解しあってるようですな」

彼らの足下でかすかになにかのきしる音がしはじめた。カルナク号はいよいよシェルラルに向かって帰路に就いたのである。

「真珠の首飾りだが」とレイスが言った。「われわれは次にこの問題を片づけなけりゃならんね」

「何か計画がありますか？」

「ある」彼は時計を眺めた。「あと三十分で昼食だ。食事の終わりごろ、みんなにね、真珠の首飾りが盗まれたと知らせ、各船室を捜査するからみんな食堂にいるように、とこう言い渡すのはどうかね？」

ポアロは強くうなずいた。

「実にいい考えです。誰が首飾りを盗んだにしろ、その人物は今もそれを所持している。ですからなんの予告もなしに検査すると言えば、犯人は急いで河に投げこんでしまうチャンスもないわけです」

レイスは二、三枚の紙を抜き取って、言いわけめいた口調で呟いた。

「私は事件の進行状態に応じて、事実を簡単に書きつけて置く癖があってね。こうしておくと頭の中で混乱しなくてすむもんだから」

「いいことですよ。整然たる秩序。これがすべてだと言ってもいいくらいです」とポアロは言った。

レイスは次の四、五分間、小さなきちんとした字体で何か書きつけた。やがて書き終えるとそれをポアロの方に押しやった。

「ちがった点があったら言ってほしいね」ポアロはその紙を受けとった。題は次のようだった。

ミセス・リネット・ドイルの殺人

存命中の彼女を最後にみたのはメイドのルイーズ・ブールジェ。時間——十一時三十分ごろ（この時間の前後）。

十一時三十分より十二時二十分までのアリバイ所持者。コーネリア・ロブスン、ジェイムズ・ファンソープ、サイモン・ドイル、ジャクリーン・ド・ベルフォール——他の人間にはアリバイなし。——犯行はこの時間以後とみてほぼ間違いなし、なぜなら使用ピストルがジャクリーンの所有品であることがほぼ確定しており、そのピストルは当時彼女のハンドバッグ内にあったのだからである。もちろん、使用ピストルがジャクリーンのピストルであったと確認するには、死体解剖と弾丸の鑑定が必要である――しかし十中八、九までは確かであろう。

〈事件の進展の推定〉　X（殺人犯人）は展望室《サロン》内のジャクリーンとリイモン・ドイルの争いを目撃し、ピストルが長椅子の下に入ったのを知っていた。展望室《サロン》に誰もいなくなった後、Xはピストルを手に入れた――Xはジャクリーン・ド・ベルフォールに犯罪の嫌疑がかかるものと信じていた。以上の理論に基づけば、次の諸人物は自動的に嫌疑の圏外に置かれる。

コーネリア・ロブスン――ジェイムズ・ファンソープが探しにくるまで、ピストルを手に入れる機会なし。

ミス・バウァーズ――右に同じ。

ドクター・ベスナー――右に同じ。

〔註〕ファンソープは嫌疑の圏外にいるとは決定的には言えない。なぜなら彼はピストルがみつからなかったと言明しておいて、実際は自分のポケットにしまいこむこともできたからである。

他の人間は皆、あの十分間にピストルを手に入れる事ができたはず。

〈殺人の動機推定〉

アンドリュー・ペニントン　彼が委託財産を不正横領しているという仮定。この仮定を裏付ける証拠は多少あるものの、正式に摘発するだけの充分な証拠はない。石を転落させたのが彼であったとすれば、他にチャンスがあればすぐにそのチャンスをつかむにちがいない人物。この犯罪は概念的にはともかく、具体的には決して前もって計画されたものではない。したがって昨夜のピストル騒ぎは絶好のチャンスであった。

ペニントン有罪説に対する反対論。ピストルはジャクリーンに罪を着せる上で最も価値のある証拠品であるのになぜ、彼はそれを河中に投じたか？

フリートウッド　動機、復讐。フリートウッドはリネット・ドイルに自分の一生を台無しにされたと考えている。彼は展望室《サロン》内の騒ぎをみたかもしれないし、ピストルのありかを知ったかもしれない。ただし彼はそれでジャクリーンに罪を着せる気はなく、手近の殺人用具として取ったのであり、そうだとすると、彼がピストルを河中に投じた事も納得できる。しかしそれなら、なぜ、壁に血でJという文字を書いたのだろう！

〔註〕ピストルを包んだ安物のハンカチは、富裕な船客たちのものというよりも、むしろフリートウッドのような人間の持ち物にふさわしい。

ロザリー・オッタボーン　ミス・ヴァン・スカイラーが彼女を見たという証言を受け容れるべきか？　それともロザリーの否定を受け容れるべきか？　あの時間に何かが水中に投じられた。そしてその何かはおそらく、ビロードの肩掛けに包まれたピストルであっただろう。

〔注意すべき事項〕ロザリーに何か殺人の動機があるだろうか？　彼女はリネット・ドイルを嫌悪した、あるいは羨んだかもしれない——しかしそれは、殺人の動機としては弱すぎる。適当な動機が発見されない限り、彼女に不利な証拠も、証拠たる値打ちがない。当方の知る限り、ロザリー・オッタボーンとリネット・ドイルの間には前から知り合っていた様子もなければ、両者を結ぶ糸も見出せない。

ミス・ヴァン・スカイラー　ピストルを包んであったビロードの肩掛けは、ミス・ヴァン・スカイラーの所有物である。彼女自身の陳述によると、展望室《サロン》で紛失したと言う。紛失したことをうったえてみんなの注意を惹き、そこらを探しまわったがみつからなかった。

この肩掛けがどうしてXの手に入ったか？　Xはあの晩はやくにこの肩掛けを盗

んだのであろうか？　もしそうだとしたら、なぜか？　ジャクリーンとサイモンの間に口論が始まるとは、誰一人、前もって知る事はできなかったはずである。Xは長椅子の下のピストルをとりにいった時、肩掛けを偶然に発見したのか？　それなら、その前に他の人々が探した時、どうして見つからなかったのか？　それとも、肩掛けは初めからミス・ヴァン・スカイラーが持っていて、紛失したというのは作り話だったのか？

　言いかえれば、

リネット・ドイルを殺したのはミス・ヴァン・スカイラーか？　ロザリー・オッタボーンが物を投げこんだと彼女が言うのも、故意の虚言か？　もし彼女が殺したものとすると、何が動機か？

〈そのほかの可能性〉

盗みが動機　可能性あり——なぜなら真珠が紛失しており、リネット・ドイルは昨晩たしかに問題の首飾りをつけていた。

リッジウェイ一家に恨みを持つ人間　可能性あり——ただしこれまた証拠なし。船中に職業的殺人犯が乗っていることは既知の事実である。現在、死体一個とこの殺人犯がある。この両者を結びつけ得るだろうか？　しかし、そのためには、リネット・ドイルがこの職業的殺人犯の重大な秘密を知っていたという事実を見つけださねばならない。

結論　船客たちを二つのグループに分ける事ができる――第一グループは、動機のありそうな人たち、または明確な不在証明の立てられない人たち、第二のグループは、現在のところ、嫌疑をかける理由のない人間。

第一グループ
アンドリュー・ペニントン
フリートウッド
ロザリー・オッタボーン
ミス・ヴァン・スカイラー
ルイーズ・ブールジェ（窃盗？）
ファーガスン（政治的？）

第二グループ
ミセス・アラートン

ティム・アラートン
コーネリア・ロブスン
ミス・バウァーズ
ドクター・ベスナー
シニョール・リケティ
ミセス・オッタボーン
ジェイムズ・ファンソープ

ポアロは紙片を返した。

「非常に正確ですね。まさにこの通りです」

「じゃあ同意見なんだね？」

「そうです」

「ところで、あんたがつけ加える点もあるはずだがね」

ポアロは少しもったいぶった態度で身体をそらした。

「私は、自分に対し、ただ一つだけ、問題を課したいと思っていますな！　すなわち〝なぜピストルが河の中に投じられたか？〟ということです」

「それだけ？」

「現在のところ、そうです。この問題に対して、満足のゆく解答を見出さない限り、何もかも辻褄の合わないことばかりです。これが――私の出発点です。われわれが現在どのような立場にあるか、あなたは要領よくまとめてくださったが、この点に関する解答は与えられてませんね？」

レイスは肩をすくめた。

「犯人はあわてふためいたのさ」

ポアロは思案にあまるといった様子で頭を振った。

彼は濡れたビロードの肩掛けをつまみ上げ、テーブルの上で皺を延ばした。そして指で、焼け跡や焦げ穴を辿ってみた。

「ちょっと教えてください」と彼はだしぬけに言った。「あなたは私より火器のことにはくわしい。こんな布をピストルのまわりに巻きつけて、防音効果の上で人きなちがいがありますか？」

「いや、たいして。本当の防音装置をつけるのとは雲泥の差だ」

ポアロはうなずいた。彼はさらにつづけた。

「火器を扱いなれた男なら、そのくらいのことは知ってるはずです。しかし、女だったら――女だったら知らないでしょうな」

レイスは不思議そうに彼を眺めた。

「たぶん、知らないだろうね」

「女は探偵小説を読むとしても、こんな細かいところはあまり正確に読まないですからね」

レイスは小さな真珠貝の柄のついたピストルを指先でポンとはじいた。

「このちっぽけなやつじゃ、どうせたいした音はでないよ。せいぜいポンというくらいで、他にいろんな物音がしてたら、十中八、九気づかれやしないね」

「私もその点は考えましたよ」

ポアロはハンカチをとりあげて、調べ始めた。

「男性用のハンカチ――しかし、質のいいものではないですね。安デパートの特価品。高くとも三ペンスぐらい」

「フリートウッドのような男が持っていそうなハンカチだ」

「そうです。アンドリュー・ペニントンは上等の絹のハンカチを持っていましたよ」

「ファーガスンは？」とレイスが言った。

「彼も自分を労働者階級に置くという身振りからすれば、こんなものを持ってるかもしれません。しかし、彼だったら赤い大きなバンダナのはずですよ」

「指紋がピストルにつかないように、手袋がわりに、このハンカチを使ったんじゃないかな？」レイスは少しふざけ半分につけ加えた。「〝うら恥ずかしき桃色ハンカチの謎〟か」

「そうですね。まさに若い娘の色に染まってるじゃありませんか、そうでしょう？」彼はハンカチを下において、肩掛けにもどり、もう一度火薬の焦げ跡を調べはじめた。

「なんにしても、変だな……」とポアロは呟いた。

「何が？」

ポアロはやさしく言った。

「あのかわいそうなマダム・ドイル。静かに眠るように横たわって……頭に小さな穴を空けられ。彼女がどんな顔をしてたか憶えてますか？」

レイスはポアロを不思議そうに眺めた。

「あんたは私に何かを知らそうとしてるようだが――しかし、それが何か、私にはさっぱりわからないね」

18

ドアをノックする音がした。

「お入り」とレイスが声をかけた。

給仕が入ってきた。

「お邪魔します」と彼はポアロに言った。「あのう、ミスター・ドイルがあなたに来ていただきたいそうです」

「すぐいきます」

ポアロは立ちあがった。部屋をでて昇降路を遊歩デッキに上ると、デッキに沿ってドクター・ベスナーの船室へ入っていった。

サイモンは高くした枕に身を支えて半ば起きあがり、顔は赤く熱っぽくみえた。

サイモンはぎごちない表情だった。

「わざわざきてくださってありがとう、ムッシュー・ポアロ。実はちょっとお願いがあるんですがね」

「どんな？」

サイモンはさらに顔を赤くした。

「そのう――ジャッキーのことなんですがね。あれに会いたいんです。あの――どうでしょう――会ってくれるかと――あなたから話してくれませんか？　こうして寝ながら考えたんですが……あのかわいそうな娘は――あれでほんの子供なんですよ――それなのに、あんなひどい目にあわせて――」

彼はどもりがちに口を閉じた。

ポアロは彼を興味深げに眺めた。

「マドモアゼル・ジャクリーンに会いたいんですね？　呼んできましょう」

「ありがとう。恩に着ます」

ポアロはジャクリーンを探しにでかけた。彼女は展望室《サロン》の一隅にかがんだ姿勢で座りこんでいた。膝の上に本が一冊開いてあったが、別に読んでいる様子もない。

ポアロはやさしく話しかけた。

「マドモアゼル。一緒にきてくれますか？　ムッシュー・ドイルがあなたに会いたがっています」

彼女はどきりとして見あげた。一瞬、顔が赤らみ――すぐ蒼ざめた。彼女は戸惑った顔つきだった。

「サイモンが？　サイモンがあたしに会いたいんですって？　あたしい、あたしに？」

とても信じられないといった彼女の表情はポアロの心を動かした。

「いらっしゃいませんか？　マドモアゼル」

「あたし――ええ、もちろん参りますわ」

彼女はポアロにおとなしくついてきた。まるで子供のように――それも、わけがわからずに不思議そうな顔をした子供のように。

ポアロは船室に入っていった。

「マドモアゼルを連れてきましたよ」

彼女はポアロの後から入った。かすかにふるえながら立ちすくみ……牡蠣《かき》のように黙りこみ、じっとサイモンの顔に見入った。

「やあ、ジャッキー」

彼もまた、気まり悪そうだった。

「わざわざきてくれてありがとう。ぼくの言いたかったのは――そのう――ぼくは――

――」

彼女は彼の言葉をさえぎって、早口に――息もつかせず――必死な面持ちで話しだした。

「サイモン――リネットを殺したのは、あたしじゃないわ。あたしがやったんじゃないこと、あなたも知ってるでしょ……昨日の晩はあたし、狂ったみたいになって。ああ、許してくれる？」

サイモンは前よりも、やや楽にしゃべれるようになった。

「もちろんさ。あんなことといいんだ！　なんでもないんだ！　ぼくは、それをきみに言いたかったんだ。きみが少しでも心配してるといけないと思って……」

「心配？　少しでも？　おお！　サイモン！」

「だから、きみに会いたかったんだ。ほら、大丈夫だよ。昨日の晩はきみは少し興奮してたし――ちょっと酔ってもいた。あんなことになったのは当たり前さ」

「おお、サイモン！　だってあたしはあなたを殺してたかもしれないのよ！」

「きみじゃだめだよ。きみのようなへまな鉄砲打ちじゃ……」

「でもあなたの脚！　一生歩けなくなるんじゃなくて……」

「ジャッキー、あんまり大仰《おおぎょう》にとるんじゃないよ。アスワンに着いたらすぐ、X線で調べて、弾丸をほじくりだして、ちゃんともとの脚にかえしてくれるんだ」

ジャクリーンは二度ばかり息をのんで、さっと彼の方にかけよると、ベッドのそばにひざまずき、顔を埋めてすすり泣きはじめた。サイモンは無器用に彼女の頭を愛撫した。彼の目はポアロの目とぶつかった。ポアロは残念そうに溜め息を洩らして船室をでていった。

でてゆきながら、彼は船室の中から洩れてくる途切れがちな呟き声を耳にした。

「あたし、どうしてあんな、悪魔みたいな人間になれたんでしょう？……おお、サイモン！……ほんとにごめんなさい……」

外にでると、コーネリア・ロブスンが手摺りにもたれていた。

彼女は人の気配に後ろを振りかえった。

「あら、あなたでしたの？　ムッシュー・ポアロ。今日のような日にこんなにすてきなお天気、なんだかいやな気がしませんこと？」

ポアロは空を見あげた。

「太陽がでていると月がみえないのです。しかし、太陽がかくれてしまうと——太陽がかくれてしまうと」

コーネリアは口をぽかんと開けた。

「なんとおっしゃいました？」

「マドモアゼル、私の言ったのは、つまり、太陽がかくれてしまうと、月がみえてくるということ。ね、そうでしょう？」

「あら――ええ――もちろんですわ」

彼女はポアロを疑わしげに見やった。

ポアロはおだやかに笑った。

「ばかなことばかり言って。気にかけないでください」

彼はゆっくりと船尾に向かって歩きだした。次の船室を通りすぎようとした時、中から洩れてくる話し声を耳にして、ふと足をとめた。

彼の耳はそこから洩れでる言葉の破片をとらえた。

「まったく恩知らずな人――あなたのために、あたし、どれだけ苦労したか――みじめな母親に対してこれっぽっちの思いやりも――。あたしがどんなに苦しんでるか……」

ポアロは唇をしっかり閉じて、何事か心に決すると、手をあげて船室のドアをノックした。

「マドモアゼル・ロザリーはそこにおいでですか？」

ロザリーが入り口に現われた。彼女の顔をみて、ポアロははっとした。眼の下には黒い隈、そして口のまわりには引きつったような皺がみえる。

「なにがあったんです？　なんのご用？」彼女は無愛想にこう言った。

「ほんの二、三分お話ししたいんですが、マドモアゼル、でてきていただけませんか？」

たちまち彼女の口は不満そうにとがり、眼は疑いぶかげにポアロを見やった。

「どうして？」

「これは私のお願いです、マドモアゼル」

「仕方ないわ——」

彼女はデッキに足をふみだして、ドアを閉めた。

「話ってなに？」

ポアロはやさしく彼女の腕をとって、デッキを船尾の方に歩いていった。浴室を通り過ぎ、角を曲がった。船尾デッキには誰もいなかった。彼らの背後をナイル河の水が悠々と流れていた。

ポアロは手摺りに肘をおいた。ロザリーはこわばってまっすぐ立ったままだった。

「話ってなに？」と彼女はふたたび問いかけた。その声は相変わらず無愛想であった。

ポアロは一言一言気をつけて、ゆっくりと言った。

「いろいろ聞きたいことがあります。しかしどうも——あなたは答えてくださらないだろうと思いますな」

「それなら、わざわざあたしをここまで連れ出して、時間の無駄使いじゃないかしら？」

　ポアロの指は手摺りをゆっくり撫でた。

「あなたは自分の重荷を自分で担う性質のようですが……しかし、あまり長い間それを続けることは不可能ですよ。そのうち無理がすぎるような結果になります。あなた自身いまその無理が最大限度まできているようです」

「なんの話をしているのか、さっぱりわからないわ」とロザリーは言った。

「私は事実を語っているのです、マドモアゼル——はっきりした醜い事実をね。なんでしたら黒を黒と言って端的にお話ししてみましょうか？　あなたのお母さんはアルコール中毒ですね、マドモアゼル」

　ロザリーは返事をしなかった。ただ口を開けて、それからふたたび閉じた。はじめて彼女は戸惑った様子をみせた。

「マドモアゼル。あなたは黙ってらして結構です。話す方は私が引き受けますから。アスワンで、私はあなたたちお二人の間の関係になんとなく関心を持ちました。すぐに気がついたのですが、あなたはお母さんに対して鋭い批判の言葉ばかり使っているが、それもわざとそうしているんで、実際はお母さんを、何かから守るのに一所懸命なんだ、とね。そしてその何かがなんであるか、私にはすぐわかりました。ある朝、私はすっかり酔った状態にあるお母さんに出会いましたが、もうそのずっと前から、私はそのことに気づいていたのです。おまけに、お母さんの場合は、人にかくれて秘密に飲むという症状で、一番厄介《やっかい》なタイプです。あなたはといえば正々堂々とお母さんの悪癖を治そうとなさったが、それでもお母さんは酒飲み特有のずるさをお持ちで、なんとかして酒を手に入れては、あなたの気づかないところに隠しておられた。たぶん、あなたはその隠し場所をやっと昨日発見なさったんだろうと思います。それで、昨晩、お母さんがぐっすり眠ってから、あなたはこっそりその隠匿品を持ち出して、船の反対側にまわり、ナイル河に投げこまれたわけです。ね、あなたの船室は岸の側にあって、水がありませんから」

彼はちょっと言葉を切った。

「私の言うこと、間違いないでしょう?」

「そうです――あなたの言う通りだわ」ロザリーは急に熱した調子で、「そうだとはっきり言わなかったのは、あたしばかだった! あたし、みんなに知られたくなかった。船の人たち全部に知れわたったら――それに、あたし、あたしたち、あんな――ばかくさい――」

ポアロは彼女の言い終えぬ言葉を補った。

「殺人の嫌疑をうけようとは思わなかった、そうでしょう？」

ロザリーはうなずいた。

それから彼女は口早に話しだした。

「あたし、一所懸命つとめたわ――人に知られないように……。本当はお母さんの罪じゃないのよ。失望から起こったことなの。本が全然売れなくなったもんだから――あんな安っぽいセックスものはすぐ飽きられるんです。それがお母さんにはとても痛手だったのよ。よっぽどの痛手だったと思うわ。それで始めたわけ――飲み始めたんです……お母さんがどうしてあんなに変になったのか、あたし長い間どうしてもわからなかったわ。やっとわかって、それから、なんとかしてやめさせようとつとめました。しばらくはもつんだけど、そのうち、また急に始まるんです。よその人たちと見苦しいほどの口論はするし、喧嘩はするし。とてもいやだったわ」彼女は身震いして、「あたしいつも見張りをしてなきゃなりませんでした――お酒から遠ざけるために……。それから、今度は、お母さん、あたしに歯向かってきました。時にはほんとにあたしを憎むようになったんです」

「かわいそうな娘さん《ポーヴル・プティト》」とポアロは言った。

彼女はポアロの方をはげしい目つきでみやった。

「同情はよしてください。親切なんかやめて。その方があたし――ずっと楽なんだもの」彼女は溜め息をついた――人の心を引き裂くような長い溜め息であった。「あたし疲れた……もう身も心も死ぬほど疲れたわ」

「わかります」とポアロは言った。

「人はあたしをみていやな女だと思ってるわ。高慢で、怒りっぽくて不機嫌な女だと。あたしにはどうしようもないの。どうしたら感じのいい女になれるか――もうすっかり忘れちゃったわ」

「だから私、さっき、ああ言ったのです――あなたは自分の重荷をあまり長い間、一人で負いすぎた、とね」

ロザリーはゆっくりと言った。

「なんだかほっとしたわ――人に話して――ムッシュー・ポアロ、あなたはいつも親切にしてくれるのね。でもあたし、時にはあなたにとても失礼な言葉を使ったり……」

「礼儀作法、それは友達の間では不必要ですよ」

疑惑の色が急に彼女の顔に現われた。

「あなたは――あなたは、今のことみんなに話すつもりね？　でも仕方ないわ。酒瓶を河の中に投げこんだりしたんですもの」

「いいや、そんなことをする必要はないです。ただ、私の知りたいことを言ってください。投げこんだのは何時ごろでしたか？　一時十分すぎごろ？」

「たぶんそのくらいだったわ。正確には覚えていないけど」

「それからもう一つ。マドモアゼル・ヴァン・スカイラーはあなたを見たと言いますが、あなたは彼女を見ましたか？」

「いいえ、気がつかなかったわ」

「彼女は自分の船室のドアから外を見たと言ってましたよ」

「あたしには彼女の姿が目に入りそうもないわ。だってあたし、ただデッキをちらっと見まわして、まっすぐ河の方へいったから」

　ポアロはうなずいた。

「それで、デッキを見まわした時、他に誰も見ませんでしたか？」

　しばらく沈黙が続いた――かなり長い沈黙だった。ロザリーは顔をしかめ、しきりに考えこんでいるふうだった。

　やがて決然とした様子で、彼女は頭を振った。

「ええ、誰も見ませんでした」

エルキュール・ポアロはゆっくりとうなずいた。しかしその目は厳粛そのものであった。

19

船客たちはごく控え目な態度で、一人、二人と食堂へ入ってきた。食卓にいそいそと座るのは、場合が場合だけに、いかにも心ない仕業と思ったらしい。次々に入ってきて、それぞれの食卓につく船客たちは、まるで誰かに詫《わ》びているような態度であった。ティム・アラートンは、母親がテーブルについてから二、三分後に食堂に入ってきた。彼は恐ろしく機嫌の悪そうな様子であった。

「こんな不愉快な旅行なんか、こなきゃよかった！」と彼はうなるように言った。

母親は悲しげに首を振った。

「そりゃわたしだってそう思ってるわ。あんな美しい人が！　もったいないような気がしないこと？　あんな人を平然と殺してしまう人の気がしれないわ。それにもう一人のかわいそうな娘！」

「ジャクリーンのこと？」

「そうですよ。あの娘のことを考えると、胸が痛くなる。世の中の不幸を一人で背負ってるような感じだもの」

「玩具みたいなピストルを振りまわすのはばかだ、と教えてやりたいな」ティムはバターをパンにつけながら無感動な様子で言った。

「きっと親のしつけが悪かったんでしょうね」

「お母さん、母親万能主義を振りまわすのはやめてよ——」

「ティム、ずいぶんとご機嫌が悪いのね」

「あたりまえですよ。誰だってこんな目にあえばね」

「でも腹を立てる必要はないんじゃない？　悲しむのならわかりますけど」

ティムはむっとして言った。

「お母さんはロマンチックな見方しかしないからな！　殺人事件に捲《ま》きこまれるのは笑いごとじゃすまされないんだよ」

ミセス・アラートンは驚いた様子だった。

「だってまさか——」

「そこが問題なんだよ。この事件は、だって、まさか、じゃすまないんですよ。このいまいましい船に乗ってる人間はみんな嫌疑をかけられてるんでね。お母さんも、ぼくも、他の連中も」

ミセス・アラートンは真面目な顔に変わった。

「理論上は、たしかにそうでしょうね――。でも実際には、そんなことばかげてますよ！」

「殺人事件に関するかぎり、ばかげてる、なんてことはないんだよ。お母さんは、今、そんな道徳心堅固、清廉潔白な顔をして座ってるけど、シェルラルやアスリンの横柄な巡査たちは、お母さんを正札通りにゃ見てくれませんよ、きっと」

「ひょっとしたら、その前に真相がわかるかもしれないわ」

「どうして？」

「ムッシュー・ポアロが犯人を――」

「あの老いぼれのいかさま師が？　みつけだすもんですか。あいつ、口と髭ばっかりですよ」

「そりゃあね、ティム。あなたの言うことだから間違いないでしょうよ。それにしたって、どうせ逃れられないものなら、諦めて、できるだけ、軽い気持ちですませた方がいいと思うわ」

しかし、ティムの憂鬱病は少しもよくならなかった。

「おまけに真珠の首飾り紛失事件まで重なってるんだよ」

「リネットの首飾り？」

「ああ。誰かが盗んだらしい」

「すると、殺人の動機は真珠だったのね」とミセス・アラートンは言った。

「どうしてそういえるの？　お母さんは二つのまったくちがった事件を混同してるんだ」

「真珠のなくなったこと、誰から聞きました？」

「ファーガスン。彼は機関室の友達から聞きだしたらしい。機関室の男は、リネットのメイドから聞いた」

「あれは素晴らしい首飾りだったわ」とミセス・アラートンは言った。

ポアロが、ミセス・アラートンにお辞儀をしながらテーブルについた。

「少しおそくなりました」と彼は言った。

「お忙しかったんでしょう？」とミセス・アラートンが訊き返した。

「ええ、いろいろと用事がありまして」

彼は給仕に葡萄酒の新しい瓶を一本注文した。

「わたしたちお互いの趣味に対して忠実ですわねえ」とミセス・アラートンは言った。

「あなたはいつも葡萄酒をお飲みだし、ティムはウィスキー・ソーダ、わたしはいろんな種類の炭酸水を順番に」

「おや！」こう言って、ポアロは彼女を一瞬、じっと見つめた。そして独り言のように呟いた。

「なるほど、これは考えなかった……」

それから、神経質に肩をすくめると、彼はこの新しい気がかりな考えをふり落とすようにして、他のことを気軽にしゃべり始めた。

「ミスター・ドイルの怪我はひどいんですか？」とミセス・アラートンは尋ねた。

「ええ、かなり重傷です。ドクター・ベスナーは、できるだけ早くアスワンまでいって、X線にかけ、弾丸を摘出すべきだと言ってます。そうすれば一生足を引きずらなくてもすむかもしれないというんです」

「かわいそうなサイモン。ほんの昨日までは、この世に望むものすべてを持った幸福な人、といった様子でしたのに。今日はどうでしょう。きれいな奥さんは殺されるし、自分自身は身動きできない重病人。でも、わたし、あの人が――」彼女は口をつぐんだ。

「あの人が――なんですか？　マダム」とポアロは催促した。

「あの人が、あのかわいそうな娘にあまり腹を立てないでほしい、って思うんです」

「マドモアゼル・ジャクリーンに対してですか？　腹を立てるどころか、まるっきり反対ですよ。彼は彼女のために大変な心配をしていますよ」

彼はティムの方に向き直った。

「ちょっとした心理的現象だと思いませんか？　マドモアゼル・ジャクリーンがあちこちと二人についてまわっている時は、彼はかんかんに怒ってたんだが、彼女が実際に彼をピストルで射って、重傷を負わせたとたん、彼の憤りは一ぺんに消散してしまったようです。悪くすれば一生足を引きずるかもしれないというのに――。こんな心理状態、あなたに理解できますか？」

「そうですね」とティムは考えながら、「わかると思うな。彼女のはじめの行為からは、男は自分がばかにされてると感じる――」

ポアロはうなずいた。

「まさにそうです。男性の威厳を傷つけられたと思うんですね」

「しかし、次の場合は――見方を変えると、ばかになったのは彼女自身ってことになった。あらゆる人たちが彼女を軽蔑し、そうなると――」

「彼は寛大に相手を許す気持ちになるわけね」と、ミセス・アラートンが結びの言葉を言った。

「男って、ほんとに子供っぽいところがあるのねえ！」

「女はいつもそういって得意がるけど、およそ真実性に欠けた言葉だよ」ティムは呟いた。

ポアロは微笑した。それからティムに向かって言った。

「そりゃそうと、マダム・ドイルの従姉妹さん、あのミス・ジョウアナ・サウスウッドは、マダム・ドイルに似てますか？」

「あなたは何か誤解してますよ、ムッシュー・ポアロ。彼女はぼくたちの従姉妹で、リネットとは友人なだけですよ」

「ああ、失礼——どうも、頭が混乱していました。彼女はよく新聞にも書かれるし、最近わたしも多少の関心を持っている女性なので」

「なぜですか？」ティムが鋭く問い返した。

ちょうどジャクリーン・ド・ベルフォールが入ってきて、彼らのテーブルのそばを通り抜けたので、ポアロは半ば立ちあがって頭を下げた。彼女は頬を赤く染め、目を輝かし、やや息を切らしていた。ふたたび椅子に戻ったポアロはティムの質問をすっかり忘れてしまった様子であった。彼はただ漠然と呟いた。

「若いご婦人たちはみんな自分の宝石に関して、マダム・ドイルのように不注意なんでしょうかね？」

「じゃあ、真珠が盗まれたってのは本当なんですのね？」とミセス・アラートンが尋ねた。

「誰からお聞きになりました？」

「ファーガスンが言ってたんだ」ティムが横から口を入れた。

ポアロは重々しくうなずいた。

「ええ、本当です」

「そうすると」とミセス・アラートンは落ち着かぬ様子で言った。「わたしたち全員にとって、いろいろ不愉快なことがあるわけでしょうね。ティムがそう申してましたけど」

ティムは苦い顔をした。ポアロはティムの方に顔を向けた。

「おや！　するとあなたは前にもそんな経験がおありだったんですね？　盗難事件のあった家におられたというような経験が？」

「一度もないな」とティムは言った。

「あら、あなた忘れたの？　ほらあなたがポーターリントンの家にいた時のこと——あのいやらしい女の人のダイヤが盗まれたじゃないの」

「お母さんはいつも話を聞きちがえるな。ぼくがあそこにいた時、盗まれたんでなくて、彼女のあの太い首につけてたダイヤが偽物だって発見されただけだよ。偽物とすりかえられたのはずっと前のことにちがいないんだ。実際のところ、彼女自身がすりかえたと言う人だっていたしね」

「ジョウアナがそう言ったんでしょう?」

「でも、ジョウアナはあの時いなかったよ」

「お母さんはいつもジョウアナのことよく知ってたわ。彼女なら話をそんなふうにすりかえることもやりそうだわ」

「お母さんはいつもジョウアナのあら探しばかりするんだな」

ポアロはあわてて話題を変えた。彼はアスワンの店でちょっと大きな買い物をしようと思ってる。インド人の店で、紫と金色の織物を……非常に華麗なもので……もちろん、国に持って帰るんだから税金を払わなければならないだろうが……しかし――

「しかし、店の人間の言うことには、――そのう、なんといいますか、本国に直送できるそうです。費用もたいしたことはないらしいです。しかし無事向こうに着くでしょうかねえ?」

ミセス・アラートンは、いろんな人から同じようなことを聞いたが、みんな直送してもらって荷物は無事についたそうだと答えた。

「それでは私もそうさせましょう。しかし、もう一つ面倒なのは、イギリスから旅行先に物を送らせる時なのですがね。あなたもそういう経験おありですか？　旅行中に本国から品物を受け取ったことはありますか？」

「わたしたち、そんな経験なかったと思いますわ。それともあったかしら？　ティム、あなたのところにはよく本が届いたわねえ、でも本はごく簡単だから」

「そうです。書物は別ですよ」

デザートが運ばれてきた。その時、なんの予告もなしにレイス大佐が立ちあがって、みんなに話をしはじめた。

彼は、殺人事件の情況にちょっと触れ、それから、真珠の首飾りの盗難を発表した。それで今から船中をいっせいに捜査するから、船客たちは迷惑だろうが捜査がすむまで食堂に居残っていてほしい。そして彼は、船客たちの同意を得て、船客自身の身体検査も行ないたい、とこう申し渡した。

ポアロはすばやくレイスのそばへいった。しばらくの間、彼らの周囲で、ガヤガヤ、ブツブツ言う声が聞こえた。ある者は疑わしげな声で、ある者は腹を立て、ある者は興奮し……。

ポアロはレイスのすぐそばまでゆき、彼が食堂を離れようとした時、何か小声で耳打ちした。

レイスは、耳を傾け、承知したとうなずくと、給仕の一人を招いた。一言二言簡単に指令を与えた後、二人は一緒に食堂をで、背後のドアを閉めた。

二人は手摺りのそばに一、二分立ち、レイスは煙草の火をつけた。

「あんたの考えは、なかなかいい。どんな結果がでるか、ちょっと待ってみよう。三分間の猶予ってことにするか」

食堂のドアが開いてさきほどの給仕がでてきた。彼はレイスに敬礼して、「おっしゃる通りでした。今すぐあなたにお会いして話したいというご婦人が一人」

「ああ！」レイスは満足そうな顔をして、「誰だい？」と尋ねた。

「ミス・バウァーズです。看護婦をしておられる女の方」

レイスの顔に驚きの影がみえた。「喫煙室に案内してくれ。他の人間は絶対にださないように頼むよ」

「大丈夫です。もう一人の給仕が見張っておりますから」

彼は食堂に帰っていった。ポアロとレイスは喫煙室に入った。

喫煙室に入るか入らないうちに、給仕がミス・バウァーズを伴って現われた。彼は彼女を中に入れて、自分は外にでると、ドアを閉めて立ち去った。

「さてと、ミス・バウァーズ、なんでしょうかな？」レイス大佐は彼女を見つめた。

ミス・バウァーズは例のごとく、落ち着き払って、別になんの感情も顔に表わさなかった。

「レイス大佐、突然で失礼だとは思いますが、事情が事情ですから、すぐにお話ししておくのが一番だと思いまして」彼女は黒い小型のハンドバッグを開いた――「それにこれをお返ししたいと思いまして」

彼女は中から一連の真珠の首飾りをとりだし、テーブルの上に置いた。

20

もしミス・バウァーズがセンセーションを捲《ま》き起こして楽しむような女性だったら、この時の相手の反応はまさに彼女の望み通りということができたであろう。レイス大佐はテーブルから首飾りを取りあげながら、まったく呆気《あっけ》にとられた様子であった。

「これは驚いた！」とレイスは言った。「ミス・バウァーズ、わけを話してくれませんか？」

「ええ、もちろんですとも。そのために参りましたのです」ミス・バウァーズは椅子に腰を落ち着けて、「もちろん、わたしも初めは、どうしたらいいかと困っていたんです。ヴァン・スカイラー家の人たちは醜聞となると、どんな醜聞もきらいますし、その点ではわたしも、信頼されていますので、裏切りたくありませんけど、今度の場合は、事情が事情ですし、わたしとしては他にどうすることもできないんです。船室を全部お探しになって、それで首飾りが見つからなかったら、当然、今度は身体検査ということになるでしょう？　その結果、わたしの所持品から真珠がみつかったら、結局わたしはとても具合の悪い立場になりますすし、どうせ真相を話すことになるんなら、今の方がと思いまして」

「それでその真相というのはなんですか？　ミセス・ドイルの船室から真珠を持っていったのは、あなたですか？」

「いいえ、レイス大佐。わたしじゃありません。ミス・ヴァン・スカイラーなんです」

「ミス・ヴァン・スカイラー？」

「ええ。つい手が出るんですの、あの方――あのう――病的な盗癖があるんです。特に宝石というと我慢できないんです。わたしがあの方についているのは、本当はそのためなんです――あの方の健康のためでなく――この特異性質のためです。私、しじゅう気を配ってましたから、わたしが付き添うようになってからは、まだ一度も問題は起こりませんでした。ただ、よく見張っていればいいんです。あの方はいつでも盗んだ物を同じ場所に、つまり、靴下をくるくる巻いてその中に隠す癖がおありで、見つけるのはいたって簡単なんです。毎朝靴下を検査すればいいんです。もちろん、わたしはあまりぐっすり寝ない性質《たち》ですし、いつもあの方の隣りの部屋で寝ることにしてますから――。

それにホテルですと、隣り部屋との境のドアを開け放しておきますから、あの方が起きたら、あとをつけていって、なんとかなだめすかして、寝床に連れ戻すようにしています。船の上ではそれが思うようにゆきませんでしたが、でも、夜間そのような行為をなさることはほとんどなくて、昼間そこらにあるものをさっと持ってくる場合の方が多いんです。もちろん、真珠は、あの方には特別の魅力があるらしいんです」

ミス・バウァーズは口をつぐんだ。

レイスが訊ねた。

「この真珠が盗まれたということは、どうして気がつきましたか？」

「今朝やはり靴下の中に入っておりました。もちろん首飾りが誰のものかすぐわかりました。前々からミセス・ドイルがつけているのをみて知っておりました。それでわたし、ミセス・ドイルがまだ起きていないなら、そっと返しておこうと、今朝早く行ってみたところ、入り口に給仕が立っていて、殺人が起きたから、誰も入ってはいけないと言うんです。そこでわたし、困った状態になったと思いましたけど、それでもまだ、あとで、真珠がなくなったと気づかれないうちに返しておくつもりでした。それには、どんな方法が一番いいだろうかと、今日午前中とても苦しい思いをしました。ご存じのようにヴァン・スカイラー家は、非常に厳格な家柄ですし、新聞にでもでようものなら、それこそ大変なんです。でもそんなことにならないでしょうね？　それとも新聞種になりますかしら？」

　ミス・バウァーズは心から心配している様子だった。

「それは今後の成り行き一つによりますがね」レイス大佐は慎重に答えた。「しかし、もちろん、われわれとしてもできるだけのことはしましょう。ところで、こういう場合、ミス・ヴァン・スカイラーはいつもどう言いますか？」

「もちろん、即座に否定なさいます。いつでもそうなんです。現物をつきつけても、誰か悪い人がそこに入れたんだと言い張るだけです。決して自分がとったとは認めないんです。ですから、何かをとりにでかけた時、その一歩手前で押さえつければ、仔羊のようにしょんぼり寝床に戻られます。月がきれいだから眺めに出たんだとかなんとか言い訳しながら」

「ミス・ロブスンはこの——この病気のことを知っていますか？」

「いいえ、知りません。彼女のお母さんは知っています。ミス・ロブスンはどちらかというと単純な娘さんで、お母さんの考えでは、そんなこと知らせない方がいいというわけです。それに、ミス・ヴァン・スカイラーはわたし一人で監督できますから」

「すぐわれわれのところにきてくださってありがとう、マドモアゼル」とポアロは言った。

ミス・バウァーズは立ちあがった。

「わたしのとった処置、間違っていないと思いますけど」

「ええ、正しい処置です」

「それに、殺人事件があったりしたので――」

レイス大佐は彼女の言葉をさえぎった。その声はごく真面目だった。

「ミス・バウァーズ。あなたに一つ質問したいのですが、これはぜひ正直に答えてもらわないと困るのです。つまり、ミス・ヴァン・スカイラーは、いわば、窃盗病患者と呼べるほど精神に異常をきたしておられるようだが、殺人狂的な傾向は全然ありませんか？」

ミス・バウァーズは即座に答えた。

「そんなこと、絶対にございませんわ！　わたし、誓って申します。あの方、蝿一匹だって殺すような方じゃありませんん」

彼女の返事があまりにも確信に満ちたものだったので、それ以上何もいうことがなかった。しかしそれでもポアロはごく軽い質問を一つ試みた。

「ミス・ヴァン・スカイラーは耳が遠いようなことはありませんか？」

「正直なところ、ムッシュー・ポアロ、そうなんです。直接話しかけられた時は、それほどでもありませんから、あまり人には気づかれないんですが、誰かが部屋に入っていってもわからないことがよくあるんです」

「ミセス・ドイルの部屋で誰かが動きまわっていて、それが彼女にわかると思いますか？」

「いいえ、とてもわかるはずありませんわ。それにベッドも船室の反対側にありますから、つまり、隣りの壁にくっついていないんですから、なおさらです。ええ、おそらく何も聞こえなかったでしょう」

「どうもありがとう、ミス・バウァーズ」とレイス大佐は言った。「それでは食堂にいって、他の人たちと一緒に待っててください」

レイスは彼女のためにドアを開けてやり、彼女が階段をおりて、食堂に入るのをみきわめ、それから、ドアを閉め、テーブルのところに戻ってきた。ポアロは真珠をとりあげた。

レイスが言った。

「早速効果が現われたね。ミス・バウァーズって実に頭の冷静な、機敏な女だ——あれで危ないと思わなければ、あのまま平気で押し隠して通す気だったぜ、きっと。ところで、ミス・ヴァン・スカイラーの方はどうかな？　嫌疑者のリストから除外することはまだできないね。ひょっとしたらあの首飾りを手に入れるために、殺人を犯したかもしれないし。その点、看護婦の言葉を信用しろといっても無理だな。彼女だってお家の一大事となると、必ずしも正直一途というわけでもなかろうからね」

　ポアロは、その通り、とうなずいてみせた。その間も、彼は首飾りを指の間にすべらせてみたり、目のそばに持っていって、ためつすがめつ眺めたりしていた。

　彼は言った。

「ミス・ヴァン・スカイラーの話は、部分的には嘘ではないとみていいでしょう。彼女が船室から外を眺めて、ロザリーをみかけたことだけは間違いない。しかし、リネット・ドイルの船室で誰かの動きまわる音を聞いたのは嘘ですよ。たぶん、彼女は忍びでて真珠を盗もうと、そっと自分の部屋から外をのぞいただけでしょう」

「で、オッタボーンの娘はそこにいたんだね？」

「そう。彼女が母親の隠匿アルコールを捨てていたんです」

　レイス大佐は気の毒そうに首を振った。

「そうだったのか！　年も若いのにかわいそうな娘だな」

「ええ。あんまり楽しい身の上じゃないです、哀れなロザリー《セット・ポーヴル・プティト・ロザリー》」

「それにしても、その方の疑問が片づいて嬉しいね。彼女は何か見たり聞いたりしなかったかな？」

「それは彼女に訊ねてみた――しかし、二十秒以上も考えた末、誰もみなかったという返事です」

「ほう？」レイスは緊張した。

「ええ、ちょっと臭いですね」

　レイスがゆっくり話しはじめた。

「もしリネット・ドイルが一時十分ごろ、いやとにかく船中が静かになってしまったあとで、射たれたのだったら、誰も銃声を聞かないというのは実に不思議だなあ。もちろんあんな小さなピストルだからたいした音を立てないことは認める。しかし、あの時間、船の中はすっかり静かなんだから、どんな音だって、たとえポンとコルク栓を抜くほどの音だって、聞こえたはずだ。しかし、今考えてみると、ややわかってきたような気もする。彼女の部屋の隣り――船首方向の部屋には誰もいなかった。ドイルがドクター・ベスナーのところにいって留守だったんだからね。彼女の部屋から船尾方向の隣り部屋は耳の遠い婆さんの船室だ。そうするところは――」

　彼は口をつぐんで、何かを期待するようにポアロを眺め、ポアロはこれに対してうなずいた。

「残るところは左舷側の隣りだけとなる。言いかえれば、ペニントンの部屋だ。なんだかいつもペニントンに戻ってくるような気がするな」

「そう。もう一度ペニントンを呼びよせて、今度は少し手きびしく聞いてみましょう！　私はその時を大いに楽しみにしてるんです」

「じゃあ、それまでに船室の捜査をやってしまおう。真珠がかえってきたことは、まだ誰も知らんから、部屋を捜す口実には誂《あつら》え向きだ。ミス・バウァーズが他の連中にしゃべる懸念もないし」

「ああ！　この真珠！」ポアロはもう一度電灯の明かりにすかして眺めた。舌をだしてなめてみた。それから苦い顔をして歯の間にはさんでもみた。やがて溜め息をついて、その真珠をテーブルの上にほうりだした。

「問題はさらに複雑になりましたよ。私は宝石の専門家ではないけれど、昔はこれでもかなり宝石と縁があったし、多少はみる目があると自負しています。私が見たところ、この真珠は非常に精巧な模造品ですね」

21

レイス大佐はくやしそうに歯ぎしりした。

「この事件、複雑になるばかりじゃないか」彼は首飾りを取りあげて、「あんたの鑑定、間違いじゃないだろうな？　私にゃほんものにみえるがねえ」

「非常に立派な模造品ですよ——間違いない」

「すると、一体どうなるんだい？　まさかリネット・ドイルが用心のために、自分で模造品をこしらえて船に持ってきたんじゃないだろうね？　よくそんなことをする女がいるが」

「もし、そうだとしたら、夫のサイモン・ドイルが知っているでしょうな」

「彼には黙ってたかもしれない」

ポアロは不満そうな様子で頭を振った。

「いや、私はそうは思いませんね、船に乗りこんだ最初の晩、マダム・ドイルの首飾りを見て、私は素晴らしい真珠だと感嘆したもんですよ。艶《つや》といい、色彩といい、まったくの逸品でした。いや、彼女が本物をつけていたことは絶対に疑いありません」

「そうすると、ここでわれわれは二つの可能性に直面することになる。第一は、誰かが本物を盗んで模造品に取り代え、その模造品をミス・ヴァン・スカイラーが盗んだという考えだ。第二は、ミス・ヴァン・スカイラーの窃盗病などはまったくの作り話で、ミス・バウァーズ自身が盗人であり、とっさに例の話をでっちあげて、偽物を届けでることによって嫌疑をはらそうとしたのかな、それともあの女たちは三人が全部仲間で、つまり、アメリカの上流婦人に化けている巧妙な宝石泥棒の一団だという可能性だ」

「そう」ポアロは呟いた。「なんとも言えませんね。しかし、一つだけあなたに言っておきたいことがあります。というのは、完全に正確な模造品を作るということ——マダム・ドイルの目までごまかせるほどの模造品、留め金から何まで正確に作るということは、よっぽど熟練を要する仕事で、とても素人業《しろうとわざ》じゃできないのです。それに、急場の仕事ではとても無理で、じっくり落ち着いて本物を調べる機会を持った人間でなければ、到底できるものではないのです」

レイスは立ちあがった。

「今、とやかく想像を逞しくしてもなんにもならないな。まず仕事を始めよう。なんとかして本物の首飾りを探しだすことが第一だ。それから、よく目玉を開けておくことも大切さ」

二人はまず下のデッキの船室から始めた。

シニョール・リケティの船室には各国語で書かれた考古学の書物。いろいろな衣服類、香りの強いヘアローション。二通の手紙。一通はシリアの探険団から、一通はローマにいる妹かららしかった。ハンカチは全部色物の絹ハンカチばかりだった。

次にファーガスンの部屋を調べた。

共産主義の文書が四、五冊、スナップ写真多数、サミュエル・バトラーの小説『エレホーン』、『サミュエル・ピープスの日記』（一六三三〜一七〇三の作者による王政復古期の日記）大衆版。身のまわりの品は大してなかった。上に着るものはほとんど破れたり汚れたりしていたが、反対に下着類はすべて高級品ばかり、ハンカチは高価な麻のものであった。

「ちょっと面白いとり合わせですね」とポアロが呟いた。

レイスはうなずいた。

「個人的な書類だの手紙だのが一つもないのは少し変だね」

「そうですね。ちょっと考えさせられるじゃありませんか。ムッシュー・ファーガスン——奇態な人間ですね」

彼は引き出しの中に紋章入りの指輪をみつけだし、じっと考え深げに眺めていたが、やがて元の場所に返した。

次にルイーズ・ブールジェの部屋。ルイーズは普通、他の船客たちの食事がすんでから食事することになっていたが、しかしレイスの命令で、今日だけは他の連中と一緒になっていた。ところが船室係の給仕が二人を待ち受けていた。

「あのう、実は、ミス・ブールジェがどこにも見当たらないんです」と給仕は詫《わ》びるように申し述べた。

レイスは船室の中をのぞきこんだ。誰もいなかった。

二人は遊歩デッキに上っていって、右舷の船室から始めた。

最初の船室は、ジェイムズ・ファンソープ。すべてが極端なほどきちんと整頓されていた。荷物は大してなかったが、あるものはすべて品のよいものばかりであった。

「一通の手紙もない」とポアロは考えるように言った。「ミスター・ファンソープは用心深い人らしい。手紙はすべて処分してあるようだ」

次にティム・アラートンの船室に移った。部屋の品々を見て、ティムがアングロ・カソリック教徒であることがすぐわかった――精巧な小型の三幅対宗教画、巧みに木を彫って作られた大きな数珠《じゅず》などがあったからだ。ほかには衣服類、相当に添削を施した未完成の原稿、大部分が新刊書で占められている多数の書物、などがあった。手紙類も引き出しの中に無造作に投げこまれていた。ポアロは他人の手紙を平気で読む癖があったが、この時も、さっと目を通した。しかしジョウアナ・サウスウッドからの手紙は一通もなかった。ふと傍らにチューブ入りのにかわがあるのに気づき、しばらくぼんやりもてあそんでいたが、やがて呟いた。

「次の部屋にゆきましょう」

「安物のハンカチはないね」レイスはこう報告して、引き出しの中の物を元の位置にもどした。

次はミセス・アラートンの船室である。心地よいほどきちんと整頓され、古風なラヴェンダーの匂いさえかすかに漂っていた。

二人の調べはすぐに終わった。部屋をでる時、レイス大佐がこう批評した。

「気持ちのいい奥さんだな」

次の船室はサイモン・ドイルが着替え室として使っていた部屋である。彼の日用品――パジャマや洗面用具はベスナーの船室に移されていたが、残りの品物はこの部屋に残されていた。大きな革のスーツケースが二つ、ボストン・バッグが一つ。洋服簞笥には衣服類も残っていた。

「ここは少し念を入れてみましょう」とポアロは言った。「ひょっとしたら泥棒がここに首飾りを隠しているかもしれないから」

「そんなことがあると思うかね？」

「まあ、考えてごらんなさい！　窃盗犯人が誰であろうと、いつかは捜査があるだろうと予期しているにちがいないし、したがって自分の船室に隠すことはなによりも危険です。展望室《サロン》やバス・ルームのような共用の場所に隠せば人に見つかる危険がある。しかし、この船室は負傷したドイルのものであり、絶対に本人がくる心配はないところです。たとえ真珠がこの部屋で見つかっても、別に問題も起こらないということになるでしょう？」

しかし、二人で隅々まで探しまわったものの、なんの収穫も得られなかった。

ポアロは、「チョッ！」と舌打ちし、二人はふたたびデッキにでた。

リネット・ドイルの船室は死体を運びだしたあと、鍵がかけられていたが、レイスはその鍵を持っていたので、それでドアを開けて、中に入った。

死体を運びだしたこと以外、この部屋は今朝のまま全然手をつけてなかった。

「ポアロ」とレイスは言った。「なんでも手がかりになるものがあったら、ぜひ探してくれよ。他の人にできなくても、あんたにはできるはずなんだから」

「ここでは、あなたは真珠をさして言ってるんじゃないでしょう？　ねえ、きみ《モ・ナ・ミ》」

「真珠じゃない。大切なのは殺人事件の方だ。今朝一応調べてはみたが、見落としたものがあるかもしれないからね」

静かに、器用に、ポアロは探しまわった。跪《ひざまず》いて、床の上を一インチも余さず調べた。次にベッドを調べ、それから洋服簞笥や、引き出し付きの簞笥の中身をすばやくみてまわった。今度は衣裳入れ大型トランクと高価なスーツケース二個の中身を調べ、さらに金縁の豪華な化粧ケースの中をのぞいた。最後に洗面台の上に目を移した。そこには種々のクリームやパウダー、化粧水の瓶が並んでいる。しかし、ポアロの注意を惹いたのは〈ナイレクス〉とラベルを貼った二つのマニキュア液の小瓶であった。彼はこの二つの瓶を取りあげて化粧台に持ってきた。そのうちの一つ、〈ナイレクス・ローズ〉と書かれた方の瓶はほとんど空で、底の方に一、二滴の深紅色の液体が残っているだけであった。しかし、もう一つの方、同じサイズの瓶で〈ナイレクス・カーディナル〉と書かれた方はまだ栓を開けたばかりであった。ポアロはまず空の瓶のほうから、二つをかわるがわる念入りに匂いを嗅いだ。

エナメルの匂いが、部屋の中に漂った。ちょっとしかめ面をして彼は両方の瓶に栓をした。

「何か見つかったかい？」レイスが尋ねた。

ポアロはフランスの格言で答えた。

「（蜜ではなくて）酢を使っては蠅どもはつかまらない《オン・ヌ・ブラン・パ・レ・ムシュ・アヴェク・ヴィネーグル》」

それから彼は溜め息を洩らして言った。

「どうもわれわれは運が悪いようですね。犯人はあまり思いやりがないとみえて、カフス・ボタンも、煙草の吸い殻も、葉巻の灰も残してくれてない。もし犯人が女だったら、ハンカチか、口紅か、ヘアピンぐらいは落としてくれてもよさそうだのに」

「ただマニキュアの瓶だけ？」

ポアロは肩をすくめた。

「メイドに聞いてみましょう。ええ――ちょっと、奇妙なことがあるんです」

「そりゃそうと、あのメイド、一体どこにいったんだろう？」レイスは首をひねった。

二人はリネット・ドイルの船室を出てドアを閉め、ミス・ヴァン・スカイラーの船室に移った。

ここもまた、富とぜいたくの見本市であった。高価な化粧用具、上等な鞄、私信、書類、疑わしいものは一つもなかった。

その隣りは、ポアロの船室で、ダブル・ルーム。そのさらに向こうが、レイスの部屋である。

「この二つの船室にはまさか何も隠しはしないだろう」とレイス大佐は言った。

ポアロは反対を唱えた。

「隠してるかもしれませんよ。一度、オリエント急行で私が殺人事件を調査していた時、真赤なキモノが紛失して、問題になったことがあるんです。紛失しても汽車の中にあることは確かだった。さんざん探したあげく、やっとみつけだしましたがね。どこにあったと思います？　私のスーツケースの中にあったんですよ！　実に厚かましいやり方だった！」

「それじゃ、今度も犯人が私やあんたに厚かましい態度をとってるかどうか、みてみるとしよう」

しかし、真珠泥棒はエルキュール・ポアロにも、レイス大佐にも厚かましい態度などまったくとっていなかった。

次に船尾にまわってミス・バウァーズの船室を入念に調べたが、ここにも疑わしい点はなかった。彼女のハンカチはイニシアルの入った飾りけのない麻のものだった。

次がオッタボーン母娘の部屋。ここでポアロはまた念入りに隅々まで調べてみたが、何も見つからなかった。

次はベスナーの船室。そこではサイモン・ドイルが盆の上の食事には手もつけないで、横になっていた。

「食欲が少しもないのでね」と彼は弁解するように言った。

彼は熱っぽい様子で、朝よりはずっと容態が悪そうであった。一刻も早く病院に連れていって適当な治療をしたいとあせっているドクターの気持ちがよくわかった。ポアロはいま二人が何をしているかを手っ取り早く説明し、サイモンはそれに対して頷《うなず》いてみせた。首飾りはミス・バウァーズの手を通じて戻ってきたが、偽物だったと話すと、サイモンは心から驚いた様子であった。

「ミスター・ドイル。あなたの奥さんは模造品をお持ちじゃなかったですか？　船へは本物の代わりに模造品を持ってきたんじゃないんですか？」

サイモンははっきりと首を振った。

「そんなことは絶対にない。リネットはあの真珠が自慢で、どこにゆくにもあれをつけていた。あれには盗難、火災、いろんな保険がついてるんです、それでリネットはあんなふうに不注意な扱い方をしてたんだと思いますね」

「それでは、もう少し探してみましょう」

彼は引き出しを開けはじめた。レイスはスーツケースを開けた。

　サイモンは目をみはった。

「まさか、ドクター・ベスナーが盗んだと考えてるんじゃないでしょうね？」

　ポアロは肩をすくめた。

「それもありえますよ。なにしろドクター・ベスナーもわれわれの目からみると、やはり未知数の人間ですからね。彼について知っていることと言えば、本人の口を通じて知ったことだけですからね」

「しかしぼくがいる目の前で、隠したりできるはずがない」

「今日はできなかったでしょう。あなたがいたんだから。しかし、模造品にすりかえたのが今日だったかどうかは疑問です。二、三日前だったかもしれないでしょう？」

「それはそうだな」

　しかしいずれにしても、捜査は無駄であった。何一つ怪しいものはなかった。

　二人はペニントンの部屋に移った。ここで二人はかなりの時間を費した。特に法律上のあるいは事業上の書類の一杯入ったカバンを念入りに調べた。書類の大部分はリネットの署名を必要とするものであった。

　ポアロは憂鬱そうに頭を振った。

「私には別に怪しい書類はないように思われるが、あなたはちがう意見ですか？」

「同意見だね。しかし、あの男、ばかじゃないからな。何か権利譲渡といった書類——例えば委任状といったものがあったとすればだね、まず破って棄てたとみるのが当然だね」

「確かにそうです、ええ」

ポアロは箪笥の一番上の引き出しから大型のコルト拳銃をとりだし、しばらく眺めて、元の場所に返した。

「いまでも、リヴォルヴァーを持って旅行している人間がいるとみえますすね」と彼は呟いた。

「そのピストル、ちょっと考えさせられるね。しかしリネット・ドイルを殺したのはそんな大型じゃない」レイスは言葉を切り、さらに言った。「ピストルを河の中に捨てた事実について、あんたは不思議だと言ったね。あの点は私も少し考えてみたんだ。かりにだね、実際の犯人はリネット・ドイルの船室にピストルを残していって、それを別の人間が川に投じたと考えたら、どんなもんだろう？」

「不可能じゃありませんね。実のところ、私もそう考えてみたことがあります。ところがそう仮定すると、いろんな疑問がでてくるのです。第二の人間とは誰だろう？　なんのためにピストルを捨ててジャクリーン・ド・ベルフォールを庇《かば》わなければならないのか？　第二の人間はリネット・ドイルの船室で何をしていたか？　あの船室に入った人間でわれわれの知っているのはマドモアゼル・ヴァン・スカイラーだけです。しかし彼女がなぜ、ジャクリーンを庇う必要があるのか？　といっても、それ以外にピストルを捨てる理由があるだろうか？」

レイスは口をはさんだ。

「たぶん、肩掛けが理由だったかもしれない。あれが自分のものだと知って、すっかりあわてて、そこにあったもの全部を捨てた、とみたら？」

「捨てるなら肩掛けだけで充分でしょう？　ピストルまで捨てる必要があったでしょうか？　まあ不可能だとはいえませんがね。なんとなくすっきりしないね。それに、肩掛けのことですが、あなたが気づいてないことが一つあります――」

ペニントンの船室からでてきた時、ポアロはレイスに、残りの船室――すなわちジャクリーンとコーネリアの船室と二つの空き部屋の捜査を一人でするように頼んだ。自分はサイモン・ドイルとちょっと話してきたいからと彼は言い残した。

やがて彼はデッキを後戻りしてベスナーの船室に入っていった。

サイモンが口を開いた。

「さっきから考えてみたんですがね。あの首飾り、昨日までは絶対に偽物じゃあなかった」

「どうしてわかりました？」

「なぜって——リネットが」——リネットという名前を口にした時、彼は顔をゆがめた——「ちょうど夕食の前に、首飾りを手に持って、真珠のことを話しているのを思いだしたんです。彼女は真珠については相当に知っていてね。もし偽物だったら、その時きっと気がついたろうと思うんだ」

「ただし、非常に精巧な模造品でしたよ。ところでミセス・ドイルはあの首飾りを自分の手から放したことがありますか？　例えば友達に貸したりなど？」

サイモンは少し戸惑い気味に顔を赤らめた。

「それがね、ムッシュー・ポアロ。ぼくにははっきり言えないんです……。ご承知の通り——そのう——リネットをあまり長く知ってたわけじゃないから」

「ああ、なるほど、短いロマンスでしたものね」

サイモンは続けた。

「で——実際のところ、そういう点は全然わからないんです。しかし、リネットは自分の物に関する限り、非常に寛大な女性だったから、きっと、友達に貸したりしたろうと思いますね」

「たとえば――」ポアロはごく何気ない声で、「――そのう、マドモアゼル・ド・ベルフォールに貸したことはありませんか？」

「そ、それはどういう意味ですか？」サイモンは真赤になって、起き直ろうとし、足の痛みに顔をしかめると、またあお向けに倒れた。「何を探ろうとしてるんですか？　ジャッキーが真珠を盗んだとでも言うんですか？　そんなことは絶対にない。誓ってもいい。ジャッキーは正直な女です。ジャッキーが泥棒をするなんて、考えるだけでもばかげてる――そんなばかなこと！」

ポアロはやさしく目をまばたきながら彼を眺めた。

「オー、ラ、ラ、ラ！」とポアロはだしぬけに言った。「私の言葉はすっかり蜂の巣をかきまわしたとみえますね」

しかし、サイモンはポアロの軽口も耳に入らない様子で、頑固に言い張った。

「ジャッキーは正直な女なんだ！」

ポアロはアスワンのナイルの流れのそばで聞いたあの声、あの娘の声を想い出した。

〝あたしはサイモンを愛してます、そしてサイモンもあたしを愛してる……〟

あの晩、ポアロは三人三様の話を聞いて、どれが一番真実に近いだろうと自らいぶかってみたものだった。いま考えてみると、ジャクリーンの言葉が一番正しかったように思われる。

ドアが開いて、レイスが入ってきた。

「何もなかったよ」彼はぶっきらぼうにこう言った。「どうせ別に期待はしていなかったがね。今、船客の身体検査をした給仕たちがここにやってくるよ」

男の給仕が一人と女給仕《スチュアーデス》が一人、入り口に現われた。男の方が先に口を開いた。

「何もありませんでした」

「男の客でうるさく言ったやつはいなかったかい？」

「イタリア人の方だけです。ずいぶん長い間、文句を言ってました。不名誉きわまる――とかなんとか。ピストルも持ってました」

「どんなピストルだ？」

「モーゼル自動拳銃で、二五口径です」

「イタリア人は気が短いですよ」とサイモンが言った。「ワディ・ハルファで、あのリケティったら、リネットが電報のことでちょっと間違いをしただけなのに、すごく腹を立てた。実に無礼な暴言をはきましたよ」

レイスは女給仕《スチュアーデス》の方に向かった。彼女は大柄で顔立ちのいい女性だった。

「ご婦人たちにも、なんにもありませんでした。みんな、ぶつぶつ言ってらっしゃいました。ただミセス・アラートンだけは、とてもさっぱりしてらして——。真珠はとうとう見つかりませんでしたわ。それはそうと、ミス・ロザリー・オッタボーン、あの方のハンドバッグに小さなピストルが入っておりました」

「どんな？」

「ごく小さいもので、真珠貝の柄のついた、玩具みたいなものです」

レイスは目をむいた。

「ええ、こんな事件、勝手にしろだ」と彼は呟いた。「あの娘は容疑者からはずせたとばかり思ってたのに、また今になって——この船に乗っている娘は、みんな真珠貝の柄のついたピストルを持って歩いてるのかね？」

彼は女給仕《スチュアーデス》に質問をあびせた。

「きみがそれを見つけた時、彼女の顔色は変わらなかったか？」

彼女はその頭を振った。

「おそらく気がつかなかったと思います。ハンドバッグの中を調べていた時、わたし、彼女の方に背を向けておりましたから」

「それにしても——あの娘はきみがピストルを見つけるだろうとは知っていたはずだ。まあ、いい。私にはなんだかさっぱりわからない。ところでメイドは？」

「船の中をすっかり探してまわったんですが、どこにも見つからないんです」

「何があったんです？」とサイモンが尋ねた。

「ミセス・ドイルのメイド――ルイーズ・ブールジェ、彼女が姿を消したんだ」

「姿を消したんですって？」

レイスは考え探げに言った。

「彼女が首飾りを盗んだのかもしれんな。模造品を作る機会を充分に持っていたのは彼女だけだからね」

「そして、捜査が始まったと聞いて、船から水中に飛びこんだんですね？」とサイモンが意見を出した。

「ばかな！」レイスがいらいらした声で答えた。「女が真昼間に、こんな船から水に飛びこめば、誰かの目に入るにちがいないさ。彼女、きっと船の中のどこかにいるはずだ」

彼はもう一度女給仕《スチュアーデス》の方を向いた。

「いなくなったのはいつごろだい？」

「昼食のベルが鳴る三十分ほど前、あの人の姿を見受けた者がおります」

「とにかく、彼女の船室をもう一度のぞいてみよう。何か手がかりがあるかもしれない」とレイスが言った。

彼は下のデッキへ降りていった。ポアロもあとに続いた。ドアの鍵を開けて二人は船室に入った。

他の人の身のまわりを片づけるのが商売のルイーズ・ブールジェは、自分の身のまわりなどどうでも構わないと言ったふうだった。箪笥の上にはこまごましたものが乱雑に散らばっているし、スーツケースは大きく口を開けていて、その横から衣服類がはみだし、椅子の上には下着類がだらしなくひっかかっていた。

ポアロはすばしこい手つきで、化粧台の下の引き出しを開け、レイスはスーツケースを調べはじめた。

ルイーズの靴がいくつかベッドのそばに並んでいた。その一つ、黒のエナメル靴が、とんでもない恰好で、まるでなんにも支えられないで空中につっ立っているように見えた。その靴の不自然な様子はなんとなくレイスの注意をひいた。

彼はスーツケースに蓋をして靴のそばにかがみこんだ。次の瞬間彼は鋭い叫び声をあげた。

ポアロはくるりと振りかえった。

「何があったんです？《ケ・ス・キ・リ・ャ》」

レイスは暗い口調で答えた。

「消え失せたんじゃないよ。彼女はここにいる――このベッドの下に……」

22

船室の床の上には、生きていればルイーズ・ブールジェだった女の死体が横たわっていた。二人の男がその上にかがみこんだ。

やがて、まずレイスが立ちあがった。

「死後一時間ぐらいだな。ベスナーに検屍《けんし》してもらうことにしよう。心臓を突き刺されてる。ほとんど即死だな。しかしあまりきれいな死に方じゃない」

「そうですね」

ポアロはかすかに身震いして頭を振った。

その浅黒くて猫じみた顔は、驚きと怒りに醜くひきつり、唇の間から白い歯がぐっとむきだしていた。

ポアロはもう一度静かに身をかがめて、死体の右手を持ち上げた。指の間に何かがちらりとみえる。彼はそれを引き離し、レイスの目の前につきだした。うすい紅紫色のペらぺらした紙片の一部だった。

「なんだかおわかりになるでしょう?」

「金だね」とレイスは言った。

「これでいきさつは明瞭だな。彼女は何かを知ってたんだ――そして、それを種にして殺人犯人を脅迫したわけだ。彼女が何かを隠していたことは、今朝、われわれも勘づいてたんだが……」

ポアロは声高に言った。

「私たちもばかだった――ほんとに! あの時はっきり気づいてもよかったんです。彼女はなんと言ってました? 〝あたしに何か見たり聞いたりすることができたでしょうか? あたし、下のデッキにいたんですよ。もしあたしが眠れなくて階段の上まででてきてれば、もちろん、恐ろしい殺人犯人がマダムの部屋に入ってでていくのを見たかもしれません。でもあたしは――〟その通りだったのです! 彼女は階段の上までいったのです。そして誰かがリネット・ドイルの船室に忍びこんだところを――あるいは、でてくるところを、見たにちがいないのです。ただ、欲が深かったばかりに、愚かにも欲が深かったばかりに、こうしてここに横たわっていて――」

「しかもわれわれは依然として誰が彼女を殺したかわからないでいる」とレイスはくやしそうにポアロの言葉をおぎなった。

ポアロは頭を振った。

「いや、いや、もういろんなことがわかってきましたよ。もう——ほとんどすべてわかったといってもいいくらいです。ただ、それが、とても信じられないようなことで……しかし、そうにちがいないのです。ただ、私はそれを見抜けなかった……今朝はなんたるばかだったのか！　私たちは、あなたも私も、彼女が何か隠していると気づいていながら、それを隠している理由——すなわち脅迫に使うため、ということに気がつかなかったのです」

「彼女は率直に口留め料を要求したわけだね。脅し文句を使って要求した。犯人はいやでもこの要求に屈服する他なかった、そしてフランス紙幣で支払った。ほかの金はなかったろう？」

ポアロは考えこんで頭を振った。

「フランス紙幣だけではないでしょう。旅行者はよく予備金を持って旅行しています。ある時は五ポンド札、ある時はドル紙幣、フランスの紙幣を持って歩く人も非常に多いのです。犯人は、きっと、このようないろんな国の紙幣を混ぜて彼女に払ったにちがいありません。この推理をもう少し続けてみましょう」

「犯人は彼女の船室にきて、彼女に金を払う、そして、それから――」

「それから彼女は金を勘定する。私はこんなタイプの人間をよく知っています。必ず金を勘定するんです。勘定している間、すっかり油断して、そのすきに、犯人はぶすりとやったのです。それがうまくいくと、彼はやった金を集めて逃げてゆく――。札の一枚の端が破れて彼女の手に残ったのも知らないで――」

「その破れた札を手がかりにして、犯人をつきとめられるんじゃないかな？」レイスは自信なさそうにこう言った。

「さあ、どうですかね？」とポアロは言った。「彼はたぶん紙幣を調べるでしょう、そして端の破れてるのに気がつく。もちろん、もし彼がけちんぼな人間だったら、千フラン札を捨ててしまう勇気はないでしょうが、しかし、私の考えでは――彼はおそらく――正反対の性格の持ち主のようですな」

「どうして、そう思う？」

「今度のこの犯罪にしても、ミセス・ドイル殺しにしても、これだけのことをするには、一定の性質の人間でなければなりません――つまり、勇気、図太さ、大胆な実行力、機敏な行動という特性が必要です。このような特性は、節約家で、用心深い性質とは調和しないのが普通です」

レイスは情けなさそうに頭を振った。

「とにかくベスナーを呼んでこよう」と彼は言った。

逞《たくま》しい体つきのドクターの検屍はすぐに終わった。仕事をしながらもドクターは絶えず〝ああ《アッハ》〟とか〝ゾオ〟とかいうドイツ流の感嘆詞を放った。

「死後一時間も経ってない。完全な即死だ」

「それで凶器は何だと思います？」

「ああ、それがちょっと変わってるんだ。何か非常に鋭くて、非常に薄い、非常にデリケートな刃物だな。どんなものかちょっと見せてあげよう」

三人そろってドクターの船室に帰ると、ドクターはケースの中から細長い、鋭利な外科用のメスをだして見せた。

「凶器はこんなナイフだ。テーブル用のナイフなどとはちがうね」

「ドクター、そのう——」とレイス大佐がごくさりげない調子で言った。「あなたの持っているメスで、なくなったものはないでしょうな？」

ベスナーは大佐をじっと見つめていたが、やがて憤怒のあまり顔が赤くなった。

「なんだと？　この私が——カール・ベスナーが——あんなどこの馬の骨かわからない

メイドを殺したとでも思うのかね？　これでも私は——私は、オーストリアでは知られた人間だ。自分の診療所もあるし、一流の人たちを患者に持ってる人間だよ。ばからしい！　なんてことを言う！　私のメスは——一本だってなくなってておらん。みんなここにちゃんと揃っています。自分で見てもわかるでしょう。医師としての私にとって、こんな侮辱はない。一生忘れません」

ドクター・ベスナーはケースをピシャリと閉めると、それをいきなり拗《ほう》り出し、憤然と船室を出ていった。

「ヒュー！」とサイモンは言った。「ドクターをすっかり怒らせちまったね」

ポアロは肩をすくめた。

「残念なことですな」

サイモンはさらに言った。「あなたたちの見こみちがいだね。ベスナーは、ドイツ人らしい嫌味はあるけど、一流の医者であることには間違いないですよ」

突然、ドクター・ベスナーが戻ってきた。

「失礼だけどこの船室をでていってください。病人の脚の包帯《ほうたい》をかえなきゃならんから」

ドクターと一緒にミス・バウァーズが入ってきて、職業的な態度で直立して、みんなのでてゆくのを待っていた。

　レイスとポアロはおとなしく外にでた。レイスは何か呟くと、どこともなく立ち去った。一方、ポアロは左に曲がった。

　若い娘たちの話し声、笑い声が、途切れ途切れに聞こえてくる。それはロザリーの船室からで、ジャクリーンとロザリーが何か語り合っていた。

　船室のドアを開けっ放しにして、二人はそのドアのすぐそばに立っていた。ポアロの影を感じて二人はふと顔をあげた。ロザリーが彼に微笑みかけた。ロザリーの微笑をみたのはこれが初めてである。恥ずかしそうな、暖かい微笑——慣れない表情をする時によく現われるかすかな不安の影も漂っていた。

「お嬢さんたち、誰かの悪口でも話しておいででしたかな？」とポアロは冗談半分になじった。

「まさか」とロザリーは言った。「あたしたち、ただ、口紅を較べ合ってただけよ」

　ポアロは微笑《わら》った。

「流行の品《レ・シフォン・ドゥジュルジュイ》ですな」と彼は呟いた。

　しかし、彼の微笑にはなんとなく機械的なところがあった。ロザリーよりもすばしっこくて、観察力の鋭いジャクリーン・ド・ベルフォールは、すぐに彼の微笑を読みとって、持っていた口紅をそばに置くと、デッキにでてきた。

「何か——何か起こったんですか?」

「ご想像の通りです、マドモアゼル、何かが起こりました」

「何が起こったの?」ロザリーも外にでてきた。

「また一人死んだんです」とポアロは言った。

ロザリーははっと息をのんだ。ポアロは彼女をじっと観察した。彼女の目の中に恐れ、いや、それ以上の何か——驚愕——の色が走るのをみとめた。

「ミセス・ドイルのメイドが殺されたのです」と彼はぶっきらぼうに言った。

「殺されたんですって?」ジャクリーンが叫んだ。「殺された、と言うんですか?」

「そうです。私はそう申しました」彼はジャクリーンの質問に答えながらも、じっとロザリーの方を見つめていた。それから、彼はロザリーに向かって話を続けた。「彼女、このメイドですがね。彼女は何か見てはいけないことを見たんです。だから、まんいち、彼女が口をすべらしたら——というんで、死人に口なしという状態にされてしまったのです」

「彼女、何を見たの?」

質問をしたのはやはりジャクリーンの方であった。ポアロの答えはまたもやロザリーの方に向けられた。それは奇妙な三角形の会話であった。

「彼女が何を見たか？　それはすぐ想像できますね。彼女は昨晩リネット・ドイルの船室に出入りした人間を見たにちがいないのです」

彼の耳はすばやかった。ロザリーがはっと息をのみこむのをとらえ、瞼《まぶた》をちらっと動かすのをみてとった。実際、ロザリー・オッタボーンは彼が予期した通りの反応を見せたのだった。

「彼女が誰を見たか、なんとも言いませんでしたか？」ロザリーが訊ねた。

ポアロは静かに——残念そうに——頭を振った。

その時、デッキをパタパタと走ってくる足音がした。それはコーネリア・ロブスンで、大きく見開かれた目は何かしらおびえ切っていた。

「ああ、ジャクリーン！　大変なことが起こったのよ！　恐ろしい！」

ジャクリーンは彼女の方を向いた。二人は二、三歩前方に進んだ。と同時に、ほとんど無意識にポアロとロザリー・オッタボーンは反対の方向に歩いた。

ロザリーが鋭く訊ねた。

「どうしてあたしをそんな目でみるの？　何を考えてるんですか？」

「あなたの二つの質問に対して、私は一つだけ質問したいですね、マドモアゼル。あなたはなぜ本当のことを言ってくれないんですか？」

「それ、どういう意味？　あたし話したわ——今朝——何もかも」

「いいえ、まだ話してないこともあります。たとえば、あなたがハンドバッグに真珠貝の柄のついた小型ピストルを入れて持ち歩いてることは、話さなかったし、昨晩あなたが見たことも全部は話していない」

　彼女は顔を赤くした。それから鋭い調子で言った。

「そんなこと嘘だわ。あたし、リヴォルヴァーなんか持ちませんわ」

「リヴォルヴァーとは言いませんでしたよ。ハンドバッグに入れて持ち歩く小さなピストルと言ったんです」

　彼女はくるりときびすを返し、さっと自分の船室に飛びこむと、すぐにでてきて、灰色の革のハンドバッグを彼の手に押しつけた。

「あなたの話はでたらめだわ。自分でご覧になったら？」

　ポアロはハンドバッグを開いた。ピストルは入っていなかった。

　彼はハンドバッグを返して、彼女のあざけるように勝ち誇った目を見返した。

「たしかに、入っておりませんね」とポアロは気軽に言った。

「それごらんなさい。いつでもあなたの言うことが正しいとは限らないわ、ムッシュー

・ポアロ。それにもう一つの方だってまったくでたらめですわ」
「いいえ、でたらめだとは思いません」

「あなたって腹の立つ方ね」彼女はいらだたしそうに足をふみ鳴らした。「自分で勝手にそう思ったら、いつまでもそのことばかり言い続けるのね」

「それも、あなたに本当のことを言って欲しいからです」

「本当のことってなんですの？　あたしよりあなたの方がよくご存じのようだわ」

ポアロは言った。

「あなたが何を見たか、私に言わせたいんですか？　もし私の言うことが正しかったら、あなたはそれを認めてくれますか？　では私の考えを言ってみましょう。あなたが船尾をまわって右舷の方に来た時、デッキの中途あたりの船室からでてくる男の人の姿をみて、無意識に足を止めた。その船室はリネット・ドイルの船室だった。もちろんこれは翌日あなたの気づいたことです。それから、その男は船室からでてきて、ドアを閉め、あなたのいるところとは反対の方にデッキを歩き、それから一番端の二つの船室のうちの一つに入っていった。どうです、私の考え、間違ってますか？」

彼女は返事をしなかった。

ポアロはさらに続けた。

「あなたは話さない方が賢明だと思ってるんですね。うっかり話すと自分も殺される――と心配しているんでしょう?」

一瞬の間、ポアロは彼女がうまく食いついてきたと思った――こんなふうに彼女を怒らした方が、おとなしく説き伏せるよりも、彼女の口を割らせ得ると知っていたからである。

彼女は唇を開けた――唇はふるえた――しかしそれから――「誰も見ませんでしたわ」とロザリー・オッタボーンは答えた。

23

ミス・バウァーズが、袖口を直しながら、ドクター・ベスナーの船室からでてきた。

ジャクリーンはだしぬけにコーネリアのそばを離れ、ミス・バウァーズに話しかけた。

「彼、どんな様子？」

ポアロもそばによってきた。ミス・バウァーズは少し心配そうな顔つきである。

「とても悪いというほどじゃないです」

ジャクリーンは叫んだ。

「前より悪くなったの？」

「まあ、いずれにしても、ちゃんとX線で検査して、麻酔薬をかけて徹底的な手術をするまでは、安心できませんわ。ムッシュー・ポアロ、シェルラルに着くのは何時ごろでしょうか？」

「明日の朝ですよ」

ミス・バウァーズは口をとがらして頭を振った。

「かわいそうに。わたしたちできるだけのことしていますけど。でも敗血症の心配もありますし」

ジャクリーンは、ミス・バウァーズの両腕をつかまえて振り動かした。

「あの人、死ぬんじゃないの？　彼は死ぬんじゃないの？」

「そんなことありませんわ、ミス・ド・ベルフォール。まあ、そんなことはないと思いますわ。傷そのものは危険ではないんです。しかし、できるだけ早くX線をかけねばならないのは確かです。それにもちろん、今日一日は絶対安静が必要ですわ。心配や興奮があんまり多過ぎるんです。熱の高くなるのも無理ありませんわ。奥さんがなくなられたり、いろんなことが起こったり――」

ジャクリーンはミス・バウァーズの腕を放して、顔をそむけた。それから他の二人に背を向けて手摺りによりかかった。

「いつも希望を持ってなきゃいけませんわ」とミス・バウァーズは言った。「もちろん、ミスター・ドイルは非常に頑丈な身体の持ち主です――たぶん生まれてから一度も病気にかかったことのない人です、だからそれだけでも他の人より望みがあるわけです。しかし、熱が高くなったってことは、あまりいい徴候でないことも確かで――」

彼女はもう一度袖口を直して、首を振り、さっさとその場を立ち去った。ジャクリーンも目に涙を一杯ためて、自分の船室に向かって、盲人のように手探りで歩きだした。彼女の肘を誰かが導くように手で支えた。ジャクリーンは顔をあげ、涙にぼやけた目で、ポアロをみた。それからちょっと彼によりかかるようにした。ポアロは彼女を連れて、船室の中に入っていった。

彼女がベッドに座ると、その両眼からはかぎりなく涙が流れた。

「あの人、死ぬんだわ。ええ、死ぬのよ。あたしが殺したことになるんだわ。ええ、そうよ」

ポアロは肩をすくめ、ちょっと首を振り、哀しげに言った。

「マドモアゼル、すんだことはすんだことです。できてしまったことを、今さらあとに戻そうとしても無理です。後悔しても遅すぎます」

彼女はいっそうはげしく叫んだ。

「あたしが殺したことになるのよ！　あたしあの人を愛してる。とても愛してるのよ」

ポアロは溜め息をついた。

「愛しすぎていますよ――」

ずっと前にムッシュー・ブロンダンのレストランでも、ポアロは今と同じことを考えていたのに気がついた。

彼は少しためらいがちにこう言った。

「ミス・バウァーズの言葉だけで心配するのはやめた方がいいですわ。病院の看護婦というものは、どうもいつも悲観的で、夜勤の看護婦なんか、夕方できて患者がまだ生きていると驚くし、夕方に帰った看護婦は、朝、出勤してきて、患者が生きているのに驚くくらいです！　看護婦たちはいろんな可能性を知り過ぎてるからなんですね。自動車を運転している人はよくこんなことを思います——あの交差点で他の車がでてきたらどうしよう？——あのトラックが急にバックしはじめたらどうしよう？——あの生け垣から犬が飛びだしてきて、ぼくの腕にかみついてきたらどうしよう？　でも普通はこんなこと、めったに起こるものでなくて、無事に目的地に着くんです。しかし、一度でも事故を起こした人、そして一度でも二度でも事故を目撃した人は、どうしても悲観的な見解を持つようですね」

ジャクリーンは涙をためたまま、なかば微笑して言った。

「ムッシュー・ポアロ、あなたはあたしを慰めようとなさってるのね？」

「私が何をしようとしているかは神様《ボン・デュー》だけしか知りませんよ！　実際、あなたは今度の旅行にくるべきじゃなかったのです」

「ええ、本当にこなけりゃよかったと思ってるわ。とても苦しくって――でももうじき終わるでしょう」

「もちろん《メー・ウィ》――ええ、もちろん《メー・ウィ》」

「そしてサイモンは病院にいって、ちゃんとした治療をうけて、すべてがうまくいくと思いますわ」

「あなたの話し振りはまるで子供みたいですな。そうして二人はいつまでもいつまでも幸福に暮らしました。そういうことですか?」

　彼女は突然に真赤になった。

「ムッシュー・ポアロ、あたしは決して――決してそんな意味で――」

「それは考えるには早すぎるってわけですか? しかしそれこそ偽善的な言い方ですよ、そうでしょう? マドモアゼル・ジャクリーン、あなたにはラテンの血が半分混じっています。たとえ、事実がそれほど美しいものでなくても、その事実を認めることができるはずです。王は死んだ《ル・ロワ・エ・モル》――王様万歳《ヴィヴ・ラ・ロワ》! です。太陽が沈んだら月が上ります。そうではありませんか?」

「あなたはおわかりじゃないんです。彼はただあたしを気の毒がってるだけなんです。あたしがあの人に重傷を負わせたことで、あたしがどんなに苦しんでいるか、それを知って、とてもかわいそうがっているだけなんです」

「ほう。純粋な憐憫《れんびん》というわけですね。しかし、それは高邁な感情ですよ」

彼はなかばからかうように、なかば他の気持ちをこめて彼女を眺めた。彼は小声で、フランス語でこう呟いた。

人生は虚しい《ラ・ヴィ・エ・ヴェヌ》。
ちょっぴり、恋と《アン・プ・ダムール》
ちょっぴり、憎しみと《アン・プ・ド・エーヌ》
そして、おはよう《エ・ピュイ・ボンジュール》。

人生は短い《ラ・ヴィ・エ・ブレーヴ》。
ちょっぴり、希望と《アン・プ・デスポワール》、
ちょっぴり、夢と《アン・プ・ド・レーヴ》
そして、おやすみ《エ・ピュイ・ボンソワール》。

彼はふたたびデッキにでた。レイス大佐がデッキを大またで歩いていたが、ポアロを認めるとすぐに大声で呼びとめた。

「ポアロ、ちょうどよかった。探してたんだ。ちょっと考えついたことがあるんだ」

彼は腕をポアロの腕にまわして、デッキを船首に向かって歩きだした。

「ドイルが何かの拍子に言った言葉なんだがね。あの時は気にしてなかった。ほら電報の話さ」

「ああ《ティアン》――そうでしたね《セ・ブレ》」

「たぶん、何もないかもしれないが、しかしどんな路地でも一応のぞいておく必要があると思うんだ。実際いやになっちまう。殺人が二つ、しかもわれわれはまだ暗闇の中を手さぐりだ」

ポアロは首を振った。「いや、いや、暗闇じゃありませんよ。もう明るみにでてますよ」

レイスは彼を不思議そうに眺めた。

「あんたには何か心当たりがあるんだな？」

「もう心当たりじゃないんです。確かなんです」

「いつから？」

「ルイーズ・ブールジェが死んだあとから――」

「私にはわからんなあ！」

「非常にはっきりしてますよ――ええ非常にね。ただ――難点が少しありましてね――当惑だの――妨害！　考えてもごらんなさい。リネット・ドイルのような人の周囲には、いろんなものがあるのです。いろんな矛盾した憎悪、嫉妬、羨望、意地悪。まるで蠅の群れみたいにブンブン――ブンブン――」

「しかし、あんたにはもうわかったわけだね？」レイスは不思議そうに相手を見守り、「あんたは自分で確信が持てないかぎり、そうは言わない人だからね。私にははっきりした光は見えない。もちろん、疑惑はいくつかあるが……」

ポアロは足をとめた。彼はレイスの腕に重々しく手を置いた。

「あなたには敬服しますよ。あなたは、〝きみの考えてることを話してくれ〟なんてことを言わない。もし私がいま話せるんだったら、すぐ話すだろうと、あなたはちゃんと知っています。しかし、そうする前に、片づけねばならぬことがたくさんあるのです。しかしいま私が言う線に沿ってしばらく考えてください。いろいろ興味深い点がありますよ……まず、ミス・ド・ベルフォールの言葉、つまりアスワンのホテルの庭で、あの晩、誰かが私と彼女の話を立ち聞きしていたというジャクリーンの言葉。殺人の晩にティム・アラートンが聞いたという彼の陳述の内容。今朝、われわれの質問に対して答えたルイーズ・ブールジェの意味ありげな言葉。それから、ミセス・アラートンは炭酸水を飲み、ティム・アラートンはウィスキー・ソーダを飲み、私は葡萄酒を飲む、という事実。これに加えてマニキュア液の瓶が二つあったという事実。私が引用したフランスの諺《ことわざ》。最後にこの事件全部のうちの一番の難点――ピストルを安物のハンカチとビロードの肩掛けに包んで河中に投じたという事実……」

レイスは一、二分沈黙を続けていたが、やがて頭を振った。

「いや、私にはわからない。あんたが何を言わんとしているか、ぼんやり感じられるけど、どうもぴったりこない」

「いいですか――あなたは真実を半分しかみていないのです。それに、もう一つ忘れてはならないことがあります――われわれの最初の考え方はまったく間違っていたのです。まったく初めからやりなおさなければならないのです」

レイスは少し顔をしかめた。

「そんなことには慣れてるから大丈夫だ。探偵の仕事というものは、えてして間違った出発点を拭いとって、再出発することにあるからね」

「そうです。まさに真理です。それができない人がずいぶんいます。この人たちはまずある仮説を立てて、あらゆることをその仮説に当てはめようとするんです。それで何か小さな事実がその説に当てはまらないと、その事実を抛《ほう》りだしてしまう。ところがその当てはまらない事実こそ、えてして意味深長なことが多いのです。私はピストルが犯罪の現場から持ち去られたという事実が、どんなに重大な意味を持っているか、初めから認識していました。それが何かを意味している、とよく承知していました——しかしその何かがなんであるかは、ほんの三十分ほど前にやっとわかったんです」

「私にはいまだにわからないね！」

「もちろんわかりますよ！　私の言った線に沿って考えてごらんなさい。ところで例の電報の件を片づけましょう——ただし、ドクターが病人に会わせてくれればですが」

ドクター・ベスナーは依然としてご機嫌斜めであった。二人がノックすると、ドクターは不機嫌な顔をドアの間からのぞかせた。

「なんです？　また病人に会いたい？　それは困るよ。熱があるんだから。今日はもうこれ以上刺激しないようにしてほしいんだ」

「たった一つだけ質問したいんだ。それ以上はしないから」とレイスは言った。

いやいやながらドクターはドアを開けた。二人は中に入っていった。ドクター・ベスナーはぶつぶつ一人でうなりながら押しのけるようにして二人のそばを通りすぎた。

「じゃ、三分間だけ。三分たったら必ず帰ってくれ！」

二人は医師の足音が高くデッキにひびくのを聞いた。

サイモン・ドイルは相手を一人ずつ、いぶかしげに眺めた。

「なんです?」と彼は訊ねた。

「ほんのちょっとしたことでね」とレイスは言った。「さっき給仕が身体検査の報告をしていた時、シニョール・リケティが特にうるさかったと私はきみに言ったね。そしたら、きみは、イタリア人は気が短いとかなんとか言って、電報のことで奥さんに暴言をはいたと言っていた。実はその時のいきさつをちょっと話してもらいたいんだ」

「ええおやすいご用です。あれはワディ・ハルファにいた時です。リネットは第二瀑《セカンド・カタラ》布《クト》を見物して船に帰ってきて、掲示板にはさんである電報をみて、自分のだと思いこんだ。電報はリケティ宛てでしたけど、下手な字で書かれると、リッジウェイと似てるんでね――それに彼女、自分がもうリッジウェイって名じゃないことを、度忘れしていた。それで彼女は電報を開けて中をみたところ、なんのことかさっぱり意味がわからないんで首をかしげていた、そこへリケティがやってきて、電報をひったくるようにリネットの手からもぎとって、かんかんになって怒鳴ったんです。リネットはすぐ彼のあとを追って詫びたんだけど、あいつ、実に失礼な態度で……」

レイスは深く息を吸った。

「それで、ミスター・ドイル、電報にはどんなことが書いてあったか知ってますか？」

「ええ、リネットが一部分だけ声にだして読みましたから憶えてますがね、なんですか、その――」

彼は途中で言葉を切った。外から騒ぐ人声が聞こえてきたからである。中高い女の声がだんだんこちらに近づいてきた。

「ムッシュー・ポアロとレイス大佐はどこにいるの？　今すぐ会わしてちょうだい！とっても重大な用事があるんです。とっても重要な情報があるんです――あの人たち、ミスター・ドイルのところにいるんですか？」

ベスナーはドアを完全に閉めてゆかなかった。入り口にはただカーテンがかかっているだけである。ミセス・オッタボーンがそのカーテンをさっと片手で開けて、旋風のように入ってきた。彼女の顔は朱を注いだように赤く、足どりはややふらついていた。その話し振りもなんとなく舌ったらずの有様であった。

「ミスター・ドイル」彼女は芝居気たっぷりに切りだした。「あたし、誰があなたの奥さんを殺したか、知ってますよ！」

「なんだって？」

サイモンは彼女を見つめた。他の二人も同様だった。

ミセス・オッタボーンは三人を勝ち誇ったように見まわした。彼女は得意そうだった――得意でたまらぬといった様子だった。

「そうよ。あたしの持論の正しさが立派に証明されたんです。それは深遠な、太古の、原始的な欲求に根ざしてて――ちょっと見ると不可能な――荒唐無稽なものにみえるけど――でも間違いのない真実なのよ」

レイスが鋭く問いかけた。

「ミセス・ドイルを殺したのが誰か、その証拠を持っている、というわけですか？」

ミセス・オッタボーンは椅子に座り、身を前に乗りだして、はげしく頭をたてに振った。

「もちろん持ってますよ。とにかく、ルイーズ・ブールジェを殺した人間がリネット・ドイルも殺したという事実、つまり二つの犯罪は同じ人間によって行なわれた――これはあなたも認めますね？」

「ああ、もちろん」サイモンはいらだたしそうに言った。「理屈から言ってもその通りだ。それで？」

「するとあたしの推理は通るわけよ。あたし、誰がルイーズ・ブールジェを殺したか、知ってます。だからあたし、リネット・ドイルを殺したのは誰かも知ってるわけ」

「とおっしゃると、誰がルイーズ・ブールジェを殺したかに関して、あなたは一つの推理を持っているわけですね？」とレイスが疑わしそうに尋ねた。

ミセス・オッタボーンはまるで虎のように彼にいどみかかった。

「ちがいます。あたしは正確な知識を持っているんです。あたしはその人間をちゃんとこの目でみたんです」

サイモンが熱にうなされたような大声で叫んだ。

「なんでもいいから、さっさと初めから話してください！　あなたはルイーズ・ブールジェを殺した人間が誰だか知ってるって言うんですね？」

ミセス・オッタボーンはうなずいた。

「じゃあ、真相をこれから、正確にお話ししてあげましょうね」

彼女は、まさに幸福感に酔い痴《し》れていた——今こそ彼女の得意の絶頂である。勝利の瞬間である！　彼女の本が売れなくなったからって、それがなんだ？　かつて彼女の本を買い、それを貪《むさぼ》り読んだ愚かな大衆たちが他の人気作家の本に移っていったからって、それがなんだ？　サロメ・オッタボーンはふたたび世間をあっと言わせるんだ！　彼女の名前はあらゆる新聞に大きく書きだされる。彼女はリネット・ドイル殺人事件の裁判で検事側証人の花形になるんだ！

彼女は深く息を吸って、口を開いた。

「昼食に降りていった時でしたわ。食欲なんか全然なかったんです――あの悲劇の恐ろしさや何かでねえ。まあそんな話はいましてもしようがありませんわね。それで、食堂へゆく途中、あたし、部屋に、あのう――忘れ物をしてたの、それを思いだして、ロザリーに先に食堂にゆくようにと言いつけました。ロザリーは先にいきました」

ミセス・オッタボーンはちょっと一休みした。

入り口のカーテンが、風に吹かれたかのように、かすかに動いた。しかし三人の男たちはそんなことに全然気がつかなかった。

「それから、あたし――そのう――」ミセス・オッタボーンはためらった。ここのところは、薄氷をふむような気持ちである。しかし、なんとか滑りぬけねばならない。「そのう、あたし、船のある……ある人と約束があったのよ。その人はあたしに、あたしの――あのう――必要品を手に入れてくれることになっていたんですよ。でもね、そのことは娘には知られたくなかったんで――娘は、そのう、ある意味でちょっとうるさくって――」

どうもうまくいかない、しかし彼女も裁判所で証人に立つ時には、もっと体裁のいいことを、前もって考えておけるだろう。

レイスは眉をあげて、ポアロの方を物問いたげに眺めた。

ポアロは目にみえないほど頭を上下に動かしてうなずいた。彼の唇は、声をださずに、「酒《ドリンク》」という意味を伝えた。

入り口のカーテンがまた動いた。そのカーテンとドアの間から、何か青い、にぶい光を放つ物体がちらっとみえた。

ミセス・オッタボーンは続けた。

「約束というのはね、この下のデッキを船尾の方に歩いてゆけば、そこでその男が待っているということだったの。それでデッキを歩いてゆくと、船室の一つのドアが開いていて誰かが顔をだしたのよ。それが例の娘、ルイーズ・ブールジェとかいう名前の娘でねえ。誰かを待っているような様子。歩いてきたのがあたしだったもんで失望したような顔をして、すぐまた、中へ入ってしまいました。もちろん、あたし別に気にもしないで、そのまま約束の場所にいってね、その男から――約束のものをもらって、お金を払って――一言二言その男と話して、それから引き返して、ちょうど角を曲がった時なのよ、誰かが、例のメイドの船室のドアをノックして、その中に入ってゆくのを見たんです」

レイスが言った。

「それでその人間は――?」

バーン！

拳銃の轟音が船室に満ちた。すっぱいような煙の匂いがした。ミセス・オッタボーンは神秘的冥想にふけるかのように、ゆっくり身をまわしかけ、それから体全体が前にのめり、音を立てて床の上に崩折れた。耳のすぐ後ろに空いた小さな穴からは、真赤な血が流れでた。

一瞬茫然とした沈黙が続いた。

それから二人の男はぱっと飛びあがった。ミセス・オッタボーンの身体が多少二人の行動の邪魔になった。レイスは彼女の上に身をかがめ、一方ポアロは入り口からデッキの方に猫のようなすばしっこさで飛んでいった。

デッキには誰もいなかった。ドアの敷居のすぐ前に大きなコルトのリヴォルヴァーが落ちている。

ポアロは左右を眺めた。誰一人いない。彼は次の瞬間、船尾の方に走った。角を曲がった途端に、反対の方向からまっしぐらに走ってきたティム・アラートンに危うくぶっつかりかけた。

「何があったんです？」ティムが息を切らしながら訊ねた。

ポアロは鋭く言った。

「こっちへくる時、誰かに会いましたか？」

「誰かに？　いや、誰にも」

「じゃあ、一緒にきてください」彼はティムの腕をつかんでもときた方向へ引き返した。ベスナーの船室の前にはすでに幾人かの人たちが集まっていた。ロザリー、ジャクリーン、コーネリアはそれぞれの船室からでてきており、展望室《サロン》の方からは、デッキ伝いに、ファーガスン、ジム・ファンソープ、ミセス・アラートンがかけよってくるところだった。

レイスはピストルのそばに立っていた。ポアロは頭をまわして、鋭くティム・アラートンに言った。「あなた、ポケットに手袋を持ってますか？」

ティムはポケットの中を探した。

「ああ、ありますよ」

ポアロは彼から手袋を受け取ると、それを自分の手にはめて、身体をかがめ、ピストルを調べ始めた。レイスも同じようにした。他の連中は固唾《かたず》をのんで眺めていた。

レイスが言った。

「犯人は向こうの方にゆかなかった。ファンソープとファーガスンがデッキ休憩室《ラウンジ》に座っていたから、犯人がそっちにいったら見つかってたはずだ」

ポアロは応じた。

「犯人が船尾の方にいったとすれば、ミスター・アラートンに見つかってたはずです」

レイスは言った――ピストルを指さしながら。

「この代物はさっきお目にかかったものと思うが。一応確かめておく必要があるな」

彼はペニントンの船室のドアをノックした。返事がない。開けると中には誰もいない。彼はまっすぐ簞笥に向かっていって、右手の引き出しをさっと開けた。あのリヴォルヴァーは消えうせていた。

「これでピストルの持ち主はわかった」とレイスは言った。「さてペニントン自身はどこにいるかだ」

二人はデッキに帰っていった。ミセス・アラートンもみんなと一緒に立っていた。ポアロはすばやく彼女に近よった。

「マダム。ミス・オッタボーンを連れていって、面倒をみてやってください。彼女の母親が、そのう――」彼はレイスにちょっと目くばせして、相談した。レイスはうなずいた――「そのう――誰かに殺されたんです」

ドクター・ベスナーがあわただしくやってきた。

「いったいまあ《ゴット・イム・ヒムエル》！　また何かあったのか？」

他の連中は彼のために道をあけ、レイスは彼に向かって船室の方を指さした。ベスナーは中に入っていった。

「ペ、ペ、ペニントンを探そう」とレイスは言った。「そのピストルに指紋は？」

「一つもない」とポアロは言った。

ペニントンは下のデッキの小さな応接室で手紙を書いていた。二人が入っていくと、彼は、髭そりあとも青々とした端正な顔をあげた。

「何かあったんですか？」と彼は尋ねた。

「銃声を聞かなかったかね？」

「ああ――そう言われれば、何かバンという音を聞いたようだが――まさか銃声とは思わなかった。まさかあれが――誰か射たれたんですか？」

「ミセス・オッタボーン」

「ミ、ミ、ミセス・オ、オ、オッタボーン？」ペニントンはまったく驚いた口ぶりだった。「ミセス・オッタボーンとは。驚いた！」

彼は頭を振った。「さっぱりわけがわからんね」それから声を低め、「どうも、みなさん、この船には殺人狂がいるようですな。われわれは防護団を組織せねばならんですな」

「ミスター・ペニントン。この部屋にはどのくらいいましたか？」とレイスは言った。

「そうですねえ――」彼はそっと顎を撫でながら、「二十分かそこらはいたでしょうね」

「その間、この部屋をでませんでしたか？」

「全然でませんよ」

彼はけげんそうに二人を眺めた。

「実はね、ミスター・ペニントン」とレイスは言った。「ミセス・オッタボーンはあなたのリヴォルヴァーで射たれたんです」

24

ミスター・ペニントンは茫然とした。とても信じられないといった様子だった。

「そりゃ」と彼は言った。「大変だ。実に大変なことですな」

「特にあなたにとって大変な問題ですよ、ミスター・ペニントン」

「私にとって？」とペニントンは驚いて眉をあげた。「しかしだね。ピストル発射の時間には私はこの部屋で静かに書きものをしてたんですよ」

「ここにいたことを、証明してくれる証人がいるんでしょうね？」

「証人？ それは――たぶんいないでしょうな。しかし考えてもごらんなさい。私がここから上のデッキに上って、その婦人を射って（それもまるで考えられんことですがね）、そしてまたここに帰ってくるまで、誰も私の姿をみかけないなんて、不可能ですよ。今頃の時間にはデッキ・ラウンジにたくさん人がいますからね」

「それじゃ、あなたのピストルが使用されたという事実をどう説明するかね？」

「その点については、私に責任があると思いますね。船に乗りこんであまり日も経たないころでしたか、展望室《サロン》である晩、ピストルの話がでたことがありましてね。その時、何げなしに、私は旅行中いつもリヴォルヴァーを持って歩いてるって話したんです」

「その時、誰がいた？」

「さあ、はっきり憶えてませんね。たいていの人はいたんじゃないかな。かなり大勢いた」

　彼は静かに頭を振った。

「そうですね。その点、私は確かに責められるべきですね」

　彼はさらに続けた。

「最初にリネット、次にリネットのメイド。それから今度はミセス・オッタボーン。どうも、犯人は三人を気ままに殺しているかのようですね」

「殺す理由があったんだ」とレイスは言った。

「あったんですって？」

「ああ。ミセス・オッタボーンは、ある人間がルイーズの船室に入っていくのを見たとわれわれに話していたところでね。その人間の名前を口にしようとした瞬間、射たれたわけだ」

アンドリュー・ペニントンは高価な絹のハンカチで額を拭った。

「ひどいことになったもんだ」と彼は呟いた。

ポアロが横から口をだした。

「ミスター・ペニントン。事件に関して、あなたとある点について相談したいのです。三十分ばかりして、私の船室にきていただけませんでしょうか？」

「ええ、喜んでうかがいますよ」

しかし、ペニントンの口ぶりは決して喜んでるようにも思われなかったし、彼の顔つきも喜んでるようにはみえなかった。レイスとポアロは互いに目を見合わせて、だしぬけに部屋をでていった。

「ずるい古狐だ！」とレイスは言った。「しかし何か恐がってるようだね？」

ポアロはうなずいた。「そう。あまり楽しそうじゃありませんね。かわいそうだけど」

二人がふたたび遊歩デッキに上ってくると、ちょうど船室を出てきたミセス・アラートンがポアロを認めて、彼を招いた。

「なんでしょうか？　マダム」

「あの娘《こ》がかわいそうで！　ムッシュー・ポアロ。どこかに二人用の船室はないのでしょうか？　あの娘と一緒にいてやりたいんです。お母さんと一緒にいた部屋には帰らない方がいいと思うんですけど、わたしの部屋は独り部屋《シングル》だし」

「それはなんとかなるでしょう。大変に親切にしてくださって、感謝します」

「当たり前のことですわ。それに、わたし、あの娘が好きで、ええ、初めっから好きだったんですよ」

「彼女、沈んでますか？」

「ええ、とても。なんですか、あのいやらしい母親に心から愛情を持ってたらしいのね。だからなおさらかわいそうなんです。ティムの話だと、あのお母さんお酒を飲むんですってねえ。ほんとですか？」

ポアロはうなずいた。

「まあ、そうなの――でも彼女を批判すべきじゃないでしょうね。それにしても、あの娘はとてもつらい思いをしてきたのねえ」

「ええ、そうです。あの娘は非常に誇りがあり、それに非常に誠実な娘です」

「いいことですわ、誠実ってことは。この頃あんまり流行《はや》らない美徳ですものね。彼女、変わった性格ですわ。誇り高くて、控え目で、頑固で、そのくせ奥にはとても温かい心がかくれていると思うんです」

「奥様、あの娘をよい方の手に委ねたという気がしますよ」

「ご心配なく。ちゃんとお世話いたしますわ。あの娘、いじらしいほどわたしに頼りきってるんですもの」

ミセス・アラートンは船室に入り、ポアロはふたたび悲劇の現場に帰っていった。デッキには、コーネリアが、まだ目を丸くしてつったっていた。

彼女は言った。

「ムッシュー・ポアロ、あたしにはどうしてもわかりませんわ。彼女を射った人、誰にも見られないでどうして逃げられたんでしょうね？」

「ほんとに、どうやって逃げたの？」とジャクリーンも繰りかえした。

「ああ、いや、それは、あなたが考えるほど大した奇術ではありませんよ、マドモアゼル。殺人犯人が逃げたと思われる道は三つほどあります」

ジャクリーンは不思議そうな顔をした。「三つ？」

「犯人は右にいったかもしれないし、左にいったかもしれないわ。でもほかにまだ逃げる道があるのかしら？」とコーネリアは戸惑った。

ジャクリーンも眉をしかめていたが、急にわかったという表情になった。

彼女は言った。

「もちろんだわ。平面的には二つの方向しかないけど、でもこの平面に直角な方に行けるじゃないの？　つまり犯人は、上の方には行けないかもしれないけど、下の方には行けるはずだわ」

ポアロは微笑した。

「マドモアゼル、あなたは頭がよいですな」

コーネリアが言った。

「あたし、自分がばかだってよくわかってますけど、今の話、まだわかりませんわ」

ジャクリーンは言った。

「ムッシュー・ポアロの言う意味はね、犯人はこの手摺りを乗り越えて、下のデッキにも降りられる、ということよ」

「まあ！」コーネリアは息をのんだ。「あたし、全然気がつかなかったわ！　でもよっぽど早くしないときっと間に合うか合わないほどだったわねえ？」

「楽に間に合うとも」とティム・アラートンは言った。「あんな事のあった後には、茫然自失の瞬間があるからね。銃声を聞いた途端、みんな麻痺《まひ》したように一秒か二秒、身動きもできない状態になるからね」

「それはあなたの経験でしたか？　ミスター・アラートン」とポアロは言った。

「そう、ぼくは五秒間くらい、まるででくの棒みたいにつったっていた。それからデッキをまわってかけつけたんです」

レイスがベスナーの船室からでてきて、命令的な口調で言った。

「みんな引きとってもらいたい。死体を運びだしたいから」

一同は従順に引き退った。ポアロも彼らと一緒に動いた。コーネリアは悲しげな切なさをこめて彼に話しかけた。

「あたし、今度の旅行を生涯忘れられませんわ……三人も殺されて……まるで悪夢の中で生きてるような気持ち」

ファーガスンがこれを耳にして、攻撃的な調子で言った。

「それはあなたが文明化されすぎてるからだ。死というものを、東洋人と同じように見ればいいんだ。連中には、死は単なる出来事で、ほとんど気にするほどのものではないんだ」

「それはそれでいいでしょう」とコーネリアは言った。「あの人たち、教育を受けてないんですもの。かわいそうですけど」

「そう、教育は受けてない。その方がいいんだ。教育は白色人種の生活力を奪いとった。アメリカをみればよくわかる。何かといえば文化文化と大騒ぎだ。実際くだらんよ」

「あなたって本当に無茶なことばかりおっしゃってるわ」とコーネリアは顔を赤くして言った。「あたし、毎年冬になると〈ギリシャ芸術とルネッサンス〉の講義を受けてますわ。それから〈歴史上で著名なる女性〉という講義も聞きましたわ」

ファーガスンは憤怒のうなり声をあげた。

「ギリシャ芸術！　ルネッサンス！　歴史上で著名なる女性！　あんたの話を聞いてると、ぞっとしてくるな。問題は未来なんだ。過去なんてどうでもいいんだ。三人の女が船の上で死んだ——それがどうだってんだ？　みんな死んでも惜しくない連中さ。リネット・ドイルと金、金、金！　フランス人のメイド——自家用寄生虫だ。ミセス・オッタボーン——役にも立たないばか女だ。あいつらが生きていようと死んでいようと、誰が構うと思う？　ぼくなんか気にもしない。実際いいことさ！」

「あなたの考え大間違いよ！」コーネリアは彼に向かって激しく怒りを爆発させた。「第一、あなたのおしゃべりを聞いていると、あたしだってぞっとしてきますわ。まるであなた以外の人間はどうでもいいみたいな言い方ですもの。あたし、別にミセス・オッタボーンが好きでもありませんでした。でも娘さんはとてもお母さんを愛してらしたわ。お母さんを失って、どんなに悲しがってられるかわかりませんわ。フランス人のメイドさんのことはあたしなんにも知らないけど、やっぱり彼女を好きな人が、どこかにいるはずよ。リネット・ドイルさんだって、お金があろうとなかろうと、とにかく、美しい人だったわ！　あんまり美しくて、あの人が部屋に入ってくると、胸がつまるほどだったわ。あたし自身こんな醜女《ぶおんな》だから、それだけ美しさにはよけい敏感なんだけど、あの人は美しかったわ――まるでギリシャ芸術の女の人みたいに――ほんとに美しかった。その美しいものがこの世の中から失われたら、世界の一つの損失だと思いますわ。それでもあの人たちの死を、惜しくもなんともないとおっしゃるの？」

ミスター・ファーガスンは一歩あとずさりして、両手で自分の髪をつかみ、はげしくひっぱった。

「降参したよ」と彼は言った。「あんたって信じられないような人間だな。たいていの女が持ってるあの意地悪な気持ちを、これっぽっちも持たないんだからな」彼はポアロの方をみて、「あんた知ってますか？　このコーネリアの父親はリネット・リッジウェイの父親に破滅同然の目にあわされたんですよ。それだのにこの人は、リネットが真珠やパリ製の服で飾りたてて歩きまわっているのをみても、歯ぎしり一つしないんですからね。それどころか、〝あの人、きれいじゃない？〟ってとろんとしてるんだからね。恨みの気持ちなんかこれっぽっちもありゃしないんだ」

コーネリアは顔を赤らめた。

「そりゃ恨んだこともありますわ——ちょっとの間はね。だってお父さん、がっかりして死んだんですもの。うまくいかなくって」

「ちょっとの間は、か！　あきれたもんだ」

彼女はもう一度彼にしっぺがえしをした。

「そうよ。あなたご自身、たった今さっきおっしゃったでしょ？　問題は未来だって。過去なんてどうでもいいって。お父さんのことなんかみんな過去の問題よ。そうじゃありません？　すんでしまったことよ」

「一本やられた」とファーガスンは言った。「コーネリア・ロブスン。あんたはぼくの出会った女のうちで一番いい人だ。ぼくと結婚してくれないか？」

「ばかおっしゃい」

「真面目なプロポーズだよ——たとえ老いぼれ探偵の目の前でやったにしても、真面目さには変わりはないんだよ。いずれにしても、ムッシュー・ポアロ、あんたが証人だ。ぼくはこの女性に本気で結婚を申しこんだ。しかもぼくの主義全部に反してだ——だってぼくは異性間の法的契約など信じない主義だからね。しかし、彼女は結婚以外の交渉などには我慢できないだろうし、だから結婚ということにしたんだ。さあ、コーネリア、

〝うん〟と言いたまえ」

「あなたって、本当にばかげたことばかり言うのね」とコーネリアはなお顔を赤くして言った。

「どうしてぼくと結婚しないんだ？」

「あなた真面目じゃないわ」とコーネリアは言った。

「ぼくの結婚の申しこみが真面目じゃないというのかい？　それともぼくの性格自体が真面目じゃないと言うのかい？」

「両方よ。でも本当は性格の方を指して言ったのよ。あなたはあらゆる真剣な事柄を笑いものにしているわ。教育も、文化も、そして――そして死でさえもそう。あなたって、きっと頼りにならない、いい人よ」

彼女はこう言い捨てると、また顔を赤らめて、急ぎ足で自分の船室に入っていった。

ファーガスンは彼女の後ろ姿を見つめた。

「しようのない女の子だ！　しかし彼女、本気で言ってるんだな。彼女は頼りになる男を望んでるんだ。頼りになる――参ったね！」彼はふと口をつぐんで、それから不思議そうに言った。

「どうしたんです、ムッシュー・ポアロ？　すっかり考えこんじゃって」

ポアロはハッと夢から醒めたような顔をした。

「考えているんです。ただ、考えてるだけです」

『死に関する考察、循環小数としての死』エルキュール・ポアロ著。同氏の有名なる専攻論文の一つ、というところかな」

「ミスター・ファーガスン」とポアロは言った。「あなたは実際、厚顔無恥な青年ですね」

「まあ勘弁してください。ぼくは旧体制を攻撃するのが趣味なんだ」

「私は——旧体制なんですか?」

「まさにその通り。あの娘をあんたはどう思う?」

「ミス・ロブスンのこと?」

「そう」

「あの人は非常にきわだった性格を持っていますな」

「まさにその通り。彼女には根性がある。外見はおとなしいが、実際はそうじゃない。腹がすわってるんだ。彼女は——ああ、とにかくぼくは彼女が欲しいな。あの婆さんに直接談判してみるのも悪くないかもしれない。もし、婆さんが徹底的にぼくに反感を持つようになったら、コーネリアも本気で考えるようになるかもしれない」

彼はくるりと背をむけると、展望室《サロン》に入っていった。

ミス・ヴァン・スカイラーはいつもの椅子に陣どっていた。しかも、いつもよりずっと尊大にみえる。編み物をしていた。

ファーガスンは大またに彼女の方に歩いていった。エルキュール・ポアロは目立たないように入っていって、少し離れたところに座り、雑誌を読み耽《ふけ》るふりをした。

「こんにちは、ミス・ヴァン・スカイラー」

ミス・ヴァン・スカイラーはちょっと目をあげたが、すぐまた伏せて、冷ややかな態度で呟いた。

「――こんにちは」

「実は、ミス・ヴァン・スカイラー、非常に大切なことでちょっと話がしたいんです。簡単に言えばですね、ぼくはあなたの従姉妹《いとこ》さんと結婚しようと思ってるんです」

ミス・ヴァン・スカイラーの毛糸の玉が床に落ちて、展望室《サロン》の真中にころころと転がっていった。

彼女は毒のある調子で答えた。

「あなた、頭がどうかしたんじゃありませんか?」

「いや、真面目な話ですよ。ぼくは彼女と結婚すると決心した。彼女にはもうちゃんと申しこみましたよ」

ミス・ヴァン・スカイラーは、まるで珍種のかぶと虫でも観察するような目つきで、彼を冷ややかに観察した。

「そうですか？　それで彼女があなたに、わたしのところへゆけと言ったわけですの」

「いいや、彼女にはことわられました」

「当たり前ですよ」

「ちっとも〝当たり前〟じゃないですよ。ぼくは彼女が承諾するまで、申しこみ続けるつもりだ」

「わたしは、従姉妹《いとこ》が、そんな脅迫に悩まされないように、厳重な処置をとりますから、そのおつもりで」ミス・ヴァン・スカイラーはつき刺すような冷ややかさで宣言した。

「ぼくの何が気に入らないんです？」

ミス・ヴァン・スカイラーは黙って眉をあげ、話を打ち切る予備行為として転がった毛糸をはげしく引っ張った。

「言ってください。ぼくの何が気に入らないんですか？」ファーガスンは食い下った。

「それは誰がみてもはっきりしてると思いますがね、ミスター――ええと――わたし、あなたの名前も知らないわね」

「ファーガスン」

「ミスター・ファーガスン」ミス・ヴァン・スカイラーはいかにも汚いことを口にするとでもいったような調子で彼の名前を言った。「とにかくそんな考えは問題になりませんよ」

「ということは」とファーガスンは言った。「ぼくが彼女にふさわしくないという意味ですか？」

「それは、あなたにもわかりきったことだと思いますがね」

「どういう点でふさわしくないと言うんです？」

ミス・ヴァン・スカイラーはまた返事をしなかった。

「ぼくにはちゃんと足が二本あるし、手も二本ある。身体は丈夫で、頭もそんな悪くないつもりですがね」

「世の中には社会的な地位といったものがありますよ、ミスター・ファーガスン」

「社会的地位なんてたわごとだ！」

ドアが開いて、コーネリアが入ってきた。彼女は恐るべき〝マリー伯母さま〟が、自分の求婚者と話しているのをみて、はっと立ち止った。

手に負えないミスター・ファーガスンは、振り向いて、にやりと笑うと、大きな声で彼女に呼びかけた。

「こちらへおいでよ、コーネリア。ぼくはきみとの結婚を昔からのしきたり通り、礼儀正しく申しこんでいるところなんだ」

「コーネリア」とミス・ヴァン・スカイラーが言った。その声は文字通りすさまじいものだった。

「あなたはこの若い人の気を惹くような真似をしたんですか？」

「あたし――いいえ、そんなこともちろん――少なくとも――そんな気持ち――あたし――つまり……」

「つまりなんです？　え？」

「彼女がけしかけたんじゃないんだ」とミスター・ファーガスンが助け船をだした。「ぼくが一人でやったことです。もちろん、彼女は力ずくでぼくを押しのけやしなかった、彼女はとても心のやさしい娘だからね。コーネリア、きみの伯母さんはぼくがきみにふさわしくないと言ったよ。もちろん、それは本当でもあるさ、ただし彼女の言う意味とは別の意味でね――たしかにぼくは精神的道徳的な性質ではきみに及ばない。しかし、彼女は、ぼくが社会的にきみよりはるかに下だと言うんだ」

「その点はコーネリアだってよく知っているはずですよ」とミス・ヴァン・スカイラー

は言った。

「そうかい？　コーネリア」ミスター・ファーガスンは問いただすような日つきで彼女を眺めた。

「ぼくと結婚したくない理由はそこにあるのかい？」

「いいえ、そうじゃありませんわ」コーネリアは顔を赤らめた。「もしあたしが、あなたを好ましい人だと思ったら、たとえあなたがどんな方だろうと結婚しますわ」

「しかしぼくを好きじゃないと言うんだね？」

「あたし——あたし、あなたって本当にでたらめだと思うの。あなたの話しっぷり——あなたの言うこと——少なくとも、あたし、あなたみたいな人、いままで会ったことがありませんわ。あたし——」

彼女の目には涙が溢れそうになった。彼女は逃げるように部屋をでていった。

「まあ、それほどまずいスタートでもなかったな」とファーガスンは言った。彼は椅子に背をもたせかけて、天井を眺め、口笛を鳴らし、よれよれのズボンをはいた両脚を組んだ。「いまにぼくはあんたを伯母さんって呼ぶようになるかもしれない」

ミス・ヴァン・スカイラーは憤怒のあまり身を震わせた。

「今すぐにこの部屋をでておいき。さもないと給仕を呼んで追い払ってもらいます」

「ぼくだってちゃんと切符を買ってこの船に乗ってるんでね」とミスター・ファーガスンは言った。「このラウンジはみんなの使う部屋、いくら給仕でもここからぼくを追いだすわけにはゆかないさ。しかしまあ、あんたのご機嫌をとっておこう」彼はこう言って小声で歌をうたいはじめた。

「ヨーホーホー、ラムの酒瓶一本……」それから、立ちあがると無頓着な態度で、ぶらぶらと入り口から外へでていった。

怒りに息をつまらせながら、ミス・ヴァン・スカイラーはよろよろと立ちあがった。雑誌の後ろに隠れていたポアロは、そっとその雑誌をおくとすぐに立ちあがり、毛糸の玉を彼女のためにとってやった。

「ありがとう、ムッシュー・ポアロ。あの、ミス・バウァーズを呼んでいただけませんか――気分が悪くなって――なんとまあ傲岸不遜な男――」

「少し常軌を逸していますね」とポアロは言った。「しかしあの一族の連中はみんなああですよ。もちろん、増長しているんでしょうけど。風車を槍でつく傾向が多分にありましてね」それから彼はさりげなく、つけ加えた。「もちろん、あなたも彼を見抜いたでしょうがね」

「見抜いた？」

「自分ではファーガスンと称して、絶対に爵位を口にしないんです。自分が進歩思想を唱えている関係でね」

「爵位？」ミス・ヴァン・スカイラーは鋭く問いかえした。

「ええ、ご存じなかったんですか？　あの男はドオリッシュ伯爵ですよ。もちろん、金はいやというほどあるんですがね。しかし、オックスフォード大学に在学中、共産主義者になって」

ミス・ヴァン・スカイラーの顔は矛盾した感情の闘争を遺憾なく表わしていた。

ポアロは肩をすくめた。

「あなた、いつからそれに気づかれていたんですか？　ムッシュー・ポアロ」

「新聞に写真がでてましてね。その顔を憶えてたのです。それから、あの男は紋章つきの指輪を持ってましてね。ええ、間違いありませんよ」

ポアロは、ミス・ヴァン・スカイラーの顔に次々と現われる矛盾した表情を眺めて大いに楽しんだ。やがて、彼女は、上品に頭を傾けて、言った。

「ムッシュー・ポアロ、お礼の申しようもございません」

ポアロは展望室《サロン》をでてゆく彼女の後ろ姿をみやり、頰をゆるめた。それから椅子に腰をおろすと、ふたたびもとの深刻な表情に変わった。彼は心の中に次々と浮かびあがる一連の思索を追っていたのである。彼は時おり頭を幾度かうなずかせた。

「そうなのだ《メー・ウィ》」と彼はしまいに言った。「すべてがぴったり符合する」

25

レイスが入ってきて、なおも展望室《サロン》の隅に座っているポアロを見つけた。

「ポアロ、どんな具合かね？　もう十分したらペニントンがやってくるよ。この事件はあんたに任せてるんだからね」

ポアロはすぐさま立ちあがった。

「まず、ファンソープを見つけてください」

「ファンソープ？」レイスは意外だという顔をした。

「そうです。彼を私の船室に連れてきてください」

レイスはうなずいて出ていった。ポアロは自分の船室に向かった。一、二分すると、レイスはファンソープを連れてやってきた。

ポアロは椅子をすすめ、煙草をさしだした。

「ところで、ミスター・ファンソープ」と彼は言った。「さっそく用件に入りますよ！

あなたは私の友達のヘイスティングズと同じネクタイをしているようですね？」

ジム・ファンソープはけげんそうに自分のネクタイを眺めた。

「これはイートン校のネクタイですよ」と彼は言った。

「そうです。私は外国人ですが、イギリス人の物の見方には理解を持っているつもりです。例えばイギリス人には〝して良いこと〟と〝してはいけないこと〟があり、私はよくそれを承知しているつもりです」

ジム・ファンソープはにやりと笑った。

「このごろ英国人は、あまりそういうことを口にしなくなりましたよ」

「そうかもしれません。しかし、習慣というものは今でも残っています。母校のネクタイはあくまで母校のネクタイです。（私は自分の経験から知っていますが）古い母校のネクタイをつけている人は、ある種のことを決してやらないものです。例えば、知らない人が個人的な話をしている時に、横から口を出すことは、絶対にしませんね」

ファンソープは目を見はった。

ポアロはさらに続けた。

「しかし、ミスター・ファンソープ、あなたは、先日、この、するはずのないことを勇敢にやってのけましたね。ある人たちが展望室《サロン》で静かに私的な相談をしていました。あなたはそちらの方向に歩いて行かれた。あなたは明らかに、話がどう進んでるか立ち聞きしようとなさった。そればかりか実際にその人たちの間に割りこんで、ある婦人に——ミセス・サイモン・ドイル——に、仕事のしかたが堅実だと賞讃の言葉を呈されましたね」

ジム・ファンソープの顔は真赤になった。ポアロは相手に口を開かせずにつづけた。

「こんな振る舞いは、私の友人ヘイスティングズと同じネクタイの人がすべきことではありません！　ヘイスティングズは敏感な人で、こんな指摘をされたら、恥ずかしくて死んでしまうかもしれません。ですから、あなたのこの突飛な行動を考慮に入れ、さらに次のような事実も考え合わせてみます——すなわち、あなたはまだ若いのにこんな金のかかる旅行をしていられること、あなたが田舎の法律事務所の所員であり、従って特別に裕福でもなかろうということ、またこんな長い外国旅行を必要とするほどの病気にかかっている形跡もないこと——こういった事実を考え合わせてみると、あなたが何の理由でこの船にお乗りになったか、不思議に思えてくるわけです。それで、いまあなたにこうしてお訊きする次第です」

ジム・ファンソープは頭をぐっと後ろにそらせた。

「ムッシュー・ポアロ、ぼくは絶対に返事を断わります。他人にそういうことを聞くなんて、狂気の沙汰です」

「いいえ狂気じゃありません。私はいたって正気です。あなたの事務所はどこにあります？　ノーザムプトンでしょう？　そうすると、ウッド館からそれほど遠くない所ですね。あなたが立ち聞きしようとなさった会話は、どんな種類のものだったろうか——法的な書類に関するものです。では、あなたがあの時、口を入れた目的は？　しかも自分で大変な恥ずかしさ、きまりの悪い思いを押してまで口をはさんだあの言葉の目的は？　それはミセス・ドイルが書類の内容を読まずに署名するのを防ごう、という意向だったのでしょう？」

　彼はここでちょっと口をつぐんで、さらに続けた。

「この船でひとつの殺人事件が起こった、そしてその殺人事件についで、さらに二つ殺人が行なわれました。いまここで、ミセス・オッタボーンの殺害に使われたピストルが、ミスター・アンドリュー・ペニントンのリヴォルヴァーだったとあなたに申し上げたら、あなたもできるだけ情報を提供するのがあなたの義務だと認識されるはずです」

　ジム・ファンソープは二、三分間黙っていた。それから彼はようやく口を開いた。

「あなたって、話を奇妙なふうに持ちまわる人ですね、ムッシュー・ポアロ。しかし、あなたの言わんとするところはよくわかります。ただ問題は、あなたに提供する情報というものが正確な意味で、全然ないということです」

「とおっしゃるのは、すべてがまだ疑惑だけという意味なんですね？」

「そうです」

「それで、あなたはそれを話す法的根拠がないと思われるわけですね。法律的にいえばもちろんそうです。しかし、ここは裁判所ではありません。レイス大佐と私は殺人犯人を見出すために努力しているのです。ですから役に立つことなら、どんなことでも大歓迎というわけです」

ジム・ファンソープはふたたび考えこんだ。やがて彼は言った。

「わかりました。どんなことを知りたいんですか？」

「なぜあなたはこの旅行にきたのですか？」

「ぼくの伯父、ミスター・カーマイクルはミセス・ドイルのイギリスにおける財産管理人で、この伯父がぼくにゆけと命じたわけです。彼はミセス・ドイルの仕事を手広く引き受けています。その関係で伯父は、アメリカの財産管理人であるミスター・アンドリュー・ペニントンと、いろいろ信書の交換をしていて、そのうち、いくつもの小さな出来事（一つ一ついまここで申しあげませんが）を通じて、伯父はミセス・ドイルの財産が正当に管理されてない、という疑いを持ちはじめたのです」

「はっきり言うと、あなたの伯父さんはペニントンを悪党だとにらんだわけだね？」レイスが口を入れた。

ジム・ファンソープは、顔にかすかな笑いを浮かべて、うなずいた。

「ぼくにはそんなふうに端的には言えませんが、要するにまあそうなんです。ペニントンの言ういろいろな弁解、一部資金の処分に関するもっともらしい説明、こういったものが、伯父の疑念を高めたのです。

こういう疑念がわだかまっている間に、ミス・リッジウェイが突然結婚して、エジプト新婚旅行にでかけたわけです。この結婚で伯父はなんとなくほっとした様子でした。というのは、彼女がイギリスに帰ってくると同時に、財産権は正式に移管されることになっていたからです。

しかし、カイロからきた彼女の手紙によると、アンドリュー・ペニントンと偶然にも一緒になったと書きそえてあったんです。伯父の疑いは非常に強くなりましてね、ペニントンが、きっと必死になって、彼女から自分の使いこみをごまかすような署名をせしめるんじゃないか――こう伯父は思ったんです。しかし伯父には彼女にそれを証明できる決定的な証拠がないものですから、立場は非常に苦しいんです。そこで思いついたのがこのぼくをここによこすことなんです。ぼくはすぐ飛行機でやってきました。ぼくの仕事は、ペニントンが何を企んでるか見つけだし、よく見張って、必要とあらば直ちに行動をとるということで、実際こんな不愉快な仕事は、ぼくとしても実にいやだったんです。事実、さっきあなたが言ったあの時だって、あんな卑劣といえそうな振る舞いをしなければならなかったわけです。実にばつが悪かったけど、結果からみると、まあうまくいったと言えるでしょう」

「つまりミセス・ドイルが用心するようになったという意味だね？」とレイスは言った。

「その方はたいした効果はなかったと思いますが、少なくともペニントンをあわてさせたことは確かです。しばらくの間彼は変なことをやらないだろうという確信が持てたし、そのうちにぼくはドイル夫妻と親しくなって、なんらかの警告を伝えることができるだろうと思っていたわけです。特にドイルを通じて話すほうがいいと思いました。ミセス・ドイルのほうはペニントンと非常に親しい間柄なので、彼に関して、ぼくがあんまり変なことは言うのは賢明でないと思ったからです。いずれにしても男に近づく方がぼくにとっても容易ですから」

レイスはうなずいた。

ポアロが訊ねた。

「一つ正直なところを言っていただきたいんですが、ミスター・ファンソープ。もしあなたが騙そうとする気だとしたら、その相手にはミセス・ドイルを選びますか、ミスター・ドイルを選びますか？」

ジム・ファンソープはかすかに笑った。

「もちろん、ミスター・ドイルですよ。リネット・ドイルはビジネスの上じゃ頭の鋭敏な人です。反対に、サイモンは商売のことは何も知らないし、彼が自分でも言ってるように、点線のところにいつでも喜んで署名すると言ったたちで、すぐ人を信用する男だと思いますしね」

「私もそう思います」と言ってポアロはレイスの方をみて、「そこに、あなたの指摘した彼の動機があるわけですね」

ジム・ファンソープは言った。

「しかし、これはみんな臆測ですよ、証拠じゃありませんよ」

ポアロは気軽に答えた。

「そんなことは平気です！　ちゃんと証拠をとってみせますよ！」

「どうやって？」

「たぶん、ペニントン自身から」

ファンソープは疑わしげな表情になった。

「どうですかね。どうもそう簡単にいかない気がしますがね」

レイスは時計をちらっと見た。

「そろそろ彼がやってくる時間だ」

ジム・ファンソープはすぐに気をきかして立ちあがり、部屋をでていった。

二分後に、アンドリュー・ペニントンが現われた。彼の顔はいかにも愛想のいい笑いをたたえていた。ただ、顎の線のきびしさ、用心深い目つきは、彼がいかに経験を積んだ交渉相手であるかを表わしていた。

「お望み通り、やってきましたよ」と彼は言った。

彼は椅子にかけて二人を眺め、相手が話し出すのを待った。

ポアロが口を開いた。「わざわざきていただいたのは、あなたが今度の事件に特別な、しかも直接の関連を持っておいでだからでして」

ペニントンは眉をかすかにあげた。

「そうですかね？」

ポアロはおだやかに言った。

「そうですとも。あなたは、リネット・リッジウェイの子供のころからのお知り合いでしょう？」

「ああ！　そのことか——」彼の表情からは警戒の色が薄れた。「これは失礼。そういう意味だとは思わなかったもんで——そりゃ、今朝も申しあげた通り、リネットがお下げ髪の可愛い少女だったころから知っていますよ」

「あなたは彼女の父親とも非常に親しくしていたんでしょう？」

「そうです。メリッシュ・リッジウェイとは良い仲でしたよ」

「非常に親しい間柄で、それで彼はあなたを娘の後見人、莫大な遺産の管理人に指名したわけですね？」

「まあ、大ざっぱに言えば——そうです」彼はふたたび慎重な態度をとりはじめた。彼の口調は用心深くなった。「もちろん、管理人は私一人じゃあない——連帯責任の管理人が何人かいました」

「その人たちのうち、幾人が死亡しています？」

「二人が死にましたね。もう一人、ミスター・スターンゲイル・ロックフォードは、まだ生きていますよ」

「あなたの共同経営者《パートナー》でしょう？」

「そう」

「ミス・リッジウェイは、結婚した時はまだ成年に達してなかったんでしょう？」

「今度の六月で満二十一歳になるはずでしたからね」

「その時に、当然の順序として、彼女に財産管理権が移るはずだったのですね？」

「そう」

「しかし、結婚によってそれが早められたわけですね？」

ペニントンの顔の筋肉がこわばった――高飛車《たかびしゃ》に二人の方に顎をつきだした。

「失礼だけど、そんなことはあなたとなんの関係があるんです？」

「もし質問にお答えになるのがおいやでしたら――」

「いやだってわけじゃない。お尋ねになっても別に気にもかからない。しかし、それが事件となんの関係があるか、理解に苦しみますね」

「もちろん関係ありますよ。ミスター・ペニントン……」ポアロは身を乗りだし、彼の目は緑色に、猫の目のようになって――「殺人の動機という大切な問題があります。この動機というものを考察するに当たって、財政状態の吟味がどうしても必要になってきます」

ペニントンはいやいやながら答えた。

「リッジウェイの遺言状によれば、彼女が満二十一歳になった時、あるいは彼女が結婚した時、自分の財産の管理権を得ることになっています」

「何か条件がついていますか？」

「なんにも条件はありません」

「それでその財産というのは、数百万ドルにのぼるんですね」

「もちろんです」

ポアロはおだやかに続けた。

「そうすると、あなたや、あなたの共同経営者の責任は重大なものですね」

ペニントンはぶっきらぼうに答えた。

「責任には慣れてますよ。少しも重荷じゃありませんね」

「さあ、どうですかね！」

ポアロの言葉の調子に、何かしらペニントンの痛いところを鞭打つものがあった。彼は腹だたしそうに訊きかえした。

「どうですかね、とはどういう意味なんです？」

ポアロはいかにも開けっ放しな態度で答えた。

「私はね、リネット・リッジウェイが急に結婚したことによって、あなたの事務所で、なんと言いますか、狼狽——周章狼狽の状態が起こりはしなかったかと考えてたんですよ」

「狼狽？」

「ええ、私はその言葉を使いましたよ」

「あなたは何をヒントにしてるんです？」

「非常に簡単明瞭な事です。〝リネット・ドイルの財産はちゃんと管理されているかどうか〟です」

ペニントンは憤然と立ちあがった。

「もう結構だ。これ以上お話ししたくないね」彼はドアの方に向かった。

「しかし、さきに私の質問に答えてくださるでしょうね？」

ペニントンははきだすように言った。

「ああ、ちゃんと管理されてますよ」

「それでもあなたは、リネット・リッジウェイの結婚のニュースを聞いて、大あわてで船に乗ってヨーロッパにきた、そして、エジプトでいかにも偶然に会ったような芝居をしたじゃありませんか？」

ペニントンは二人の方に戻ってきた。彼はどうにか興奮を抑えつけた様子だった。

「あなたの言ってるのは、まったくたわごとですよ！　カイロで彼女に会った時は、彼女が結婚してたなんて全然知らなかった。寝耳に水だったんですよ。彼女の手紙は一日ちがいで、私がでたあとにニューヨークに着いたらしくて、それから転送されて、一週間ほどおくれて受けとったんですからね」

「あなたはカーマニク号できたと言ってましたね？」

「その通りです」

「それで手紙は、カーマニク号が出帆したあとでニューヨークに着いたんですね？」

「いったい何度同じことを言わなきゃならないんです？」

「しかし、変ですよ」とポアロは言った。

「何が変です？」

「あなたの鞄にはカーマニク号のラベルが一枚もついていない。新しい大西洋横断船のラベルでは、ノルマンディ号のだけですよ。ノルマンディ号は確か、カーマニク号の二日後に出帆したと思いますがね」

ペニントンはふととまどった表情になった。彼の目に逡巡の色がみえた。

レイス大佐が、得たりとばかりに割りこんできた。

「いいかげんにしたまえ、ミスター・ペニントン。あなたが、カーマニク号でなく、ノルマンディ号でやってきたと信じる理由はいくつもあるんだよ。そうするとあなたはニューヨークを発つ前にミセス・ドイルの手紙を受けとっていたことになる。否定しても無駄ですよ。船会社で船客名簿を調べればすぐわかるからね」

アンドリュー・ペニントンは無意識に椅子を探り、それに座りこんだ。彼の顔は、無表情な、いわばポーカー・フェイスに変わっていたが、そのマスクのような顔の背後ではすばやい頭脳が次の出方を考えていた。

「いや、お二人にはまったく降参しますよ。二人とも私のうわ手だ。しかし、私があしたのも、私なりに理由があったからなんでね」

「もちろんそうだろう」

レイスがぴしゃりと言った。

「その理由をお話しするからには、これが絶対秘密のことだと理解してもらいたいですね」

「その点、私らを信用してくれて大丈夫だよ。もちろん、むやみに判は押さないがね」

「じゃ、白状しますよ」ペニントンは溜め息まじりに話しだした。「イギリス側の連中のすることがどうもインチキくさいんでね。それが心配になって。といっても手紙ではらちがあかない。それで、結局、自分でやってきて、怪しい点をはっきり見極めるほか仕方がなかったんです」

「インチキくさい、とは何がだね？」

「リネットがごまかされてると思うふしがあったんです」

「誰に？」

「彼女のイギリスの財産管理人。もちろんこういうことは大っぴらに詰問できない性質のものでね、それですぐこちらへきて、自分で調べてみようと決心したわけですよ」

「それは確かに賢明な処置だね。しかし、それじゃなぜ手紙を受けとらなかったなんて、くだらない嘘をついたのかね？」

「そりゃ、ちょっと考えればわかるじゃありませんか？」ペニントンは両手を拡げて、「ハネムーン最中の若夫婦のところに、私がわざわざ会いにきたとなると、どうしても向こうに、こちらの理由を悟られてしまうでしょう？　それより偶然に会ったことにするのが一番の良策だと考えたわけです。それに、私は花婿のことは全然知らないし、ひょっとしたら、彼自身インチキ仕事の仲間かもしれませんからね」

「つまり、あなたの行動はすべて、あなた個人とは関係のない動機からやった、というんだね？」とレイス大佐が冷ややかに言った。

「おっしゃる通りですよ、大佐」

ちょっと沈黙が続いた。レイスはポアロの方を眺めた。ポアロは身を乗りだした。

「ミスター・ペニントン。私たちはあなたの言葉を一言だって信じませんね」

「信じないって！　じゃあ、どういったら信じるんですか？」

「私たちの信じているのはですね、リネット・リッジウェイの突然の結婚によって、あなたが財政的な窮地に陥ったということ――それで、あなたは、なんとかしてこの窮地を切り抜ける方法をみつけるため、大急ぎでアフリカにきた。そしてミセス・ドイルにある書類の署名をさせようと努力して――失敗した。それでナイル遊覧の旅行を一緒にしているうちに、アブ・シンベルの崖の上を歩いていて、下にいたリネット・ドイルに大石を落としたが、わずかの差で、彼女に命中しなかった――」

「あなたは気でも狂ったんですか？」

「帰りの旅行でもあなたは同じような情況に恵まれた――つまり、ミセス・ドイルを殺害しても、その嫌疑は必ず第三者にかかるだろうという機会に恵まれた――私たちは信じるばかりでなく、知ってもいるのですが、あなたのピストルが一人の女性を殺しています、そしてその女性、すなわちミセス・オッタボーンは明らかにリネット・ドイルとメイドのルイーズを殺した犯人を知っていて、その犯人の名を告げようとした瞬間に――

――」

「ばかな！」はげしい怒鳴り声が、ポアロの流れるような雄弁をさえぎった。「私が何をしたというんです？　まるで狂気の沙汰だ！　リネットを殺す理由がどこにあるんです？　彼女の金を受け継ぐのは私ではなくって、夫のドイルですよ。どうして彼の方を調べないんです？　彼女が死んで得をするのは彼で、私じゃないんだ」

レイスが冷ややかに答えた。

「ドイルはあの晩、脚を射たれて重傷を負うまでは一度も展望室《サロン》を離れなかった。そのあとは脚の傷で歩行困難、これはドクターと看護婦がちゃんと別々に保証している。だからサイモン・ドイルはミセス・ドイルを殺すことはできなかったわけだ。もちろん、ルイーズ・ブールジェも、ミセス・オッタボーンも殺すことはできなかった。こんなことはあなただって知ってるはずだ」

「もちろん、彼が殺したんでないことは知っていますよ」ペニントンは少し落ち着きを取り戻した様子であった。「ただ、私が言いたいのは、動機も何もない私をどうして疑うんだということですよ」

「しかし、ミスター・ペニントン」ポアロの声はまるで喉を鳴らしている猫の声のようにやわらかだった。「動機というのは解釈の仕方なのです。ミセス・ドイルは仕事にかけてはなかなかの敏腕家でした。事業のことは熟知しているし、不正があったらすぐ見つけだす能力を持った人です。彼女が仕事を管理しはじめたら――イギリスに帰り次第、そうする予定だったようですが――そうなったら彼女はすぐさま、怪しい点を見つけだしてしまうでしょう。しかし、彼女はもうこの世にいない。財産はあなたがいま言ったようにサイモン・ドイルの手に移る。事情はまったく変わったわけです。リイモン・ドイルは、自分の妻が金持ちだったということ以外には、事業のことはなんにも知らない。彼は単純な人間で、すぐ人を信用する。そこであなたは彼の目の前に複雑な仕事をひろげ、あとからあとからわけのわからない数字をならべ立て、法律上の手続きや最近の不況を盾にとって、決算をおくらせる。どうです？　あなたがサイモンを相手にするのと、リネットを相手にするのでは、大変なちがいがあると思いますが、どうです？」

ペニントンは肩をすくめた。

「あなたの考えは——荒唐無稽ですよ」

「時間が解決しますよ」

「なんですって？」

「〝時間が解決しますよ〟と言ったのです。これは三人の死にかかわることなのです——三人も殺されているのです。当局はミセス・ドイルの財産に関して、隅々まで調査するでしょう」

ポアロはペニントンの肩ががっくり落ちるのをみて、これで勝負は自分の勝ちに終わったと知った。ジム・ファンソープの疑惑は、やはり事実に根ざしていたのだ。

ポアロは続けた。

「あなたは一勝負した――そして負けたんです。これ以上こけおどしをしても無駄ですよ」

ペニントンは呟いた。

「あんたはわかってない――別に不正はないんだ。ただ今度の不況で――ウォール・ストリートの恐慌で痛い目にあった。しかしうまく穴埋めできるように手配したんだ。うまくいけばこの六月の中ごろまでには万事O・Kになるんだ」

彼はふるえる手で煙草をとりだし、火をつけようとしたが、火はつかなかった。

ポアロは感慨深げに呟いた。「あの大石には衝動的に誘惑を感じたんでしょうな。あなたは誰もみてる人はいないと思ったんでしょう」

「あれは偶然の事故だった。誓って言います。あれはただの偶発事故です！」彼は顔の筋肉を引きつらせ、おびえたような目をして、身を乗りだした。「私はつまずいて、あの石によりかかっただけなんだ。ただの事故だったんだ……」

ポアロもレイスも黙っていた。

ペニントンは突然気をとりなおした。まだ打ちのめされた感じはぬけきらなかったが、それでも彼の闘志はある程度戻っていた。彼はドアの方へ歩いていった。

「あれを私の罪にしようったって無駄だよ。あれはただの過失だったんだから。それに彼女を射ったのも私じゃない。あの罪も私に着せることは絶対にできないよ——絶対にね」

彼は部屋をでていった。

26

ペニントンが出ていってドアが閉まると、レイスは深い溜め息をついた。

「結果は予期以上だったね。横領罪の是認。殺人未遂の是認。それ以上はちょっと不可能だ。殺人未遂を自白させることはできても、本当の殺人を自白させることは、あんたでもできないだろうな」

「時にはできることもありますよ」と言ったポアロの目は夢見るような——猫のような。

レイスは好奇の目で見やった。

「何か計略があるのかね？」

ポアロはうなずいた。

それから指を一本一本折って数えあげながら、彼は言った。

「アスワンの庭。ミスター・アラートンの陳述。マニキュアの瓶二個。私の葡萄酒の瓶。ビロードの肩掛け。血のしみたハンカチ。犯罪の場所に残されたピストル。ルイーズの死。ミセス・オッタボーンの死。……ああ、条件はみんな揃ってます。レイス、ペニントンがやったんじゃありませんよ！」

「なんだって？」レイスは驚いた。

「ペニントンがやったんじゃない。もちろん、彼には動機があります。やるだけの意志もありました。やって未遂に終わるところまでゆきました。しかし、それだけです。この犯罪を遂行するにはペニントンにはない何かが必要です。つまり、この犯罪には、大胆さ、敏捷《びんしょう》で確実な実行力、勇気、危険に対する無頓着さ、機略縦横な計画的な頭脳が必要です。ペニントンにはこのような素質がありません。彼には絶対安全だとわかっている犯罪以外にはできないのです。今度の犯罪は安全どころじゃない！剃刀《かみそり》の刃を渡るような危険な犯罪です。よほどの肝っ玉が必要です。ペニントンの肝っ玉は小さい。ただ抜け目がないだけです」

　レイスは、有能な人間が別の有能な人間に与えるあの尊敬をもって、相手の顔を眺めた。

「あんたはもうすっかり頭の中で整理をしてるんだね？」と彼は言った。

「まあ――そうですね。ただ一つ二つ残ってることがあります。たとえば、リネット・ドイルが読んだという電報。あれも片づけておきたいですね」

「ああ、そうだった。ドイルに尋ねるのをすっかり忘れてた。ちょうど聞きかけた時、あのかわいそうなミセス・オッタボーンがやってきたんだ。もう一度聞いてみよう」

「ええ、そのうち聞きましょう。その前に会って話したい人がいます」

「誰だね?」

「ティム・アラートン」

レイスは眉をあげた。

「アラートン? じゃ、ここに呼ぼう」

彼はベルを鳴らし、給仕にティム・アラートンを呼んでくるように命じた。

ティム・アラートンはけげんな顔つきをして入ってきた。

「ぼくに用事があるんですって?」

「そうです、ミスター・アラートン。座ってください」

ティムは座った。彼は用心深く、何げない様子はしていたが、わずかばかり〝うるさいな〟という感じも顔にだしていた。

「何かぼくにできることでも?」

言い方は丁寧ではあるが、熱のない調子だった。ポアロは言った。

「ある意味では、そうなるでしょうが、実際は、あなたにただ聴いていていてほしいのです」

ティムは、形式的にちょっと驚いたふうに眉をあげてみせた。

「いいですよ。ぼくは世界一流の聴き手でしてね。ちょうどいい頃合に〝オウ！〟って上手に相槌《あいづち》を打てますよ」

「それは具合がいいです。〝オウ！〟というのはなかなか表現ゆたかな感嘆詞ですよ。結構です、それでは、始めましょう。アスワンであなたとあなたのお母さんにお会いした時、私はあなたたちお二人と同席することに非常な興味を覚えました。第一に、あなたのお母さんは、今まで会った人のうちでも、最も魅力的な方の一人だと思いました——」

エ・ビアン
彼の退屈そうな顔にちらりと、——陰のある表情が浮かんだ。

「彼女は——たしかに独特なものを持ってますよ」と彼は言った。

「しかし、次に私の興味を惹いたのは、あなたがひとりの女性のことを口にした時です」

「へえ、そう？」

「ええ——ミス・ジョウアナ・サウスウッドという女性の名をね。最近、私はこの女性の名前をよく耳にしていたからです」

彼はちょっと一休みして言葉を続けた。

「この三年間、ひんぴんと宝石の盗難事件があって、スコットランド・ヤードは非常に頭を悩ましています。この盗難は主に社交界での盗難事件で、手口はいつも同じなのです。本物の宝石を模造品とすりかえるというやり口です。私の友達のジャップ主任警部は、この窃盗が一人の仕事ではなくて、二人の巧妙な協力によるものだという結論をだしました。それから、そのやり口が内部の事情によく通じたものの仕業だという事実からして、犯人は社交界でも相当な地位にいる人物だと信じるようになりました。最後に彼の関心はミス・ジョウアナ・サウスウッドに集中されたのです。

というのは被害者のすべてが、彼女の友達か知人だったためですね。その上、どの事件でも、彼女が問題の宝石に触れたり、それを借りたりしていたこともわかったのです。それから彼女の生活ぶりが、収入をはるかに上まわっているという事実もわかりました。一方、実際の窃盗――つまりすりかえですね――これには彼女は全然関係していないし、ある時など、彼女がイギリスから離れている間にすりかえが行なわれたという場合さえあるのです。

そこで次第にジャップ主任警部の頭に、ある考えが浮かんできました。ミス・サウスウッドはかつて〈近代的宝石細工職人組合〉に関係していたことがある。それでジャップ主任警部の考えでは、彼女がまず問題の宝石をなんとかして手に入れて、正確に模写し、インチキな宝石屋に模造させ、それから第三者の手でこれを本物とすりかえさせる。この第三者というのは、宝石に触ったこともなければ、宝石の模写や模造をしたこともない人物にちがいない。ジャップ主任警部はここまでは考えついたが、この第三者が何者であるかは全然わからなかったわけです。

　ところであなた方と話してるうちに、私の興味を惹いた事柄が二つ三つ飛びだしてきました。たとえば、あなたがマジョルカにいた時、指輪が紛失したとか、誰かの家でパーティがあった時に模造品とのすりかえがあったとか、それから、あなたとミス・サウスウッドが親しい間柄だということなどです。それから、あなたは明らかに私の存在を煙たがり、お母さんと私をあまり親しくさせないように、いろいろ努力したという事実もあります。もちろん、これはあなたが個人的に私を嫌いだからと言えば言えないこともありませんが、私はそうは思いません。あなたは陽気な態度の背後に、なんとか自分の不快さを隠そうとなさったが、それがあまりにもわざとらしくて私にはすぐ気がつきました。

　さて《エ・ビアン》——リネット・ドイルの殺人事件の後、彼女の真珠の紛失が判明しました。私はすぐにあなたのことを思いだしました。しかし、私が不審に思ったのは、もしあなたが、ミス・サウスウッドと一緒に仕事をしているのだったら、手口は模造品とのすりかえであって、こんな直接的な窃盗ではないはずだ、とこう思ったのです。ところが、意外にも真珠は戻ってきました。しかもその真珠は本物でなく、模造品だったのです。

　そこで私は本当の盗人が誰であるかすぐわかったのです。盗まれたり、すぐ返されてきたりしたのは模造品の方で、本物の首飾りはその前にすでにあなたが模造品とすりかえてしまったのでした」

　彼は話し終えると自分の前にいる青年をじっと見つめた。ティムの陽灼けした皮膚は真青に変わっていた。彼はペニントンのような闘士ではない。頑張り《スタミナ》のない人間だった。それでも彼は、できるだけ嘲笑的な態度を失わないようにと努力しながら言った。

「ほう？　それで、もしそれが本当だったら、その真珠をぼくがどうしたと言うんですか？」

「それもちゃんと知っております」

　ティムの顔色が変わった——打ちのめされた感じであった。

　ポアロはゆっくり続けた。

「真珠の隠されている場所はただ一カ所しかありません。理論的にみてもそこ以外にはないはずです。そことはつまり、ミスター・アラートン、あなたの船室に吊り下っている数珠《じゆず》の中です。この数珠の珠は非常に精巧に作られています。たぶんあなたが特別に作らせたんだと思いますがね。この珠はちゃんとねじで開くようになっています。もちろんちょっと見ただけではなかなかわかりませんがね。それで、この珠の一つ一つの中に真珠が入っているのです。にかわでくっつけてね。警察の人間が物を捜索する時には、よっぽど怪しくない限り、宗教上の道具は敬意を払って調べるようなことをしません。そこをあなたは当てこんだわけです。私はミス・サウスウッドがどういうふうにして模造品をあなたに送ったか、探ってみました。ミセス・ドイルが蜜月旅行にエジプトに向かうと聞いて、あなたが直接マジョルカからこちらに来た以上、模造品は郵便か何かで送られてきたにちがいないわけです。私の考えでは、本の中に隠して送られたんだと思いますね。本の頁の真中の部分に四角い穴を開けて、中に真珠を入れて送ればいいのです。本なら開き封で送れるし、ほとんど中を調べることはありませんからね」

しばらく沈黙がつづいた——長い沈黙だった。やがてティムが静かに口を開いた。

「あんたの勝ちだ！　面白い勝負だった。しかし、ついに終わったな。こうなっては、ぼくはおとなしく苦い薬を飲むほかないでしょうね」

ポアロはやさしくうなずいた。

「昨日の晩、あなたの姿をみた人がいるのをご存じですか？」

「ぼくをみた?」ティムは驚いた。

「そうです。リネット・ドイルの死んだ晩、あなたが彼女の船室からでてゆくところを、誰かがみたんです。夜中の一時少しすぎに」

ティムは言った——

「まさか、あなたは——ぼくが……いいですか、彼女を殺したのはぼくじゃない! 誓ってもいい!——ぼくはあれから実に気が気じゃなかった。選りに選ってあの晩に忍びこむなんて! ぼくは……心配で……」

ポアロは言った。

「そうでしょう。あなたは非常に心配したにちがいありません。しかし、こうして、本当のことがわかった現在、何かわれわれの役に立つことを知っていたら、すっかり話してくださる方がいいと思いますね。あなたが真珠をとりにいった時、マダム・ドイルは生きていましたか、死んでいましたか?」

ティムはかすれ声で言った——

「知らないんだ、ムッシュー・ポアロ、ほんとうなんだ。ぼくは前もって、彼女が首飾りをどこに置くか聞きだしておいた。ベッド際の小さなテーブルだとね。ぼくは忍びこんで、テーブルの上をそっと触って、首飾りをつかむと、代わりのものをそこに置いて、すぐでてきた。もちろんぼくは彼女が眠っているものとばかり思ってたんです」

「彼女の寝息を聞きませんでしたか？　もちろんあなたは耳を澄ましたはずですからね」

ティムは懸命に考えた。

「すごく静かでした——実際、すごく静かでした。いや、いま考えると実際に彼女の寝息は聞かなかった……」

「部屋の中に煙の匂いはなかったですか——あなたの入った直前に発砲されたのだったら、多少でも匂いが残ってたはずですが？」

「そんな匂いはしなかったと思う。そんな記憶はない」

ポアロは溜め息をついた。

「それでは、話はここで行き詰まりですね」

ティムがけげんそうに尋ねた。

「ぼくを見たと言うのは誰です？」

「ロザリー・オッタボーンです。彼女は船の反対側から船尾をまわって右舷にきて、あなたがリネット・ドイルの部屋からでて自分の部屋に入っていくところをみたのです」

「そうか。彼女があなたにそう言ったんですね」

ポアロはおだやかに答えた。

「いいえ――彼女は私にそんなこと言いはしませんでした」

「あなたはどうして知ったんです？」

「私はエルキュール・ポアロだからです！　私は誰に言われなくともちゃんとわかります。私が彼女に、誰かみかけなかったかと尋ねた時、彼女は、〝誰もみませんでした〟と答えました。彼女は嘘をついたんです」

「しかしなぜ？」

ポアロはあまり抑揚のない声で答えた。

「たぶん彼女はその男を殺人犯人と思ったんでしょう。そんなふうに考えられますからね」

「そうだとすると、彼女はなおさらあなたに話すはずに思えるがな」

ポアロは肩をすくめた。

「彼女はそう考えなかったんでしょうね、たぶん」

ティムの声は妙な感情のまざった調子になった。

「彼女って、実際気丈な娘《こ》だな。あの母親と一緒にいて、相当苦労したにちがいない」

「そうです、あまり楽な人生ではなかったようです」

「かわいそうな娘《こ》だよ」とティムは呟いた。

それから彼はレイスの方に顔を向けた。

「ところで、これからどうしたらいいんです？　ぼくはリネットの船室から首飾りをとってきたことは認めますし、首飾りはあなたの言った通りの場所にあります。ぼくの罪は完全に認めます。しかし、ミス・サウスウッドに関しては、ぼくは何も言いませんよ。彼女を有罪にする証拠は何もないんですから。模造の真珠をどうやって手に入れたかはぼくの勝手にさせておいてください」

ポアロは呟いた。

「大変に妥当な態度です」

ティムはちょっとユーモアのセンスをまぜて言った。

「紳士はいかなる場合も紳士です！」

彼はつけ加えた。

「ぼくは母があなたと親しくなっていくのをみて、実に困ったと思いましたよ！　少し危ない離れ業をやろうという間際に、天下に名をとどろかせた探偵と同じテーブルで鼻つき合わせて、それを喜ぶほどタフな悪党じゃないですからね。そんなことをしてスリルを感じる人間もいるでしょうが、正直なところ、ぼくは冷や汗ばかりかいていた」

「しかし、それでも仕事をやめようという気にはなれなかったんですか？」

ティムは肩をすくめた。

「ぼくもそこまで尻ごみする気はなかったんです。どうせいつかは模造品とすりかえねばならなかったし、この船の上は滅多《めった》にないチャンスだったからね——船室はたった二つの間をおいた隣りで、それにリネットは自分のトラブルにすっかり気をとられて、すりかえられてもおそらく気がつかないだろうと思ったし」

「さあて、その点はどうですかね——」

ティムはさっと顔をあげた。

「それはどういう意味なんです？」

ポアロはベルを押した。

「ミス・オッタボーンにちょっとここへきてもらおうと思います」

ティムは眉に皺をよせたが、何も言わなかった。給仕が入ってきて、命令を受けるとすぐまたでていった。

二、三分して、ロザリーが入ってきた。入ってくると、泣きはらした赤い目をちょっとみはったが、以前の疑い深い、挑戦的な態度はすっかり消えていた。彼女は今までにない素直な態度で、レイスの方を、それからポアロの方を眺めた。

「わざわざお呼びたてしてすみません、ミス・オッタボーン」とレイスがおだやかに詫びた。彼はポアロの処置に少し当惑を感じている様子だった。

彼女は小さい声で答えた。

「ちっとも構いませんわ」

ポアロは話を始めた。

「一つ二つ問題をはっきりさせたい点がでてきましてね。私があなたに、夜中の一時十分すぎに右舷のデッキで誰か見かけなかったか、と尋ねましたら、あなたは誰も見なかったと答えましたね。幸いにも私はあなたの助けを借りずに、真実を探りだすことができました。ミスター・アラートンは夜中にリネット・ドイルの船室にいたことを是認されたのです」

彼女はティムの方をちらりと眺めた。ティムはきびしい、決然とした顔つきで、簡単にうなずいてみせた。

「ミスター・アラートン、時間は間違っていませんね？」

「その時間です」

ロザリーはティムをみつめていた。彼女の唇が震え――開いて……

「でも、あなたは――まさか――」

彼は即座に言った。

「彼女を殺したのはぼくじゃない。ぼくはただの泥棒で、人殺しじゃあない。どうせみんなに知られるんだからあなたに言っても構わないが、ぼくは彼女の真珠を狙ってたんです」

ポアロが言った。

「ミスター・アラートンの話では、昨晩彼女の船室にいって、偽物の真珠と本物の真珠をすりかえてきたのだそうです」

「ほんと？」ロザリーは言った。

彼女の心配そうな、子供っぽい、悲しげな目は彼に問いかけていた。

「そうです」とティムは言った。

しばらく沈黙が続いた。レイス大佐がもじもじと身体を動かした。

ポアロは奇妙な声で言った。

「しかし、それは、今も私がいったように、ミスター・アラートンの話です。それもですね、ある部分はロザリーさん、あなたの証言で証明された話です。言いかえれば、彼が昨晩リネット・ドイルの船室を訪れたという証拠はあるが、彼がなんのためにそうしたかという証拠はないわけです」

ティムはポアロを見つめた。

「しかしあなたは知ってるじゃありませんか！」

「私が何を知っていますか？」

「そのう――ぼくが真珠を手に入れるために――」

「ええ《メー・ウイ》、たしかに、――たしかに――私はあなたが真珠を持っていることは知っています。しかし、あなたがその真珠をいつ手に入れたか、私は知りません。あるいはそれが昨晩でなくて、それ以前だったかもしれないし……現にあなたは今さっき言いましたね――ミセス・ドイルは模造品にすりかえられたのに気がつかなかっただろうと。しかし私には疑問ですね。もし彼女がそれに気がついたとしたら……そればかりか、もし彼女が真珠をすりかえた犯人を知っていたとしたら……そして彼女が昨晩、事情をすっかりぶちまけると脅かし、あなたも彼女が本気にそうするだろうと信じたとしますね――それから、あなたは展望室《サロン》で起こったジャクリーン・ド・ベルフォールとサイモン・ドイルの口論を立ち聞きしたとします。それからあなたは展望室《サロン》でのジャクリーン・ベルフォールとサイモン・ドイルのやりとりを盗み見したとする、そしてあなたは展望室《サロン》に人がいなくなったあと、すぐ中に入ってピストルを手に入れ、一時間後、船中がすっかり寝しずまった頃を見計らって、リネット・ドイルの船室に忍びこみ、彼女の口を完全に封じてしまった……」

「そんな無茶なこと！」ティムが叫んだ。灰色になった彼の顔にある二つの苦しそうな目が、エルキュール・ポアロを無言のまま見つめた。

ポアロはなおも続けた。

「しかし、それを目撃した者がいた――ルイーズ・ブールジェです。翌日、彼女はあなたのところへやってきてあなたを脅迫した。相当の金を払え、さもなくば自分のみたことをしゃべってしまう、と言うのです。この脅迫に屈服すれば、ことはいつまでも尾を引く、とあなたは感じた、そこであなたは、一応承諾したような顔をして、昼食前に金を持って彼女の船室にいくと約束する。約束通りに金を渡し、彼女がその金を勘定しているすきに、ぐさりと胸をつき刺して殺してしまう。

しかしここでもまた、運の悪いことが起こったのです。あなたがルイーズの部屋に入るところを、誰か他の人が目撃した――」こう言うとポアロはなかばロザリーの方をみて、「あなたのお母さんです」それからまたティムの方に向き直り、「あなたはまたもや非常手段に訴えねばならなくなりました――危険な――向こうみずともいえる手段――しかし他にどうにもしようがない。あなたはペニントンがかつて自分のリヴォルヴァーのことを話していたのを思いだし、彼の船室に走りこんで、ピストルをつかみ出して、ドクター・ベスナーの船室の入口で耳を澄まし、ミセス・オッタボーンがあなたの名前をしゃべる直前に彼女を射ち殺してしまう——」

「ちがいますわ！」とロザリーが叫んだ。「彼はやらなかった！　彼はやらなかったわ！」

「そのあと、あなたはせっぱつまって芝居を打ったのでした——船尾をまわって右舷に逃げ、私が同じ方向に追っかけてゆくと、あなたは身をまわして、反対の方向から走ってきたようなふりをした。あなたはあの時、手袋をはめてピストルを使ったのだ、だから私があなたに手袋を貸してくれと言ったら、すぐにポケットから出してくれたんです」

ティムが叫んだ。

「嘘だ。神に誓ってもいい。まるっきり嘘だ！」

しかし、彼の声には確信の調子がなく、ふるえていて、人を納得させる力もなかった。

その時、ロザリー・オッタボーンがみんなを驚かせた。

「もちろん、嘘にきまってますわ！　ムッシュー・ポアロ自身、承知の上なんです！　何か目的があって、わざとあんな嘘を言ってるんです」

ポアロは彼女を眺めた。微笑が彼の口のまわりに浮かんだ。彼はいかにも降参したというふうに両手を拡げた。

「マドモアゼルは頭がいい。……しかし、これは情況証拠としては立派だとは思いませんか？」

「なんだって一体そんな——」

ティムはこみあげてくる怒りを吐きだそうとしたが、ポアロは手をあげてそれを抑えた。

「とにかく、あなたに不利な証拠はちゃんと揃えられるんです。この点を、ミスター・アラートン、よく認識していただきたいと思いますね。では、今度は少し楽しいお話をしましょう。私はまだ、あなたの部屋にある数珠を検査していません。検査したら、案外何も入っていないかも知れませんね。それにマドモアゼル・オッタボーンが昨晩デッキでは誰も見かけなかったと言い張られている以上、あなたを有罪にする証拠は全然ないわけです。真珠はある窃盗病患者に盗まれ、そのあとでちゃんとかえってきています。現在、ドアのそばのテーブルの上にある小箱の中に入っています。もしあなたがお望みなら、マドモアゼルとご一緒に中をお調べになってみてはいかがですか？」

ティムは立ちあがった。しばらくは物も言えずに啞然《あぜん》と立ちすくんでいた。やっと口にでた言葉は、およそ場違いの言葉に思えたが、聴き手の人たちはその言葉に満足したようであった。

「ありがとう！」と彼は言った。「二度とこんなチャンスを与えてくださらなくてもいいですよ！」

彼はロザリーのためにドアを開けてやった。彼女は外にでた。彼は小さなボール紙の箱を手にとると、彼女のあとから外にでた。

二人は肩を並べて歩いていった。ティムは箱を開き、中から偽物の真珠の首飾りをとりだすと、それをナイル河に投げこんだ。

「ほら！」と彼は言った。「これでさっぱりした。この箱をポアロに返す時には、中にちゃんと本物が入っていることになる。実際ぼくはばかだったよ！」

ロザリーが小声で言った。

「あなたは最初、どうしてこんなこと始めたの？」

「どうしてこんなこと始めたかって？　さあ、わからないな。退屈から——それに怠け者だから——面白半分もある。こせこせ会社勤めなどするより、ずっと楽に金儲けになるし、楽しめるし。こう言うと、ひどく卑しく聞こえるでしょうね？　しかし、魅力は確かにあるんだ、まあ、危険を冒すことの魅力かな」

「わかるような気がするわ」

「わかっても、きみは決してやらないだろうね」

ロザリーは、首をかしげて、しばらく考えていた。

「そうね」と彼女は簡単に言った。「あたしはしないでしょう」

「実際――きみはすてきな人だ……まったく素晴らしい人だ。昨日の晩、ぼくを見かけたってことをどうして話さなかったんです？」

「あたし――あなたに嫌疑がかかりはしないかと思って……」

「きみはぼくを疑った？」

「いいえ。あなたが人を殺すなんて、とても信じられなかったわ」

「そう。ぼくなんか人を殺せる人間じゃない。ぼくはたかが哀れなこそ泥にすぎない」

彼女はためらいがちに手をのばし、彼の腕に触った。

「そんなこと言わないで……」

彼は彼女の手を自分の両手で握った。

「ロザリー、きみはぼくと――ぼくの言いたいことわかるね？　それともきみはいつもぼくを軽蔑し、ぼくを責めるかな？」

彼女はそっと微笑した。

「あたしだって完全無欠な人間じゃないわ」

「ロザリー――ダーリン……」

しかし彼女はちょっとひるんだ。

「あの――あのジョウアナという女《ひと》は――？」

ティムは大声で叫んだ。

「ジョウアナ？　きみはぼくの母とそっくりだな！　ぼくがジョウアナと？　とんでもない。彼女の顔は馬みたいだし、目は肉食獣の目みたい。およそみっともない女なんだ！」

やがてロザリーは言った。

「あなたのしたこと、別にお母さんに知らせる必要はないわね」

ティムは考え深い口調で言った。

「さあ、その点はどうかなあ、いっそのこと、話した方が良いんじゃないかな。母はあれで相当、頑丈にできてて、たいていのことではびくともしないんだ。そうさ。ぼくに対する彼女の母性愛的幻想を打ち砕いておいた方が、お互いのためにいいだろうと思うな。第一、ジョウアナとぼくとが単なる商売上の関係だったと知ったら、おおいに胸を撫でおろして、他のことは全部許してくれるだろうな」

二人はミセス・アラートンの船室まできていた。ティムはしっかりした手つきでドアをノックした。ドアが開いた。ミセス・アラートンが現われた。

「お母さん。ぼくとロザリーは――」ティムは言った。

彼はちょっと息をついた。

「まあ、よかったわ」ミセス・アラートンはロザリーを腕に抱いた。「ほんとによかったわ。わたし、前からそう望んでたんですのよ――でも、ティムったら、ほんとに愚図《ぐず》で――あなたを好きでないような振りばかりして。でもわたしはちゃんと見抜いていたのよ！」

ロザリーは途切れ途切れの声で言った。

「あたしにとてもやさしくしてくださって――いつも、あたし――いつも、あなたがあたしのお母さんだったらと――」

彼女はもう何も言えなくなった、そして、ミセス・アラートンの肩に嬉し泣きに泣きくずれた。

27

ティムとロザリーがでていってドアが閉まると、ポアロはなんとなく詫びるような目つきで、レイス大佐を眺めた。大佐は少しむっとしたような顔をしている。

「私のいまの小さな取り計らい、あなたも同意してくれるでしょうね？」ポアロは頼むように言った。「もちろん合法的ではありません——その点はよく知ってます——しかし、人間の幸福というもの、それに私は最大の関心を持っているのですから……」

「私の幸福には最小の関心も持ってないね」とレイスは言った。

「あの若い娘《ジュヌ・フィユ》、あの娘には私も特別の気持ちを持ってまして。それにあの娘は、ティム・アラートンに夢中なのです。実に似合いの男女だと思いますね——彼女には彼にない根性があり——母親もあの娘が好きだし——すべてが誂《あつら》え向きだと思うんです」

「事実、この二人の結婚は神とエルキュール・ポアロがとりきめたものだよ。私のすることは、彼の重罪を見すごしてやることだけってわけだ」

「しかし、大佐、さっきも言ったでしょう？　彼の罪といっても、みんな私の推測にすぎないんですよ」

レイスはにやりと笑った。

「私の方は構わないさ。ありがたいことに、私は警察の人間じゃないからね。あの若いのもこれでまともな人間になるだろうし、娘の方はその点心配ない。いやね、私が文句を言ってるのは、私に対するあんたの態度だよ。私は辛抱強い男だと思ってる。しかし、私の忍耐力にも限度があるよ。だから、はっきり言ってもらいたいね。この船の三つの殺人事件の犯人をあんたは知ってるのかね？　それともまだ知らないのかね？」

「知っています」

「じゃあ、なんのために横道ばかりうろついてるんだね？」

「あなたは、私が道草をくって一人で喜んでると思ってるんですか？　それであなたが怒ってるわけですか？　しかし、そうではないのですよ。昔、私は一度、考古学的な発掘をしたことがあって――その時に学んだことがあります。それはですね、つまり、発掘をしているうちに何かみつかると、そのまわりを広く整理をして、くずれた土はすっかりとりのぞき、その物体に別の物がついていたら、ナイフできれいに削り落とし、最後にその物体だけぽつんととり残されるようにするのです。そうすれば、外部の無関係なものに邪魔されないで写生もできるし、写真にとることもできるわけです。いま、私がやっていることがそれなのです。事件とは無関係な、まぎらわしいものを全部とりのぞいて、真実だけがみえるようにする。むきだしの、無垢な真実だけが――」

「よかろう」とレイスは言った。「それじゃあ、その〝むきだしの無垢な真実〟をみせてもらうとしよう。犯人はペニントンじゃなかった。アラートンでもなかった。たぶんフリートウッドでもないだろう。それじゃ誰か？　そろそろ聞かせてくれてもいいんじゃないかな？」

「ええ、それじゃお話しすることにしましょう」

ちょうどその時、ドアをノックする音が聞こえた。レイスは口の中で腹立たしげな罵《ののし》りの言葉を呟いた。

入ってきたのは、ドクター・ベスナーとコーネリアであった。コーネリアはひどく動揺した顔つきをしていた。

コーネリアが叫んだ。「レイス大佐。いまさっきミス・バウァーズからマリー伯母さまのことを聞いたんです。あたしどうしていいかわからないほど驚きましたわ。ミス・バウァーズは、もうとても一人じゃ責任が負えないし、あたしが家族の一員だから、知っておいた方がいいんじゃないかと言って――。あたし、はじめはとても信じられませんでしたけど、でもドクターがいろいろ親切におっしゃってくだすって……」

「いやいや」ドクターは謙遜した。

「ええ、とてもご親切に細かく説明してくだすったんですの。あの病気にかかると、どうにもしようがないんですってね。ドクターの診療所にも窃盗病患者がいたんですって。それでこの病気は深く潜在した神経病に原因することが多いということを、くわしく教えてくださって、ほんとにドクターに感謝してますわ」

コーネリアはさも感心したような声でドクターの受け売りを続けた。

「この神経病は潜在意識の奥深くに植えつけられていて、時には子供のころ起こった小さなことが原因になってるんですって。それでドクターは、その小さなことを思いださせて、病気をお治しになったこともあるんですって」

コーネリアは言葉を切って、息を深く吸いこむと、また話しはじめた。

「でもこのことが世間に洩れたらどうなるかと思うと、心配で心配で。ニューヨークで知れたら大変な噂になって、きっと安新聞が騒ぎ立てますわ。マリー伯母さまもあたしのお母さんも、他の人も、みんな二度と頭をあげて歩けなくなりますわ」

レイスは溜め息をついた。

「その点は大丈夫ですよ。ここは〝内緒内緒の家〟ですからね」

「どういう意味ですの？　レイス大佐」

「私の言わんとするところはですね、ここでは殺人以外のことはみんなもみ消しになるはずだということです」

「まあ！」コーネリアは両手を握りしめた。「それをうかがってほっとしましたわ。心配で心配でたまらなかったんです」

「あなたはやさしい心の持ち主だ」ドクター・ベスナーが彼女の肩をいたわるように軽く叩いた。それから残りの二人に向かって言った。「この人は実に感受性の強い美しい性質を持っておられる」

「そんなことはありませんわ。あなたはお世辞がお上手ですのね」

ポアロが呟いた。

「あれから、ミスター・ファーガスンにお会いになりましたか？」

コーネリアは赤い顔になった。

「いいえ――でもマリー伯母さまは、このごろ、あの人のことをよくお話しになりますわ」

「話に聞くと、あの人は相当な家庭の生まれだそうだが」とドクター・ベスナーが言った。「正直なところそんなふうにはみえないね。ひどい服を着ている。育ちのいいところなど、これっぽっちもない」

「あなたはどうお考えになりますか？　マドモアゼル」

「あの人、少し気が変じゃないかと思いますわ」とコーネリアは言った。

ポアロはドクターの方を向いた。

「病人はどうですか？」

「ああ、至極順調だ。フロイライン・ド・ベルフォールにもいまそう言って、安心させてきたところだ。驚いたことに、彼女すっかり絶望しきっておったよ。彼が今日の午後ちょっと熱があったというだけでね！　少しくらいの熱がでるのは当たり前じゃないか。現在、熱が引いたんで、こっちの方で驚いているくらいだ。ミスター・ドイルって男は私の国の百姓と同じだね。実にいい体つきだ――牛みたいだ。牛は相当の深い傷を負っても、平気な顔のことがよくあるが、ミスター・ドイルがこれと同じだ。脈は平常だし、熱はほんの少しあるきり。ベルフォール嬢の心配なんか吹っ飛ばしてしまうほどの元気さだよ。いずれにしても変な話だ、そうだろう？　今、男をピストルで射ったと思うと、次の瞬間には、病状が悪化しやせんかと心配してるんだからね」

コーネリアが言った。

「彼女はミスター・ドイルを夢中で愛してるからなんですわ」

「何《アッハ》と！　それじゃ理屈に合わない。もしあなたが誰かを愛してたら、その人をピストルで射ちたいと思うかね？　いや、あなたは常識のある方だから、そんなことは絶対にしないだろうね」

「第一、あたし、バーンなんて大きな音を立てるもの、なんでも大嫌いですもの」

「もちろんそうでしょう。あなたは実に女性的な人だから」

レイスが、この二人の嬉しいお世辞のやりとりに割りこんだ。

「ドイルが元気になったからには、彼に会って昨日の午後の話を続けてもいいでしょうな？　彼、われわれに電報の話をしかけたところなんだ」

ドクター・ベスナーは太った身体を上下にゆすった。

「ハ、ハ、ハ、あれは愉快でしたな。ドイルがあとで話してくれたんだが、あの電報には野菜のことばかりしか書いてなかったそうだよ——じゃがいも——アーティチョーク——葱——え！　何？」

レイスが押しつぶしたような叫び声をあげて、身体を起こした。

「そうか！　そうだったのか！　リケティだったのか！」

レイスは三人のけげんな顔つきを見まわした。

「新しい暗号なんだ——現在南アフリカの反徒たちが使っている暗号なんだ。じゃがいいもが機関銃、葱が強力な爆発物——という具合にね。リケティが考古学者だなんていいかげんな嘘だったんだ！　危険極まりない煽動者で、人を殺したことも、一度や二度じゃないんだ。今度の殺人もきっと彼の仕業にちがいない。ミセス・ドイルが間違って電報を開いた。まんいち、私の前で彼女がこの電報の内容を一言でも洩らしたら、それで万事休すだって気がついたわけだ！」

彼はポアロの方を向いた。

「そうだろう？　リケティが問題の男なんだろ？」

「彼はあなたの問題の男です」ポアロは答えた。「あの男が怪しいと私も前から考えていました。彼は自分の役柄を、あまりにも完全に演じすぎていました。考古学者にはなったが、人間的なところが少しも見えませんでしたよ」

彼はちょっと口を休め、さらに続けた。

「しかし、リネット・ドイルを殺したのはリケティではありません。私は誰がリネット・ドイルを殺したか、もうだいぶ前から知っていました。しかし、それは、犯人のいわば〝前半身〟だけで〝後半身〟のことを知ったのは、ほんの今さっきです。これでやっと全貌が明らかになりました。しかし、よろしいですか、私には事件の全貌がよくわかっているものの、それを証拠立てるものは何も持っていないのです。事件は理論的には満足のゆくように説明されます。しかし実際的には至って不満足です。望みはただ一つ、殺人犯人が告白してくれることです」

ドクター・ベスナーは疑わしげに肩をそびやかした。

「しかし、そりゃあ――そんなことができれば、奇蹟じゃないかね？」

「そうは思いませんね。少なくとも今のような環境のもとではね」

コーネリアが声をあげた。

「でも誰なんですの？　あたしたちに話してくださらないんですか？」

ポアロは三人の顔をおもむろに見較べた。レイスの顔は皮肉な微笑を浮かべ、ベスナーの顔はいまなお疑わしそうであり、コーネリアの顔は口を少しぽかんと開けて、熱心に目を輝かして彼を見つめている。

「よろしい《メー・ウィ》」と彼は言った。「正直なところ、私は聴き手があると嬉しいのです。ご承知の通り、私は虚栄心が強い。自惚《うぬぼ》れで蛙のようにふくれている人間です。私は〝どうです。エルキュール・ポアロがどんなに賢いか、これでおわかりでしょう？〟と言いたいんです」

レイスは椅子のなかで少し身体を動かした。

「じゃ、エルキュール・ポアロがどんなに賢いか、聞いてみようか」

ポアロは頭を哀しげに左右に振った。

「そもそもの始まりから、私はばかでした——信じられないほどのばかでした。まず私をつまずかせたのはピストル——ジャクリーン・ド・ベルフォールのピストルです。どうしてピストルが現場に遺棄されていなかったのか？　殺人犯人は明らかに罪を彼女に着せようと意図していた、それだのに彼はどうしてピストルを現場から持ち去ったのか？　私は愚かにもあらゆる理由を——中にはとんでもなく荒唐無稽な理由までも——想像してみました。しかるに本当の理由は、ごくごく簡単なものだったんです。殺人犯人がピストルを持ち去ったのは、どうしても持ち去るほかなかったからです——他にどうしようもなかったからなのです」

28

ポアロはレイスに向かって言った。「あなたも私も、ある先入観のもとで取り調べを始めました。その先入観というのは、この犯罪が、計画的なものでなく、刹那《せつな》的に行なわれたものだという考えです。誰かがリネット・ドイルを亡き者にしようと望んでいた。そしてその人間は、その犯罪がジャクリーン・ド・ベルフォールの仕業だと断定されるにちがいない機会をつかんだ、と考えました。そう考えると次には、必然的に、この人間はジャクリーンとサイモンの口論を立ち聞きしたにちがいない、そして、みんなが展望室《サロン》をでたあとで、ピストルを手に入れたにちがいないという推理を成り立たせたのです。

しかし、みなさん、この先入観が間違いだったとすれば、事件の様相は全部が変わってくるわけです。そしてですね、実際この先入観は間違っていたのです。この犯罪は決して刹那的に、臨機応変に行なわれたものではなかったのです。それどころか、この犯罪は、非常に注意深く、かつ、時間的にも正確に計画された犯罪で、隅々まできちんと前々から計算され、問題の晩にはエルキュール・ポアロの葡萄酒の瓶に眠り薬さえ仕込まれていたほどなのです！

そうです。嘘じゃありません！　あの晩の事件に私が介入しないように眠らされたのです。それは一つの可能性として頭に浮かびました、私はいつも葡萄酒を飲みます。私と同じテーブルにいる二人のうち、一人はウィスキー、一人は炭酸水です。ですから私の葡萄酒の瓶に無害の睡眠剤を入れることなど実に容易な業《わざ》です——瓶は一日じゅうテーブルの上に置いてあったのですから。しかし私はこの考えを打ち消しました——あの日は暑かった——私はいつになく疲れていた——普通なら浅くしか眠らない私が、この日はぐっすり眠りこんだとしても、別に不思議なことではない、とね。

おわかりでしょ、私はまだ例の先入観に捕われていたわけです。もし私が眠り薬を飲まされたんだとすると、それはとりもなおさず、事件が計画的なものだということになるし、七時半前に、つまり、夕食前にすでに犯罪はもくろまれていた、ということになります。これは先入観をもった目からみればおよそばかげたことでした。

この先入観が最初に打撃を受けたのは、ピストルがナイル河からでてきた時です。第一、われわれの推理が正しいとすれば、ピストルが、河の中に捨てられるはずはなかったのです……それからまだ他のこともあります」

　ポアロはドクター・ベスナーの方に向いた。

「ドクター・ベスナー、あなたはリネット・ドイルの死体を検査されました。憶えてらっしゃるでしょう、傷口に焦げ跡がついていたという事実、つまり、ピストルは発射の時、頭のすぐそばにつけられていたということ」

　ベスナーはうなずいた。

「そう。その通りです」

「しかし、ピストルが発見されたところ、そのピストルはビロードの肩掛けに包まれていました。この肩掛けには、ピストルをこれで包んで発射したという形跡が歴然と残っておりました——この事実は発射の際に音を消すためだと推定されました。しかし、もしピストルがビロードの肩掛けごしに発射されたものとすれば、被害者の皮膚に焦げ跡が残るはずはないのです。ですから、肩掛けごしに発射された弾丸は、リネット・ドイルを殺した弾丸ではなかったということになります。それではそれはもうひとつの発射、つまり、ジャクリーンがサイモンを射った時かというと、もちろんそうでもありません。目撃者が二人もいるし、私たちもあの時の事情はよく知っています。そうすると、もう一発——すなわち三発目の、誰にも知られぬ弾丸が発射されたということになるのです。

しかしあのピストルからは二発の弾丸しか発射されてないし、三番目の弾丸がこのピストルから発射された形跡はすこしもありません。

　ここで私たちは非常に不可解な、説明のつかない情況に直面したわけです。次に私の興味を惹いた点は、リネット・ドイルの部屋でマニキュア液の瓶を二つみつけたことです。今日ではご婦人の多くは、時に応じて爪をちがった色に塗りますが、リネット・ドイルの爪はいつも深紅色にだけ塗られていました。もう一つの瓶にはローズというラベルが貼られていましたが、これは淡い桃色《ピンク》のはずなのに、残っている少量の液体は、ピンクどころか、真赤な色でした。私はちょっと不思議に思って、栓をとって匂いを嗅ぎました。普通だったら強いエナメルの匂いがするはずなのに、この瓶の中身は酢の匂いがするのです。というのは中に入っていた液体は赤インキだったからです。もちろん、マダム・ドイルが赤インキを持っていても、おかしいとはいいませんが、赤インキなら赤インキの瓶に入っているのが普通じゃないでしょうか？　マニキュア液の瓶に入れるってのは、少しおかしい。これは、ピストルを包んであったハンカチが、ピンクに染まっていることと、関連があったのです。赤インキは洗うとすぐとれるが、いつもうすいピンクのしみを残すものです。

　このようなわずかばかりの証拠でも、私は真相をつかめるはずだったのです。しかし、幸か不幸か、私の疑念をすっかり払ってくれたもう一つの事件が起こりました。それはルイーズ・ブールジェの死です。あの時の情況からして、彼女が殺人者を脅迫してたという事実は疑いのないところです。彼女の手に千フランの切れ端が握られていただけでなく、その朝、つまり今朝、彼女が口にした意味ありげな言葉を私は憶えていたからです。

　ここのところはよく注意して聞いてください。と申しますのは、ここにこそ全事件の鍵がかかっているからです。今朝、私が彼女に、前の晩何かみなかったかと尋ねた時、彼女は実に奇妙な返事をしました。〝もちろん、あたしが眠れなくって、階段の上まで上ってきたんだったら、その殺人犯人がマダムの船室に入るところを見たかもしれませんけど……〟どうです？　この言葉は正確には何を語っていると思いますか？」

　ベスナーは、推理的興味に引かれて小鼻に皺をよせ、即座に答えた。

「つまり、彼女は実際に階段を上っていったということだ」

「いや、いや――あなたは私の言う意味をはきちがえておられる。私の言うのは、なぜ彼女がそういう言葉をわれわれにむかって言わなければならなかったか？　ということ」

「ヒントを与えるため」

「しかし、どうしてわれわれにヒントを与える必要があるのです？　もし彼女が殺人者は誰かをすでに知ってたら、彼女のとるべき道は二つしかないはずです。われわれに本当のことをいうか、口を閉じて、問題の人間から口止め料をせしめるか、の二つです！　しかし、彼女はどちらの道もとりませんでした。彼女は、〝眠ってましたから誰もみません〟とも言わなかったし、〝ええ、みました。その人は誰々です〟とも言わなかったのです。そしてその代わりにあんな意味ありげな長たらしい言葉を口にした。これは一体なんのためでしょう？　他でもない。理由は一つしかありません。彼女は殺人者に暗号を与えていたのです。ですから殺人者はあの時われわれと同席していた、ということになります。しかし、私とレイス大佐をのぞいてはあと二人しかいませんでした――つまり、サイモン・ドイルとドクター・ベスナーです」

ドクターはぱっと飛びあがると、どなり声をあげた。

「なんと！　あなたは何を言う？　私を人殺しだと言うのか？　しかも二度目じゃないか？　ばかげとる！　侮蔑よりもひどいぞ！」

ポアロは鋭く答えた。

「静かに聞いてください。私はただ、その時どう考えたかということを言っているだけです。しばらく個人的な感情は表わさないでください」

「いまのムッシュー・ポアロは、あなたが犯人でないと言ってるんですわ」とコーネリアがとりなすように口をはさんだ。

ポアロはすぐに続けた。

「そこで犯人の目星はサイモン・ドイルとドクター・ベスナーの二人のうちの一人ということになりました。しかし、ドクター・ベスナーがなぜリネット・ドイルを殺さなければならないか？　理由は一つもありません——少なくとも私の知っている限りでは。それでは、サイモン・ドイルはというと、これは不可能という壁につき当たるだけです。あの晩ドイルが、喧嘩の始まるまで展望室《サロン》から一度も出なかったと証言する人は、山ほどいます。そのあと彼は大怪我をして、人を殺すことなど、物理的に不可能です。この両方の点では証言があるでしょうか？　もちろんあります。まず前半の喧嘩の場ではミス・ロブスン、ジム・ファンソープ、ジャクリーン・ド・ベルフォール。怪我した後の確かな証人としてはドクター・ベスナーとミス・バウァーズがおります。疑いの余地は全然ありません。

そうすると、犯人はドクター・ベスナーにちがいないことになります。この説を裏書きするものに、メイド殺しが外科用のメスで行なわれたという事実があります。しかし、その反面、ドクターは、われわれにわざわざこのメスだという事実を指摘していることも忘れてはなりません。

それから、みなさん、私は反駁《はんばく》の余地のないもう一つの事実を思い出したのです。ルイーズ・ブールジェのヒントはドクター・ベスナーに向けられたのではない。なぜなら、彼女はドクターとだったら何時でも好きな時に秘密に話ができたからです。そうするとこのようなヒントを彼女がしなければならない相手はたった一人しかおりません。つまりサイモン・ドイルです！　サイモン・ドイルは負傷している。そして彼はいつもドクターに見守られ、しかもドクターの部屋から出られないでいる。そこで彼女はあの時をまたとないチャンスと考え、思い切って、あのような、どうにでもとれるあいまいな言葉を、彼、ドイルに向かって話したわけです。彼女がドイルに向かって、あのあと次のような言葉を言ったのです――〝ご主人様、お願いですわ――私の立場、おわかりになるでしょう？　どう答えたらよろしいでしょう？〟そうすると彼はこう答えました。〝ルイーズ、ばかを言うんじゃない。誰ひとり、きみが何か聞いたとも見たとも考えちゃいないよ。大丈夫だ。きみのことはぼくがちゃんと心配してあげるのさ。誰もきみを責めちゃいないじゃないか〟これが彼女の欲しがっていた保証の言葉で、そしてそれをちゃんと手に入れたわけです！」

ドクター・ベスナーは鼻を鳴らして反駁を加えた。

「そんなばかげた話があるかね！　骨を砕かれて、脚に当て木を当てられた男が、船の中を歩きまわって人を殺せると思ってるのかね？　サイモン・ドイルが船室をでるなんて、こんな不可能なことはありゃしない！」

　ポアロはおだやかに言った。

「知っています。おっしゃる通りです。そんなことは不可能です。まさに不可能です――しかしまた真実でもあったのです！　ルイーズ・ブールジェの言葉の背後には、理屈からいってもたった一つの意味しかありません。

　そこで私はもう一度初めに戻って、事件を新しい見地から再検討してみることにしました。サイモン・ドイルがあの騒動の起こる前に展望室《サロン》を離れたのに、それを他の人が忘れた、あるいは気づかなかったということがあり得るだろうか？　私にはそんなことがあり得るとは考えられませんでした。それではドクター・ベスナーかミス・バウァーズの専門的な証言を無視できるかどうか？　私はこれもできないと断定せざるを得ませんでした。しかし私は前者の証言と、後者の証言の間に少し時間の食い違い《ギャップ》があることに気がつきました。つまり、サイモン・ドイルは五分間ばかり展望室《サロン》に一人とり残されていて、ドクター・ベスナーの専門的証言はその五分間をすぎた後の時間にだけ適用されるわけなのです。この五分という間に対しては外見上の証拠、つまりこういうふうに見受けられたという証拠だけしかないのです。それは外見からは完全に堅実なものに見えますが、しかしけっして確実なものではないのです。単なる推測というものをのぞくと――みんなが見たことは、実際には、なんだったのでしょうか？

まず、ミス・ロブスンはミス・ド・ベルフォールがピストルを発射するところを見ました。それからサイモン・ドイルが椅子の上に倒れ、ハンカチを脚に当てるのを見て、さらに、そのハンカチがだんだん赤く染まるのを見ました。ミスター・ファンソープは何を聞き、何を見たかと言うと、まず、ピストルの音を聞いて、中に入ってから、ドイルが赤く染まったハンカチを脚に当ててるのを見ました。そのあとドイルはミス・ド・ベルフォールを船室に連れてゆき、絶対に一人だけにしないようにとくどいほど言い張った。それから彼はファンソープにドクターを連れてくるように頼んだ。

言われた通り、ミス・ロブスンとミスター・ファンソープはミス・ド・ベルフォールと一緒にでていき、そのあと五分間は左舷の方で忙しく動いていました。ミス・バウァーズ、ドクター・ベスナーそしてミス・ド・ベルフォールの船室はみんな左舷にあります。サイモン・ドイルに必要な時間は二分間で充分だったのです。彼はソファの下からピストルを拾い、靴をぬぎ、右舷のデッキを脱兎のごとく走り、自分の妻の船室に入り、寝ている妻のそばに忍び寄って、彼女の頭を射ち抜き、赤インキの入った瓶を化粧台の上にのせ（彼の身にあるのを発見されたら大変ですからね）、また一日散に走って展望室《サロン》に帰ります、そしてその前にちゃんと椅子のクッションの下に隠しておいたミス・ヴァン・スカイラーの肩掛けをとり出して、ピストルに巻きつけ、自分の脚に一発ぶちこんだのです。彼が転がりこんだ椅子は（今度は本物の苦痛に堪えきれなくて倒れたわけですが）、窓のそばでしたから、その窓を開けて、ピストルを（みつけられたら困る例のハンカチと一緒にビロードの肩掛けに包んで）ナイル河の中に投げこんだのです」

「そんなことは不可能だ！」とレイスが言った。

「いいや、不可能じゃありません。ティム・アラートンの証言を覚えてますか？　彼はポンという音を聞いた――それにつづいて何かの投げこまれるような水音を聞いたと言ってます。それからまだあります。誰かが走っている足音――自分の船室のドアの前を通りすぎてゆく足音を聞いたと言います。しかし、右舷の方では誰も走りまわっているはずはないのです。彼が聞いた足音は、デッキの上を靴下ばきの足で走って行くサイモンの足音だったのです」

レイスが言った。

「それでもやっぱり不可能だと思うね。一人の人間が、それだけのことを、一切合財、一瞬の間に考えだすなんてとても不可能だよ。とくにドイルのように頭ののろい人間が

――」

「しかし彼は肉体的にはすばしこくって、器用ですよ！」

「そりゃ、そうだ。しかし彼はそんな巧みな計画をすっかり一人で考えだす能力は持ち合わせていないと思うな」

「もちろん、一人で考えだしたのじゃありませんよ。そこがそもそもわれわれの大きな考えちがいをした点なのです。犯行はみたところ、刹那的に行なわれた犯罪のようですが、決してそうではなかったのです。さっきも言った通り、巧みに計画され、充分考えぬかれた仕事なんです。サイモン・ドイルがポケットに赤インキの瓶を持っていたのは、偶然であるはずがありません。前もって計画しておいたことです。彼がしるしのない安物のハンカチを持っていたのも偶然じゃありません。ジャクリーン・ド・ベルフォールが長椅子の下にピストルを蹴りこんだのも決して偶然じゃありません。そうすれば、人の目につかず、しばらくは忘れられているだろうと考えたからです」

「ジャクリーン？」

「もちろんです。殺人犯人の片割れです。サイモンにアリバイを与えたのはなんです？ ジャクリーンがピストルを発射したという事実です。ジャクリーンにアリバイを与えたものはなんです？ サイモンが頑固に主張したために、ミス・バウァーズが一晩じゅう彼女についていたからです。この二人を一緒にしたら、この犯罪に必要な要素が全部出揃うじゃありませんか——冷静な、機転のきく、計画的な頭脳、ジャクリーン・ド・ベルフォールの頭脳、それに加えて活動力のある男が驚くほどのすばしっこさとタイミングで遂行する実行力。

　こうして正しい見地からみていくと、あらゆる疑問に対する答えがでてきます。サイモン・ドイルとジャクリーンは恋人同士でした。現在でもそうだと考えてごらんなさい、すべてがはっきりしてきます。サイモンは自分の妻、金持ちの妻を殺し、その金全部を遺産として受け継ぎます、そして適当なころを見計らって前からの恋人と結婚します。どうです、実に巧みな計画じゃありませんか。ジャクリーンはミセス・ドイルに対して嫌がらせの行動をとる。これも計画の一部ですよ。それに対してサイモンは怒ったふりをしました——しかし彼のお芝居は完璧とはいえませんでした。彼は一度、私に、自己本位のわがまま女について話をして、実に苦々しい言い方をしましたが、その女とはジャクリーンでなく、彼の考えていたのは自分の妻のことでしたよ——ただしこれは私にはあとで気づいたことでしたがね。それから公衆の面前での妻に対する態度でもそうです。サイモン・ドイルのような平凡で口下手なイギリス人は、自分の愛情を示すのに非常に恥ずかしがるのが普通です。サイモンはあんまり上手な役者でないので、愛情でいっぱいの夫という役を少し演じすぎたようでした。それから、私がいつかミス・ジャクリーンと話していた時、彼女は誰かが立ち聞きしていたと言い張りましたが、私の目には誰もみえませんでした。実際のところ誰もいなかったのです。しかし彼女にはこれをあとで何かの役に立たせようという意図があったわけです。それからある晩、私は自分の船室の外でサイモンと誰かが何か話しているのを耳にしました。彼は、〝今度こそ、やらなけりゃだめだ〟と言っていました。もちろんその声はドイルにちがいありませんでしたが、しかし聞かそうとする相手はリネットでなくて、ジャクリーンだったのです。

最後のドラマは充分に計画され、時間の合わせ方も完璧でした。私が余計なちょっかいを出さないように、眠り薬を入れましたし――ミス・ロブスンを証人に引っぱりこみ――自分たち二人の喧嘩をピストル騒ぎにまでもってゆき、それからミス・ド・ベルフォールは自分の後悔やヒステリーを誇張しました。彼女は、発砲を気づかれないように、できるだけ大声で騒ぎたてたわけでした。実際、驚くほど巧妙な思いつきです。ジャクリーンはドイルを射ったといい、ミス・ロブスンもそうだといい、ファンソープもそういい――そしてサイモンの脚を調べてみると実際に射たれている。疑いの余地はまったくありません。二人とも完全なアリバイを得たわけです――もちろん、サイモン・ドイルは、ある程度の苦痛と危険を代償として払ってはいますけど、しかし、動けなくなるほどの傷を負うことが、どうしても必要だったのです。

そのあとでこの計画にいろんな手違いが起こってきます。ルイーズ・ブールジュが眠れなかったのがその一つ。彼女は眠れないままに階段を上ってゆき、そこでサイモン・ドイルが自分の妻の船室にかけこんですぐでてくるのをみたわけです。翌日彼女は考え合わせて、彼の行動が何を意味するかすぐわかった。貪欲な彼女は口止め料を要求し、それによって自分の死刑執行状にも署名してしまったのです」

「しかし、ミスター・ドイルは彼女を殺すことなどできなかったはずですわ」とコーネリアが抗議した。

「そう、できません。相棒《パートナー》がそちらの方は引き受けたのです。サイモン・ドイルは機会をみて、すぐに、ジャクリーンに会いたいと言いだしました。私が彼女を連れていってやると、彼は私に、部屋をでてくれとさえ頼みました。私が出てゆくと、彼はすぐに新しい事態の危険性について彼女に話し、すぐに行動をとることを打ち合わせたのです。彼はドクター・ベスナーの外科用ナイフのしまってあるところを彼女に教えたのです。ことが終わると、彼女はナイフをきれいにふきとって、ドクター・ベスナーのところにかえし、それから、すっかり遅れて、息を切らせながら、食事にでてきたのです。

それでも水洩れはふせげませんでした。ジャクリーンがルイーズ・ブールジュの船室に入ってゆくところを、今度はミセス・オッタボーンが見つけたのです。彼女はすっかり興奮してサイモンのところにかけつけました。ジャクリーンが殺人犯なのよ、ということを知らせにね。するとあの時、サイモンが大声で彼女を怒鳴りつけたのを覚えてますか？　私たちは簡単に、彼の気が立っていたからだと片づけましたが、しかしドアは開いてましたね。彼はあんなふうに怒鳴って、自分の共犯者に危険信号を発してたわけです。彼女はこれを聞きつけて、すぐに行動にとりかかりました。まるで稲妻のような行動です。彼女はペニントンがリヴォルヴァーの話をしていたのを思い出しました。そこでこれを手に入れると、船室のドアの入り口に忍びより、耳を澄まし、いよいよ危ないという瞬間に引き金を引きました。彼女はかつて私に射撃が上手だと自慢していましたが、自慢するだけの腕は確かにあったわけです。

私はこの第三の殺人のあとで、犯人の逃げ得る道は三つあるといいました。私のいった意味は、船尾に逃げるのが一つ（ただし、そうだとすると犯人はティム・アラートンということになります）、手摺り越しに下のデッキに降りるのが一つ（これは可能性が薄いでしょう）、もう一つは船室の一つに逃げこむことです。ジャクリーンの船室はあのドクター・ベスナーの船室から二つめです。ですから、ピストルを捨てて、自分の船室に飛びこんで、髪をくしゃくしゃに乱して、ベッドの上に引っくりかえれば、それですむわけです。危ない芸当ですけど、こうするより他にチャンスはなかったのです」

しばらく沈黙が続いた。やがて、レイスが尋ねた。

「あの娘が最初にドイルに向けて射った弾丸はどうなったんだい？」

「テーブルに射ちこまれたと思いますね。最近に作られたらしい穴がありますよ。たぶん、ドイルがペンナイフでえぐりだして窓から河に捨てたんだと思いますね。そのくらいの時間はあったはずです。もちろん、彼は弾丸が二発しか発射されなかったとみせるために、別の弾薬包を用意していたにちがいありません」

コーネリアが溜め息をついて、「あの人たち、こんなに細かく考えて計画したのね。なんてまあ――恐ろしい！」

ポアロは黙っていた。しかしそれは決して謙虚な沈黙ではなかった。口でこそ言わなかったが、目はこう言っていた――

〝そうじゃありませんよ。彼らもエルキュール・ポアロのことだけは考えに入れてなかったのですよ〟

やがて、彼は声高に言った。「それでは、ドクター、そろそろ出かけて、あなたの病人と話をしましょうかね……」

29

それからずっと後、夜に入って、エルキュール・ポアロは船室の一つをノックした。

「どうぞ」と言う声がして、彼は中に入っていった。

ジャクリーン・ド・ベルフォールは椅子の一つに腰かけ、壁の近くにあるもう一つの椅子には例の大柄な女給仕《スチュアーデス》が座っていた。

ジャクリーンは考え深い目つきでポアロを見やった。彼女は女給仕の方に身振りをした。

「あの人に外へ出てもらえる？」

ポアロはその方に向いてうなずき、女はでていった。ポアロはその女の座っていた椅子を引き寄せて、ジャクリーンのそばに座った。二人とも黙っていた。ポアロは悲しげな顔をしていた。

しまいに口をひらいたのはジャクリーンの方だった。

「何もかも終わったわね！　あたしたち、あなたには勝てなかったわ、ムッシュー・ポアロ」

ポアロは溜め息をついた。彼は両手を拡げた。まるで言葉を失った人間のようであった。

「あなたには勝てなかったけど」とジャクリーンは思い返すような口調で言った。「でも、あなたの方も証拠充分とは言えないわ。もちろん、あなたのいうことは間違っていないわ。でも、もしあたしたちが頑強に否定すれば――」

「しかしマドモアゼル、この事件の筋道は、ほかに考えようがありませんよ」

「理論的な頭にはそれだけで充分な証拠だわね――でも、それで陪審員を納得させられるかどうか、ちょっと疑問だわ。そうは言っても、もうどうにもならないわね。あなたがサイモンにいきなりわっと飛びついたんで、彼は、へなへなっと崩れてしまったんですもの。すっかり気が動転しちゃって、何もかも認めてしまったわけね」

彼女は首を振った。「あの人、下手な勝負師だわ」

「しかし、あなたは、マドモアゼル、立派な勝負師ですよ」

彼女はとつぜん笑った――奇妙な、陽気な、高慢な、小さな笑いだった。

「ええ、たしかにあたし、立派な負け方したわね」こう言って彼女は彼を眺めた。

それから彼女は不意に、衝動的に言った。

「あまりそう心配しないで、ムッシュー・ポアロ。ええ、あたしのことをよ。あなた、あたしのために心配しているんでしょう？　ね？」

「ええ、マドモアゼル」

「でも、いくらなんでも、あたしを見逃す気持ちは起こらなかったんでしょう？」

エルキュール・ポアロは静かに言った。

「起こりませんでした」

彼女は静かな同意をみせて、うなずいた。

「そうね。感傷的になって見逃すなんて無駄なことだわ。放っておけば、あたしまたやるかもしれない……、一度やった以上、もうあたしは安全な人間じゃないわ。あたし自分でもそう感じるわ……」彼女は考えこんだような調子で続けた。「とってもやさしいことなのね――人を殺すことなんて……それに、人間の死なんか、どうでも構わないって感じはじめる……自分だけよければそれでいいって考えはじめる！　危険だわね――これは」

彼女はひと息つくと、ちょっと微笑を浮かべて、

「あなたはあたしのために、できるだけのことをしてくだすったわ。あの晩、アスワン

で――あたしの心を邪悪なものに開かないようにとおっしゃった……あの時、私の心に何があったかご存じでした？」

彼は頭を振った。

「私は、自分の言った忠告が正しいものだ、と知っていただけです」

「ええ、正しかったわ……あの時、あたし、やめようと思えばやめられたのよ。ほとんどどそうしようかとさえ思ったわ……もう計画通りにはやらないってサイモンに言おうと思えば、言えたのよ……でも、そうするとたぶん――」

彼女は急に口をつぐんだ。彼女は言った――

「この事件のこと、お聞きになりたい？　始めから？」

「お差し支えなければ、マドモアゼル」

「あたし、あなたに話したいわ。本当はごく簡単よ。つまりね、あたしとサイモンはとても愛し合ってたの……」

それは淡々とした、いたって事務的な口調だった、しかし、その軽い調子の下に、何かしら木霊《こだま》ともいうべきものがあった……

ポアロは簡潔に言った。

「そして、あなたは、愛だけで充分だった――しかし、彼はそうではなかった」

「そんなふうに言えないこともないわ。でも、それではまだ本当にサイモンを理解してないのよ。つまりねえ、あの人、前からお金をとても欲しがってたの。お金で楽しめることがとても好きで——馬だの、ヨットだの、スポーツだの——楽しいこと、面白いこと、男だったら夢中になることはみんなね。それなのにあの人、そんな楽しみを一度も味わったことがないのよ……とっても単純な人間でしょう、サイモンって——だから、まるで子供がものを欲しがるように、そういったものを欲しがるのよ——ええ——むやみに欲しがるの。

そうはいっても、彼は金持ちのいやな女と結婚しようとはしなかった。そんなタイプではなかったのよ。それからあたしと会って、そして——なんていうの——方向はきまったわけね。ただあたしたち、いつ結婚できるか全然見通しがつかなかった。あの人、ちゃんとした仕事をなくしてしまった。ある意味では彼の罪なのよ。だって、お金の上で、ちょっとうまく立ちまわろうとして、すぐみつかっちゃったわけね。別に本気で悪いことをしようって気はなかったらしいのよ。ああいう会社では誰でもそんなことしてるんだと思ってただけなのね」

ポアロの顔にちらりと影が走ったが、しかし彼はでかかった言葉をのみこんだ。

「それでね、あたしたちすっかり行き詰まってしまった、そしてそれからあたし、リネットのこと思い出したわけ。リネットが新しい家を買ったと聞いたんで、大急ぎで彼女のところに飛んでいったんだわ。ムッシュー・ポアロ、あたし、リネットが大好きだったのよ。本当に好きだったわ。あたしの大の親友だったし、二人の間に何か不愉快なことが起こるとは夢にも考えなかった。あたし、ただ、あの人が大変なお金持ちで本当に運のいい人だと思ってただけなのよ。だから、もしあの人がサイモンに仕事をくれたら、あたしたち二人どんなに幸せになれるだろうと、こう考えたの。そしたらね、彼女とても理解してくれて、サイモンをすぐ連れてらっしゃいと言った。ちょうどそのころだったのよ、あなたが〈シェ・マ・タント〉であたしたちをみかけたのは。あたしたち、本当はそんな余分なお金はなかったんだけど、あの晩は二人で、大いに前祝いをしたの」

　彼女は言葉を切り、溜め息をつき、それから再び話を続けた。

「今から話すのはまったく嘘のないことなのよ、ムッシュー・ポアロ。たとえリネットが死んでしまった今でも、その真実は変わらない。だから今だってあたし、あの人を気の毒ともかわいそうとも思ってないわ。彼女、あたしからサイモンを奪いとろうと全力をつくしたんですもの。ほんとに嘘偽《うそいつわり》のない話よ！　彼女、そのためには一分間だって躊躇したりしなかったと思うわ。あたしあの人の親友だったのよ。でもあの人、そんなことはてんで構やしなかった。ただ、まっしぐらにサイモンに突進していったわ……。

でも、サイモンの方は彼女をちっとも好きじゃなかった。あたしあなたに〝輝かしい女〟の魅力なんてこと、いろいろ話したけど、あれは嘘だったわ。サイモンはリネットを欲しいなんて、思ったことないのよ。そりゃあきれいな人だって言ってはいたけど、でもすごく高圧的で、命令的で、サイモンはそんな女が大嫌いなの。だからありがた迷惑だって、とても当惑してたわ。でも彼女の金には魅力を感じたのよ。

もちろん、あたしそのことにすぐ気がついた……それであたし、しまいにこう言ってみたわ――なんだったらあたしを……捨てて、彼女と結婚したらどう？　でもサイモンはすぐにあたしの申し出をはねつけて、〝金があろうとなかろうと、彼女と結婚するのは真平《まっぴら》ご免だ〟と言うの。自分が金を欲しいというのは、自分自身の金が欲しいという意味で、財布の紐を握ってる金持ちの細君を持つことじゃないというわけ。〝そんなことしたらまるで女王様のところに婿入りするみたいじゃないか？〟と言ってたわ。それからまた、〝きみ以外のどんな女も欲しくない〟とも言ったわ……

今度の考えが彼の頭に浮かびはじめた時のこと、今でも覚えてるわ。あの人、ある日、こう言ったの、〝もしぼくの運がよかったら、ぼくは彼女と結婚して、一年ぐらいで彼女が死んで、有金《ありがね》全部、ぼくに残るというふうになるんだがなあ！〟そしてその途端、彼の目に奇妙な、驚いたような表情が浮かんだわ。ええ、あの時からなんだわ。彼があんな考えを抱きはじめたのは……

それから彼は、そういう話をしじゅうするようになったわ――つまり、リネットが死んだらどんなにいいだろうといった話。あたし、ひどい考えだと言ってやったわ、そしたらしばらく黙ってるの。それからある日、彼が砒素のことをあれこれ読んでいるのを知って、あたしびっくりして、問いつめたの。そしたら彼は笑いながら言ったわ、〝危険を冒さなきゃ何も手に入らないさ！　こんな大金持ちの近くにいることなんか、ぼくの一生に二度とありゃしないんだぜ〟

そのうち、彼がもうすっかり心を決めているのに気がついたわ。あたしそっとした――ほんとに恐くなったわ。だってね、あの人、必ず失敗するにちがいないとわかってたんですもの。子供みたいに単純でしょう。少しも細かなところがないし、想像力も全然ないときてるでしょう。あの人のことだから砒素を盛って、彼女が死んだら、医者は腸チフスと診断してくれるぐらいに思っているんです。ええ、あの人、いつでも万事うまくゆくものだと考えてたわ。

だからあたし、いやでも頭をつっこむことになったわけ。あの人の面倒をみてやるために……」

彼女はごく簡単に、しかしいかにも男に忠実な調子でこう言ってのけた。ポアロは彼女の動機が彼女の言う通りであることに疑念を持たなかった。彼女自身はリネット・リッジウェイの金を欲しがったわけではなく、ただ、サイモンの愛をひたすら欲しかったのだ。その愛は理性だとか、道徳心だとか、憐憫だとかいう感情すべてを超越した愛欲だったのである。

「あたし、考えて、考えて、考え抜いたわ――なんとかしていい計画を立てようとしてね。根本的な考えは、両方でアリバイを作るという点においたの。もしサイモンとあたしがお互いに反対の立場で証言すれば――その証言が実際は二人の嫌疑をのぞくものとなるわけね。サイモンを憎むふりをするのは、あたしにとってやさしい容易な仕事だし、第一事情が事情だから誰がみてもありそうなことと思うでしょう？　そこでリネットが殺されれば、たぶん嫌疑はあたしにかかるだろう。それなら最初から嫌疑がかかるようにした方が得策だ――というふうに、あたしたち少しずつ計画を立てていったの。で、もし、下手にいったら、捕まるのはあたしで、彼ではないというふうにしたかったんですけど、サイモンはとてもあたしのことを心配して……。

ただ、この計画で、あたしがほっとしたのは、実際にやるのがあたしの役じゃなかったこと。ええ、あたしにはとてもできなかったわ！　少なくとも、あんなふうに、彼女の眠っているところを平然とやるなんて！　あたし、まだ彼女を許してなかったから、顔をつき合わせてやるのだったらやれたかもしれない、でも他の方法では、とても……。あたしたち、とても細かく、慎重に打ち合わせたわ。それでも、サイモンったら壁にJという字なんか書いて――ほんとにばかげて、メロドラマ的だわ。いかにもあの人が考えつきそうなことね！　でも、これはうまくごまかせましたのね」

ポアロはうなずいた。

「ええ。それにルイーズ・ブールジェが目を覚ましていたのも、マドモアゼル、あなたの過失じゃありません……しかしその後の行動となると……」

彼女は真正面から彼の目を見つめた。

「ええ、そのあと、恐ろしいことに――あたし自身があんなことするとは、自分ながら信じられない！　心を邪悪なものに開くなとあなたのおっしゃった意味、はっきりわかったわ……あれから事件がどんなふうに発展したか、あなたもよくご存じでしょ。ルイーズは自分が何を知ってるか、サイモンに相当はっきり言ったらしくて、それでサイモンはあなたに頼んであたしを呼びよせ、二人っきりになるとすぐ、何が起こったか知らしてくれたわけ。彼はあたしにこうしたらいいって話したわ。あたしはとても自分たちのことで心配で心配で、恐怖なんか全然なかったわ。殺人ってそんなものね。サイモンもあたしも安全になる――あのいやなフランス人の恐喝女、あのメイドさえいなければ

——あたし、ありったけのお金を持って彼女のところにいったわ。すっかり降参したような顔をしてね。それから、彼女がお金を数えてる時、あたし——あたしやったの！　平気だったわ。その〝平気だった〟ことがとても恐ろしいことなのね……だってあんなにやさしくやれたんですもの……。

それでもまだ安全にならなかったのね。ミセス・オッタボーンがあたしを見てしまった。彼女、勝ち誇ったようにデッキを歩いて、あなたやレイス大佐を探しまわっていた。あたし、考えてる暇もなかった。まるで稲妻のような行動をとったわ！　スリルがあって、面白いとさえいえそうな気持ちだったわ。たしかに一瞬の綱渡りだとは知っていたのよ。でもだからこそ、かえってうまくいったのかもしれない……」

彼女はふたたび口をつぐんだ。

「そのあとであなたがあたしの船室にきた時のこと、憶えてます？　あなたは、なぜきたかわからないとおっしゃってたわねえ。あたしとてもみじめな気持ちだったわ——とても恐ろしくて。あたしサイモンが死ぬのかと思っていたのよ」

「そして私は——そうなってくれることを望んでいました」とポアロは言った。

ジャクリーンはうなずいた。

「ええ、その方が彼にとってよかったかもしれないわ」

「私の考えたのはそういう意味ではありません」

ジャクリーンはポアロの厳しい顔つきをみつめた。

彼女は低い声で言った。

「ムッシュー・ポアロ。あたしのことをそんなに心配なさらなくていいのよ。どうせ、あたし、今まで苦しい生活をしてきたんですもの。もし、あたしたらが勝ってたら、あたしとても幸福になって、すべてを楽しんで、何も後悔しなかったろうと思うわ。でも、こうなった以上――それを受けるだけだわ」

彼女はさらに、こうつけ加えた。

「見張りの女給仕《スチユアーデス》はあたしが首をくくったり、よく小説にあるみたいに、隠し持った青酸カリのカプセルを飲みこむことを警戒してここにいるわけなんでしょ？ でも心配しなくってもいいのよ！ あたし、絶対にそんなことしないわ。あたしがしっかりしていた方が、サイモンにしても気が楽なんですもの」

ポアロは立ちあがった。ジャクリーンも立ちあがった。彼女は不意に微笑を浮かべた。

「あたしが、自分の星に従ってゆくほかない、と言った時のこと、覚えてらっしゃる？ あなたはそれが間違った星かもしれないとおっしゃったわねえ。そしてあたしが〝悪い星、すぐ落ちる星〟と言ったわね」

彼はデッキにでた。彼の耳には彼女の笑いがいつまでもひびいていた。

30

シェルラルに着いたのは夜明けごろだった。岸近い岩の群れが物恐ろしい姿を現わしはじめた。

ポアロは呟いた。

「なんて野性的な国《ケル・ペイ・ソヴアジュ》だろう……」

レイスが彼のそばに立った。

「とにかく、われわれの仕事はすんだね。私はまずリケティを上陸させるよう取り計らっておいた。あいつが捕まって、実に嬉しいね。いつもわれわれの手からするりと逃げてた奴なんだからね。何十回そんな目にあわされたかわかりゃしない」

彼はさらに言葉を続けた。

「ドイルの担架を用意しなきゃならん。あいつがあんなにやすやすと参ってしまうとは、思いもよらなかったね」

「それほどでもないですよ」とポアロは言った。「あんな少年みたいなタイプの犯罪者は、たいてい大変なみかけ倒しです。自慢でふくれた風船玉で、ちょっと針でつけば、もうそれでおしまいですよ。まるで子供みたいに御し易くなるのです」

「まさに絞首刑に価するね」とレイスは言った。「冷血きわまる悪党だよ。娘の方は気の毒だと思うが――どうにもしようがないね」

ポアロは頭を振った。

「愛はすべてを正当化する、とよく人は言いますが、本当じゃない……ジャクリーンがサイモン・ドイルを愛したように男を愛する女は、非常に危険な存在です。一番最初に彼女をみた時、私は自分にこう言ったもんですよ。〝あの可愛い女はあんまり人を愛しすぎる〟とね。やはりそうだったのです」

コーネリア・ロブスンがそばにやってきた。

「ああ、もうじき着きますわね」

彼女はちょっと口をつぐんで、それから言った。

「あたし、あの人のところにいましたの」

「マドモアゼル・ド・ベルフォールのところ？」

「ええ、だって、あの女給仕《スチュアーデス》と二人きりで閉じこめられて、とてもお気の毒なんですもの。でも従姉妹《カズン》のマリーは怒ってらしたわ」

ちょうどその時、そのミス・ヴァン・スカイラーがデッキをゆるゆると彼らのところに進んできた。彼女の目は意地悪げに輝いていた。

「コーネリア。あなたの振る舞いはお話になりませんよ。すぐ本国へ送りかえすつもりですよ」

コーネリアは深く息を吸い込んだ。

「すみません、カズン・マリー。でもあたし本国には帰りませんわ。あたし結婚するつもりですの」

「そう、やっと一人前になったんだね」とミス・ヴァン・スカイラーが意地悪く言った。

ファーガスンがデッキの角をまわって大またでやってきた。

「コーネリア。いまなんて言った？　それ本当じゃないんだろう！」

「本当ですわ。あたしドクター・ベスナーと結婚することにしましたの。昨晩、申しこんでくだすったんです」

「なぜあんなやつと結婚する気になったんだい？」ファーガスンは腹立たしげに尋ねた。

「単純に、あいつが金持ちだからかい？」

「ちがいますわ」コーネリアは腹立たしげに言った。「あたし、あの人が好きなんです。

親切だし、いろんなこと知ってらっしゃるし。あたし、いつも病人とか診療所に興味を持ってましたし、あの人と一緒ならきっと素晴らしい生活ができると思ったからなんですわ」

「じゃあきみは」ファーガスンはとても信じられないという様子で言った。「きみはこのぼくより、あんないやらしい爺いと結婚した方がいいと言うのかい？」

「ええ、ずっといいことよ。あなたは頼りにならなくて！　一緒に住んだらきっと不愉快なことばかりだろうと思いますわ。第一あの人、お爺さんじゃありませんよ。まだ五十になってないんですもの」

「あいつ、大きな太鼓腹を抱えてるじゃないか」ファーガスンは意地悪そうに言った。

「それがどうだって言うんですの？　あたしだって猫背ですわ。外見なんかどうでもいいことよ！　あの人、あたしがあの人の仕事にきっと役に立つだろうっておっしゃってくれるし、神経病のこともいろいろ教えてくださるって話ですわ」

彼女はその場を立ち去った。ファーガスンがポアロに尋ねた。

「彼女、あんなことを本気で言ってるのかね？」

「もちろんですよ」

「彼女はぼくよりもあの横柄で退屈な爺いの方が好きなのかね？」

「確かにそうですな」

「あの娘《こ》、頭にきてる！」とファーガスンは言った。

ポアロの目は愉快そうに光った。

「彼女は独特の性格を持った女性ですな」と彼は言った。「そんな女性に会ったのは、あなたにはたぶん初めてなんでしょう」

船は船着き場に近づいた。船客たちのまわりに縄が張られた。上陸をちょっと待つようにとの指令を受けていたのである。

やがて、色の浅黒い、しかめ面をしたリケティが、二人の機関士に護衛されて上陸した。それから、しばらく間を置いて、サイモン・ドイルが担架にのせられ、デッキから、橋の方へ運ばれた。

彼は人が変わったようにみえた。おびえ、身をすくめ、例の少年めいた陽気さはすっかり姿を消していた。

ジャクリーン・ド・ベルフォールがそのあとに続いた。そばに女給仕《スチュアーデス》が付き添っていた。

ジャクリーンは多少青ざめている他、いつもと少しも変わりなかった。

彼女は担架のそばに近寄った。

「ハロー、サイモン」と彼女は言った。

彼はすばやく彼女の方を見あげた。一瞬、あの少年らしい表情が彼の顔に戻った。

「何もかもめちゃめちゃにしちまった。気が動転して、すっかり白状しちゃったんだ！すまないな、ジャッキー。きみを裏切ったみたいで」

彼女は彼に微笑みかけた。

「いいのよ、サイモン」と彼女は言った。「ばかな勝負をして、あたしたち負けただけよ。ええ、それだけなのよ」

彼女は身を引いた。運搬人たちが担架の柄を持ちあげた。

ジャクリーンはかがんで、靴の紐を結び直した。それから、彼女の手は靴下の上の方にゆき、何かをとり出して背をのばした。

鋭い爆発音がバーンと人々の耳を衝《つ》いた。

サイモン・ドイルはひきつったように身を震わせ、ぐったり静かになった。

ジャクリーン・ド・ベルフォールは頭をうなずかせた。彼女はピストルを手にしたまま、しばらく立っていた。彼女はポアロの方にちらっと微笑を送った。

それから、レイスがパッと飛びだした、と同時に、ジャクリーンはキラキラ光る小さなピストルを自分の胸にあて、引き金を引いた。

彼女は、ゆっくりうずくまるように座りこんだ。

レイスが叫んだ。

「彼女、どこであのピストルを手に入れたんだ？」

ポアロの腕をそっと誰かが触った。ミセス・アラートンが小声で言った——

「あなた——知ってたんでしょ？」

彼はうなずいた。

「ええ、彼女はピストルを二つ持っていましたよ。みんなの身体検査をした時、ロザリー・オッタボーンのハンドバッグの中にピストルが入っていたと聞いた時、私にはそのピストルが誰のものかわかったのです。ジャクリーンはいつもの通り一緒のテーブルに座っていて、身体検査があると聞くと、すぐにロザリーのハンドバッグに忍ばせたのです。あとで彼女はロザリーの船室へ行って、口紅を較べるとかいった口実をつけて、ピストルを取り戻したわけです。彼女自身も船室も、昨日すでに検査されたので、捜査する必要はなかろう、と思われたわけですね」

ミセス・アラートンは言った。

「彼女があんな道をとるのを、あなたは望んでましたんでしょう？」

「ええ、でも彼女は絶対に一人ではしないだろうと思っていました。まあこれで、サイモン・ドイルは彼の受くべき罰より、もっと軽い方法でこの世を去っていったわけです」

ミセス・アラートンは身を震わせた。

「恋って時には恐ろしいものにもなりますねえ」

「だからこそ、有名な恋物語はほとんど悲劇に終わっているのです」

ミセス・アラートンの目は、太陽の光を浴びてよりそっているティムとロザリーの姿に注がれた、そして突然、力をこめて言った。

「でもありがたいことに、この世の中には幸福ってものもありますわ！」

「その通り、マダム。それはありがたいことですな」

やがて船客たちも上陸した。

そのあとでルイーズ・ブールジェとミセス・オッタボーンの遺骸もカルナク号から運びだされた。

最後にリネット・ドイルの遺骸が陸に揚げられた。そして世界中の電線が忙しげにニュースを人々に伝えはじめた。〈リネット・ドイル。かつてリネット・リッジウェイの名で知られていた美貌の財産家、あのリネット・ドイルが死去……〉

ジョージ・ウッド卿はロンドンのクラブで、スターンデイル・ロックフォードはニューヨークで、ジョウアナ・サウスウッドはスイスで、このニュースを新聞で読んだ。そして、モールトン・アンダー・ウッドの田舎町にある酒場〈三冠亭〉のバーでも、このニュースは話題にのぼった。

そしてミスター・バーナビーは辛辣に答えた。

「そうだな。彼女には金も器量もあんまり役に立たんかったようだ。かわいそうに」

しかし、少したつと、二人はリネット・ドイルの話をやめ、その代わりに、今度のグランド・ナショナルの大障害でどの馬が勝つだろうというような話を始めた。ミスター・ファーガスンが言った通り、問題は未来であって、過去はどうでもいいのである。

解説

ミステリ評論家
西上心太

アガサ・クリスティーは一九七六年に85歳で亡くなるまで、80篇(うち長篇は66篇)を超すミステリを書き続けた。このほかに一部オリジナルを含む自作を元にした戯曲も21作を数え、さらにはメアリ・ウェストマコット名義による恋愛小説、自伝、紀行文などを併せるとその創作数は優に百を超す。まさに〈ミステリの女王〉という称号がふさわしい偉大なる存在であった。

クリスティーの作品はミステリに限っても様々に分類できる。主人公である探偵役で分類すれば、《灰色の脳細胞》が自慢のベルギー人の名探偵エルキュール・ポアロ・シリーズ、セント・メアリ・ミード村に住む鋭い観察眼を持つ老嬢ジェーン・マープル・シリーズ、冒険好きの名コンビ、トミー&タペンスのベレズフォード夫妻シリーズ、お悩みよろず相談を請け負うパーカー・パイン・シリーズ、謎めいた雰囲気が漂うクィン氏のシリーズといった具合だ。

さらには作品のタイプでも分類できる。そのほとんどを占めるのがポアロとミス・マープルが〈担当〉する謎解き主体のいわゆる本格ミステリである。本格もの以外では作者自身が「気軽なスリラー・タイプ」（『アガサ・クリスティー自伝』早川書房）と呼ぶ冒険スパイ・スリラーも忘れてはならないだろう。日本ではあまり高い評価を受けていないが、クリスティーのキャリアが初期の頃は、ほぼ五分五分の割合で書かれていたし、またよく売れもしたらしい。大御所となってからもときおり楽しそうに「気軽なスリラー」を書いていた。このジャンルに愛着があったのであろう。

もう一つが作品の舞台となった土地による分類である。イギリス国内が大部分を占めるのは当然であるが、それ以外で一つの作品群を形成するのが中近東を舞台にした作品である。本書『ナイルに死す』は、中近東ものの嚆矢となった短篇「エジプト墳墓の謎」（『ポアロ登場』所収）、長篇『メソポタミヤの殺人』に続く作品で、中近東もの屈指の傑作なのである。

莫大な財産を相続した若き女性、リネット・リッジウェイ。リネットは親友ジャクリーンから婚約者のサイモン・ドイルを奪い取る形で結婚してしまう。二人は新婚旅行でエジプトに赴いた。だがサイモンを諦めきれないジャクリーンは、ストーカーのように二人をつけ回し、二人の行き先々に姿を見せるのだった。一方、リネットが突然結婚したことを知った財産管理人のペニントンは大慌てでアメリカからエジプトにやってきた。さらに気むずかしいアメリカの大富豪夫人、その親戚でリネットの父親によって破産させられた一家の娘、扇情的な小説で有名な女流作家とその娘など、思惑を秘めたさまざまな人々がエジプトに集結する。やがて彼らは同じ観光船に乗り込み、ナイル川をさかのぼる川旅に出発する。その船上には名探偵エルキュール・ポアロの姿もあった。

ある夜、ポアロの恐れていた事件が起きた。酒に酔い感情を高ぶらせたジャクリーンが、ついに持ち歩いていた小型拳銃でサイモンの脚を撃ってしまったのだ。さらに翌朝、同じ銃で就寝中に射殺されたリネットの死体が発見された。しかしジャクリーンにはリネットを殺すことは不可能だった。リネット殺害の動機を持つ他の乗客たち、真珠ネックレス紛失事件、さらにポアロと旧知の情報機関員レイス大佐が追う謎のテロリスト……。錯綜した謎を乗せ走る船の中、ポアロは《灰色の脳細胞》を働かせ始めるのだった。

クリスティーの中近東ミステリは、数多い彼女の作品の中でも一種のスパイスの役目を果たしているのではなかろうか。人間観察に優れているとはいっても、〈典型的〉あるいは〈類型的〉なキャラクターを登場させることの多かった作者だけに、珍しい土地を舞台にして、読者にエキゾチックな興趣を与えた功は大きく、マンネリを回避する効果もあったのではないか。もしクリスティーの作品から中近東ものがなかったとしたら、クリスティーの評価も現在と少し違ったかもしれない。

さて彼女に中近東を舞台にしたミステリを書かせることになった原因が二つある。生来の旅行好きと離婚である。

もともとイギリスは全世界に植民地を持ち、教育のため子弟をヨーロッパに送るなど、旅行好き（あくまでも上・中流階級に限られるが）な国民性で知られていた。裕福な中流家庭で生まれたクリスティーも、幼少時は内気な少女だったが、徐々に外の世界に触れることの素晴らしさを知り、幼い頃の半年間にわたる南フランス滞在を皮切りに、パリへ音楽の勉強のための留学、母親の療養のためのエジプト避寒旅行など、海外各地を旅している。極めつけが、第一次大戦勃発直後に結婚した航空隊士官アーチボルト・クリスティーと行った、世界一周旅行だろう。一九二三年、アガサ・クリスティーは大英帝国博覧会の宣伝使節となった夫に同行して、世界一周の旅に赴いたのだ。そしてなんとハワイではサーフィンに夢中になったという。それも肌を焼きすぎてひどい目に遭うというおまけ付きで。それにしても、あのクリスティーがサーフィンである。思わず頬がゆるんでしまうエピソードではないだろうか。

ところがその夫、アーチボルトとの関係が、彼女の名声を確固たるものとした歴史的名作『アクロイド殺し』を発表した一九二六年あたりからおかしくなっていく。不幸なことに母親の死も重なり、精神的動揺の大きかったクリスティーはその年の暮れに、有名な失踪事件を起こしてしまう。母親の死と夫の浮気が原因の〈ヒステリカル・フーガ（遁走）〉というのが現在の定説らしいが、『アクロイド殺し』の有名な結末をめぐる議論もからみ、当時は売名行為、あるいは記憶喪失と、諸説紛々とした大騒ぎとなり、全英のマスコミはクリスティーを追い回したそうだ。クリスティーのマスコミ嫌いもこの事件がきっかけだったという。

傷心のクリスティーを癒したのも旅行だった。カナリヤ諸島で静養し、当地で『青列車の秘密』を書き上げ、プロ作家として生きていくことを決意する。その後、ただ一人でオリエント急行に乗り込み、メソポタミア地方に旅立つのだった。やがてアーチボルトとの離婚が成立し、彼女は再び彼の地を踏む。そこで知り合ったのが後に二度目の夫となる十三歳年下の考古学者マックス・マローワンだった。一九三〇年、クリスティー四十歳のことであった。マローワンと結婚後、クリスティーは毎年のようにイラクやシリアの発掘現場に同行することになる。やがてこれらの経験が本書をはじめとする〈中近東ミステリ〉となって結実したのである。

クリスティーのミステリ作品中、もっとも長大なボリュームを誇るのが本作である。殺人事件も200ページを超えるまで起こらないし、多くの人物が登場するため、ミステリを読み慣れない読者は取っつきにくい印象を持つかもしれない。しかしさまざまな登場人物たちが点描されていく第一部を、我慢してじっくりと読んでほしい。もし読了後にもう一度この箇所を読み返してみれば、ここが単なる人物紹介のパートであるだけではなく、クリスティーお得意の、伏線やダブルミーニング（さりげない会話に隠された二重の意味）が縦横に張り巡らされていることがわかるはずだ。エジプトに舞台が移る第二部に入っても、物語はナイルの流れのようにゆったりと進んでいく。冒頭に登場した人々の事情がさらに掘り下げられ、船の上での出会いが新たな人間関係を作りだし、各人の隠された思惑に微妙な影を落としていくさまが、じっくりと描かれるのだ。やがて殺人というカタストロフが到来し、物語は一気に動き出していく。エキゾチズムあふれる舞台、錯綜した人間模様を鮮やかに書き分けた綿密なプロット、鮮やかなトリックに意外な犯人……。クリスティー作品中でも上位にくる傑作といっていいだろう。

なお、クリスティーの最晩年の一九七〇年代に、彼女の作品の映画化が続いた。オールスターキャストで大ヒットした《オリエント急行殺人事件》に続き、本書も《ナイル殺人事件》という題名で公開された。監督はジョン・ギラーミン。脚本は人傑作《探偵スルース》で有名なアンソニー・シェーファー。キャストはポアロ役のピーター・ユスチノフをはじめ、ミア・ファロー、ベティ・デイヴィス、マギー・スミス、デイヴィッド・ニーヴンら、《オリエント急行殺人事件》に劣らぬ芸達者揃い。原作の登場人物を刈込むと同時に、各人の動機を鮮明に浮かび上がらせたシェーファーの脚本は、さすがに自身ミステリ作家だけのことはある手際で感心する。美しいエジプトの風景と共に、ファッションなど一九三〇年代の雰囲気が横溢した映画である。本書をお読みになった後、ご覧になると一層この作品世界に浸れることと思う。

この解説を担当したことをきっかけに、久しぶりにクリスティーを読み返したのだが、さすが〈ミステリの女王〉、今の時代でも全く古びていない。江戸川乱歩ならずとも〈クリスティーに脱帽〉である。

灰色の脳細胞と異名をとる
〈名探偵ポアロ〉シリーズ

本名エルキュール・ポアロ。イギリスの私立探偵。元ベルギー警察の捜査員。卵形の顔とぴんとたった口髭が特徴の小柄なベルギー人で、「灰色の脳細胞」を駆使し、難事件に挑む。『スタイルズ荘の怪事件』（一九二〇）に初登場し、友人のヘイスティングズ大尉とともに事件を追う。フェアかアンフェアかとミステリ・ファンのあいだで議論が巻き起こった『アクロイド殺し』（一九二六）、イニシャルのＡＢＣ順に殺人事件が起きる奇怪なストーリーが話題をよんだ『ＡＢＣ殺人事件』（一九三六）、閉ざされた船上での殺人事件を巧みに描いた『ナイルに死す』（一九三七）など多くの作品で活躍し、最後の登場になる『カーテン』（一九七五）まで活躍した。イギリスだけでなく、イラク、フランス、イタリアなど各地で起きた事件にも挑んだ。

映像化作品では、アルバート・フィニー（映画《オリエント急行殺人事件》）、ピーター・ユスチノフ（映画《ナイル殺人事件》）、デビッド・スーシェ（ＴＶシリーズ）らがポアロを演じ、人気を博している。

1 スタイルズ荘の怪事件
2 ゴルフ場殺人事件
3 アクロイド殺し
4 ビッグ4
5 青列車の秘密
6 邪悪の家
7 エッジウェア卿の死
8 オリエント急行の殺人
9 三幕の殺人
10 雲をつかむ死
11 ABC殺人事件
12 メソポタミヤの殺人
13 ひらいたトランプ
14 もの言えぬ証人
15 ナイルに死す
16 死との約束
17 ポアロのクリスマス
18 杉の柩
19 愛国殺人
20 白昼の悪魔
21 五匹の子豚
22 ホロー荘の殺人
23 満潮に乗って
24 マギンティ夫人は死んだ
25 葬儀を終えて
26 ヒッコリー・ロードの殺人
27 死者のあやまち
28 鳩のなかの猫
29 複数の時計
30 第三の女
31 ハロウィーン・パーティ
32 象は忘れない
33 カーテン
34 ブラック・コーヒー〈小説版〉

好奇心旺盛な老婦人探偵

〈ミス・マープル〉シリーズ

本名ジェーン・マープル。イギリスの素人探偵。ロンドンから一時間ほどのところにあるセント・メアリ・ミードという村に住んでいる、色白で上品な雰囲気を漂わせる編み物好きの老婦人。村の人々を観察するのが好きで、そのうちに直感力と観察力が発達してしまい、警察も手をやくような難事件を解決するまでになった。新聞の情報に目をくばり、村のゴシップに聞き耳をたて、それらを総合して事件の謎を解いてゆく。家にいながら、あるいは椅子に座りながらゆったりと推理を繰り広げることが多いが、敵に襲われるのもいとわず、みずから危険に飛び込んでいく行動的な面ももつ。

長篇初登場は『牧師館の殺人』（一九三〇）。「殺人をお知らせ申し上げます」という衝撃的な文章が新聞にのり、ミス・マープルがその謎に挑む『予告殺人』（一九五〇）や、その他にも、連作短篇形式をとりミステリ・ファンに高い評価を得ている『火曜クラブ』（一九三二）、『カリブ海の秘密』（一九六四）とその続篇『復讐の女神』（一九七一）などに登場し、最終作『スリーピング・マーダー』（一九七六）まで、息長く活躍した。

冒険心あふれるおしどり探偵
〈トミー&タペンス〉

本名トミー・ベレズフォードとタペンス・カウリイ。『秘密機関』(一九二二)で初登場。心優しい復員軍人のトミーと、牧師の娘で病室メイドだったタペンスのふたりは、もともと幼なじみだった。長らく会っていなかったが、第一次世界大戦後、ふたりはロンドンの地下鉄で偶然にもロマンチックな再会をはたす。お金に困っていたので、まもなく「青年冒険家商会」を結成した。この後、結婚したふたりはおしどり夫婦の「ベレズフォード夫妻」となり、共同で探偵社を経営。事務所の受付係アルバートとともに事務所を運営している。トミーとタペンスは素人探偵ではあるが、その探偵術は、数々の探偵小説を読破しているので、事件が起こるとそれら名探偵の探偵術を拝借して謎を解くというユニークなものであった。

『秘密機関』の時はふたりの年齢を合わせても四十五歳にもならなかったが、

最終作の『運命の裏木戸』（一九七三）ではともに七十五歳になっていた。青春時代から老年時代までの長い人生が描かれたキャラクターで、クリスティー自身も、三十一歳から八十三歳までのあいだでシリーズを書き上げている。ふたりの活躍は長篇以外にも連作短篇『おしどり探偵』（一九二九）で楽しむことができる。

ふたりを主人公にした作品が長らく書かれなかった時期には、世界各国の読者からクリスティーに「その後、トミーとタペンスはどうしました？　いまはなにをやってます？」と、執筆の要望が多く届いたという逸話も有名。

名探偵の宝庫

〈短篇集〉

クリスティーは、処女短篇集『ポアロ登場』(一九二三)を発表以来、長篇だけでなく数々の名短篇も発表し、二十冊もの短篇集を発表した。ここでもエルキュール・ポアロとミス・マープルは名探偵ぶりを発揮する。ギリシャ神話を題材にとり、英雄ヘラクレスのごとく難事件に挑むポアロを描いた『ヘラクレスの冒険』(一九四七)や、毎週火曜日に様々な人が例会に集まり各人が体験した奇怪な事件を語り推理しあうという趣向のマープルものの『火曜クラブ』(一九三二)は有名。トミー&タペンスの『おしどり探偵』(一九二九)も多くのファンから愛されている作品。

また、クリスティー作品には、短篇にしか登場しない名探偵がいる。心の専門医の異名を持ち、大きな体、禿頭、度の強い眼鏡が特徴の身上相談探偵パーカー・パイン(『パーカー・パイン登場』一九三四　など)は、官庁で統計収集の事務を行なっていたため、その優れた分類能力で事件を追う。また同じく、ハーリ・クィンも短篇だけに登場する。心理的・幻想的な探偵譚を収めた『謎のクィン氏』（一九三〇）などで活躍する。その名は「道化役者」の意味で、まさに変幻自在、現われてはいつのまにか消え去る神秘的不可思議的な存在として描かれている。恋愛問題が絡んだ事件を得意とするというユニークな特徴をもっている。

　ポアロものとミス・マープルものの両方が収められた『クリスマス・プディングの冒険』（一九六〇）や、いわゆる名探偵が登場しない『リスタデール卿の謎』（一九三四）や『死の猟犬』（一九三三）も高い評価を得ている。

51 ポアロ登場
52 おしどり探偵
53 謎のクィン氏
54 火曜クラブ
55 死の猟犬
56 リスタデール卿の謎
57 パーカー・パイン登場
58 死人の鏡
59 黄色いアイリス
60 ヘラクレスの冒険
61 愛の探偵たち
62 教会で死んだ男
63 クリスマス・プディングの冒険
64 マン島の黄金

バラエティに富んだ作品の数々

〈ノン・シリーズ〉

名探偵ポアロもミス・マープルも登場しない作品の中で、最も広く知られているのが『そして誰もいなくなった』（一九三九）である。マザーグースになぞらえて殺人事件が次々と起きるこの作品は、不可能状況やサスペンス性など、クリスティーの本格ミステリ作品の中でも特に評価が高い。日本人の本格ミステリ作家にも多大な影響を与え、多くの読者に支持されてきた。

その他、紀元前二〇〇〇年のエジプトで起きた殺人事件を描いた『死が最後にやってくる』（一九四四）、『チムニーズ館の秘密』（一九二五）に出てきたロンドン警視庁のバトル警視が主役級で活躍する『ゼロ時間へ』（一九四四）、オカルティズムに満ちた『蒼ざめた馬』（一九六一）、スパイ・スリラーの『フランクフルトへの乗客』（一九七〇）や『バグダッドの秘密』（一九五一）などのノン・シリーズがある。

また、メアリ・ウェストマコット名義で『春にして君を離れ』（一九四四）をはじめとする恋愛小説を執筆したことでも知られるが、クリスティー自身は四半世紀近くも関係者に自分が著者であることをもらさないよう箝口令をしいてきた。これは、「アガサ・クリスティー」の名で本を出した場合、ミステリと勘違いして買った読者が失望するのではと配慮したものであったが、多くの読者からは好評を博している。

72　茶色の服の男
73　チムニーズ館の秘密
74　七つの時計
75　愛の旋律
76　シタフォードの秘密
77　未完の肖像
78　なぜ、エヴァンズに頼まなかったのか？
79　殺人は容易だ
80　そして誰もいなくなった
81　春にして君を離れ
82　ゼロ時間へ
83　死が最後にやってくる

84　忘られぬ死
86　暗い抱擁
87　ねじれた家
88　バグダッドの秘密
89　娘は娘
90　死への旅
91　愛の重さ
92　無実はさいなむ
93　蒼ざめた馬
94　ベツレヘムの星
95　終りなき夜に生れつく
96　フランクフルトへの乗客

訳者略歴　大正12年生，昭和22年早稲田大学英文科卒，英文学翻訳家　訳書『クレアが死んでいる』マクベイン（早川書房刊）他多数

ナイルに死《し》す

〈クリスティー文庫 15〉

二〇〇三年十月十五日　発行
二〇一六年六月十五日　十一刷

（定価はカバーに表示してあります）

著者　アガサ・クリスティー
訳者　加《か》島《じま》祥《しょう》造《ぞう》
発行者　早川　浩
発行所　株式会社　早川書房

郵便番号一〇一 - 〇〇四六
東京都千代田区神田多町二ノ二
電話　〇三 - 三二五二 - 三一一一（大代表）
振替　〇〇一六〇 - 三 - 四七七九九
http://www.hayakawa-online.co.jp

乱丁・落丁本は小社制作部宛お送り下さい。
送料小社負担にてお取りかえいたします。

印刷・株式会社精興社　製本・株式会社フォーネット社
Printed and bound in Japan
ISBN978-4-15-130015-8 C0197

本書は活字が大きく読みやすい〈トールサイズ〉です。